Zu diesem Buch

Georgette Heyer, die Erzählerin ungewöhnlich erfolgreicher historischer Romane, überrascht hier mit einem spannenden Krimi. Ein reicher Herr und ein kleiner Ganove werden ermordet. Gemeinsam war den beiden ein nicht gerade moralischer Lebenswandel. Bei der Aufklärung der Fälle stoßen der gütige Superintendent Hannasyde, sein trockener Sergeant und ein Constabler, der einer strengen Sekte angehört und gern Bibelverse zitiert, auf ungewöhnliche Schwierigkeiten. Alibis müssen auf die Minute genau nachgeprüft werden. Ein verdächtiges Ehepaar übernimmt wechselseitig die Schuld, um den geliebten Partner zu entlasten. Die Mordwaffe ist unauffindbar, man weiß nur, daß sie stumpf gewesen sein muß. Die aufregende Jagd nach dem Täter nimmt selbst für erfahrene Krimi-Leser ein überraschendes Ende ... Dieser psychologische Kriminalroman, der oft auch Anlaß zum Schmunzeln gibt, gehört bereits zu den Klassikern seiner Gattung.

Die Engländerin Georgette Heyer, geboren am 16. August 1902, schrieb mit siebzehn Jahren ihren ersten Roman, der zwei Jahre später veröffentlicht wurde. Seit dieser Zeit hat sie eine lange Reihe charmant unterhaltender Romane verfaßt, die weit über die Grenzen Englands hinaus Widerhall fanden. Ihre Bücher erreichten eine Gesamtauflage von mehreren Millionen. 1925 heiratete Georgette Heyer und ging mit ihrem Mann nach Ostafrika. Dort lebte sie bis 1928 und reiste dann für ein Jahr nach Jugoslawien. Georgette Heyer starb am 5. Juli 1974 in London.

Als rororo-Taschenbücher liegen von Georgette Heyer vor: «Die bezaubernde Arabella» (Nr. 357), «Die Vernunftehe» (Nr. 477), «Die drei Ehen der Grand Sophy» (Nr. 531), «Geliebte Hasardeurin» (Nr. 569), «Der Page und die Herzogin» (Nr. 643), «Die spanische Braut» (Nr. 698), «Venetia und der Wüstling» (Nr. 728), «Penelope und der Dandy» (Nr. 736), «Die widerspenstige Witwe» (Nr. 757), «Frühlingsluft» (Nr. 790), «April Lady» (Nr. 854), «Falsches Spiel» (Nr. 881), «Serena und das Ungeheuer» (Nr. 892), «Lord ‹Sherry›» (Nr. 910), «Ehevertrag» (Nr. 949), «Liebe unverzollt» (Nr. 979), «Barbara und die Schlacht von Waterloo» (Nr. 1003), «Der schweigsame Gentleman» (Nr. 1053), «Heiratsmarkt» (Nr. 1104), «Die galante Entführung» (Nr. 1170), «Verführung zur Ehe» (Nr. 1212), «Die Jungfernfalle» (Nr. 1289), «Brautjagd» (Nr. 1370), «Verlobung zu dritt» (Nr. 1416), «Damenwahl» (Nr. 1480), «Die Liebesschule» (Nr. 1515), «Skandal im Ballsaal» (Nr. 1618), «Der schwarze Falter» (Nr. 1689), «Ein Mädchen ohne Mitgift» (Nr. 1727), «Eskapaden» (Nr. 1800), «Findelkind» (Nr. 1837), «Lord Ajax» (Nr. 1900), «Herzdame» (Nr. 1954), «Junggesellentage» (Nr. 4009), «Zärtliches Duell» (Nr. 4125) sowie die Detektiv-Romane «Der Mörder von nebenan» (Nr. 1752), «Mord ohne Mörder» (Nr. 1859), «Der Tip des Toten» (Nr. 1919), «Der Tote am Pranger» (Nr. 1971), «Mord vor dem Dinner» (Nr. 4026) und «Der Trumpf des Toten» (Nr. 4069).

Gesamtauflage der Werke von Georgette Heyer in den rororo-Taschenbüchern: Über 4,1 Millionen Exemplare.

Georgette Heyer

Ein Mord mit stumpfer Waffe

Detektivroman

Deutsch von Ulla Hengst

rororo

Rowohlt

Titel der Originalausgabe «A Blunt Instrument»
Umschlagentwurf Eva Kausche-Kongsbak

DEUTSCHE ERSTAUSGABE

1.–30. Tausend	Juli 1973
31.–40. Tausend	September 1973
41.–55. Tausend	Januar 1974
56.–75. Tausend	Juli 1974
76.–85. Tausend	Juli 1976
86.–93. Tausend	Februar 1978

Veröffentlicht im Rowohlt Taschenbuch Verlag GmbH,
Reinbek bei Hamburg, Juli 1973

Satz Aldus (Linofilm-Super-Quick)
Gesamtherstellung Clausen & Bosse, Leck/Schleswig
Printed in Germany
480-ISBN 3 499 11627 8

1

Ein leichter Wind, kaum mehr als ein Hauch, bewegte die Vorhänge zu beiden Seiten der Fenstertür und wehte den Duft der Wistarien herein, die sich an der Hausmauer emporrankten. Der Polizist wandte den Kopf, als er das schwache Rascheln des Stoffes hörte, und in seine glasigen blauen Augen trat ein finsterer, argwöhnischer Ausdruck. Er richtete sich auf – bisher hatte er in gebeugter Haltung neben einem Mann gestanden, der mitten im Zimmer an einem geschnitzten Schreibtisch saß –, ging zum Fenster und spähte in den dämmerigen Garten hinaus. Seine Stablampe erforschte die Schatten zweier blühender Sträucher, ohne jedoch mehr zu enthüllen als eine Katze, deren Augen den Lichtstrahl eine Sekunde lang auffingen und reflektierten, bevor das Tier im Gebüsch verschwand. Sonst rührte sich nichts im Garten, und nach einem langen, prüfenden Blick kehrte der Polizist zum Schreibtisch zurück. Der Mann, der dort saß, nahm keine Notiz von ihm, denn er war tot, wie der Polizist bereits festgestellt hatte. Sein Kopf lag auf der offenen Schreibmappe, und in dem glatten, pomadisierten Haar klebte geronnenes Blut.

Der Polizist holte tief Luft. Er war sehr blaß, und die Hand, die er jetzt nach dem Telefon ausstreckte, zitterte ein wenig. Mr. Ernest Fletchers Schädel war seltsam verformt; unter den Blutgerinnseln war eine Einbuchtung zu erkennen.

Die Hand des Polizisten machte auf halbem Weg plötzlich halt. Der Mann zog sie hastig zurück, tastete nach seinem Taschentuch, wischte sich damit einen Blutfleck vom Handrücken und nahm dann erst den Telefonhörer ab.

In diesem Moment näherten sich Schritte dem Zimmer. Der Polizist, noch immer mit dem Hörer in der Hand, blickte zur Tür. Sie öffnete sich, und ein Butler, ein Mann in mittleren Jahren, kam herein. Er trug ein Tablett, auf dem ein Siphon, eine Karaffe mit Whiskey und ein paar Gläser standen. Beim Anblick des Polizisten zuckte der Mann erschrocken zusammen. Dann entdeckte er die zusammengesunkene Gestalt seines Herrn. Ein Becherglas rutschte klirrend gegen die Karaffe, aber Simmons ließ das Tablett nicht fallen. Er hielt es mechanisch fest, während er auf Ernest Fletchers Rücken starrte.

Polizist Glass nannte die Nummer des Polizeireviers. Seine monotone, gleichmütige Stimme lenkte Simmons' Augen wieder auf sein Gesicht. «Mein Gott, ist er tot?» fragte er im Flüsterton.

Ein strenger Blick traf ihn. «Du sollst den Namen des Herrn, deines Gottes, nicht mißbrauchen», sagte Glass feierlich.

Simmons gehörte derselben Sekte an wie Polizist Glass und begriff daher diese Ermahnung besser als der Beamte in der Vermittlung, der ziemlich gereizt reagierte. Während das Mißverständnis aufgeklärt und die Nummer des Reviers wiederholt wurde, setzte Simmons das Tablett ab und näherte sich zaghaft dem Leichnam seines Herrn. Als er den zerschmetterten Schädel sah, wich er entsetzt zurück und wurde kreidebleich. «Wer war es?» fragte er mit zitternder Stimme.

«Das werden andere herausfinden müssen», erwiderte Glass. «Darf ich Sie bitten, Mr. Simmons, die Tür zu schließen?»

«Wenn's Ihnen recht ist, Mr. Glass, möchte ich sie von draußen schließen», sagte der Butler. «Es ... es war ein furchtbarer Schock für mich, und ich fühle mich hundsmiserabel.»

«Sie bleiben hier, bis ich Ihnen pflichtgemäß einige Fragen gestellt habe», ordnete Glass an.

«Aber ich kann Ihnen nichts, gar nichts sagen! Ich habe doch keine Ahnung, was hier passiert ist.»

Glass hörte nicht auf ihn, denn inzwischen hatte sich das Polizeirevier gemeldet. Simmons schluckte, ging zur Tür, schloß sie und blieb neben ihr stehen, so daß nur noch Ernest Fletchers Schultern für ihn sichtbar waren.

Nachdem Polizist Glass seinen Namen und Aufenthaltsort genannt hatte, teilte er dem Sergeant mit, er habe einen Mord zu melden.

Diese Polizisten, dachte Simmons, empört über die Gelassenheit, mit der Glass sprach. Der Kerl tat ja, als wären Leichen mit zertrümmertem Schädel so alltäglich wie Gänseblümchen. Wie konnte ein Mensch es fertigbringen, seelenruhig neben einem Toten zu stehen, praktisch auf Tuchfühlung mit ihm, und so sachlich wie ein Zeuge vor Gericht von dem gräßlichen Fund zu berichten, während er den Ermordeten ohne eine Spur von Anteilnahme betrachtete? Jedem normal empfindenden Menschen mußte sich doch bei diesem Anblick der Magen umkehren.

Glass legte den Hörer auf und steckte das Taschentuch ein. «Siehe, dies ist der Mann, der seines Lebens Kraft nicht in dem Herrn sah, sondern auf seinen Reichtum baute», verkündete er düster.

Simmons, aus seinen Gedanken gerissen, ließ ein zustimmendes Grunzen hören. «Da haben Sie recht, Mr. Glass. Weh der Krone des Stolzes! Aber wie ist es eigentlich geschehen? Wieso sind Sie hier? Ach, du lieber Himmel, nie hätte ich geglaubt, daß ich einmal in etwas so Schreckliches verwickelt werden würde.»

«Ich bin durch den Garten gekommen», sagte Glass mit einer Kopfbewegung zur Fenstertür hin. Er zog ein Notizbuch und einen Bleistiftstummel aus der Tasche und setzte eine dienstliche Miene auf. «Also bitte, Mr. Simmons.»

«Es ist zwecklos, mich zu fragen. Ich sage Ihnen doch, daß ich nichts über die Sache weiß.»

Die offensichtliche Erregung des Butlers ließ Glass kalt. «Sie wissen zumindest, wann Sie Mr. Fletcher das letzte Mal lebend gesehen haben.»

«Das war wohl, als ich Mr. Budd zu ihm hineinführte», antwortete Simmons nach kurzem Zögern.

«Um welche Zeit?»

«Ich weiß nicht – nicht auf die Minute genau, meine ich. Etwa vor einer Stunde.» Er dachte angestrengt nach und fügte hinzu: «So gegen neun. Ich war gerade dabei, den Tisch im Speisezimmer abzuräumen, also kann es nicht viel später gewesen sein.»

Ohne von seinem Notizbuch aufzusehen, fragte Glass: «Dieser Mr. Budd – kennen Sie ihn?»

«Nein. Meines Wissens habe ich ihn nie zuvor gesehen.»

«Aha. Wann ging er fort?»

«Keine Ahnung. Bis eben wußte ich überhaupt nicht, daß er schon fort war. Er muß durch den Garten gegangen sein, genauso wie Sie hereingekommen sind, Mr. Glass.»

«War das üblich?»

«Teils ja, teils nein, wenn Sie wissen, was ich meine», erwiderte Simmons.

«Ich weiß nicht, was Sie meinen», sagte Glass unnachgiebig.

Simmons stieß einen Seufzer aus. «*Manche* Besucher betraten Greystones auf diesem Weg. Frauen, Mr. Glass.»

«Die verlassen die geraden Pfade, um auf dunklen Wegen zu gehen», zitierte Glass und sah sich mißbilligend in dem gut eingerichteten Zimmer um.

«So ist es, Mr. Glass. Wie oft habe ich im Gebet gerungen . . .» Er verstummte, als die Tür sich plötzlich öffnete. Weder er noch Glass hatten Schritte gehört, und so konnten sie nicht verhindern, daß ein schlanker junger Mann hereinkam. Er trug einen schlecht sitzenden Smoking. Beim Anblick des Polizisten blieb er stehen. Seine Augenlider mit den langen Wimpern zuckten; dann lächelte er entschuldigend.

«O Pardon», sagte er. «Merkwürdig, Sie hier zu treffen.»

Seine Stimme war tief; er sprach leise und sehr schnell, so daß es nicht leicht war, ihn zu verstehen. Eine dunkle Haarsträhne hing ihm in die Stirn. Er trug ein plissiertes Hemd mit einer liederlich gebundenen Smokingschleife und sah für den Polizisten Glass wie ein Dichter aus.

Die gemurmelte Bemerkung des jungen Mannes ließ Glass stutzig werden. «Merkwürdig, mich hier zu treffen?» wiederholte er fragend. «Dann kennen Sie mich also, Sir?»

«O nein», sagte der andere. Sein unruhig im Zimmer umherschweifender Blick fiel auf Ernest Fletchers reglose Gestalt. Er ließ den Türknopf los, ging auf den Schreibtisch zu und wurde blaß. «Es wäre höchst unmännlich, wenn mir jetzt übel würde, nicht wahr? Was tut man nur in solchen Fällen?» Er sah zuerst Glass, dann Simmons auskunftheischend an, begegnete jedoch verschlossenen Mienen. Auf einmal entdeckte er das Tablett, das Simmons auf ein Tischchen gestellt hatte. «Ja, das ist es, was man tut», sagte er und schenkte sich viel Whiskey mit wenig Soda ein.

«Der Neffe meines Herrn – Mr. Neville Fletcher», beantwortete Simmons die stumme Frage, die er in den Augen des Polizisten las.

«Sie wohnen hier im Haus, Sir?»

«Ja, aber ich mag keine Morde. So unkünstlerisch, finden Sie nicht auch? Außerdem passiert so etwas nicht.»

«Dieser Mord *ist* passiert, Sir», sagte Glass leicht verwundert.

«Das regt mich ja gerade so auf. Morde kommen nur bei anderen Leuten vor, nicht in der eigenen Familie. Ist Ihnen das noch nie aufgefallen? Nein, wahrscheinlich nicht. Da hält man sich für wer weiß wie erfahren, aber niemand und nichts hat einen je gelehrt, mit einer so bizarren Situation fertig zu werden.»

Das Lachen, mit dem er seine Rede beschloß, klang unsicher; zweifellos war er erschüttert, so unbekümmert er sich auch gebärdete. Der Butler betrachtete ihn erstaunt und wandte sich dann Glass zu, der ebenfalls den jungen Mann angestarrt hatte, nun aber die Spitze seines Bleistifts mit der Zunge anfeuchtete und fragte: «Bitte, Sir, wann haben Sie Mr. Fletcher zuletzt gesehen?»

«Beim Dinner. Im Speisezimmer, meine ich. Nein, genaugenommen nicht im Speisezimmer, sondern in der Diele.»

«Entscheiden Sie sich, Sir», empfahl der unerschütterliche Glass.

«Ja, so war es. Nach dem Dinner wollte er in sein Arbeitszimmer gehen, also hier hinein, und mich zog es ins Billardzimmer. Wir trennten uns in der Diele.»

«Wann war das, Sir?»

Neville zuckte die Achseln. «Keine Ahnung. Nach dem Dinner. Wissen Sie es, Simmons?»

«Mit Sicherheit kann ich es auch nicht sagen, Sir. Der Herr verließ das Speisezimmer im allgemeinen um zehn Minuten vor neun.»

«Und danach haben Sie Mr. Fletcher nicht mehr gesehen?»

«Nein», antwortete Neville. «Nicht, bis ich hier hereinkam. Haben Sie noch Fragen, oder darf ich mich jetzt zurückziehen?»

«Wir würden Zeit sparen, Sir, wenn Sie mir sagen könnten, was Sie zwischen ungefähr acht Uhr fünfzig, als Sie mit dem Verstorbenen das Speisezimmer verließen, und zehn Uhr fünf getan haben.»

«Ich war im Billardzimmer und habe ein bißchen gespielt.»

«Allein, Sir?»

«Ja, bis meine Tante kam, um mich zu holen.»

«Ihre Tante?»

«Miss Fletcher», warf der Butler ein. «Die Schwester meines Herrn, Mr.

Glass.»

«Sie verließen das Billardzimmer in Begleitung Ihrer Tante, Sir? Blieben Sie danach mit ihr zusammen?»

«Nein. Da können Sie wieder mal sehen, daß Höflichkeit sich immer auszahlt. Ich habe mich still und heimlich verdrückt, und das tut mir jetzt sehr leid. Wäre ich nämlich bei ihr im Wohnzimmer geblieben, dann hätte ich ein hieb- und stichfestes Alibi. Aber ich war oben in meinem Zimmer und las. Vielleicht bin ich über dem Buch eingeschlafen, und dies alles ist nur ein Traum?» Er blickte zweifelnd auf den Stuhl seines Onkels, und ein Schauer überlief ihn. «O Gott, so etwas kann man unmöglich träumen. Viel zu phantastisch.»

«Entschuldigen Sie, Mr. Glass», unterbrach Simmons die Befragung, «ich glaube, es hat an der Haustür geläutet.»

Er verließ das Zimmer, und wenig später erschien ein Sergeant der Polizei mit mehreren Untergebenen, während Miss Fletcher in der Diele laut und erregt zu wissen verlangte, was diese Invasion bedeuten solle. Neville eilte zu seiner Tante hinaus und nahm sie am Arm. «Komm ins Wohnzimmer, dann erkläre ich's dir.»

«Was sind das für Männer?» rief Miss Fletcher. «Sie sehen alle wie Polizisten aus!»

«Genau das sind sie auch», erwiderte Neville. «Die meisten jedenfalls. Es ist so, Tante Lucy . . .»

«Man hat bei uns eingebrochen!»

«Nein . . .» Er hielt inne. «Ich weiß nicht. Ja, vielleicht war es ein Einbrecher. Leider ist etwas noch Schlimmeres passiert, Tante. Ernie ist . . . Ernie hat einen Unfall gehabt.»

Er brachte diese Worte sehr leise, sehr zögernd hervor und blickte seine Tante besorgt an.

«Bitte, lieber Neville, versuch doch, deutlicher zu sprechen. *Was* hast du gesagt?»

«Ein Unfall, sagte ich, aber es war gar keiner. Ernie ist tot.»

«Tot? Ernie?» stammelte Miss Fletcher. «O nein! Das ist doch nicht wahr. Wie kann er denn tot sein? Neville, du weißt, daß ich solche Scherze hasse. Ich finde es gar nicht nett, so zu reden, mein Junge, ganz zu schweigen davon, daß es äußerst geschmacklos ist.»

«Es ist kein Scherz.»

Sie unterdrückte einen Aufschrei. «Kein Scherz? O Neville, ich muß sofort zu ihm!»

«Hat gar keinen Sinn. Außerdem darfst du nicht hinein. Tut mir schrecklich leid, aber so ist es nun mal. Mich hat's auch ganz schön mitgenommen.»

«Neville, du verschweigst mir etwas.»

«Ja. Er ist ermordet worden.»

Miss Fletchers blaßblaue, ziemlich vorstehende Augen starrten ihn entsetzt an. Sie öffnete den Mund, brachte aber kein Wort heraus. Neville, der sich überaus unbehaglich fühlte, machte eine vage Handbewegung. «Kann ich irgendwas für dich tun, Tante? Ich würde dir so gern helfen, nur weiß ich nicht, wie. Ist dir nicht gut? Ja, ich weiß, daß ich mich wie ein Trottel benehme, aber was hier passiert ist, übertrifft einfach alles. Ich bin völlig durcheinander.»

«Ernie *ermordet*?» stieß sie hervor. «Das glaube ich nicht.»

«Sei nicht albern», sagte er in einem Ton, der verriet, daß seine Nerven bis zum Zerreißen angespannt waren. «Niemand schlägt sich selbst den Schädel ein.»

Ein Wimmern drang aus ihrer Kehle. Sie wankte zu einem Sessel und ließ sich hineinsinken. Neville zündete mit zitternder Hand eine Zigarette an und sagte: «Tut mir leid, aber irgendwann mußtest du es ja doch erfahren.»

Sie war sichtlich bemüht, die Fassung wiederzuerlangen. Nach einer Weile rief sie aus: «Aber wer hat denn den lieben Ernie so gehaßt, daß er ihn umbringen wollte?»

«Ja, wenn ich das wüßte ...»

«Das muß irgendein furchtbarer Irrtum sein. Ach, Ernie, Ernie!»

Sie brach in Tränen aus. Neville unternahm keinen Versuch, sie zu trösten; er setzte sich ihr gegenüber in einen großen Lehnstuhl und rauchte.

Inzwischen berichtete Polizist Glass seinem Chef in allen Einzelheiten, wie er den Mord entdeckt hatte. Der Arzt war bereits fortgegangen, die Fotografen hatten ihre Aufnahmen gemacht, und der Leichnam von Ernest Fletcher war abtransportiert worden, so daß sich nur noch der Sergeant und Glass im Arbeitszimmer aufhielten.

«Ich machte gerade meine Runde, Sergeant, und befand mich um zehn Uhr zwei in der Vale Avenue. Als ich zur Maple Grove kam – Sie wissen ja, das ist die Gasse, die hinter diesem Haus die Vale Avenue mit der Arden Road verbindet –, fiel mir ein Mann auf. Er schlüpfte aus der Gartentür von Mr. Fletchers Haus, und zwar auf eine Art, die mir verdächtig erschien. Dann entfernte er sich sehr schnell in Richtung der Arden Road.»

«Würden Sie ihn wiedererkennen?»

«Nein, Sergeant. Es war schon ziemlich dunkel, und ich habe ihn auch gar nicht von vorn gesehen. Er war schon an der Arden Road, bevor ich mehr tun konnte, als mich zu wundern, was er hier suchte.» Glass zog nachdenklich die Stirn kraus. «Ich konnte nur feststellen, daß er mittelgroß war und einen hellen Hut trug. Was mich auf die Idee brachte, daß irgendwas faul sei, kann ich nicht sagen. Vielleicht lag es an der Eile, in der er offensichtlich war. Der Herr lenkte meine Schritte.»

«Gut, gut, lassen wir das», sagte der Sergeant hastig. «Was haben Sie dann getan?»

«Ich rief ihm nach, er solle stehenbleiben, aber er kümmerte sich nicht darum, und im nächsten Augenblick war er auch schon in die Arden Road eingebogen. Nun beschloß ich, mir dieses Haus hier etwas genauer anzusehen. Die Pforte stand offen, und ich ging durch den Garten auf das erleuchtete Fenster zu, um herauszufinden, ob da vielleicht etwas passiert wäre. Und dann sah ich den Toten am Schreibtisch sitzen, genauso wie Sie ihn vorgefunden haben, Sergeant. Sowohl meine Uhr als auch die Wanduhr dort drüben zeigten zu diesem Zeitpunkt fünf Minuten nach zehn an. Als erstes vergewisserte ich mich, ob Mr. Fletcher noch zu helfen sei. Das war nicht der Fall, und so machte ich mich daran, das Zimmer und auch den Garten zu durchsuchen. Dann – es war genau zehn Uhr zehn – rief ich das Revier an. Während ich noch auf die Verbindung wartete, betrat Joseph Simmons, der Butler, das Zimmer. Er brachte das Tablett, das dort auf dem Tischchen steht. Ich hieß ihn warten und befragte ihn, nachdem ich das Telefongespräch beendet hatte. Seinen Angaben zufolge hat er gegen neun Uhr einem gewissen Abraham Budd, der den Verstorbenen besuchen wollte, die Tür geöffnet und ihn in dieses Zimmer geführt. Es entzieht sich seiner Kenntnis, wann besagter Abraham Budd fortging.»

«Beschreibung?»

«Soweit bin ich nicht gekommen, Sir, denn in diesem Augenblick erschien Mr. Neville Fletcher. Wie er erklärte, hat er den Verstorbenen zuletzt gegen acht Uhr fünfzig gesehen, als er mit ihm zusammen das Speisezimmer verließ.»

«Gut, wir werden uns gleich mit ihm unterhalten. Sonst noch etwas?»

«Nichts, was ich mit eigenen Augen gesehen habe», erwiderte Glass, nachdem er sein Gedächtnis durchforscht hatte.

«Wir werden uns gründlich umsehen. Scheint ein ganz klarer Fall zu sein, wie? Freund Abraham Budd kommt zu Besuch, und Sie ertappen ihn dabei, daß er fluchtartig das Weite sucht.»

«Meiner Ansicht nach ist Budd nicht der Täter», sagte Glass.

Der Sergeant maß ihn mit einem strengen Blick. «Sieh mal einer an. Da hat Sie wohl wieder der Herr erleuchtet?»

In den kalten Augen des Polizisten blitzte Zorn auf. «Der Spötter ist ein Greuel vor den Leuten», bemerkte er.

«Das genügt», sagte der Sergeant. «Vergessen Sie gefälligst nicht, daß Sie mit Ihrem Vorgesetzten sprechen.»

«Der Spötter», fuhr Glass unbeirrt fort, «liebt nicht, daß man ihn rügt; zu Weisen mag er nicht gehen. Dieser Budd machte weder aus seinem Besuch noch aus seinem Namen ein Hehl.»

Der Sergeant ließ ein Knurren hören. «Darin muß ich Ihnen recht geben. Vielleicht war's also doch kein vorsätzlicher Mord. Holen Sie mir mal den Butler.»

«Ich kenne Joseph Simmons als einen gottesfürchtigen Mann», sagte Glass, während er zur Tür ging.

«Schon gut, schon gut. Holen Sie ihn.»

Glass fand den Butler in der Diele. Als Simmons, der noch immer sehr blaß war, das Arbeitszimmer betrat, blickte er ängstlich zum Schreibtisch hinüber und stieß einen Seufzer der Erleichterung aus, als er den leeren Stuhl sah.

«Ihr Name?» fragte der Sergeant in scharfem Ton.

«Joseph Simmons, Sergeant.»

«Beruf?»

«Ich bin . . . ich war Mr. Fletchers Butler.»

«Wie lange sind Sie für ihn tätig gewesen?»

«Sechseinhalb Jahre, Sergeant.»

«Und Sie haben –» der Sergeant suchte in Glass' Notizen – «Sie haben Ihren Herrn zuletzt lebend gesehen, als Sie gegen neun Uhr einen gewissen Abraham Budd in dieses Zimmer führten. Ist das richtig?»

«Ja, Sergeant. Hier ist seine Visitenkarte.»

Der Sergeant nahm die Karte und las vor: «Mr. Abraham Budd, 333c Bishopsgate, London E. C. Nun, jetzt wissen wir wenigstens, wo er wohnt, das ist schon etwas wert. Wie ich sehe, haben Sie erklärt, er sei Ihnen nicht bekannt.»

«Er ist mir nie zuvor begegnet, Sergeant. Leute wie er pflegen in diesem Haus nicht zu verkehren», erwiderte Simmons hochmütig.

Auf diese pharisäerhafte Bemerkung reagierte Glass mit einem vernichtenden Ausspruch. «Der Herr ist hoch und sieht dennoch auf das Niedrige, aber die Stolzen kennt er nur von ferne», sagte er in drohendem Ton.

«Meine Seele ist von Reue erfüllt», beteuerte Simmons schuldbewußt.

«Kümmern Sie sich nicht um Ihre Seele», rief der Sergeant ungeduldig. «Und nehmen Sie keine Notiz von Glass. Beantworten Sie nur meine Fragen. Können Sie diesen Budd beschreiben?»

«O ja, Sergeant. Ein kleiner, dicker Mann in einem Anzug, dessen Farbe für meinen Geschmack zu grell war. Er trug einen steifen Hut und ist, wie mir schien, jüdischer Abstammung.»

«Klein und dick», sagte der Sergeant enttäuscht. «Könnte ein Vertreter gewesen sein. Erwartete Mr. Fletcher seinen Besuch?»

«Das glaube ich nicht. Mr. Budd behauptete, er käme in dringenden Geschäften, so daß ich gezwungen war, meinem Herrn die Visitenkarte zu überbringen. Mir schien, daß Mr. Fletcher sehr ärgerlich war.»

«Ärgerlich oder ängstlich?»

«Ängstlich? O nein, Sergeant. Mr. Fletcher murmelte etwas von verdammter Frechheit, sagte dann aber, ich solle Mr. Budd hereinführen, was ich auch tat.»

«Und das war so gegen neun Uhr? Haben Sie gehört, ob es zu Auseinandersetzungen kam?»

Der Butler zögerte. «Als Auseinandersetzung würde ich es nicht bezeichnen. Mein Herr sprach ein- oder zweimal mit erhobener Stimme, aber ich konnte nichts verstehen, weil ich zuerst im Speisezimmer beschäftigt war, also auf der anderen Seite der Diele, und mich dann in den Anrichteraum zurückzog.»

«Sie würden nicht sagen, daß die beiden miteinander gestritten haben?»

«Nein, Sergeant. Mr. Budd machte auf mich nicht den Eindruck eines streitsüchtigen Menschen. Im Gegenteil, ich hatte eher das Gefühl, daß er sich vor meinem Herrn fürchtete.»

«So, so, er fürchtete sich. Neigte Mr. Fletcher zu Wutausbrüchen?»

«Du lieber Himmel, nein. Im allgemeinen war er sehr freundlich, sehr liebenswürdig. Es geschah höchst selten, daß er die Fassung verlor.»

«Aber heute abend verlor er sie? Wegen Mr. Budds Besuch?»

Der Butler überlegte. «Ich glaube, an seiner Nervosität war etwas anderes schuld, Sergeant. Wenn mich nicht alles täuscht, hatte Mr. Fletcher kurz vor dem Dinner eine . . . eine kleine Meinungsverschiedenheit mit Mr. Neville.»

«Mr. Neville? Das ist der Neffe, nicht wahr? Wohnt er hier?»

«Nein. Mr. Neville traf heute nachmittag ein und wollte, soviel ich weiß, ein paar Tage bei seinem Onkel verbringen.»

«Wurde er erwartet?»

«Wenn das der Fall war, ist mir jedenfalls nichts davon bekannt. Um der Fairneß willen möchte ich bemerken, daß Mr. Neville ein – wenn ich so sagen darf – recht exzentrischer junger Herr ist. Es war durchaus nicht das erste Mal, daß er hier unangemeldet erschien.»

«Und diese Meinungsverschiedenheit mit seinem Onkel – war so etwas auch üblich?»

«Ich möchte nicht, daß Sie einen falschen Eindruck bekommen, Sergeant. Verstehen Sie mich recht: Von einem Streit im eigentlichen Sinn kann keine Rede sein. Es ist nur so, daß ich vor dem Dinner, als ich Sherry und Cocktails im Wohnzimmer servierte, den Eindruck hatte, einen Wortwechsel unterbrochen zu haben. Mein Herr wirkte ausgesprochen verärgert, was bei ihm selten vorkam, und als ich das Zimmer betrat, hörte ich ihn sagen, er wünsche nichts mehr darüber zu hören und Mr. Neville solle sich zum Teufel scheren.»

«Oh. Und wie verhielt sich Mr. Neville? War er wütend?»

«Das kann ich nicht beurteilen, Sergeant. Mr. Neville ist ein eigenartiger Mensch. Er neigt nicht dazu, seine Gefühle zu offenbaren – falls er überhaupt welche hat, was ich manchmal bezweifle.»

«Natürlich habe ich welche, sogar eine ganze Menge», warf Neville ein, der unbemerkt hereingekommen war.

Der Sergeant wußte nicht, daß der junge Mr. Fletcher die Angewohnheit hatte, Zimmer geräuschlos zu betreten, und so verschlug es ihm im ersten Augenblick die Sprache. Neville lächelte entschuldigend und sagte:

«Guten Abend. Ist es nicht furchtbar? Hoffentlich haben Sie schon irgend etwas herausgefunden. Meine Tante würde Sie gern noch sprechen, bevor Sie gehen. Wissen Sie, wer meinen Onkel getötet hat?»

«Es ist noch ein bißchen früh, mich das zu fragen, Sir», antwortete der Sergeant vorsichtig.

«Ihre Worte deuten auf eine längere Periode der Ungewißheit hin, und das finde ich überaus deprimierend.»

«Ja, Sir, es ist recht unangenehm für alle Beteiligten», stimmte der Sergeant zu. Dann sagte er, zu Simmons gewandt: «Für den Augenblick ist das alles.»

Simmons zog sich zurück, und der Sergeant, der Neville mit verstohlener Neugier gemustert hatte, forderte den jungen Mann auf, sich zu setzen. Neville kam dieser Bitte bereitwillig nach und ließ sich in einen tiefen Lehnstuhl vor dem Kamin fallen. Der Sergeant sagte höflich: «Ich wäre froh, wenn Sie mir helfen könnten, Sir. Vermutlich standen Sie dem Verstorbenen sehr nahe.»

«O nein», erwiderte Neville schockiert. «Das war ganz und gar nicht der Fall.»

«Nein? Wollen Sie damit andeuten, Sir, daß Sie mit Mr. Fletcher nicht gut auskamen?»

«Keineswegs. Ich komme mit allen Leuten gut aus. Nur was das Nahestehen betrifft ...»

«Bitte, Sir, ich meine doch ...»

«Ja, ja, ich weiß, was Sie meinen. Sie wollen wissen, ob ich die Geheimnisse im Leben meines Onkels kenne. Nein, Sergeant, ich hasse Geheimnisse und kümmere mich prinzipiell nicht um die Probleme anderer Leute.»

Seine Miene drückte leutselige Freundlichkeit aus. Der Sergeant war ein wenig verblüfft, faßte sich aber rasch und sagte: «Nun, jedenfalls kannten Sie ihn recht gut, nicht wahr, Sir?»

«Wenn Sie wollen, können Sie es so formulieren», murmelte Neville.

«Wissen Sie, ob er Feinde hatte?»

«Nach dem, was vorgefallen ist, sollte man es annehmen.»

«Allerdings, Sir, aber ich muß versuchen, Klarheit zu gewinnen und ...»

«Ich weiß, ich weiß. Leider bin ich, was das betrifft, ebensowenig informiert wie Sie. Haben Sie meinen Onkel gekannt?»

«Nein, Sir, persönlich nicht.»

Neville blies einen Rauchring durch einen zweiten und betrachtete träumerisch dieses Gebilde. «Alle nannten ihn Ernie», sagte er mit einem Seufzer. «Oder *lieber* Ernie – je nach Geschlecht. Verstehen Sie?»

Der Sergeant sah vor sich hin und antwortete dann langsam: «Ja, Sir, ich verstehe. Ich habe auch immer nur Gutes von ihm gehört. Sie kennen also niemanden, der einen Groll gegen ihn hegte?»

Neville schüttelte den Kopf. Hemingway blickte ihn mißmutig an und zog dann Glass' Notizbuch zu Rate. «Wie ich sehe, haben Sie erklärt, Sie seien vom Speisezimmer ins Billardzimmer gegangen, wo Sie sich aufhielten, bis Miss Fletcher kam, um Sie ins Wohnzimmer zu holen. Wann könnte das gewesen sein?»

Neville zuckte die Achseln. Sein Lächeln schien um Entschuldigung zu bitten.

«Sie wissen es nicht, Sir? Auch nicht annähernd? Bitte, versuchen Sie sich zu erinnern.»

«O weh, die Zeit hat in meinem Leben bisher noch nie eine Rolle gespielt. Hilft es Ihnen vielleicht weiter, wenn ich sage, daß meine Tante einen recht eigenartig aussehenden Mann erwähnte, der bei meinem Onkel zu Besuch sei? Ein kleiner, dicker Mann, der seinen Hut in der Hand trug. Sie war ihm in der Diele begegnet.»

«Haben Sie diesen Mann ebenfalls gesehen?» fragte der Sergeant hastig.

«Nein.»

«Und Sie wissen auch nicht, ob er noch bei Ihrem Onkel war, als Sie die Treppe hinauf- und in Ihr Zimmer gingen?»

«Ich bitte Sie, Sergeant, glauben Sie etwa, daß ich an Türen lausche und durch Schlüssellöcher spähe?»

«Natürlich nicht, Sir, aber ...»

«Jedenfalls tue ich's nicht, wenn ich kein bißchen neugierig bin», fügte Neville überflüssigerweise hinzu.

«Gut, Sir. Sie gingen also irgendwann zwischen neun und zehn Uhr in Ihr Zimmer hinauf.»

«Um halb zehn», präzisierte Neville.

«Um ... Eben haben Sie doch gesagt, Sie hätten keine Ahnung, wie spät es war.»

«Hatte ich auch nicht, aber jetzt erinnere ich mich an *einen* Kuckucksruf.»

Der Sergeant blickte erschrocken zu Glass hinüber, der regungslos und mit mißbilligender Miene an der Tür stand. War es möglich, daß dieser exzentrische junge Mann an Wahnvorstellungen litt? «Was meinen Sie damit, Sir?»

«Die Uhr auf dem Treppenabsatz», antwortete Neville.

«Oh, eine Kuckucksuhr! Wirklich, Sir, im ersten Moment dachte ich ... Die Uhr schlug also die halbe Stunde?»

«Ja, aber verlassen kann man sich nicht auf sie.»

«Das werden wir gleich mal feststellen. Nach welcher Seite geht Ihr Zimmer hinaus, Sir?»

«Nach Norden.»

«Also zum Garten hin, nicht wahr? Könnten Sie hören, wenn jemand den Gartenweg entlangginge?»

«Das weiß ich nicht. Ich *habe* niemanden gehört, aber vielleicht nur deswegen nicht, weil ich mit anderen Dingen beschäftigt war.»

«Richtig», sagte der Sergeant. «Ja, das wär's wohl fürs erste, vielen Dank, Sir. Leider muß ich Sie bitten, dieses Haus in den nächsten Tagen nicht zu verlassen. Eine Routinemaßnahme, für die Sie gewiß Verständnis haben. Hoffentlich wird es uns in Kürze gelingen, den Fall restlos aufzuklären.»

«Ja, hoffentlich», stimmte Neville zu. Sein Blick ruhte nachdenklich auf einem Gemälde, das gegenüber dem Kamin an der Wand hing. «Einbrecher können es wohl nicht gewesen sein?»

«Kaum, Sir. Vorerst läßt sich das natürlich noch nicht mit Bestimmtheit sagen, aber es ist doch recht unwahrscheinlich, daß sich jemand hier eingeschlichen haben sollte, als Mr. Fletcher und die übrigen Mitglieder des Haushalts noch wach waren.»

«Ja, ich dachte nur . . . Hinter dem Bild dort befindet sich nämlich ein Safe.»

«Das hat mir der Butler bereits mitgeteilt, Sir. Wir haben auch schon nach Fingerabdrücken gesucht, und sobald Mr. Fletchers Anwalt eintrifft, werden wir den Safe öffnen lassen. Ja, Hepworth? Haben Sie was gefunden?»

Diese Frage galt einem Polizisten, der das Zimmer durch die Fenstertür betreten hatte.

«Nicht viel, Sergeant, aber ich möchte Sie bitten, sich da draußen etwas anzusehen.»

Der Sergeant ging sogleich hinaus. Neville faltete seine Beine auseinander, stand auf und steuerte ebenfalls dem Garten zu. «Macht Ihnen doch nichts aus, wenn ich mitkomme?» murmelte er, als der Sergeant den Kopf wandte.

«Ich wüßte nicht, was ich dagegen haben sollte, Sir. Es handelt sich darum, daß kurz nach zehn Uhr ein Mann gesehen wurde, der eilig aus der Gartenpforte schlüpfte, und ich würde mich nicht wundern, wenn das der Kerl war, den wir suchen.»

«Ein kleiner, dicker Mann?»

«Ach, das wäre wohl doch ein bißchen zu einfach, nicht wahr?» meinte der Sergeant nachsichtig. «Nein, es war ein ganz unauffälliger Mann mit einem Filzhut. Na, Hepworth, was gibt's denn?»

Der Polizist hatte die beiden hinter einen Johannisbeerstrauch geführt, der in einem Beet nahe dem Haus stand. Nun richtete der Mann den Strahl seiner Taschenlampe auf den Boden. In der weichen Erde waren deutlich die Abdrücke eines Paars hochhackiger Schuhe zu sehen.

«Ganz frisch, Sergeant», sagte Hepworth. «Hinter diesem Strauch hatte sich jemand versteckt.»

«Also war eine Frau im Spiel!» rief Neville. «Ist das nicht herrlich aufregend?»

2

Um halb elf befand sich nur noch ein Polizist im Haus, der als Wache zurückgeblieben war. Miss Fletcher, von dem Sergeant taktvoll befragt, hatte nichts zur Aufklärung des Verbrechens beisteuern können. Die Mitteilung, man habe Abdrücke von Damenschuhen entdeckt, schien sie weder zu schockieren noch zu überraschen. «Er war so ungewöhnlich attraktiv», vertraute sie dem Sergeant an. «Das soll natürlich nicht heißen ... aber Männer sind nun einmal anders als wir Frauen, nicht wahr?»

Der Sergeant hatte sich eine lange Lobrede auf den verstorbenen Ernest Fletcher anhören müssen: wie bezaubernd er gewesen war und wie beliebt; was für vollendete Manieren er gehabt und mit welcher Güte er seine Schwester stets behandelt hatte. Ein fröhlicher, flotter, großzügiger Mensch ... Aus diesem Redestrom hatten sich einige Tatsachen herauskristallisiert. Neville, der Sohn von Ernies längst verstorbenem Bruder Ted, war zweifellos der Erbe seines Onkels. Ein lieber Junge, aber man wußte nie, was er als nächstes anstellen würde, und – ja, der arme Ernie war mächtig verärgert gewesen, als Neville im Gefängnis irgendeines gräßlichen Balkanstaates landete. O nein, nichts von Belang. Neville war nur so furchtbar unordentlich und hatte irgendwie, irgendwo seinen Paß verloren. Was die junge Russin betraf, die in Budapest eines Morgens («noch vor dem Frühstück!») mit all ihrem Gepäck in Nevilles Hotel aufgekreuzt war, weil er sie angeblich am Abend zuvor bei einer Party dazu aufgefordert hatte – nun, man konnte das natürlich nicht gerade gutheißen, aber junge Männer betranken sich eben dann und wann; außerdem taugte die Frau offensichtlich gar nichts, und im Grunde sah so etwas Neville nicht ähnlich. Andererseits konnte einem der arme Ernie leid tun, der Neville buchstäblich loskaufen mußte. Trotzdem war es eine ausgesprochene Lüge, zu behaupten, Ernie möge Neville nicht leiden. Gewiß, Onkel und Neffe hatten nicht viel miteinander gemein, aber Blut war nun einmal dicker als Wasser, und Ernie zeigte doch immer soviel Verständnis ...

Nein, erklärte sie bei näherer Befragung, sie kenne niemanden, der auch nur den leisesten Groll gegen ihren Bruder hege. Ihrer Meinung nach müsse es sich bei dem Mörder um einen dieser gräßlichen Geisteskranken handeln, von denen man so oft in den Zeitungen lese ...

Der Sergeant hatte einige Mühe, das Gespräch zu beenden. Als er gegangen war, setzten sich Tante und Neffe ins Wohnzimmer.

«Mir ist, als wäre das alles ein schrecklicher Albtraum», stöhnte Miss

Fletcher und preßte die Hand auf die Stirn. «Draußen in der Diele steht ein Polizist, und das Zimmer des lieben Ernie ist versiegelt worden.»

«Macht dir das etwas aus?» fragte Neville. «Waren da vielleicht irgendwelche Dinge, die du beseitigen wolltest?»

«O nein», protestierte Miss Fletcher, «das wäre doch höchst unehrenhaft. Obgleich ich sicher bin, daß es Ernie lieber gewesen wäre als dieses Herumgeschnüffel von wildfremden Leuten in seinen Angelegenheiten. Natürlich würde ich nichts wirklich Wichtiges vernichten, und bestimmt gibt es so etwas auch gar nicht. Es ist nur . . . ach, du weißt doch, wie Männer sind, selbst die allerbesten.»

«Nichts weiß ich. Erzähl mal.»

«Nun ja», sagte Miss Fletcher, «es gibt gewisse Dinge im Leben eines Mannes, über die man nicht spricht, aber ich fürchte, Neville, daß er Frauengeschichten hatte. Und ich glaube – obgleich ich natürlich nichts Genaues weiß –, daß manche dieser Frauen keinen guten Ruf hatten.»

«Männer sind nun mal so», tröstete Neville.

«Ja, mein Junge, und ich war auch sehr dankbar dafür, denn es gab einmal eine Zeit, da dachte ich, Ernie würde sich einfangen lassen.»

«Einfangen?»

«Als Ehemann», erklärte Miss Fletcher. «Das wäre ein schwerer Schlag für mich gewesen. Nun, zum Glück neigte er nicht zur Beständigkeit.»

Neville blickte sie erstaunt an. Sie lächelte unglücklich und war sich offenbar gar nicht bewußt, etwas Verblüffendes gesagt zu haben. Wie die Verkörperung höchster Ehrbarkeit saß sie vor ihm: eine rundliche, welke Dame mit strähnigem grauem Haar, sanften, vom Weinen rotgeränderten Augen und einem altjüngferlichen kleinen Mund, der gewiß noch nie mit Lippenstift in Berührung gekommen war.

«Also das gibt mir den Rest», sagte Neville. «Ich glaube, ich gehe am besten zu Bett.»

«Ach herrje, regt dich das auf, was ich dir erzählt habe?» fragte sie betroffen. «Aber es kommt ja auf jeden Fall heraus, und früher oder später hättest du es sowieso erfahren.»

«Es ist nicht mein Onkel, sondern meine Tante», murmelte Neville.

«Wie merkwürdig du redest, mein Junge. Du bist überanstrengt, und das ist ja auch kein Wunder. Meinst du, ich sollte dem Polizisten eine Erfrischung anbieten?»

Während sie ein Gespräch mit dem Wachtposten in der Diele begann, ging Neville nach oben. Bald darauf klopfte die Tante an seine Tür und erkundigte sich nach seinem Befinden. Er rief ihr zu, daß er sich sehr gut fühle, aber entsetzlich müde sei. Mit Gutenachtwünschen und dem Versprechen, ihn nicht mehr zu stören, begab sich Miss Fletcher in ihr Schlafzimmer, das im vorderen Teil des Hauses lag.

Nachdem Neville Fletcher seine Tür abgeschlossen hatte, kletterte er aus dem Fenster und gelangte mit Hilfe einer dicken Regenröhre und des

Verandadaches wohlbehalten nach unten.

Der Garten lag in Mondlicht gebadet. Für den Fall, daß auch an der Pforte ein Wachtposten stand, schlich sich Neville zu der Mauer, die den Garten von der Arden Road trennte. Dort gab es ein Spalier, und so konnte er mit Leichtigkeit die Mauer erklimmen, sich dann von oben herablassen und sportsmännisch gewandt auf dem Boden landen. Er blieb einen Augenblick stehen, um sich eine Zigarette anzuzünden, bevor er in westlicher Richtung die Arden Road entlangging. Nach etwa hundert Yards bog er in eine Seitenstraße ein, die parallel zur Maple Grove verlief, und schlüpfte in den ersten Torweg, zu dem er kam. Im Mondschein zeichneten sich deutlich die Umrisse eines großen, viereckigen Hauses ab, in dem noch mehrere Fenster erleuchtet waren. Bei allen fiel das Licht durch zugezogene Vorhänge; eines davon, im Erdgeschoß, links von der Haustür, stand offen. Neville ging darauf zu, schob die Vorhänge ein wenig beiseite und spähte in das Zimmer.

Eine Frau saß an einem Sekretär und schrieb. Das Licht der Leselampe verlieh ihrem goldblonden Haar einen feurigen Schimmer. Sie trug ein Abendkleid, und über der Lehne ihres Stuhls hing ein Brokatmantel. Neville betrachtete sie eine Weile, bevor er über die Fensterbrüstung stieg.

Sie hob rasch den Kopf und stieß einen unterdrückten Schreckensschrei aus. Im nächsten Moment wich die Angst in ihren Augen einem Ausdruck der Erleichterung. Ihr liebliches Gesicht rötete sich; sie preßte die Hand auf die Brust und sagte mit schwacher Stimme: «Neville! Mein Gott, wie du mich erschreckt hast.»

«Das ist noch gar nichts gegen das, was *ich* heute abend durchgemacht habe», erwiderte Neville. «Du kannst dir nicht vorstellen, Schätzchen, was sich bei uns in Greystones getan hat.»

Sie klappte die Schreibmappe mit dem angefangenen Brief zu. «Du meinst, du hast sie nicht bekommen?» fragte sie erregt, in ungläubigem Ton.

«Alles, was ich bekommen habe, ist das große Zittern», erwiderte Neville. Er schlenderte auf sie zu und ließ sich zu ihrem Erstaunen auf ein Knie nieder.

«Neville, was um Himmels willen ...»

Seine Hand umfaßte ihren Knöchel. «Komm, zeig mir mal deinen Fuß, Süße.» Er betrachtete den Schuh aus silbernem Leder. «O mein prophetisches Gemüt! Jetzt sitzen wir drin, genau wie deine hübschen Schuhchen in dem weichen Boden.» Er ließ ihren Fuß los und stand auf.

Ihre Augen weiteten sich vor Angst. Sie blickte auf die silbernen Schuhe und verbarg sie hastig unter dem weitfallenden Rock. «Was soll das heißen?»

«Tu nicht so, Schätzchen. Du warst heute abend bei Ernie und hast dich hinter einem Busch in der Nähe seines Zimmers versteckt.»

«Woher weißt du das?» fragte sie rasch.

«Intuition. Du hättest es wirklich mir überlassen können. Was hatte das für einen Sinn, mich in die Sache hineinzuziehen, wenn du sowieso eingreifen wolltest? Mir war das alles weiß Gott sehr zuwider.»

«Das ist es ja gerade. Ich war ziemlich sicher, daß du nichts ausrichten würdest. Du bist so unzuverlässig, und ich wußte, wie ungern du es tatest.»

«Stimmt, ich hab's ungern getan, unzuverlässig bin ich auch, und ausgerichtet habe ich gar nichts, aber trotzdem war es verdammt blöde von dir, das Ende meiner Bemühungen nicht abzuwarten. Hast *du* sie wenigstens bekommen?»

«Nein. Er hat nur gelacht und . . . ach, du weißt schon.»

«Wie reizend», sagte Neville. «Und warst du es, die ihm den Schädel eingeschlagen hat?»

«Laß die Albernheiten», fuhr sie ihn an.

Neville musterte sie kritisch. «Falls du mir was vormachst, kann ich das nur als reife Einzelleistung bezeichnen. Hast du gesehen, wer es war?»

Sie zog die Stirn kraus. «Wen, bitte, soll ich gesehen haben?»

«Denjenigen, der Ernie den Schädel einschlug. Mein süßer kleiner Dummkopf, Ernie ist ermordet worden.»

Ein wimmernder Aufschrei entrang sich ihrer Kehle. «Neville! Nein, nein! Neville, das ist doch nicht wahr!»

Seine Mundwinkel verzogen sich zu einem Lächeln. «Hast du es nicht gewußt?»

Ihr Blick suchte den seinen, während die Farbe langsam aus ihrem Gesicht wich. «Ich habe es nicht getan», stieß sie hervor.

Er nickte. «Vermutlich hättest du auch gar nicht die nötige Kraft aufbringen können.»

Hier wurden sie unterbrochen. Die Zimmertür öffnete sich, und eine schlanke junge Frau mit einer Fülle brauner Locken, ein Monokel ins linke Auge geklemmt, kam herein. «Hast du gerufen, Helen?» fragte sie ruhig. Dann richtete sie ihren Blick auf Neville und sagte mit unverhohlenem Abscheu: «Ach, du bist hier?»

«Ja, aber wenn ich diese Begegnung vorausgesehen hätte, wäre ich bestimmt nicht gekommen, du Teufelsbraten», erwiderte Neville freundlich.

Miss Drew gab ein verächtliches Schnaufen von sich und schaute ihre Schwester prüfend an. «Du siehst ja aus wie das Leiden Christi», stellte sie fest. «Ist irgendwas passiert?»

Helen Norths Hände krampften sich nervös ineinander. «Ernie Fletcher ist ermordet worden.»

«Gut», sagte Miss Drew ungerührt. «Ist Neville gekommen, um dir das zu erzählen?»

«O bitte nicht!» rief Helen schaudernd. «Es ist so furchtbar!»

«Was mich betrifft –» Miss Drew nahm eine Zigarette aus dem Kästchen auf dem Tisch und steckte sie in eine lange Spitze – «so betrachte ich es als ein höchst denkwürdiges Ereignis. Ich hasse Männer, die sich als Superkavaliere aufspielen und immerzu bezaubernd lächeln. Wer hat ihn denn umgebracht?»

«Ich weiß es nicht!» rief Helen verzweifelt. «Sally! Neville! Ihr glaubt doch nicht etwa, ich wüßte es? O mein Gott!» Sie blickte wild von einem zum anderen, ließ sich dann auf ein Sofa fallen und schlug die Hände vors Gesicht.

«Wenn das eine Probe deines mimischen Könnens sein soll, finde ich's großartig», sagte Neville. «Anderenfalls ist es reine Zeitverschwendung. Hör schon auf, Helen, du bringst mich in Verlegenheit.»

Sally betrachtete ihn mißbilligend. «Sehr tief scheint es dich nicht getroffen zu haben», meinte sie.

«Oh, du hättest mich vor einer Stunde sehen sollen», erwiderte Neville. «Da hatte ich völlig die Fassung verloren.»

Sie lachte verächtlich auf, sagte aber nur: «Wie wär's, wenn du mir die ganze Geschichte erzähltest? Vielleicht läßt sich der Stoff literarisch verwerten.»

«Eine fabelhafte Idee», lobte Neville. «Dann ist Ernie wenigstens nicht umsonst gestorben.»

«Ich wollte schon immer mal einen richtigen Mordfall miterleben. Was war die Todesursache?»

«Zertrümmerter Schädel», antwortete Neville.

Helen stöhnte dumpf, während ihre Schwester mit Kennermiene nickte. «Aha», sagte Sally, «also ein Schlag mit einem stumpfen Gegenstand. Hast du eine Ahnung, wer es getan hat?»

«Nein, aber vielleicht weiß Helen etwas.»

Helen hob den Kopf. «Glaub mir doch, ich war nicht dabei!»

«Deine Schuhe strafen dich Lügen, Süße.»

«Ja, ich war dort, aber nicht, als er umgebracht wurde! Bestimmt nicht, ich schwör's dir!»

Das Monokel fiel aus Miss Drews Auge. Sie klemmte es wieder ein und blickte ihre Schwestger forschend an. «Was soll das heißen – ‹ja, aber nicht, als er umgebracht wurde›? Bist du heute abend in Greystones gewesen?»

Helen schien nicht zu wissen, was sie antworten sollte. Nach einigem Zögern sagte sie: «Ja. Ja, ich war drüben bei Ernie. Erstens, weil . . . weil mir das Geklapper deiner Schreibmaschine auf die Nerven ging, und zweitens, weil ich . . . etwas mit ihm zu besprechen hatte.»

«Hör mal», erwiderte Sally streng, «wenn schon, dann erzähl auch gleich alles. Was ist zwischen dir und Ernie Fletcher?»

«Als Purist», warf Neville ein, «muß ich gegen den Gebrauch des Präsens protestieren.»

Sally wandte sich ihm zu. «Ich nehme an, du bist über alles informiert, wie? Dann solltest du mich aufklären, verdammt noch mal.»

«Es ist nicht das, was du denkst», beteuerte Helen hastig. «Wirklich nicht, Sally. Ja, ich gebe zu, ich hatte ihn gern, aber nicht so gern, daß ich ...»

«Wenn du Neville die Wahrheit sagen konntest, dann kannst du sie mir auch sagen», beharrte Sally. «Und rede dich nicht mit meiner klappernden Schreibmaschine heraus, denn so was zieht bei mir nicht.»

«Erzähl ihr alles», riet Neville. «Sie ist ganz wild auf schmutzige Geschichten.»

Helen wurde rot. «Mußt du es so bezeichnen?»

Er seufzte. «Schätzchen, ich habe dir von Anfang an gesagt, daß ich die Sache über die Maßen banal und schmutzig finde. Warum wirfst du mir das jetzt auf einmal vor?»

«Du begreifst nicht, was es heißt, verzweifelt zu sein», erwiderte sie bitter.

«Stimmt. Weil ich wie ein Gott über allem schwebe.»

«Nun, ich kann nur hoffen, daß du als Mörder angeklagt wirst», bemerkte Sally. «Was würde dir dann dein göttliches Über-allem-Schweben helfen?»

Er sah sie nachdenklich an. «Das wäre furchtbar interessant», meinte er. «Natürlich würde ich äußerlich ruhig und gelassen bleiben, aber vielleicht wäre ich insgeheim verzagt. Hoffentlich nicht, weil ich dann nicht mehr ich selbst wäre. Und das würde mir nicht behagen.»

Helen schlug mit der Faust auf die Sofalehne. «Geschwätz, nichts als Geschwätz! Was kann das schon nützen?»

«Der Nützlichkeitskult ist das Scheußlichste, was es gibt», sagte Neville. «Du bist eine prosaische Natur, liebes Kind.»

«Ach, sei doch still», bat Sally. Sie ging zum Sofa und setzte sich neben Helen. «Komm, altes Mädchen, erzähl mir die ganze Geschichte von A bis Z. Wenn du in der Klemme sitzt, werde ich alles Menschenmögliche versuchen, dir herauszuhelfen.»

«Das kannst du nicht», sagte Helen mutlos. «Ernie hat Schuldscheine von mir, und wenn die Polizei sie findet, gibt es einen schrecklichen Skandal.»

Sally runzelte die Stirn. «Schuldscheine? Wieso? Ich meine, wie ist er zu denen gekommen? Und um was für Schulden handelt es sich überhaupt?»

«Um Spielschulden. Neville nimmt an, daß Ernie die Scheine aufgekauft hat.»

«Ja, aber weshalb sollte er das getan haben?» fragte Sally, und wieder sprang ihr das Monokel aus dem Auge.

Neville blickte sie bewundernd an. «Dieses Mädchen ist die verkörperte Tugend. Lilienweiß und engelsrein. Geradezu überirdisch.»

«Nichts dergleichen bin ich», rief Sally hitzig. «Aber solche Begriffe wie ‹Lohn der Schande› sind doch völlig antiquiert. Du meine Güte, nie würde ich so was in einem meiner Bücher verwerten.»

«Flüchtest du vor der Wirklichkeit?» fragte Neville teilnahmsvoll. «Ist das der Grund, aus dem deine Romane immer eine so unwahrscheinliche Handlung haben? Empfindest du die Banalität des Alltagslebens als unerträglich?»

«Meine Romane sind nicht unwahrscheinlich! Vielleicht interessiert es dich zu hören, daß die Kritiker mich zu den sechs bedeutendsten Kriminalschriftstellern zählen.»

«Wenn du ihnen das glaubst, bist du ein schlechter Menschenkenner», versetzte Neville.

Helen konnte einen Wutschrei nicht unterdrücken. «Hört auf, hört auf! Als ob das im Augenblick eine Rolle spielte! Sagt mir lieber, was ich *tun* soll.»

Sally wandte sich von Neville ab. «Gut, beschäftigen wir uns erst mal mit dieser Sache. Dazu brauche ich aber noch ein paar Angaben. Seit wann warst du in Ernie Fletcher verliebt?»

«Verliebt war ich niemals in ihn. Ich fand ihn nur sehr attraktiv, und . . . und er hatte soviel mitfühlendes Verständnis. In seiner Art war er fast ein bißchen feminin – nein, das ist nicht richtig ausgedrückt. Ich kann's einfach nicht erklären. Ernie gab einem das Gefühl, man sei aus kostbarem, sehr zerbrechlichem Porzellan.»

«Das muß sich recht anregend auf dein Leben ausgewirkt haben», meinte Neville.

«Sei doch still! Sprich weiter, Helen. Wann hat das alles angefangen?»

«Ach, ich weiß nicht. Wahrscheinlich in dem Augenblick, als ich ihn kennenlernte – richtig kennenlernte, meine ich. Glaube bitte nicht, daß er . . . daß er mich zu verführen suchte. Er hielt sich immer zurück. Erst vor kurzem wurde mir auf einmal klar, was er wollte. Ich dachte . . . ach, ich weiß nicht, was ich dachte.»

«Du hast gar nichts gedacht», erklärte Neville freundlich. «Du bist einfach in einem goldfarbenen Sirupmeer dahingetrieben.»

«So wird's gewesen sein», meinte auch Sally. «Du warst offenbar in einer Art Ätherrausch. Übrigens, wie hat John darauf reagiert – wenn überhaupt?»

Ihre Schwester wurde rot und blickte zur Seite. «Ich weiß nicht. Zwischen John und mir waren die Brücken schon abgebrochen, bevor . . . bevor Ernie in mein Leben trat.»

Scheinbar überwältigt, sank Neville in einen Sessel und bedeckte sein Gesicht mit den Händen. «O Gott, o Gott», stöhnte er. «Jetzt werde ich auch noch in diesen ekelhaften Sirup gezerrt. Bitte, Helen, laß mich die Brücken zwischen uns abbrechen und aus deinem Leben verschwinden, bevor ich ebenfalls anfange, Phrasen zu dreschen. So etwas ist enorm ansteckend.»

«Ich muß zugeben», sagte Sally um der Gerechtigkeit willen, «daß auch ich gegen Ausdrücke wie ‹die Brücken abbrechen› und ‹in mein Leben treten› allergisch bin. Helen, versuch doch bitte, dich nicht in Sentimentalitäten hineinzusteigern. Die Sache scheint mir verdammt ernst zu sein. Ich hatte schon immer den Eindruck, daß ihr beide, John und du, nicht besonders gut miteinander auskämt. Manche Frauen merken es eben nicht, wenn sie auf Gold gestoßen sind. Was hattet ihr denn gegeneinander? Ich dachte immer, John wäre die Antwort auf jeder Jungfrau Gebet.»

«Ach, es ist sehr schwer zu erklären.» Helens Augen schwammen in Tränen. «Ich war so jung, als ich ihn heiratete, und ich bildete mir ein, alle meine Träume würden sich nun erfüllen. Ich will mich nicht besser machen, als ich bin. John ist zweifellos ein wunderbarer Mensch, nur hat er mich nie verstanden und schätzte nicht das, was ich mir so sehr wünschte: Leben, Frohsinn und Abwechslung.»

«Geliebt hast du ihn wohl nicht?» fragte Sally rundheraus.

«Ich glaubte ihn zu lieben. Aber alles ging schief. Wenn John nur anders gewesen wäre – ach, du weißt ja, wie er ist. Hätte er mich zurechtgestaucht oder sogar geschlagen, dann wäre ich bestimmt zur Vernunft gekommen. Er hat jedoch nichts dergleichen getan, sondern sich einfach in sein Schneckenhaus zurückgezogen. Außerdem war er beruflich stark eingespannt, und ich langweilte mich. Also gewöhnte ich mir an, ohne ihn auszugehen. Sally, ich schwöre dir, daß ich nicht weiß, wie es anfing oder wie es soweit kommen konnte, aber John und ich sind uns fremd geworden, so fremd.» Tränen liefen über ihre Wangen, als sie mit brüchiger Stimme hinzufügte: «Ich würde alles hergeben, wenn ich damit unser Glück retten könnte, aber das ist unmöglich. Zwischen uns klafft ein unüberbrückbarer Abgrund. Und jetzt, nachdem auch *das* noch geschehen ist, dürfte es endgültig aus sein. Wenn die Sache mit den Schuldscheinen bekannt wird, habe ich Johns Namen in den Schmutz gezogen. Ich muß ihm die Scheidung anbieten, das ist das mindeste, was ich für ihn tun kann.»

«Rede nicht solchen Blödsinn», sagte Sally scharf. «John ist viel zu anständig, er würde dich nie im Stich lassen, wenn du Schwierigkeiten hast. Daß jemand Schulden macht, ist noch lange kein Scheidungsgrund, und aus der Tatsache, daß Ernie im Besitz deiner Schuldscheine ist, geht doch klar hervor, daß du deinem Mann nicht untreu warst.»

«Wenn man sie findet und alles bekannt wird, bringe ich mich um», rief Helen. «Ich könnte das nicht ertragen! Ich könnte es einfach nicht! John hat doch keine Ahnung, daß ich gespielt habe. Er verabscheut nichts so sehr wie Glücksspiele. Neville ist ein Scheusal, aber wenn er von einer schmutzigen Geschichte spricht, dann hat er völlig recht. Es war ja nicht Bridge oder sonst etwas, was man bei Gesellschaften spielt, es war ... es passierte in einer richtigen Spielhölle.»

«Donnerwetter», sagte Miss Drew bewundernd. «Vergoldetes Laster, hohläugige Harpyien, Selbstmorde im Nebenzimmer und all so was?»

«Es war nicht vergoldet, und ich weiß nicht, ob sich jemand das Leben nahm, aber es war eine Lasterhöhle und trotzdem – in gewisser Weise – sehr aufregend. Wenn John davon erführe ... mein Gott, die Leute, die dort verkehrten! Wirklich, Sally, wenn jemals herauskäme, daß ich so etwas getan habe, würde mir kein Mensch glauben, daß ich *nicht* durch und durch verdorben bin.»

«Warum bist du überhaupt dorthin gegangen?»

«Ach, nur um der Sensation willen. So wie man aus Neugier einen Bummel durch Limehouse macht. Und zuerst war ich auch stark beeindruckt. Die Spannung, das Risiko – ich fand das herrlich. Dann verlor ich eine Menge Geld und bildete mir in meiner Dummheit ein, ich könnte es zurückgewinnen. Du weißt ja, wie eines zum anderen führt.»

«Warum hast du deine Perlen nicht verkauft?»

Helen lächelte müde. «Weil sie nichts wert sind.»

«Wa-a-as?» Sally schnappte nach Luft.

«Imitationen», sagte Helen bitter. «Die echten habe ich schon vor Jahren verkauft. Andere Wertsachen auch. Ich war von jeher ein verschwenderisches kleines Biest, und als John mir eines Tages erklärte, er könne diese Extravaganzen nicht länger dulden, da fing ich eben an, Schmuck zu verkaufen.»

«Helen!»

Neville, der sich mit geschlossenen Augen in dem weichen Sessel rekelte, fragte schläfrig: «Sagtest du nicht, du wärst auf der Suche nach literarischem Material?»

«Ja, aber das hier könnte ich unmöglich verwerten, selbst wenn Helen nichts damit zu tun hätte», antwortete Sally. «Es ist einfach nicht meine Masche. Ich werde mich auf den Mord konzentrieren müssen. Übrigens, Helen, wer hat dich in diese Spielhölle eingeführt? Der liebe Ernie?»

«Nein, nein», rief Helen. «Im Gegenteil, er hat mich ja wieder auf den rechten Weg gebracht. Du glaubst gar nicht, wie zauberhaft er war. Er sagte, alles würde in Ordnung kommen, und ich sollte mir keine Sorgen mehr machen, aber in Zukunft müßte ich natürlich ein liebes, artiges Kind sein.»

«So eine falsche Schlange», wütete Sally.

«Ja, nur ... damals kam er mir gar nicht falsch vor. Er hatte eine ganz reizende Art. Ich war ihm schrecklich dankbar, daß er diese grausigen Schuldscheine aufgekauft hatte.»

«Und dann erpreßte er dich, ja?»

«N-ein, eigentlich nicht. Jedenfalls nicht so, wie du denkst. Es ist furchtbar schwer zu erklären. Natürlich benutzte er die Schuldscheine als Waffe, aber vielleicht war es ihm gar nicht ernst damit. Er sprach immer so ... so neckend darüber, und er war ja auch sehr in mich verliebt. Wahrscheinlich geriet ich ein bißchen in Panik und habe irgendwie falsch reagiert. Ich bekam furchtbare Angst, und der Gedanke, daß Ernie meine Schuldscheine hatte, ließ mich nicht mehr schlafen. Deswegen ging ich zu Neville und erzählte ihm alles. Ich hoffte, er würde mir helfen können.»

«Neville?» Aus Miss Drews Stimme klang tiefste Verachtung. «Warum hast du dich nicht gleich an einen Dorftrottel gewandt?»

«Du hast recht, nur war eben niemand anders da. Und wenn Neville auch ein hoffnungsloser Fall ist, so besitzt er doch immerhin eine gewisse Intelligenz.»

«Gemessen an dörflichen Maßstäben?» erkundigte sich Neville nicht ohne Interesse.

«Zugegeben, er ist vielleicht nicht gerade dumm, aber ich habe noch nie erlebt, daß er sich für jemanden eingesetzt oder sich wie ein normaler Mensch benommen hätte. Ich kann mir nicht vorstellen, wie es dir gelungen ist, ihn zu diesem Vermittlungsversuch zu überreden.»

«Steter Tropfen höhlt den Stein», murmelte Neville.

«Nun, wenn du schon zusagtest, Helen zu helfen, dann hättest du dich wenigstens tüchtig anstrengen müssen, um etwas zu erreichen. Hast du's auch nur versucht?»

«Ja. Es war grauenhaft.»

«Wieso? Wurde Ernie wütend?»

«Er war weniger wütend als erstaunt. Ich übrigens auch. Du hättest mich erleben sollen in meiner Verkörperung eines wohlerzogenen, humanistisch gebildeten Nordländers, dem nichts über gutes Benehmen und Pflichterfüllung geht. Ich möchte keinen Eid darauf leisten, daß ich ihn nicht gebeten habe, sich an die Spielregeln zu halten. Ernie wurde schließlich von Ekel gepackt, und ich muß sagen, daß mich das gar nicht wunderte.»

«Damit du's nur weißt, du hast ein Gemüt wie ein Fleischerhund», teilte Sally ihm mit. Sie blickte ihre Schwester an. «Hast du mich eigentlich eingeladen, weil du eine Anstandsdame brauchtest?»

«Gewissermaßen ja. Außerdem sehnte ich mich nach dir.»

«Tausend Dank. Also was ist heute abend passiert?»

«Nichts, Sally, überhaupt nichts! Es war dumm von mir, aber ich dachte, wenn ich in aller Ruhe mit Ernie sprechen und ... und an seine Großmut appellieren könnte, dann würde alles in Ordnung kommen. Während du mit deinem Buch beschäftigt warst, holte ich meinen Mantel und lief zur Gartenpforte von Greystones, in der Hoffnung, Ernie in seinem Arbeitszimmer anzutreffen.»

«Sieht ganz so aus, als hättest du Ernie nicht zum erstenmal auf diesem Weg besucht», warf die scharfsinnige Sally ein.

Helen wurde rot. «Nun ja, ich ... ich war vorher schon ein- oder zweimal bei ihm, aber nicht, nachdem ich entdeckt hatte, wie verliebt er in mich war. Wirklich und wahrhaftig, ich hatte ihn immer als einen bezaubernden, charmanten Onkel betrachtet.»

«Wie kann ein Mensch nur so töricht sein. Weiter, bitte. Wann bist du zu dieser blöden Expedition aufgebrochen?»

«Um halb neun, als ich wußte, daß du an nichts als an dein blödes Buch dachtest», versetzte Helen mit plötzlich aufflammendem Temperament. «Und ich wußte, daß Ernie in seinem Zimmer war, denn als ich von der Arden Road in die Maple Grove einbog, sah ich einen Mann aus der Gartenpforte von Greystones kommen und in Richtung der Vale Avenue davongehen.»

«Das war Abraham», sagte Neville. «Na, dann dürfte alles klar sein. Schade, der Name barg Möglichkeiten in sich.»

«Wovon redest du eigentlich? Ich öffnete die Pforte und ging durch den Garten zu Ernies Arbeitszimmer. Ernie war da, aber ich merkte bald, daß es besser gewesen wäre, nicht zu kommen. Er benahm sich geradezu scheußlich – so scheußlich, wie das einem derart charmanten Menschen nur möglich ist.»

«Daraus kannst du ihm keinen Vorwurf machen», meinte Neville. «Es waren die Nachwirkungen meines von dir erzwungenen Auftritts als vollendeter Gentleman.»

«Wie lange warst du bei ihm?» fragte Sally. «Denk scharf nach, denn möglicherweise ist es wichtig.»

«Ich brauche nicht nachzudenken, ich *weiß* es», erwiderte Helen. «Ernie sagte irgendwas über die Gefahr, daß ich ins Gerede kommen könnte, wenn man mich zu einer so kompromittierenden Zeit bei ihm sähe, und ich antwortete, wenn Viertel vor zehn bei ihm als kompromittierende Zeit gelte, dann sei er noch altmodischer, als ich bisher geglaubt hätte.»

«Gut!» lobte Sally.

«Ja, ich war maßlos wütend auf ihn», gab Helen zu. «Ich machte auf dem Absatz kehrt und verließ Greystones auf demselben Weg, auf dem ich gekommen war.»

«Bist du sofort nach Hause gegangen?»

Helen zögerte mit der Antwort. Ihre Augen waren auf Neville gerichtet, der sie mit einem Ausdruck schläfrigen Amüsements betrachtete. «Nein», sagte sie nach einer Pause. «Nicht sofort. Ich hörte, wie die Gartenpforte geöffnet wurde, und da ich natürlich nicht gesehen werden wollte, versteckte ich mich hinter einem Busch.»

«Wer war es?» fragte Sally rasch.

«Das weiß ich nicht. Ich konnte nur erkennen, daß es ein Mann war.»

Sally sah sie forschend an. «Aha. Sprich weiter.»

«Er ging in das Arbeitszimmer. Vermutlich schloß er die Fenstertür hinter sich, denn ich hörte nichts als ein undeutliches Stimmengemurmel.»

«Hast du die Gelegenheit wahrgenommen und dich aus dem Staub gemacht?»

Helen nickte. «Ja, natürlich.»

«Dann hat dich also niemand außer Ernie gesehen?»

«So ist es.»

«Und hast du auf dem Hin- oder Rückweg irgendwas verloren? Ein Taschentuch zum Beispiel?»

«Ausgeschlossen.»

«Folglich sind die Schuldscheine das einzige, was den Verdacht auf dich lenken könnte», stellte Sally fest. «Wir müssen sie an uns bringen, bevor die Polizei sie findet.»

«Ach, Sally, wenn das nur möglich wäre. Aber wie? In seinem Schreibtisch sind sie nicht . . .»

«Woher weißt du das?» fragte Sally prompt.

«Weil . . . weil Ernie so etwas gesagt hat», stammelte Helen.

«Auf Ernies Gerede würde ich gar nichts geben. Natürlich könnte er sie in seinem Safe deponiert haben, aber wir wollen hoffen, daß er von Safes nichts hielt. Neville, darum mußt du dich kümmern.»

Neville öffnete die Augen. Nachdem er die beiden Schwestern mit seinem seltsam träumerischen Blick gemustert hatte, erhob er sich langsam aus dem Sessel und schlenderte zu dem Tisch hinüber, auf dem das Zigarettenkästchen stand. Er nahm eine Zigarette heraus und zündete sie an, brachte dann sein leeres Etui zum Vorschein und machte sich daran, es zu füllen. «Mir scheint», sagte er sanft, «daß dir all die Aufregungen den Kopf verwirrt haben.»

«O nein, durchaus nicht. Erstens wohnst du in Greystones, und zweitens hast du Helen versprochen, ihr zu helfen. Für dich ist es bestimmt ein leichtes, die Schuldscheine zu finden, bevor Scotland Yard sich einschaltet.»

«Scotland Yard!» ächzte Helen.

«Ja, das wird sich kaum vermeiden lassen», meinte Sally. «Verwaltungsmäßig gehört Marley bekanntlich zu London. Also was ist, Neville, willst du's versuchen?»

«Nein, Liebling», erwiderte er und zwängte die letzte Zigarette in sein Etui.

«Du würdest keinen Augenblick zögern, wenn es sich um *deine* Schuldscheine handelte.»

Er sah auf. «Da hast du recht. Aber es sind ja nicht meine. Ich will nichts mit der Sache zu tun haben.»

«Wenn du auch nur ein Fünkchen Anstand oder . . . oder Ritterlichkeit hättest . . .»

«Herzchen, versuch du nicht auch noch, mir die Rolle des edlen Ritters aufzuzwingen», flehte er sie an. «Such dir einen anderen Helfer. Bestimmt kennst du eine Menge Männer, die selbstloser sind als ich.»

«Na gut», sagte Sally, «wenn du zu feige bist, werde ich's eben selbst tun.»

«Ohne deinen jugendlichen Eifer dämpfen zu wollen, Süße, muß ich dich darauf hinweisen, daß in der Diele ein Wachtposten in Gestalt eines kräftigen, resoluten Polizisten steht.»

Sally war sichtlich enttäuscht. «Das habe ich nicht bedacht», gab sie zu. Dann kam ihr ein Gedanke. «Meinst du etwa, er überwacht alle Hausbewohner?»

«Nun, als zahlender Gast hat er sich bestimmt nicht einquartiert.»

Sie fuhr auf. «Du Idiot, du Riesenrindvieh, warum bist du hierher gekommen, wenn euer Haus überwacht wird?»

«Ich wollte mir ein paar Zigaretten holen. Unsere sind alle.»

«Ach, laß den Blödsinn. Kapierst du nicht, daß du die Polizei geradewegs auf Helens Spur geführt hast?»

Neville lächelte entschuldigend. «O nein, das habe ich bestimmt nicht getan», versicherte er. «Ich bin aus meinem Fenster geklettert und dann über die Mauer.»

«Was denn, du ...? Ist das wirklich wahr?» rief Sally, und ihre umwölkte Stirn glättete sich. «Ich muß schon sagen, so etwas hätte ich dir nie zugetraut.»

«Atavismus», erklärte er.

«Sag, Neville, wie in aller Welt hast du das geschafft?» fragte Helen, und in ihrer Stimme schwang ein bewundernder Unterton mit.

Ihm war das sichtlich unangenehm. «Bitte, zieht daraus keine falschen Schlüsse. Was ich getan habe, war weder heroisch noch kühn. Nicht einmal schwierig.»

«Na, hör mal! Ich kann mir überhaupt nicht vorstellen, wie du das fertiggebracht hast. Ich hätte nie den Mut dazu gehabt.»

«Ach was, Mut. Solche kleinen Kletterpartien gehören zur akademischen Bildung.»

«Jedenfalls war es eine gute sportliche Leistung», meinte Sally. «Leider ist damit das Problem nicht gelöst, wie wir an die Schuldscheine herankommen.»

«Zermartere dir deswegen nicht das Gehirn», riet Neville. «An die Scheine kommst du niemals heran. Wahrscheinlich stimmt deine Vermutung, und sie liegen in Ernies Safe.»

«Safes kann man knacken», sagte Sally nachdenklich und stützte das Kinn in die Hände. »Ich nehme an, daß du die Zahlenkombination nicht kennst, Neville.»

«Da hast du zum erstenmal heute abend voll und ganz recht. O Gott, wie ich Frauen hasse!»

«Sally, es ist doch nicht dein Ernst, daß du einen Safe knacken kannst?» fragte Helen, die vor Staunen ihre Kümmernisse vergaß.

«Nein, jedenfalls nicht aus dem Handgelenk. Ich müßte erst mal in der einschlägigen Literatur nachlesen. Über die Suppe weiß ich natürlich Bescheid.»

«Was für eine Suppe?» wollte Neville wissen. «Wenn du das Gespräch auf Gastronomie bringen willst, kann ich ganz intelligent mitreden, obgleich der schöpferische Funke bei mir nur selten zündet.»

«Schafskopf. Suppe ist in diesem Fall nichts Eßbares, sondern das Zeug, mit dem man Safes aufsprengt. Ich weiß nicht mehr genau, aus was es besteht, aber es ist irgendein explosives Gemisch.»

«Tatsächlich?» sagte Neville. «Das wird ja ein Mordsspaß. Hoffentlich erschrickt der Polizist in der Diele nicht allzusehr.»

«Ich habe nicht die Absicht, Sprengstoff zu verwenden, selbst wenn ich ihn herstellen könnte, was ich jedoch nicht kann.»

«Da kommt wieder mal deine schwache Frauennatur unter der harten Schale zum Vorschein, Liebling. Überwinde dich und laß es bei dem Safe nicht bewenden. Jage das ganze Haus in die Luft, dadurch wird der Polizist automatisch ausgeschaltet.»

«Du hast gut lachen», murrte Sally. «Schließlich ist es Helen, die in der Tinte sitzt, nicht du.» Sie stand auf und begann im Zimmer umherzugehen. «Tatsache ist also, daß wir den Safe nicht öffnen können und nicht wissen, wie wir an dem Polizisten vorbeikommen. Kurzum, wir sind zum Nichtstun verurteilt. Aber wenn ich diese Situation in einem Buch darstellte, würde mir garantiert ein Ausweg einfallen. Warum, zum Teufel, fällt mir jetzt nichts ein?»

Neville zeigte eine Spur von Interesse. «Wären wir Gestalten in einem deiner Bücher, dann hätten wir viel mehr Energie, als wir in Wirklichkeit haben.»

«Nicht unbedingt.»

«Doch. Deine Romanfiguren sind charakterlich überlebensgroß. Und im Buch hätten wir auch mehr Grips. Du, zum Beispiel, würdest wissen, wie deine Suppe gemixt werden muß . . .»

«Und wo es die . . . die Zutaten zu kaufen gibt, was sich *unserer* Kenntnis entzieht», ergänzte Sally.

«Genau. Helen würde vors Haus gehen und Zetermordio schreien, um den Polizisten abzulenken, während du den Safe sprengst. Und ich würde, wenn er zurückkommt, eine große Schau abziehen, aufgeregt von Geräuschen erzählen, die ich im Arbeitszimmer gehört hätte, und ihn hineinführen, sobald du mit den belastenden Schriftstücken verduftet wärst. Kannst du dir vorstellen, daß einer von uns so etwas fertigbrächte?»

«Nein. Außerdem taugt der Einfall überhaupt nichts. Man würde die Sache sofort durchschauen, weil Helen so offensichtlich als Lockvogel agiert hätte.»

«Helen brauchte doch gar nicht in Erscheinung zu treten. Sie könnte schon in der Dunkelheit verschwinden, bevor der Polizist nach draußen käme.»

«Laßt uns doch *Möglichkeiten* erörtern», bat Helen.

«Ich werde noch einen Schritt weitergehen und Unvermeidbarkeiten erörtern. Wir müssen alle miteinander stillsitzen und es der Polizei überlassen, sich den Kopf zu zerbrechen. Ernie ist tot, und wir können nichts anderes tun als Haltung bewahren. Es läßt sich nicht leugnen, daß wir wehrlos dem Schicksal ausgeliefert sind. Eine faszinierende Situation.»

«Eine gefährliche Situation», sagte Sally.

«Stimmt. Hast du noch nie die Faszination der Angst empfunden? Frag Helen danach, die kennt das aus ihren Spielhöllen.»

«Nicht jetzt, bitte», flehte Helen. «Das alles ist so schrecklich. Im Augenblick empfinde ich nichts als Übelkeit und... und Verzweiflung.»

«Nimm Natron», riet er. «Was mich betrifft, so werde ich jetzt nach Hause und ins Bett gehen. Habe ich mich schon für die Zigaretten bedankt? Ach, da fällt mir ein – wo hält sich John dem Vernehmen nach zur Zeit auf?»

«In Berlin», antwortete Helen.

«Irrtum, meine Liebe», sagte Neville. «Ich habe ihn heute in London gesehen.»

Sie wurde leichenblaß, sprang hastig auf und starrte ihn an. «Das ist unmöglich! Ich weiß, daß er in Berlin ist.»

«Ich habe ihn aber gesehen», beharrte Neville.

Er stand schon am Fenster und wollte gerade den Vorhang beiseite schieben. Helen lief zu ihm hin und hielt ihn zurück. «Du hast *geglaubt*, ihn zu sehen! Denkst du etwa, ich wüßte nicht, wo mein Mann ist?»

«O nein», sagte Neville sanft. «Das habe ich nicht behauptet, Schätzchen.»

3

«So verzwickt kommt mir der Fall gar nicht vor», sagte Sergeant Hemingway, als er seinem Vorgesetzten die Unterlagen zurückgab. «Verdächtig ist doch nur dieser eine Mann – zumindest auf den ersten Blick.»

«Stimmt», bestätigte Chefinspektor Hannasyde. «Trotzdem sind da noch ein paar Unklarheiten.»

Inspektor True nickte. «Ja, Chef, darauf habe ich auch schon hingewiesen. Was ist zum Beispiel mit den Fußabdrücken? Von der alten Dame stammen sie nicht. Die trägt keine hochhackigen Schuhe.»

«Das Stubenmädchen könnte sich von ihrem Freund verabschiedet haben», mutmaßte der erfahrene Hemingway.

«Unwahrscheinlich», sagte Hannasyde. «Für so etwas würde sie sich nicht gerade ein Gebüsch vor dem Fenster ihres Herrn aussuchen.»

«Nein, und es ist auch bestimmt niemand vom Personal gewesen», fügte der Inspektor hinzu. «Die Köchin, eine sehr ehrbare Frau, ist mit Simmons, dem Butler, verheiratet, und das Stubenmädchen ist ihre Nichte. Und diese Mrs. Simmons schwört, daß weder sie noch das Mädchen gestern abend einen Fuß vor die Tür gesetzt haben.»

«Ich bin fest überzeugt, daß sich diese Abdrücke als völlig bedeutungslos erweisen werden», beharrte Hemingway. «Wichtig ist nur der Kerl, den Ihr – na, wie heißt er doch? – Polizist Glass fortgehen sah. Alles andere ist ohne Belang.»

Hannasyde zwinkerte ihm zu. «Ist Ihnen 'ne Laus über die Leber gelaufen, Sergeant?»

«Mir paßt die ganze Sache nicht. Ein richtiges Feld-, Wald- und Wiesenverbrechen. Und ich habe was gegen eingeschlagene Schädel. Reizt mich überhaupt nicht. Geben Sie mir etwas Ausgefallenes, und ich stürze mich mit Begeisterung darauf.»

Hannasyde lächelte kaum merklich. «Ich wiederhole, es gibt gewisse Unklarheiten. Der Ermordete scheint allgemein beliebt gewesen zu sein. Wir haben nicht die Andeutung eines Motivs für den Mord entdecken können.»

«Warten Sie ab, bis wir uns eine halbe Stunde lang intensiv mit dem Fall beschäftigt haben», sagte Hemingway. «Ich wette, wir stoßen auf Dutzende von Leuten, die alle nur so von Motiven strotzen.»

«Sagten Sie nicht eben, daß wir nur den Mann zu finden brauchten, den Polizist Glass fortgehen sah, und daß damit der Fall gelöst wäre?»

«Allerdings habe ich das gesagt, Chef, und höchstwahrscheinlich stimmt es auch. Aber verlassen Sie sich darauf, wir werden eine Menge Hinweise finden, die nichts als Verwirrung stiften und die Sache komplizieren. Ich habe das schon öfters erlebt.»

«Meiner Meinung nach», sagte Inspektor True langsam, «müssen wir vor allem nach der Mordwaffe suchen.»

«Ja, das ist eine von den Unklarheiten», erwiderte Hannasyde. «Ihr Polizist Glass behauptet steif und fest, der Mann, den er sah, hätte nichts in der Hand gehabt. Was ist dieser Glass für ein Mensch? Zuverlässig?»

«Ja, Sir, er ist durchaus zuverlässig. Schon aus Gewissensgründen. Glass ist nämlich sehr fromm und gehört einer Sekte an, deren Namen ich immer wieder vergesse. Es ist eine von denen, deren Mitglieder samt und sonders mit dem Teufel ringen und auf Geheiß des Herrn vortreten, um Zeugnis abzulegen. Na ja, ich selbst gehöre der anglikanischen Hochkirche an, aber ich sage immer, jeder soll nach seiner Fasson selig werden. Wenn es Ihnen recht ist, Chefinspektor, teile ich Ihnen Glass zu, damit er Ihnen hilft, wo es erforderlich ist. Ich halte ihn für einen meiner besten Männer – nicht gerade ein Meister im Kombinieren, aber dafür verliert er nicht so leicht den Kopf, und wenn er ein Ziel hat, verfolgt er es unbeirrt. Ich halte es nur für gerecht, daß er an der Aufklärung des Falles mitarbeitet, denn er war es ja, der die Leiche entdeckt hat.»

«Gut, einverstanden», sagte Hannasyde geistesabwesend, während er die Aufzeichnungen in seiner Hand überflog.

Inspektor True räusperte sich. «Vielleicht sollte ich Sie lieber darauf vorbereiten, Sir, daß Glass die lästige Gewohnheit hat, bei jeder Gelegenheit die Bibel zu zitieren. Er ist auf Blut, Donner und ewige Verdammnis abonniert, wenn Sie wissen, was ich meine. Man kann's ihm nicht abgewöhnen. Der Geist spricht aus ihm.»

«Ach, Hemingway wird schon mit ihm fertig werden», meinte Hannasyde lächelnd.

«Ich hab's gewußt, daß dieser Fall mich nicht freuen wird», sagte Hemingway mit düsterer Miene.

Er wiederholte diese Bemerkung eine halbe Stunde später, nachdem er das Grundstück der Fletchers besichtigt, die Fußabdrücke hinter dem blühenden Johannisbeerstrauch in Augenschein genommen und einen verdrossenen Blick auf die stramme Gestalt des Polizisten Glass geworfen hatte.

«Der ist nicht stark, der in der Not nicht fest ist», verkündete Glass vorwurfsvoll.

Der Sergeant betrachtete ihn mit allen Anzeichen der Mißbilligung. «Nehmen Sie sich keine Frechheiten raus, Freundchen, sonst kriegen Sie Ärger», warnte er.

«Die Worte stammen nicht von mir, Sergeant, sondern finden sich in der Heiligen Schrift», erklärte Glass.

«Alles zur rechten Zeit und am rechten Ort», sagte Hemingway, «und dies ist weder der rechte Ort noch die rechte Zeit für die Heilige Schrift. So, jetzt hören Sie zu. Als Sie gestern abend diesen Kerl aus der Gartenpforte schlüpfen sahen, war es kurz nach zehn, nicht wahr?»

«Jawohl, Sergeant.»

«Und schon ziemlich dunkel?»

«Richtig, Sergeant.»

«Zu dunkel, als daß Sie ihn deutlich hätten sehen können?»

«Zu dunkel, um seine Gesichtszüge zu unterscheiden, aber nicht so dunkel, daß ich mir hinsichtlich des Körperbaues und der Kleidung im unklaren wäre.»

«Trotzdem, ich bezweifle stark, daß Sie bei dieser Beleuchtung feststellen konnten, ob er etwas in der Hand trug oder nicht», meinte der Sergeant.

«Seine Hände waren leer», versicherte Glass im Brustton der Überzeugung. «Ich werde doch nicht falsch Zeugnis reden wider meinen Nächsten.»

«Gut, gut», sagte der Sergeant. «Wie ist das – Sie sind schon seit längerem in diesem Bezirk tätig, nicht wahr?»

«Seit drei Jahren, Sergeant.»

«Aha. Und was wissen Sie über die Fletchers?»

«Aus sattem Herzen kommt herauf ihre Bosheit, ihr trügerischer Sinn bricht hervor.»

«Na, das hilft mir enorm weiter. Wie steht's mit dem Neffen?»

«Von ihm weiß ich nichts, weder Gutes noch Schlechtes.»

«Und der selige Ernest?»

Die Miene des Polizisten verdüsterte sich. «Der gerechte Mann gelangt zum Leben, aber dem Bösen folgen führt zum Tode.»

Der Sergeant horchte auf. «Dem Bösen? Was meinen Sie damit?»

Glass blickte finster auf ihn herab. «Meines Erachtens war er ein Mann, der sich nur mit eitlen Dingen befaßte, ein heuchlerischer Mensch, der Unzucht verfallen und ...»

«He, das genügt», sagte der Sergeant verblüfft. «Wir sind alle keine Engel. Wie ich höre, war der selige Ernest sehr beliebt?»

«Das stimmt. Er soll umgänglich gewesen sein und sich stets gütig und mitfühlend gezeigt haben. Aber arglistig, mehr als alles, ist das Menschenherz. Es sitzt voll Unheil. Wer kann es durchschauen?»

«Ja, ja. Was bringt Sie übrigens auf die Idee, er sei der Unzucht verfallen? Diese Fußabdrücke?»

«Nein. Joseph Simmons, der zwar ein Dummkopf ist, aber ebenfalls zu den Erleuchteten gehört, kannte einige Geheimnisse im Leben seines Herrn.»

«Sieh mal an. Da werden wir nachfassen», sagte der Sergeant eifrig und kehrte durch die Fenstertür ins Haus zurück.

Im Arbeitszimmer fand er seinen Vorgesetzten im Gespräch mit Ernest

Ich werde mir alle Mühe geben . . .

. . . damit dieser vulgäre Reichtum nicht meine Seele gefährdet. Welch große Aufgabe! – wenn man den Philosophen und Dichtern glauben darf. Geld ist zwar der beste Freund unserer leiblichen Wünsche, aber . . . – über Geld darf man nie etwas sagen ohne Aber. Denn Geld verdirbt den anfälligen Charakter. Es schützt zwar auch vor dem Verderben, aber – siehe oben.

Fletchers Rechtsanwalt, während Neville Fletcher, die unvermeidliche Zigarette im Mundwinkel, sich scheinbar knochenlos in einem tiefen Sessel rekelte.

«Wenn das alles ist, Chefinspektor», sagte der Rechtsanwalt gerade, «dann will ich mich jetzt verabschieden. Ich lasse Ihnen meine Karte da, falls Sie noch Auskünfte von mir benötigen sollten.»

«Danke sehr», sagte Hannasyde.

Der Anwalt nahm Ernest Fletchers Testament an sich und legte es in seine Aktentasche zurück. Über den Rand seines Kneifers hinweg blickte er Neville streng an und bemerkte: «Sie sind wirklich ein Glückspilz, Neville. Ich hoffe nur, Sie werden sich des Vermächtnisses würdig erweisen, mit dem Ihr armer Onkel Sie bedacht hat.»

Neville sah mit seinem flüchtigen Lächeln auf. «Oh, gewiß werde ich das tun. Ich werde mir alle Mühe geben, damit dieser vulgäre Reichtum nicht meine Seele gefährdet.»

«Es ist eine große Verantwortung», sagte der Anwalt ernst.

«Ich weiß. Das ist es ja, was mich deprimiert. Jetzt werden alle von mir erwarten, daß ich einen Hut trage und vor dem Fernschreiber auf die Börsenkurse warte.»

«Dabei werden Sie es hoffentlich nicht bewenden lassen», meinte der Anwalt. «Ich würde übrigens gern noch ein paar Worte mit Ihrer Tante sprechen. Könnten Sie mich zu ihr führen?»

Neville erhob sich bereitwillig und hielt ihm die Tür auf. Als die beiden hinausgegangen waren, fragte Sergeant Hemingway, der bis dahin schweigend am Fenster gestanden hatte: «Wer ist denn dieses Stück weichgekauter Bindfaden, Chef?»

«Der Erbe», antwortete Hannasyde. «Neville Fletcher.»

«Oh! Nun, ich mißgönne ihm sein Glück nicht. Er sieht aus, als hätte er keinen roten Heller in der Tasche und wäre zu schwach, sich ohne Stütze aufrecht zu halten.»

Hannasyde kniff verschmitzt ein Auge zu. «Der Schein trügt, mein Lieber. Dieser schlappe junge Mann ist Meister im Hochsprung und hat in Oxford eine Medaille gewonnen, wie mir der Anwalt vorhin erzählte.»

«Ist das die Möglichkeit! Also ansehen kann man's ihm bestimmt nicht. Und *er* ist der Erbe? Was habe ich Ihnen gesagt? Motiv Nummer eins!»

«Ich werde dran denken, wenn ich mit dem unbekannten Besucher nicht weiterkomme», versprach Hannasyde. «Inzwischen haben wir übrigens das hier gefunden.»

Sergeant Hemingway trat näher und blickte über Hannasydes Schulter auf den Schreibtisch. Dort lagen drei Zettel, alle mit der Unterschrift: Helen North. «Schuldscheine», sagte er. «Donnerwetter, die muß ja mit dem Geld nur so um sich geworfen haben. Wissen Sie, was ich glaube, Chef? Diese Papierfetzen riechen irgendwie nach Erpressung, und vielleicht hat Freund Ikabod gar nicht so unrecht, wenn er behauptet, es führe zum Tode, dem Bösen zu folgen.»

«Mein Name ist nicht Ikabod, Sergeant, sondern Maleachi», sagte Glass in strengem Ton vom Fenster her.

«Ich hätte es mir denken können», meinte der Sergeant. «Was halten Sie von den Fußabdrücken, Chef?»

«Laut ärztlichem Befund ist es im höchsten Grade unwahrscheinlich, daß der Schlag, der Ernest Fletcher tötete, von einer Frau geführt wurde. Trotzdem bin ich wie Sie der Meinung, daß wir uns mit diesen Schuldscheinen befassen sollten.»

«Weiß der Neffe etwas über diese Helen North?»

«Danach habe ich ihn nicht gefragt. Es könnte ja sein, daß die Scheine nichts mit dem Mord zu tun haben, und in diesem Fall wollte ich vermeiden, irgendwas aufzurühren.» Als er den Kopf hob, sah er, daß Glass ihn mit zusammengezogenen Brauen anstarrte. «Nun? Sagt Ihnen der Name etwas?»

«Keine fünf Minuten von hier wohnt ein Mann dieses Namens mit seiner Frau», antwortete Glass langsam.

Der Sergeant spitzte die Lippen zu einem lautlosen Pfiff, und Hannasyde erkundigte sich: «Wissen Sie Näheres über die beiden?»

«Nein, Sir.»

«Adresse?»

«Das Haus befindet sich in der Straße, die parallel zur Maple Grove verläuft, und es heißt The Chestnuts.»

Hannasyde notierte diese Angaben. Sergeant Hemingway hatte sich mittlerweile den Porträtaufnahmen und Schnappschüssen zugewandt, die auf dem Schreibtisch lagen. «Ich glaube, Sie haben gar nicht so weit danebengetippt, Glass», sagte er. «Für Frauen hatte er zweifellos etwas übrig, der selige Ernest. Das ist ja ein regelrechter Harem.» Er griff nach dem großen Foto einer bildhübschen Blondine, die nur mit einem Fächer aus Straußenfedern bekleidet zu sein schien. «Hier – Lily Logan, die Tänzerin. Tolle Figur, was?»

Glass wandte schaudernd den Blick ab. «Kann man Feuer im Bausch des Gewandes bergen, ohne daß die Kleider in Brand geraten? Ein goldener Ring im Rüssel eines Schweines: eine Frau, die schön, aber schamlos ist.»

«Das denken *Sie*», sagte Hemingway. Er legte Lily Logan beiseite und betrachtete kritisch eine andere lächelnde Schönheit. «Der ist ganz hübsch rangegangen, wie? Hal – lo!» Sein Blick war auf das Porträt einer lockenköpfigen Brünette gefallen. Er nahm das Bild in die Hand. «Die Dame muß ich schon mal irgendwo gesehen haben.»

«Überrascht mich gar nicht, denn sein weiblicher Umgang scheint vorwiegend aus Choristinnen bestanden zu haben», sagte Hannasyde trokken.

«Deine dich liebende Angela», las der Sergeant vor. «Angela ...» Er kratzte sich nachdenklich am Kinn. «Da muß mal was gewesen sein. Erinnern Sie sich vielleicht an das Gesicht, Chef?»

Hannasyde betrachtete das Bild eingehend. «Kommt mir irgendwie bekannt vor», gab er zu. «Wahrscheinlich eine Schauspielerin. Wir werden alle diese Damen so schnell wie möglich identifizieren.»

Hemingway hielt das Bild auf Armeslänge von sich ab. «Nein. Ich bin ziemlich sicher, daß ich sie nicht mit der Bühne in Verbindung bringe. Von Ihnen, Glass, darf ich wohl keine Aufklärung erhoffen?»

«Ich weigere mich, das Gesicht eines liederlichen Weibes zu betrachten», erwiderte Glass schroff. «Ihr Ende ist bitter wie Wermut, scharf wie ein Schwert mit zwei Schneiden.»

«Nanu, was ist denn mit Ihnen los?» fragte der Sergeant. «Hat Ihnen mal eine Schauspielerin den Laufpaß gegeben?»

«Ich habe keinen Umgang mit Schauspielerinnen.»

«Dann hören Sie auf, über sie herzuziehen. Woher wollen Sie überhaupt wissen, wie das Ende dieses armen Mädchens war oder sein wird?» Er legte das Foto auf den Schreibtisch. «Sonst noch was, Chef?»

«Vorläufig nichts.»

In diesem Augenblick öffnete sich die Tür, und Miss Fletcher trat ein. Sie war in tiefer Trauer und sah sehr blaß aus, aber sie begrüßte Hannasyde mit einem sanften Lächeln. «Ach, Chefinspektor – Sie *sind* doch Chefinspektor, nicht wahr?»

Er hatte sich erhoben und schob nun unauffällig die große Schreibunterlage über die Fotos. «Ja, das ist richtig, Madam.»

Miss Fletcher betrachtete die Papiere, die sich auf dem Schreibtisch türmten. «Du meine Güte, damit haben Sie doch bestimmt sehr viel Arbeit. Sagen Sie bitte, darf ich Ihnen eine kleine Erfrischung anbieten?»

Sie schien enttäuscht, als er ablehnte. Dann erkundigte er sich höflich, ob sie etwas mit ihm zu besprechen habe.

«Allerdings», antwortete sie. «Aber es eilt überhaupt nicht. Sie haben jetzt zu tun, und da möchte ich nicht stören.»

«Bitte, verfügen Sie über mich, Miss Fletcher. Wollen Sie nicht Platz nehmen? Es ist gut, Glass, Sie können draußen warten.»

«Sie sehen so freundlich aus», sagte Miss Fletcher. «Ganz anders, als ich dachte. Ich *fühle,* daß ich bei Ihnen Verständnis finden werde. Sind Sie auch sicher, daß Sie nicht wenigstens eine Kleinigkeit zu sich nehmen möchten? Eine Tasse Kaffee und ein Sandwich?»

«Nein, wirklich nicht, vielen Dank. Was wollten Sie mir denn sagen, Miss Fletcher?»

«Ich fürchte, Sie werden mir vorwerfen, daß ich Ihre Zeit vergeude. Wie dumm von mir – ich hätte daran denken sollen, den lieben Mr. Lawrence zu fragen, als er hier war. Wir kennen ihn ja schon seit so vielen Jahren, daß ich immer sage, er ist eher unser Freund als unser Rechtsbeistand, obgleich eigentlich nicht einzusehen ist, warum er nicht beides sein sollte, und ich hoffe, daß auch er so empfindet. Ja, es war ausgesprochen dumm von mir, ihn nicht zu fragen, denn er hätte mir gewiß raten können.»

«Um was geht es denn, Miss Fletcher?» unterbrach Hannasyde den unaufhaltsam dahinplätschernden Redefluß.

«Ach, es ist wegen der Reporter», vertraute sie ihm an. «Die Ärmsten müssen ja ihren Lebensunterhalt verdienen, und bei Licht besehen ist ihre Arbeit bestimmt sehr unangenehm, und man möchte auch nicht unfreundlich sein ...»

«Fallen sie Ihnen lästig?» fragte Hannasyde. «Dann lassen Sie doch einfach durch Ihren Butler ausrichten, Sie hätten keinen Kommentar zu geben.»

«Das klingt so abweisend», meinte sie unsicher. «Und einer von ihnen sieht schrecklich unterernährt aus. Andererseits wäre es mir höchst peinlich, mein Bild in den Zeitungen zu sehen.»

«Selbstverständlich. Je weniger Sie diesen Leuten sagen, desto besser, Miss Fletcher.»

«Ja, genau das finde ich auch. Nur ... wissen Sie, mein Neffe will das nicht einsehen. Er benimmt sich unmöglich. Natürlich macht er nur Spaß, aber man weiß doch nicht, wieviel davon die Leute für bare Münze nehmen, nicht wahr? Und nun wollte ich fragen, ob Sie ihm vielleicht einen kleinen Wink geben könnten, damit er das unterläßt. Wenn *Sie* mit Neville sprechen, macht es ihm bestimmt mehr Eindruck als alle meine Ermahnungen.»

«Was hat er denn angestellt?» fragte Hannasyde.

«Ach, dem einen Reporter hat er erzählt, er sei hier als Hausdiener beschäftigt, und als der Mann sich erkundigte, wie er heiße, sagte er, sein Name sei Crippen, aber das müsse geheim bleiben.»

Hannasyde lachte. «Ich glaube, deswegen brauchen Sie sich keine Sorgen zu machen, Miss Fletcher.»

«Ja, aber einem anderen hat er vorgeredet, er stamme aus Jugoslawien und habe hier einen Geheimauftrag zu erfüllen. Gerade jetzt spricht er im Vorgarten mit drei Reportern und erzählt ihnen irgendeine alberne Geschichte über eine internationale Verschwörung, hinter der mein Bruder gestanden haben soll. Und die Herren schreiben alles mit. Neville ist ein großartiger Schauspieler, und er spricht ja auch Serbisch, weil er den Balkan bereist hat. Aber er darf doch diese armen Leute nicht derart beschwindeln.»

«Da haben Sie recht», bestätigte Hannasyde. «Es ist sehr unklug, die Reporter an der Nase herumzuführen. Bitte, Hemingway, gehen Sie zu Mr. Fletcher und fragen Sie, ob er einen Augenblick Zeit für mich hätte.»

«Vielen herzlichen Dank», sagte Miss Fletcher beglückt. «Der arme Neville, man muß eben bedenken, daß er niemals Mutterliebe gekannt hat. Das erklärt vieles, finden Sie nicht auch? Natürlich ist er ein guter Junge, und ich habe ihn sehr gern, aber er ist genauso, wie die meisten jungen

Leute es heutzutage sind – so merkwürdig herzlos. Nichts scheint ihn zu berühren, nicht einmal ein derart tragisches Ereignis.» Ihre Lippen zitterten; sie tastete nach ihrem Taschentuch und wischte sich die Augen. «Sie müssen entschuldigen, Chefinspektor. Ich habe so sehr an meinem lieben Bruder gehangen, und mir ist noch immer, als könnte das alles überhaupt nicht geschehen sein.»

«Bestimmt war es ein furchtbarer Schock für Sie», sagte Hannasyde mitfühlend.

«Ach ja. Sehen Sie, mein Bruder war ein so liebenswerter Mensch, und alle hatten ihn gern.»

«Das ist mir bekannt, Miss Fletcher. Und doch scheint er zumindest einen Feind gehabt zu haben. Wissen Sie vielleicht, wer das sein könnte?»

«Nein, nein, ich habe keine Ahnung. Aber ... ich kannte ja auch nicht alle Leute, mit denen er ... befreundet war.» Sie blickte ängstlich zu Hannasyde auf, und als er schwieg, fuhr sie fort: «Auch deswegen wollte ich gern mit Ihnen sprechen, Chefinspektor. Wahrscheinlich wird es Sie einigermaßen befremden, daß ich solche Dinge erwähne, aber ich glaube, es muß sein.»

«Sie können ganz offen mit mir reden, Miss Fletcher», ermutigte er sie.

Die alte Dame blickte starr auf einen Punkt irgendwo hinter seiner Schulter. «Mein Bruder», sagte sie mit schwacher Stimme, «mein Bruder hatte ... Frauengeschichten.»

Hannasyde nickte.

«Ich habe mich nie darum gekümmert, und er sprach auch nicht darüber, aber natürlich wußte ich Bescheid. In meiner Jugend war so etwas kein Gesprächsthema für Damen, Chefinspektor. Heutzutage herrschen andere Sitten, und die jungen Leute nehmen überhaupt kein Blatt vor den Mund, was ich aufrichtig bedauere. Es ist doch besser, gewisse Dinge zu ignorieren, finden Sie nicht? Aber jetzt ist mir der Gedanke gekommen – ich habe die ganze Nacht hin und her überlegt –, ob nicht vielleicht Eifersucht das Motiv für den Mord an meinem Bruder gewesen sein könnte.»

«Das wäre möglich», gab Hannasyde zu.

«Ja. Und wenn es wirklich so war, dann werden diese ... diese Affären natürlich bekannt, das läßt sich nicht ändern. Sollten Sie jedoch herausfinden, daß es *nicht* so war, oder ... oder den Täter nicht entlarven können – meinen Sie, daß dann die Öffentlichkeit von den privaten Angelegenheiten meines Bruders erfahren muß?»

«Keineswegs», erwiderte Hannasyde. «Ich verstehe Ihre Besorgnis durchaus, Miss Fletcher, und Sie können sicher sein, daß ich soviel Rücksicht nehmen werde, wie ich nur irgend kann.»

Sie seufzte erleichtert auf. «Ach, das ist wirklich sehr lieb von Ihnen. Ich habe solche Angst, die Zeitungen könnten gräßliche Dinge über meinen armen Bruder schreiben, vielleicht sogar Briefe veröffentlichen. Sie wissen wohl, was ich meine.»

«Seien Sie ganz unbesorgt», beruhigte er sie. «Es gibt keine Briefe dieser Art.»

«Gott sei Dank», hauchte Miss Fletcher. «Sie haben mir eine Zentnerlast von der Seele genommen.»

Sie stand auf, als Sergeant Hemingway mit ihrem Neffen hereinkam, und lächelte dem Chefinspektor kläglich zu. Neville sprach bei seinem Eintritt leise und schnell, wie es seine Art war, und nach Hemingways interessierter Miene zu urteilen, verbreitete sich der junge Mann über ein recht vergnügliches Thema. Beim Anblick seiner Tante unterbrach er sich mitten im Satz und riet ihr, Gespräche mit der Polizei nur in Gegenwart ihres Anwalts zu führen. Miss Fletcher erklärte dem Chefinspektor, daß ihr Neffe natürlich nur scherze, und wandte sich dann zum Gehen.

Neville schloß die Tür hinter ihr und sagte kläglich: «Ich weiß ja, daß man einer gesetzlichen Vorladung folgen muß, Chefinspektor, aber Ihr Ruf erreichte mich in einem denkbar ungünstigen Augenblick.»

«Das tut mir leid», erwiderte Hannasyde und fügte mit einem listigen Zwinkern hinzu: «Internationale Komplikationen?»

«Ja, ich hatte gerade einen montenegrinischen Patrioten mit einem Dolch ins Spiel gebracht. Die Geschichte ließ sich prächtig an, aber jetzt habe ich leider den Faden verloren.»

«Hören Sie auf meinen Rat und versuchen Sie nicht, die Presse zum besten zu halten. Angenommen – allerdings ist das höchst unwahrscheinlich –, es erscheint ein Artikel über Ihre internationale Verschwörung. Was dann?»

«Also das fände ich wunderbar», sagte Neville. «Die Geschichte ist nämlich prima, und ich habe mir große Mühe mit ihr gegeben. Im allgemeinen strenge ich mich ja ungern an, aber der alte Lawrence ist nun mal der Ansicht, ich müßte mehr Ehrgeiz entwickeln. Wollten Sie mich aus einem bestimmten Grund sprechen? Wenn nicht, würde ich dem Sergeant gern noch den Schluß eines abenteuerlichen Erlebnisses erzählen, das ich in Skoplje hatte. Nichts für Sittlichkeitsfanatiker, wie ich zugeben muß, aber ich habe festgestellt, daß Ihr Sergeant sehr viel für Zoten übrig hat. Zwischen ihm und mir besteht so eine Art Seelenverwandtschaft.»

Das nachkostende Grinsen auf Hemingways Gesicht verschwand. Seine Wangen färbten sich dunkelrot, und er ließ ein flehendes Hüsteln hören.

«Kommt mir auch so vor», erwiderte Hannasyde. «Mir scheint allerdings, daß dies nicht der geeignete Zeitpunkt ist, in Zoten zu schwelgen.»

«Oh, da bin ich anderer Meinung», sagte Neville eifrig. «Wenn man sich in der richtigen Gesellschaft befindet, ist jeder Zeitpunkt für schmutzige Geschichten geeignet.»

«Eine Frage, Mr. Fletcher: Haben Sie Ihren Onkel gut gekannt?»

«Vermutlich sparen wir Zeit, wenn ich rundheraus nein sage», antwortete Neville. «Ich merke nämlich, daß wir drauf und dran sind, aneinander vorbeizureden.»

«Inwiefern?» fragte Hannasyde schroff.

«Ach, wer kennt schon seine Mitmenschen? Mütter behaupten, ihre Kinder bis ins letzte zu kennen. Großer Irrtum. Außerdem ziemlich widerwärtig. Übertriebene Seelenforschung ist indezent, zeitigt irreführende Resultate, verursacht Beunruhigung.»

Hannasyde hatte einige Mühe gehabt, diesen schnell, fast im Telegrammstil vorgebrachten Erklärungen zu folgen. «Ja», sagte er, «ich weiß, was Sie meinen, aber damit ist meine Frage nicht beantwortet. Also noch einmal: Kannten Sie Ihren Onkel so gut, wie ein Mensch den anderen zu kennen vermag?»

«Nein. Die natürliche Voraussetzung für Verständnis ist Interesse.»

«Und Sie interessierten sich nicht für ihn?»

«Weder für ihn noch für sonst jemand. Höchstens rein objektiv. Aber selbst das kann ich nicht mit Sicherheit sagen. Mögen *Sie* Menschen?»

«Ja. Und Sie?»

Neville drehte die Handflächen nach oben und wölbte leicht die schmalen Schultern. «Nun ... manche ja. Ein bißchen ... mehr so von weitem.»

«Sie scheinen ein Asket zu sein.»

«Ein Hedonist. Persönliche Kontakte sind zunächst angenehm, verursachen dann aber Unbehagen.»

Hannasyde sah ihn mißbilligend an. «Sie haben eigenartige Ideen, Mr. Fletcher. Leider kommen wir damit nicht weiter.»

Ein Lächeln glomm in Nevilles Augen auf. «Meiden Sie meine Gesellschaft. Ich will nämlich gar nicht weiterkommen. Bei einer Fortsetzung unseres Gesprächs könnte Ihnen der Geduldsfaden reißen.»

«Vielleicht haben Sie recht», erwiderte Hannasyde nicht ohne Schärfe. «Ich will Sie also nicht länger aufhalten.»

«Dann darf ich zu meinen lieben Reportern zurückgehen?»

«Wenn Sie es für geraten halten – oder für wünschenswert.»

«Wie das Füttern von Goldfischen», sagte Neville und schlenderte durch die Fenstertür in den Garten hinaus.

Der Sergeant sah ihm nach und holte tief Atem. «Ist ja ein einmaliger Typ», meinte er. «So was ist mir noch nie begegnet.»

Hannasyde stieß einen Grunzlaut aus. Der Sergeant warf ihm einen verständnisvollen Blick zu. «Sie finden ihn nicht gerade liebenswert, Chef, wie?»

«Nein. Und auch nicht glaubwürdig.»

«Ich muß gestehen, sein Gerede – soweit ich es akustisch verstehe, was nur selten der Fall ist – erscheint mir ziemlich verworren.»

«Ich glaube, er weiß mehr, als er zugibt, und möchte einem Verhör entgehen. Immerhin wird er nicht fortlaufen. Es liegt nichts gegen ihn vor – bis jetzt jedenfalls.» Er blickte auf seine Armbanduhr und stand auf. «Kümmern Sie sich um diese Papiere und die Fotos, ja? Ich werde jetzt Mrs. North einen Besuch abstatten. Diesen Abraham Budd überlasse ich Ihnen. Wenn Sie in die Stadt fahren, fragen Sie doch gleich mal in der Zentrale nach, ob die Untersuchung der Fingerabdrücke irgendwas ergeben hat.»

Er fand mühelos den Weg zu The Chestnuts, gab seine Visitenkarte ab und wurde sogleich in ein gemütliches Wohnzimmer im rückwärtigen Teil des Hauses geführt. Dort traf er nicht nur Helen North an, sondern auch Miss Drew, die nahe dem Fenster vor ihrer Reiseschreibmaschine saß.

Helen ging dem Chefinspektor ein paar Schritte entgegen und sagte nervös: «Guten Morgen. Ich bin Mrs. North. Sie möchten mich sprechen?»

«Ja», antwortete Hannasyde. Mit einem Blick zum Fenster fügte er hinzu: «Vielleicht könnten wir unter vier Augen miteinander reden.»

«Nein, nein. Mir wäre es lieber, meine Schwester dabei zu haben. Wollen Sie nicht Platz nehmen? Ich . . . ich habe keine Erfahrung im Umgang mit Kriminalbeamten.»

«Ich muß Ihnen als erstes erklären, Mrs. North, daß ich mit den Ermittlungen im Mordfall Ernest Fletcher beauftragt bin. Soviel ich weiß, waren Sie mit dem Verstorbenen bekannt.»

«Ja. Ja, ich stehe Ihnen natürlich zur Verfügung. Bitte sprechen Sie weiter.»

«Wußten Sie, daß Mr. Fletcher ermordet wurde?» fragte er.

Bevor Helen antworten konnte, warf Sally ein: «Ja, und der Fleischer, der Milchmann, sämtliche Dienstboten, der Briefträger und der Zeitungsjunge wußten es auch.»

Hannasyde warf ihr einen prüfenden Blick zu, erwiderte aber nichts, sondern neigte nur leicht den Kopf.

«Neuigkeiten sprechen sich in den Vororten furchtbar schnell herum», sagte Helen und lächelte gezwungen.

«Ja, da dürften Sie recht haben», meinte Hannasyde. «Wann haben Sie Mr. Fletcher zuletzt gesehen, Mrs. North?»

«Aus welchem Grund stellen Sie diese Frage?» wollte Sally wissen.

«Ich untersuche einen Mord, Miss . . .»

«Mein Name ist Sally Drew. Sie können doch nicht annehmen, daß meine Schwester etwas über einen Mord weiß.»

«Ich bin weit davon entfernt, etwas Derartiges anzunehmen», erwiderte er, und seine Stimme klang so gut gelaunt, daß Sally insgeheim staunte. «Aber wenn ich Mrs. North gewisse Fragen stelle, dann habe ich einen Grund dafür und auch das Recht dazu.»

«Gewiß, gewiß», sagte Helen hastig. «Nur . . . es fällt mir so schwer, mich an den Zeitpunkt meiner letzten Begegnung mit Ernie Fletcher zu erinnern. Warten Sie . . . ich glaube, es war in der Stadt. Ja, richtig – er und ich sind uns vorige Woche bei einer Party begegnet.»

«Wissen Sie ganz genau, daß Sie ihn seither nicht mehr gesehen haben?»

Der Chefinspektor blickte Helen scharf an, und ihm entging weder die Tatsache, daß sie abwechselnd rot und blaß wurde, noch der angstvolle, mißtrauische Blick ihrer Augen, der deutlich von Unschlüssigkeit zeugte.

«Ich . . . Nein, ich glaube nicht, daß ich ihn danach noch gesehen habe.»

«Sie waren nicht zufällig gestern abend mit ihm zusammen?»

«Gestern abend?» wiederholte Helen. «Natürlich nicht. Wie kommen Sie auf diese Idee?»

«Ich habe Grund zu der Annahme, daß er gestern abend von einer Frau besucht wurde.»

«Du lieber Himmel, warum sollte denn ich das gewesen sein?»

Hannasyde sagte in seiner ruhigen Art: «Bitte, Mrs. North, mißverstehen Sie mich nicht. Ich würde mich nicht wundern, wenn ich herausfände, daß es sich bei der Frau nicht um Sie gehandelt hat, und ich bedauere aufrichtig, Sie mit meinen Fragen belästigen zu müssen. Aber Sie sehen gewiß ein, daß ich verpflichtet bin, der Sache nachzugehen, denn es ist durchaus möglich, daß die Frau, die gestern abend in Greystones war, einiges zur Aufklärung des Falles beitragen könnte.»

«Wie denn?» fragte sie rasch.

«Nun, vielleicht hat sie, ohne es zu wissen, den Mörder gesehen.»

«Oh!» rief Helen entsetzt. «Aber wieso soll gerade ich . . .»

«Mrs. North», unterbrach er sie in sachlichem Ton, «was das betrifft, so läßt sich sehr leicht Klarheit schaffen. Welche Schuhgröße haben Sie?»

Helens Lippen zuckten; sie blickte ihre Schwester an, die prompt in die Bresche sprang: «Fünfeinhalb, nicht wahr? Genau wie ich.»

«Ja», bestätigte Helen, «fünfeinhalb. Ich glaube, das ist für Frauen überhaupt die gängigste Schuhgröße.»

«Danke», sagte Hannasyde. «Wären Sie wohl so liebenswürdig, mir die Schuhe zu leihen, die Sie gestern abend getragen haben?»

«Ihnen meine Schuhe leihen! Wirklich, Chefinspektor, das ist einfach unmöglich!»

«Weshalb, Mrs. North?»

«Begreifen Sie denn nicht . . . Mein Gott, das ist ja . . . *Ich* habe doch nichts mit Ernie Fletchers Tod zu tun!»

«Dann können Sie eigentlich auch nichts dagegen haben, mir Ihre Schuhe für eine halbe Stunde zu leihen», sagte Hannasyde.

Jetzt schaltete sich Sally ein. «Natürlich hat sie nichts dagegen. Und meine Schuhe können Sie gleich noch dazu haben. Ich kannte Ernest Fletcher auch, also wäre es doch gut möglich, daß ich gestern abend in Greystones war.»

«Die Schuhe allein beweisen noch nichts», erwiderte er.

Helen ließ sich plötzlich auf das Sofa sinken. «Ich ertrage das nicht», stieß sie mit erstickter Stimme hervor. «Sie haben überhaupt keinen Grund, hierher zu kommen und mich zu quälen. Nur weil ich zufällig mit Ernie Fletcher bekannt war ...»

«Nicht nur deshalb, Mrs. North. Ist das Ihre Unterschrift?»

Sie starrte auf die Scheine, die er aus seiner Brieftasche gezogen hatte. Das Blut stieg ihr ins Gesicht, aber sie wirkte jetzt weniger verkrampft. «Ja, das ist meine Unterschrift», antwortete sie. «Ist das so wichtig?»

«Sie werden zugeben, daß diese Scheine einer Erklärung bedürfen», sagte Hannasyde. «Haben Sie Mr. Fletcher die hier genannten Summen geschuldet?»

«Nein. Jedenfalls nicht so, wie Sie offenbar annehmen. Er hatte die Schuldscheine aufgekauft, um mir aus ... aus einer Klemme zu helfen, und ich ... ich zahlte ihm das Geld in Raten zurück.» Sie blickte kurz auf und fügte hinzu, während sie ihr Taschentuch zwischen den Fingern zu einem Strang drehte: «Ich wollte die Schulden vor ... vor meinem Mann verheimlichen. Er ... ich ... ach, ich kann nicht ...»

«Ich begreife durchaus, daß es Ihnen widerstrebt, über Ihre ureigensten Angelegenheiten zu sprechen, Mrs. North. Vielleicht fällt es Ihnen weniger schwer, mir gegenüber offen zu sein, wenn Sie sich zu der Überzeugung durchringen können, daß Ihr Privatleben mich nur insoweit interessiert, als es diesen von mir bearbeiteten Fall betrifft, und daß ich bestimmt nicht den Wunsch habe, einen unnötigen – äh – Skandal heraufzubeschwören.»

«Für einen Skandal besteht nicht der geringste Anlaß», beteuerte Helen. «Mr. Fletcher war ein guter Freund, weiter nichts. Er wollte mir einfach einen Gefallen tun. Ich weiß nicht, was Sie vermuten, aber ...»

«Sie können alle meine Vermutungen vom Tisch wischen, Mrs. North, wenn Sie mir rückhaltlos die Wahrheit sagen. Ich wiederhole, daß ich Ihre ablehnende Haltung begreife, aber Sie müssen doch einsehen, daß die Entdeckung Ihrer Schuldscheine in Ernest Fletchers Safe ein Umstand ist, der einer genauen Untersuchung bedarf. Falls Sie mir nachweisen, daß Sie gestern abend nicht in Greystones waren, kann ich darauf verzichten, Sie mit Fragen zu belästigen, die Ihnen logischerweise unangenehm sein müssen. Sollten Sie jedoch nicht imstande sein, einen Beweis zu erbringen, der Ihre Aussage stützt, und sollten Sie sich weiterhin gegen einen Vergleich Ihrer Schuhe mit den im Garten von Greystones gefundenen Fußabdrükken sträuben, dann bleibt mir nichts anderes übrig, als meine Ermittlungen fortzusetzen. Und ich fürchte, daß in diesem Fall wenig Hoffnung besteht, das Aufsehen zu vermeiden, dem Sie doch zweifellos entgehen möchten.»

Sally erhob sich von ihrem Platz und trat vor Hannasyde hin. «Das», sagte sie, «klingt stark nach einer Drohung, Chefinspektor.»

«Vermutlich klingt es so», gab er gleichmütig zu. «Es soll aber keine Drohung sein. Ich versuche nur, Ihrer Schwester begreiflich zu machen, daß sie nichts Klügeres tun kann, als mir gegenüber völlig offen zu sein. Wenn ich das Personal befragen muß . . .»

Sally verzog das Gesicht zu einer Grimasse. «So ist das also.» Sie nahm eine Zigarette aus dem Kästchen auf dem Tisch, steckte sie in die Spitze, warf einen nachdenklichen Blick auf Hannasyde und zog dann ein Feuerzeug aus ihrer Tasche. Die kleine Flamme zischte auf. Sally zündete ihre Zigarette an, musterte Hannasyde nochmals und sagte dann energisch: «Er hat recht, Helen. Und ich bin sicher, daß deine Privatangelegenheiten ihn nicht interessieren. Er verdächtigt dich nicht; offenbar will er nur alle Unbeteiligten eliminieren.»

Helen schaute noch immer recht ängstlich drein, entschloß sich jedoch nach kurzem Zögern zum Reden. «Ja, ich habe Ernie Fletcher gestern abend besucht. Er war, wie ich schon sagte, ein sehr guter Freund. Trotz des großen Altersunterschiedes. Ich habe ihn immer als eine Art Onkel betrachtet.»

«Ich verstehe», murmelte Hannasyde. «Gab es einen bestimmten Grund für diesen Besuch?»

«Nein, eigentlich nicht. Meine Schwester war mit ihrem Manuskript beschäftigt, und ich langweilte mich. Da es noch ziemlich früh war, beschloß ich, auf einen Sprung zu Ernie hinüberzugehen.»

Sie konnte nicht verhindern, daß sie rot wurde, aber Hannasyde tat, als hätte er das nicht bemerkt, und fragte nur: «Um welche Zeit trafen Sie in Greystones ein?»

«Es muß gegen neun Uhr fünfunddreißig gewesen sein. Ich weiß, daß ich um halb zehn von hier fortgegangen bin.»

«Erzählen Sie mir bitte genau, was geschah, Mrs. North.»

«Da ist nicht viel zu erzählen. Ich ging durch die Arden Road, denn erstens ist dieser Weg kürzer als der durch unsere Straße und die Vale Avenue, und zweitens – wahrscheinlich werden Sie das sonderbar finden, aber es ist gar nicht so sonderbar –, zweitens hatte ich keine Lust, mit Miss Fletcher zusammenzutreffen, und deshalb zog ich es vor, durch den Garten zu gehen. Ich nahm an, daß ich Ern . . . Mr. Fletcher in seinem Arbeitszimmer antreffen würde.» Sie hielt plötzlich inne und rief verzweifelt aus: «Ach, das ist ja furchtbar! Es klingt, als hätte ich irgend etwas Schreckliches im Schilde geführt. Aber so war es nicht, so war es bestimmt nicht!»

«Nun werde bloß nicht weich in den Knien», riet ihre Schwester. «Natürlich hast du nichts im Schilde geführt, denn sonst hättest du dir doch einen einleuchtenderen Grund für den Besuch bei Ernie ausgedacht.»

«Sei still, bitte, sei still! Glaubst du, ich weiß nicht, was für einen falschen Eindruck jemand von mir gewinnen muß, dem nicht bekannt ist, wie ich zu Ernie stand?»

Sally lachte. «Auf den Chefinspektor machst du bestimmt nur den Eindruck eines ungewöhnlich dummen Schafes. Weshalb du es vorzogst, das Haus durch die Gartenpforte zu betreten, ist doch völlig belanglos. Komm, erzähl weiter.»

«Wo war ich denn nur? Ach ja! Also Mr. Fletcher war tatsächlich in seinem Arbeitszimmer – oh, ich vergaß zu sagen, daß ein Mann aus der Gartenpforte kam, gerade als ich in die Maple Grove einbog. Ich ... ich weiß nicht, ob das wichtig für Sie ist.»

«Können Sie den Mann beschreiben, Mrs. North?»

«Nein, ich weiß nur, daß er vierschrötig und untersetzt war. Es war ja schon ziemlich dunkel, und da er in Richtung der Vale Avenue ging, sah ich ihn sowieso nur von hinten. Ja, wie gesagt, Mr. Fletcher befand sich in seinem Arbeitszimmer.»

«Allein?»

«Ja.»

«Und dann?»

«Dann ... das ist eigentlich schon alles. Wir ... wir unterhielten uns, und nach einer Weile sagte ich, es sei schon spät, und ... und ging fort.»

«Wissen Sie, wann das ungefähr war?»

«Ja, um Viertel vor zehn.»

«Viertel vor zehn?» wiederholte Hannasyde und blickte von seinem Notizbuch auf.

«Ja. Auf dem Kaminsims stand eine Uhr, und ich sah, wie spät es war.»

«Sie blieben also nur zehn Minuten bei Mr. Fletcher?»

«Ich nehme es an. Ja, es müssen ungefähr zehn Minuten gewesen sein.»

«Ein sehr kurzer Besuch, Mrs. North, nicht wahr?»

«Ich begreife nicht, was ... Worauf wollen Sie hinaus?»

«Mir kommt es einfach ein bißchen seltsam vor, daß Sie, Ihren eigenen Angaben zufolge, Mr. Fletcher aus Langeweile besuchten und dann nur so kurze Zeit bei ihm blieben. Ist irgend etwas geschehen, was Sie bewog, abrupt aufzubrechen?»

«Nein. Nein, natürlich nicht. Ich merkte nur, daß er zu tun hatte, und da wollte ich ihn nicht stören.»

Hannasyde machte sich eine Notiz. «Ich verstehe. Sie haben also das Arbeitszimmer um Viertel vor zehn verlassen. Gingen Sie auf demselben Weg nach Hause, den Sie gekommen waren?»

«Ja. Aber nicht gleich. Ich hörte, wie die Gartenpforte geöffnet wurde, und ... und mir fiel ein, daß meine Anwesenheit um diese Zeit einen merkwürdigen Eindruck machen müßte. Also versteckte ich mich hinter einem Busch, um nicht gesehen zu werden.»

«Mr. Fletcher hat Sie nicht bis zur Pforte begleitet?»

«Nein», antwortete Helen mit zitternder Stimme. «Dazu bestand kein Grund.»

«Aha», sagte Hannasyde. «Kurz und gut, Mrs. North, Sie versteckten sich hinter einem Busch. Haben Sie gesehen, wer den Garten betrat?»

«Nein. Verstehen Sie, es war doch schon fast dunkel, und da ich nur zwischen den Zweigen hindurchspähen konnte, war es unmöglich, den Besucher zu erkennen. Ich weiß lediglich, daß es ein Mann war und daß er einen Hut aufhatte. Sein Gesicht habe ich nicht gesehen.»

«Was war das für ein Hut?»

«Ein breitkrempiger. Von der Sorte, die man, glaube ich, Homburg nennt.»

«Hell oder dunkel?»

Sie zögerte. «Ein heller, würde ich sagen.»

«Erinnern Sie sich zufällig, ob er einen Spazierstock trug?»

«Nein. Nein, einen Stock hatte er bestimmt nicht bei sich.»

«Ging er auf das Haus zu?»

«Ja, er verschwand in Mr. Fletchers Arbeitszimmer.»

«Und haben Sie dann irgend etwas gehört?»

«Nein. Sobald der Mann außer Sichtweite war, bin ich natürlich schnellstens fortgegangen. Was danach geschah, weiß ich nicht.»

Hannasyde klappte sein Notizbuch zu, sah Helen scharf an und fragte in strengem Ton: «Mrs. North, können Sie mir bestätigen, daß Ihr Besuch bei Mr. Fletcher in keinem Zusammenhang mit den von Ihnen unterzeichneten Schuldscheinen stand?»

«Ich begreife nicht ... Ich sagte Ihnen doch ...»

«Meiner Meinung nach haben Sie mir nicht die volle Wahrheit gesagt.»

«Ich weiß nicht, wie Sie so etwas behaupten können oder was Sie argwöhnen ...»

«Ich argwöhne, daß Mr. Fletcher gedroht hat, diese Scheine gegen Sie zu verwenden, Mrs. North.»

«Unsinn! Wie oft soll ich noch wiederholen, daß er ein guter Freund von mir war?»

«Ja, ja, ich weiß, aber es erscheint mir recht schwierig, diese Erklärung mit dem Vorhandensein der Schuldscheine in seinem Safe zu vereinbaren. Wenn die Motive, die ihn bewogen, die Scheine in seinen Besitz zu bringen, so ritterlich waren, wie Sie sagen, dann hätte es doch nahegelegen, diese Dokumente entweder zu vernichten oder sie Ihnen auszuhändigen.»

«Wollen Sie etwa andeuten, daß er auf Erpressung ausging? Das ist nicht wahr! Mein Gott, weswegen hätte er mich wohl erpressen sollen?»

«Vielleicht wollte er etwas von Ihnen haben, was Sie ihm bisher standhaft verweigert hatten, Mrs. North.»

Sie errötete. «Oh ...! Sie haben kein Recht, so zu sprechen. Außerdem, womit hätte er mich erpressen sollen? Es ist doch nicht strafbar, Schulden zu haben.»

«Nun, er hätte drohen können, Ihrem Mann die Schuldscheine vorzulegen, nicht wahr?»

«Ausgeschlossen», sagte sie mit schwacher Stimme. «So war er nicht.»

«Wo ist Ihr Mann, Mrs. North?»

«In Berlin. Schon seit voriger Woche, und er kommt erst am nächsten Mittwoch zurück.»

Während sie noch sprach, veränderte sich jäh ihr Gesichtsausdruck. Ein leises Knarren hatte angezeigt, daß jemand die Zimmertür öffnete. Hannasyde fuhr herum. Ein Mann stand auf der Schwelle; seine Hand lag auf dem Türgriff, und die kalten, strengen grauen Augen musterten die Gruppe in der Mitte des Zimmers.

4

Hannasyde hörte, wie Helen nach Luft rang, und warf ihr einen raschen Blick zu. Sie stand kreidebleich da und starrte den Mann entgeistert an. Sally war es, die als erste das Schweigen brach.

«Hallo, John», sagte sie lässig. «Aus welcher Versenkung bist du denn so plötzlich aufgetaucht?»

John North schloß die Tür und ging auf die anderen zu. «Guten Tag, Sally», grüßte er. Seine Stimme war tief, seine Art zu sprechen hatte etwas Bedächtiges. Er war ein ansehnlicher Mann, gut gebaut, mittelgroß, und sein Auftreten zeugte von ruhigem Selbstbewußtsein. Nachdem er seiner Schwägerin die Hand geschüttelt hatte, nickte er seiner Frau zu und sagte: «Na, Helen, leistet Sally dir Gesellschaft?»

«Ja, für ein paar Tage», antwortete Helen mühsam. «John, wie kommst du hierher? Ich dachte, du wärst in Berlin.»

«Die Verhandlungen dort waren schneller beendet, als ich angenommen hatte.» Er sah Hannasyde abschätzend an und sagte: «Möchtest du mich nicht mit dem Herrn bekannt machen, Helen?»

Sie blickte Hannasyde flehend an, bevor sie erwiderte: «Ja, selbstverständlich. Dies ist Chefinspektor . . . du lieber Himmel, jetzt habe ich doch Ihren Namen vergessen.»

«Hannasyde», half der Chefinspektor ein.

«Ja, richtig! Von Scotland Yard, John. Hier ist nämlich etwas Furchtbares passiert. Etwas unvorstellbar Grauenhaftes. Ernest Fletcher ist ermordet worden.»

«Das erklärt aber noch nicht die Anwesenheit des Chefinspektors in meinem Haus», sagte John North ruhig. «Darf ich fragen, was Sie hier tun?»

Bevor Hannasyde den Mund aufmachen konnte, rief Helen: «Verstehst du denn nicht, John? Der Chefinspektor versucht jemanden zu finden, der irgendwie zur Aufklärung des Mordes beitragen könnte, und da er gehört hat, daß ich mit Ernie bekannt war, ist er hergekommen. Er dachte, ich wäre vielleicht imstande, ein bißchen Licht in diese mysteriöse Angelegenheit zu bringen, aber natürlich weiß ich überhaupt nichts. Die ganze Geschichte ist einfach unfaßbar.»

Er hob die Brauen. «Gehen Sie von Haus zu Haus, um alle Bekannten von Fletcher zu befragen, Chefinspektor? Oder verdächtigen Sie meine Frau, ihm den Schädel eingeschlagen zu haben? Ich glaube kaum, daß sie für so etwas die nötige Kraft besitzt.»

«Sie sind sehr gut informiert, Mr. North. Woher wissen Sie, daß er durch einen Schlag auf den Kopf getötet wurde?»

John North blickte ihn an, und in seinen Augen glomm ein schwaches Lächeln auf. Er reichte Hannasyde eine Zeitung, die er zusammengefaltet unter dem Arm getragen hatte. «Wenn meine Informationsquelle Sie interessiert, bedienen Sie sich bitte», sagte er höflich.

Hannasyde überflog die Spalten der Abendzeitung. «Schnelle Arbeit», bemerkte er, faltete das Blatt wieder zusammen und gab es zurück. «Waren Sie mit dem Verstorbenen bekannt, Mr. North?»

«Ich kannte ihn natürlich, aber ich würde ihn eher als einen entfernten Bekannten bezeichnen. Übrigens, wenn Sie wirklich mit allen sprechen, die ihn kannten, dann lassen Sie uns doch in die Bibliothek gehen, wo Sie mich ganz ungestört befragen können.» Er ging zur Tür und öffnete sie. «Oder benötigen Sie noch Auskünfte von meiner Frau?»

«Nein, ich glaube nicht.» Hannasyde beantwortete Helens angstvollen Blick mit einem raschen, beruhigenden Lächeln. «Vielen Dank, Mrs. North, ich brauche Ihre Zeit nicht länger in Anspruch zu nahmen. Guten Morgen, Miss Drew.»

«Mich haben Sie bestimmt nicht zum letztenmal gesehen», versicherte Sally. «Wahrscheinlich sagt Ihnen mein Name gar nichts, was ich sehr bedauerlich finde, aber ich schreibe Kriminalromane, und ich hatte noch nie Gelegenheit, ein Verbrechen aus nächster Nähe zu studieren. Ganz besonders interessiert mich, wie Sie den Fall anpacken. Es passiert einem so leicht, daß man das Vorgehen der Polizei falsch schildert.»

«In der Tat», murmelte Hannasyde. Er sah ziemlich konsterniert aus.

Sie lächelte ihm zu. «Wenigstens eines haben Sie mich gelehrt: Bisher sind mir meine Detektive immer zu unsympathisch geraten.»

Er lachte. «Vielen Dank.» Mit einer leichten Verbeugung vor Helen wandte er sich zur Tür, die John North noch immer für ihn offenhielt.

«Hier entlang bitte», sagte North und führte den Chefinspektor durch die Diele in die Bibliothek. «Nun, was möchten Sie von mir wissen? Daß ich mit Fletcher bekannt war, haben Sie ja bereits erfahren.»

«Er gehörte aber nicht zu Ihrem engeren Bekanntenkreis, nicht wahr?»

«Nein, sondern zu dem meiner Frau», erwiderte North. «Sie werden zweifellos bald herausfinden, daß er ausschließlich mit Frauen eng befreundet war.»

«Sie mochten ihn nicht, Mr. North, wie?»

«Ich kann nicht behaupten, daß ich mich besonders zu ihm hingezogen fühlte», gab North zu. «Er war das, was man einen Damenmann nennt, und für diesen Typ habe ich nie viel übrig gehabt.»

«Hielten Sie ihn für gefährlich – im Hinblick auf Damen, meine ich?»

«Gefährlich? Ach nein, das würde ich nicht sagen», erwiderte North, und seine Stimme klang ein wenig gelangweilt. «Meine Frau sah in ihm, soviel ich weiß, eine Art zahmer Katze.»

«Aha. Sie meinen also, vom Standpunkt des Ehemannes aus hätte es sich nicht gelohnt, so etwas wie – na, sagen wir Eifersucht zu empfinden?»

«Ich kann nur für mich selbst sprechen. Aber vermutlich wollen Sie auch gar keine Verallgemeinerungen hören. *Ich* war nicht eifersüchtig auf ihn. Haben Sie sonst noch Fragen?»

«Ja, ich würde gern wissen, wann Sie nach England zurückgekehrt sind, Mr. North.»

«Ich traf gestern nachmittag in London ein.»

«Aber nach Marley sind Sie erst heute morgen gekommen?»

«Ja, Chefinspektor, das stimmt.»

«Sie haben also die Nacht in London verbracht?»

«Ja, in meiner Stadtwohnung.»

«Wo befindet sich die, bitte?»

«Am Portland Place.»

«Kommt es öfter vor, daß Sie über Nacht in London bleiben?»

«Ziemlich oft.»

«Entschuldigen Sie, wenn ich indiskret frage, Mr. North, aber ich muß Sie bitten, mir noch ein paar nähere Erklärungen zu geben. Leben Sie und Mrs. North voneinander getrennt?»

«Nicht in dem Sinn, wie Sie es anscheinend glauben», antwortete North. «Vielleicht täusche ich mich, aber ich habe den Eindruck, Sie messen der Tatsache, daß ich es gestern vorzog, in London zu übernachten, eine unheilvolle Bedeutung bei. Meine Frau und ich sind seit fünf Jahren verheiratet, Chefinspektor, und das Stadium der Unzertrennlichkeit haben wir seit langem hinter uns.»

In die Bedächtigkeit des Tonfalls mischte sich eine Schärfe, die Hannasyde nicht entging. North schien es ebenfalls bemerkt zu haben, denn er fügte wie beiläufig hinzu: «Ich habe oft bis spätabends in der Stadt zu tun und finde daher diese Wohnung sehr praktisch.»

«Ich verstehe. Haben Sie dort zu Abend gegessen?»

«Nein, in meinem Club.»

«Und nach dem Essen?»

«Ging ich nach Hause zurück und legte mich schlafen.»

«Waren Sie allein in der Wohnung? Oder haben Sie dort Dienstboten?»

«Ich war ganz allein. Wissen Sie, in der Miete ist der Preis für Bedienung und so weiter bereits enthalten, und ich hatte dem für mich zuständigem Kammerdiener gesagt, daß ich ihn an diesem Abend nicht mehr benötigen würde. Tut mir leid, Chefinspektor, aber ich fürchte, ich kann Ihnen – im Augenblick jedenfalls – die Richtigkeit meiner Angaben nicht beweisen. Vielleicht möchten Sie meine Fingerabdrücke nehmen?»

«Vorerst nicht, vielen Dank», erwiderte Hannasyde. «Ich brauche Sie jetzt nicht länger aufzuhalten.»

North erhob sich. «Nun, falls Sie noch Fragen haben sollten, dann wissen Sie ja, wo ich zu finden bin. Sowohl meine Geschäftsadresse als auch die Privatanschrift stehen im Londoner Telefonbuch.»

Er begleitete den Chefinspektor hinaus. Auf einem Klapptisch in der Diele lag ein hellgrauer Homburg neben einem Paar Lederhandschuhen. Hannasydes Blick ruhte eine Sekunde lang auf diesem Hut, doch er enthielt sich jeder Bemerkung und nahm nur seinen eigenen Hut von dem Stuhl, auf dem er ihn deponiert hatte.

Nachdem North den Besucher verabschiedet hatte, kehrte er ohne Eile in das Wohnzimmer zurück, gerade rechtzeitig, um seine Schwägerin in schneidendem Ton sagen zu hören: «Du mußt komplett verrückt sein. Wie kannst du hoffen, ihm so etwas zu verheim ...»

Sie verstummte mitten im Wort, als sie North sah. Er schloß die Tür hinter sich, warf die Zeitung, die er noch immer in der Hand hielt, auf den Tisch und fragte freundlich: «Was kann sie nicht hoffen, mir zu verheimlichen?»

«Dir?» wiederholte Sally. «Habe ich deinen Namen genannt?»

«Es war nicht schwer zu erraten, daß du mich meintest.» Er begann sorgfältig seine Pfeife zu stopfen. Im Zimmer breitete sich eine peinliche Stille aus. Helen saß regungslos da, die Augen starr auf North gerichtet, die Hände ineinander verkrampft. Als er den Tabaksbeutel einsteckte, blickte er auf und sah Helen fest in die Augen. «Nun? Ist es nicht so?»

Sie wich der Antwort aus, indem sie ihrerseits eine Frage stellte. «Weswegen bist du so unerwartet zurückgekommen, John?»

«Interessiert dich das wirklich?»

Sie sagte leise, mit flackernder Stimme: «Du bist zurückgekommen, um mir nachzuspionieren.»

Seine Gesichtszüge verhärteten sich. Schweigend suchte er in der Jakkentasche nach Streichhölzern und zündete seine Pfeife an.

Miss Drew versuchte die Atmosphäre zu entspannen, indem sie munter fragte: «Soll ich mich nicht lieber taktvoll zurückziehen? Der Gedanke, euch in eurer freien Meinungsäußerung zu behindern, wäre mir peinlich.»

«Nein, bleib hier», sagte Helen. «John und ich haben nichts Privates zu besprechen.» Sie blickte North an und fügte mit gekünsteltem Gleichmut hinzu: «Es wäre übrigens interessant zu erfahren, was dich bewogen hat, um diese Zeit herzukommen. Unstillbare Sehnsucht nach mir kann es wohl kaum gewesen sein, denn in diesem Fall wärst du nicht über Nacht in London geblieben.»

«Stimmt», bestätigte er trocken. «Über so etwas sind wir längst hinaus, nicht wahr? Nein, ich entschloß mich herzukommen, als ich in der Zeitung von dem Mord an Fletcher las.»

«Na bitte, was habe ich dir gesagt?» rief Sally. «Er ist die Antwort auf jeder Jungfrau Gebet! Ich selbst bin ja nicht so sehr für den Beschützertyp, aber er ist genau das, was so ein hübsches Dummerchen wie du, Helen, braucht.»

«Ach, laß doch den Unsinn», sagte Helen heiser. «Du hast also gedacht, John, daß ich in den Mord verwickelt sein könnte?»

Er schwieg einen Augenblick und antwortete dann in seiner kühlen Art: «Nein, ernstlich habe ich das wohl nicht gedacht. Jedenfalls nicht, bevor ich einen Chefinspektor von Scotland Yard in diesem Haus antraf.»

Ihr Gesicht erstarrte zu einer Maske. «Aber versteh doch, John, er kam nur . . .»

«O ja, ich verstehe.» Zum erstenmal sprach er in schroffem Ton. «Der Chefinspektor kam, weil er herausfinden wollte, ob du die Frau bist, deren Fußabdrücke er im Garten von Greystones entdeckt hat. Bist du diese Frau?»

«Zähl bis zehn, bevor du antwortest», riet Sally. Sie betrachtete das grimmige Gesicht ihres Schwagers und dachte: Ach herrje, so glatt, wie ich's mir vorstellte, wird es wohl nicht abgehen.

«Misch dich gefälligst nicht ein!» rief Helen heftig. «Was willst du überhaupt von mir?»

«Dich hindern, sinnlose Lügen zu erzählen. Ihr beide mögt mit den Nerven fertig sein, aber so weit, daß John dich wegen Mordverdachts festnehmen läßt, wenn er's vermeiden kann, so weit ist es wohl noch nicht.»

«Ich habe ihn nicht ermordet! Ich nicht! Das kannst du mir doch nicht zutrauen, John!»

«Waren es deine Fußabdrücke?» fragte North.

Sie stand mühsam auf. «Ja, es waren meine!» schrie sie ihm ins Gesicht.

Sally stöhnte dumpf. «Wie man Geständnisse *nicht* ablegen soll», sagte sie. «Um Himmels willen, John, hör doch auf, wie der steinerne Gast auszusehen. Heiliger Strohsack, da habe ich Bücher über Leute wie dich geschrieben und nie geglaubt, daß es so was in Wirklichkeit geben könnte!»

Ohne Sally zu beachten, wandte sich North seiner Frau zu. «Zweifellos wirst du mich über die Maßen aufdringlich finden, aber ich wüßte gern, weshalb du Fletcher anscheinend in aller Heimlichkeit besucht hast.»

«Ich bin zu ihm gegangen, weil ich mit ihm befreundet war. Von Heimlichkeit kann überhaupt keine Rede sein. Ich erwarte nicht, daß du mir glaubst, aber es ist die Wahrheit.»

Sally putzte ihr Monokel. «Auf Befragen wurden diese Angaben von Miss Sally Drew, der berühmten Kriminalschriftstellerin, bestätigt.»

«Man kann dich nicht gerade als unparteiische Zeugin bezeichnen, Sally», sagte North trocken. «Bitte, Helen, schau mich doch nicht so feindselig an. Ich habe wirklich nur aus Neugier gefragt; im Grunde spielt es gar keine Rolle. Was mir viel wichtiger erscheint, ist die Frage, ob du eventuell etwas über den Mord weißt.»

«Nichts weiß ich, nichts!»

«Wann warst du bei Fletcher?»

«Oh, ziemlich früh am Abend. Ich verließ ihn um Viertel vor zehn. John, es mag seltsam klingen, aber ich bin wegen einer völlig belanglosen Sache bei ihm gewesen. Ich . . . ich wollte fragen, ob er mich nächste Woche zu der Party bei den Dimberleys begleiten könnte, weiter nichts.»

Statt zu antworten, nahm er die Zeitung vom Tisch und überflog die Titelseite. «Hier steht, daß Fletchers Leiche um zehn Uhr fünf gefunden wurde», bemerkte er und sah seine Frau scharf an. «Willst du immer noch behaupten, daß du gänzlich ahnungslos bist?»

«Als ich ging, kam mir im Garten jemand entgegen», erwiderte sie kaum hörbar. «Ein Mann. Deswegen versteckte ich mich hinter dem Strauch.»

Er faltete die Zeitung zusammen. «Du sahst einen Mann durch den Garten kommen? Und? Wer war es?»

«Das weiß ich nicht.»

«Du meinst, daß du ihn nicht kanntest?»

«Ja . . . das heißt, ich konnte ihn nicht deutlich sehen. Ich weiß nur, daß er durch die Fenstertür ins Arbeitszimmer ging.»

«Hast du das auch der Polizei erzählt?»

«Ja, das . . . das habe ich getan.»

«Hat dich der Chefinspektor gefragt, ob du diesen geheimnisvollen Mann wiedererkennen würdest, wenn du ihm irgendwo begegnetest?»

«Nein. Ich sagte ihm, ich hätte den Mann nicht deutlich sehen können und wüßte nur, daß er einen hellen Hut trug.»

Es entstand eine kurze Pause. «Einen hellen Hut? Oh! Und würdest du ihn wiedererkennen?»

«Ich sage dir doch, nein. Ich habe nicht die leiseste Ahnung, wer das gewesen sein kann.»

«Ich hoffe nur, daß der Chefinspektor dir glaubt», sagte er.

«Warum?» fragte Sally, die ihren Schwager nicht aus den Augen gelassen hatte.

Er streifte sie mit einem gleichgültigen Blick. «Warum? Nun, weil ich nicht den Wunsch habe, meine Frau vor Gericht im Zeugenstand zu sehen.»

«O Gott, ich muß doch nicht etwa aussagen?» keuchte Helen. «Das kann ich nicht. Lieber würde ich sterben. Ach, was ist das für eine verfahrene Situation!»

«Allerdings», bestätigte er.

Sally, die ihr Monokel an dem Band wie ein Pendel hatte hin- und herschwingen lassen, klemmte das Glas plötzlich ins Auge. «Hör mal, John, verdächtigt dich der Chefinspektor, daß du irgendwas mit der Sache zu tun hast?»

«Woher soll ich das wissen? Die Tatsache, daß Helen mit dem Mord in Verbindung gebracht wird, hat die Phantasie des Chefinspektors offensichtlich angeregt. Vermutlich lebt er noch in dem altmodischen Wahn, daß Ehemänner eifersüchtig zu sein haben.»

Sally legte den Kopf schräg. «Ich hätte dir die Fähigkeit zugetraut, etwas geradliniger zu denken. Es ist doch klar, daß dein unerwartetes Auftauchen ihm einigermaßen verdächtig erscheinen muß.»

«Wieso denn? Wenn ich Fletcher ermordet hätte, dann wäre ich heute wohl kaum hier.»

Sie betrachtete ihn abschätzend. «Na, ich weiß nicht. Das ist natürlich ein Argument, aber andererseits hätte es schlecht ausgesehen, wenn du dich nicht gemuckst hättest und er dir draufgekommen wäre, daß du gar nicht in Berlin warst.»

«Ein bißchen gesunden Menschenverstand mußt du mir schon zubilligen, Sally. Wenn ich einen Mord begehe, sorge ich unter Garantie dafür, daß ich ein hieb- und stichfestes Alibi habe.» Er sah auf seine Armbanduhr. «Laß uns so bald wie möglich essen, Helen. Ich muß in die Stadt zurück.»

«Ich sage der Köchin gleich Bescheid», erbot sich Sally. Sie ging hinaus und schloß die Tür energisch hinter sich.

Helen rückte mechanisch eine Vase auf dem Kaminsims zurecht. «Kommst du wieder?» fragte sie.

«Natürlich komme ich wieder», antwortete er.

Sie zögerte einen Augenblick und sagte dann leise: «Du bist mir sehr böse, nicht wahr?»

«Darüber wollen wir nicht mehr reden. Das Unglück ist geschehen, und ich nehme an, deine Reue kann durch meinen eventuellen Zorn nicht tiefer werden, als sie bereits ist.»

Sie hob die Hand an die Wange. «Du wirst es mir natürlich nicht glauben, aber ich hatte kein Verhältnis mit Ernie.»

«O doch, ich glaube dir», sagte er.

Ihre Hand sank herab. «Du glaubst mir? Du denkst nicht, daß ich ihn geliebt habe? Ich nahm an . . .»

«Du nahmst an, weil ich den Mann nicht mochte und deine Freundschaft mit ihm mißbilligte, müsse Eifersucht im Spiel sein», ergänzte er in ironischem Ton. «Aber so war es nicht. Ich habe von Anfang an gewußt, daß er nicht der Typ war, auf den du fliegst, meine Liebe.»

Sie zuckte zusammen. «Es ist nicht fair, mir zu unterstellen, daß ich auf irgend jemanden ‹fliege›. Wenn es auch schrecklich viktorianisch klingt – ich bin dir immer treu gewesen.»

«Das weiß ich.»

«Du hast es dir angelegen sein lassen, Bescheid zu wissen.»

«Es *war* meine Angelegenheit», sagte er hart.

«Warum warst du dann so sehr gegen meine Freundschaft mit Ernie?

Du wußtest doch genau, daß ich mich niemals zu einer vulgären Liebelei hergeben würde.»

«Ich habe nicht dir mißtraut, sondern Fletcher», erwiderte er. «Und ich gab dir auch klar und deutlich zu verstehen, daß ich nicht gesonnen war, diese Freundschaft zu dulden, nicht wahr?»

«Mit welchem Recht konntest du erwarten, daß ich ihn oder irgendeinen anderen meiner Freunde fallenlassen würde? Wir waren übereingekommen, jeder von uns solle seine eigenen Wege gehen können . . .»

«Ich finde diese Diskussion überaus unnütz», unterbrach er sie. «Du bist deinen eigenen Weg gegangen, aber wenn ich mich recht erinnere, habe ich dir vor zwei Jahren klargemacht, daß ich weder deine Schulden noch deine Unbesonnenheiten noch länger hinnehmen könnte. Und vor sechs Monaten habe ich dich ersucht, Ernest Fletcher auf Distanz zu halten. Trotzdem warst du seither fast ständig mit ihm zusammen.»

«Ich mochte ihn gern, aber geliebt habe ich ihn nicht.»

«Du hast doch wohl nicht erwartet, daß die Leute diesen feinen Unterschied erkannten.»

«Aber *du* wußtest Bescheid.»

Seine Augen wurden schmal. «Ich wußte, daß Fletcher auf Frauen eine eigenartige Anziehungskraft ausübte.»

«Ja, das stimmt, und ich habe diese Anziehungskraft auch gespürt. Aber Liebe . . . Nein, nein und nochmals nein!» Sie wandte sich erregt ab und ging blindlings auf das Fenster zu. Ohne sich umzudrehen, sagte sie nach einer Weile: «Warum bist du heute gekommen? Du nahmst an, ich sei in . . . in die Sache verwickelt, nicht wahr?»

«Ja», bestätigte er.

«Dann wundert es mich, daß du kamst», bemerkte sie bitter.

Er ließ sich Zeit mit der Antwort. Schließlich sagte er: «Das ist töricht, Helen. Trotz aller Unstimmigkeiten sind wir doch Mann und Frau, und wenn sich ein Sturm zusammenbraut, dann geht das uns beide an. Ich hoffe allerdings, daß sich die Wolken wieder verziehen werden. Versuche dich zu beruhigen – und sag nicht mehr als unbedingt nötig, falls Chefinspektor Hannasyde dich nochmals befragt.»

«Nein. Ich werde sehr vorsichtig sein», versprach sie.

In diesem Augenblick erschien Miss Drew mit der Nachricht, das Essen werde in fünf Minuten fertig sein.

«Danke. Ich will mir nur noch die Hände waschen», sagte North und ging hinaus.

Sally betrachtete forschend den Rücken ihrer Schwester. «Hast du ihm die Wahrheit gesagt?»

«Nein.»

«Du Schaf.»

«Ich hab's einfach nicht fertiggebracht. Du verstehst das nicht, also ist es sinnlos, mit dir darüber zu debattieren.»

«Die Wahrheit wäre ihm lieber als das, was er zu glauben gezwungen ist.»

«O nein, er weiß genau, daß nichts zwischen Ernie und mir war.»

«Weiß er das wirklich?» fragte Sally.

Helen fuhr herum. «Wie meinst du das?»

«Ich bin nicht sicher, aber irgendwie hatte ich einen anderen Eindruck. Wenn er wußte, daß es sich nur um eine harmlose Freundschaft handelte, warum war er dann so ausgesprochen feindselig gegen Ernie eingestellt?»

«Er konnte Ernie nicht besonders leiden. Aber von Feindseligkeit zu sprechen ist absurd.»

«Keineswegs, und das weißt du auch sehr gut, mein Kind. John weint Ernie keine Träne nach. Im übrigen würde ich mich gar nicht wundern, wenn sich herausstellte, daß er mehr weiß, als du glaubst.»

Helen lachte auf. «Schriftsteller müssen wohl so phantasievoll sein.»

«Sehr richtig. Und da das so ist, werde ich nach dem Lunch hinübergehen und mir den Schauplatz des Verbrechens ansehen.»

«Das kannst du unmöglich tun.»

«Wer soll mich daran hindern?»

«Es gehört sich nicht.»

«Na, wennschon. Ich gehe auf jeden Fall hin und buddele diesen armen Wurm Neville aus. Das ist auch einer, der wahrscheinlich mehr weiß, als er zugibt. Hoffentlich unterschätzt ihn die Polizei nicht. In Neville schlummern ungeahnte Entwicklungsmöglichkeiten.»

«Zu was soll er sich denn entwickeln?»

«Keine Ahnung, Schwesterchen», erwiderte Sally. Verdammt will ich sein, wenn ich's weiß, aber ich werde versuchen, es herauszufinden.»

Gleich darauf wurden sie zum Lunch gebeten und mußten die Diskussion über Ernest Fletchers Tod abbrechen. Bei Tisch sprach Helen wenig und aß noch weniger. Miss Drew plauderte munter über Nichtigkeiten, während North das Essen hastig in sich hineinschlang und dann das Zimmer verließ, nachdem er seiner Frau mitgeteilt hatte, er werde zum Dinner zurück sein.

Sobald die Damen ihren Kaffee getrunken hatten, erklärte Sally kategorisch, sie halte es für das beste, wenn Helen sich jetzt ein wenig hinlege. Zu ihrem Erstaunen willigte Helen widerspruchslos ein und gestattete der Schwester sogar, sie nach oben zu begleiten. Als Sally die Jalousien herabließ, fragte Helen: «Das war doch nur ein Scherz mit dem Besuch in Greystones, nicht wahr?»

«Aber nein. Natürlich gehe ich hinüber. Ich werde der armen Miss Fletcher in deinem Namen kondolieren und ihr sagen, daß du ihr selbstverständlich auch noch schreibst.»

Unter der Bettdecke hervor drang eine schwache Stimme: «Oh! Das hätte ich gleich tun müssen.»

«Wenn du geschlafen hast, ist auch noch Zeit», meinte Sally und zog sich zurück.

Als sie eine halbe Stunde später an der Haustür von Greystones läutete, erfuhr sie, daß auch Miss Fletcher gerade ihr Mittagsschläfchen hielt. Der Notwendigkeit, nach Neville zu fragen, wurde Sally dadurch enthoben, daß der schlaksige junge Herr aus dem Wohnzimmer in die Diele geschlendert kam und sie aufforderte, ihn in seiner Einsamkeit zu trösten.

Simmons deutete durch ein Räuspern und eine Miene frommer Schwermut an, daß er diese Einladung höchst unpassend finde. Da aber Sally und Neville ihn nicht im geringsten beachteten, blieb ihm keine andere Wahl, als sich in sein hinter einer Tür mit Friesvorhang gelegenes Reich zu begeben, wo er zur Erbauung von Mrs. Simmons in glühenden Farben das Schicksal schilderte, das die Hartherzigen und Ungläubigen erwartete.

Inzwischen hatte Neville seinen Gast ins Wohnzimmer geführt. «Willst du dich an den Sehenswürdigkeiten ergötzen, Liebling?» fragte er. «Leider kommst du zu spät, um der Suche im Seerosenteich beizuwohnen.»

«Ach, dann fahnden sie jetzt also nach der Mordwaffe.»

«Ja, aber diese Polizisten sind furchtbar wählerisch. Ich habe ihnen Tante Lucys Indianerkeulen, einen Krockethammer und den bronzenen Briefbeschwerer auf Ernies Schreibtisch angeboten, aber nichts davon fand ihren Beifall.»

«Auf seinem Schreibtisch lag ein bronzener Briefbeschwerer? Sieh mal an!»

«Ach was», sagte Neville leise, «ursprünglich lag gar keiner da. Ich habe ihn hingelegt.»

«Um Himmels willen, warum denn das?»

«Ich wollte ihre Denktätigkeit etwas anregen», erklärte Neville mit der Miene eines Unschuldsengels.

«Wird dir ganz recht geschehen, wenn sie dich des Mordes beschuldigen und einsperren», bemerkte Sally.

«Das werden sie nicht tun. Es stimmt doch, was ich euch über den ehrenwerten John berichtet habe, nicht wahr?»

«Ja. Woher wußtest du, daß er hier war?»

«So was spricht sich herum.»

«Unsinn!»

«Na gut, Schätzchen, ich sah ihn an unserem Haus vorbeifahren. In Richtung Bahnhof. Meinst du, er ist auf der Flucht?»

«John? Das wäre nicht seine Art. Außerdem, warum sollte er fliehen?»

Neville betrachtete sie mit einem schläfrig-listigen Blick. «Mir brauchst du nichts vorzumachen, süßes Mädchen. Die Sache beunruhigt dich doch, wie?»

«Nicht im geringsten. Mein Interesse an dem Mord ist rein akademisch. Warum glauben die Polizisten, die Mordwaffe müsse sich noch auf dem

Grundstück befinden? Wegen Helens Aussage?»

«Die Herren haben nicht soviel Vertrauen zu mir, wie du anzunehmen scheinst», antwortete Neville. «Was hat denn Helen ausgesagt?»

«Daß sie überzeugt sei, der Mann, den sie im Garten sah, habe nichts in der Hand getragen.»

«Ach, die liebe Kleine! Hat sie nicht eine blühende Phantasie? Zuerst konnte sie den Mann nur ganz, ganz undeutlich sehen; jetzt ist sie überzeugt, daß er nichts in der Hand trug. Laß ihr ein bißchen Zeit, und ihr wird einfallen, daß er O-Beine hatte und schielte.»

«Du ekelhaftes Scheusal! Bloß weil es nicht hell genug war, das Gesicht des Mannes zu erkennen ...»

«Und das glaubst du ihr? Liebste Sally, du hast wirklich ein gutes Herz, und in deinen Adern fließt kein Normannenblut.»

«Was denn? Meinst du etwa, sie hätte den Mann erkannt und es sei John gewesen?»

«Ja, aber ich habe bekanntlich eine niedrige Gesinnung.»

«Du nimmst mir die Worte aus dem Mund.»

«Ich weiß.»

«Nun, auch meine Gesinnung ist alles andere als edel, und ich kann mich des Gedankens nicht erwehren, daß du vermutlich Ernies Geld erben wirst. Habe ich recht?»

«Durchaus», bestätigte Neville freundlich. «Praktisch bin ich ein Plutokrat.»

«Tatsächlich? Na, das wird eine hübsche Abwechslung für dich werden, Neville Fletcher, nachdem du so lange bis über die Ohren verschuldet warst.»

5

Neville nahm diese Bemerkung, die ihm in herausforderndem Ton an den Kopf geworfen wurde, mit unerschütterlichem Gleichmut auf. Er schien die Sache leidenschaftslos zu erwägen und meinte schließlich: «Also ich weiß nicht, ob ich voll und ganz mit dir übereinstimme.»

«Was?» rief Sally verächtlich. «Du bist nicht der Meinung, daß ein Vermögen besser ist als Schulden?»

«Hängt davon ab, an was man gewöhnt ist», erwiderte Neville.

«Blödsinn! Du bildest dir doch nicht ein, daß ich das schlucke, wie?»

«Nein.»

«Und wozu sagst du es dann?»

«Ich meine ja nur, daß ich mir noch nie den Kopf über deine Denkprozesse zerbrochen habe», erklärte Neville. «Unnütze Beschäftigung so was, völlig sinnlos.»

«Hör mal, Neville, willst du mir im Ernst einreden, daß es dir nichts ausmacht, Schulden über Schulden zu haben?»

«Ja, warum nicht?»

«Weil es verrückt ist, deshalb. Es gibt doch nichts Unangenehmeres als dauernd in Geldverlegenheit zu sein und von den Geschäftsleuten mit Mahnungen bombardiert zu werden. Mit jeder Post Rechnungen zu bekommen, denen immer ein in höflichen Worten gehaltener Drohbrief beiliegt. Und wenn man sich dann die Gesamtsumme der Schulden vergegenwärtigt . . .»

«Beruhige dich, das tue ich nie. Briefe mit Rechnungen mache ich gar nicht erst auf.»

«Dann werden die Schulden eingeklagt.»

«Ach, daran gewöhnt man sich bald. Außerdem fand Ernie es immer so scheußlich, daß er in die Bresche sprang und meine Außenstände bezahlte. Wenn ich jetzt über soviel Geld verfüge, werde ich wohl keinen Augenblick Ruhe mehr haben und mich vor Quälgeistern nicht retten können.»

«Stell doch einen Sekretär ein und laß ihn das alles erledigen.»

«Nein, dieser Vorschlag gefällt mir nicht. Ich müßte dann ein Haus kaufen, um den Sekretär unterzubringen, ich brauchte Personal für das Haus, und ehe ich wüßte, wie mir geschieht, wäre ich ein Sklave meiner Achtbarkeit.»

Sally war stark beeindruckt von diesen Argumenten. «So habe ich das noch gar nicht angesehen», gab sie zu. «Ich muß sagen, es klingt ganz abscheulich. Was willst du jetzt tun?»

«Im Augenblick nichts. Aber vielleicht rausche ich nächste Woche nach Bulgarien ab. Das kenne ich noch kaum.»

«Nun, jetzt kannst du dir ja alles leisten.»

«Fahrkarte erster Klasse nach Sofia und ein Appartement im besten Hotel? Kommt für mich nicht in Frage.»

Sallys Interesse war so groß, daß sie sich verlocken ließ, das Thema Auslandsreisen weiterzuverfolgen. Gefesselt von Nevilles unzusammenhängendem, jedoch farbigem Bericht über die sagenhaften Abenteuer, die er im Verlauf seiner ziel- und geldlosen Wanderungen erlebt hatte, rief sie schließlich sehnsüchtig aus: «Du meine Güte, das muß ja toll gewesen sein! Ich wollte, ich wäre ein Mann. Warum hast du nicht ein Buch über deine Erlebnisse geschrieben?»

«Das», erklärte der unverbesserliche Neville, «hätte meine Streifzüge in zweckbedingte Reisen verwandelt und mir die Freude daran gründlich verdorben.»

«Du bist ein seltsames Geschöpf.» Sally musterte ihn interessiert. «Kommt es je vor, daß du dir Sorgen machst?»

«Klar. Über das Problem, wie ich den Sorgen entrinnen kann.»

Sie lachte, sagte dann aber: «Ich hasse Paradoxa. Macht dir dieser Zwischenfall Sorgen?»

«Der Mord an Ernie? Nein, warum sollte ich mich deswegen sorgen?»

«Ist dir schon der Gedanke gekommen, daß du ein prächtiges Motiv hattest, Ernie umzubringen?»

«Natürlich nicht.»

«Der Polizei wird dieser Gedanke bestimmt kommen.»

«Ach wo, die Herren sind viel zu beschäftigt, den Unbekannten aufzuspüren, den Helen und Maleachi gesehen haben.»

«Helen und *wer*?»

«Ach, kennst du Maleachi noch nicht?» Neville wurde plötzlich lebhaft. «Komm mit, ich muß dich sofort mit ihm bekannt machen.»

«Meinetwegen. Aber wer ist dieser Maleachi?»

Neville packte Sally am Handgelenk und zog sie durch die Fenstertür in den Garten. «Er ist der Polizist, der den Mord entdeckt hat.»

«Mein Gott, und der hat Helens Unbekannten auch gesehen? In der Zeitung, die John mitbrachte, stand nichts darüber.»

«Oh, wir leben hier im Zentrum verbrecherischen Geschehens», sagte Neville.

«Moment mal», rief Sally und befreite ihre Hand aus seinem Griff. «Ich möchte mir zuerst einen allgemeinen Überblick verschaffen. Hat irgendwer vor dem Arbeitszimmer Wache bezogen?»

«Zur Zeit nicht. Ich kann jedenfalls niemanden sehen.»

«Es könnte nämlich sein, daß ich etwas finde», sagte Sally geheimnisvoll.

«Was leitet dich? Deine morbide Phantasie, berufliches Interesse oder Familiensinn?»

Sie überhörte die in der letzten Alternative enthaltene Anspielung. «Berufliches Interesse.»

Sie hatten die Rückseite des Hauses erreicht und konnten den Weg sehen, der zur Gartenpforte und in die Maple Grove führte. Ein dichtes Gebüsch, das den Zaun verdeckte, wurde systematisch von zwei schwitzenden Polizisten abgesucht. Sally streifte die beiden mit einem flüchtigen Blick und wandte dann ihre Aufmerksamkeit dem Haus zu. «Welches ist Helens Busch?»

Neville deutete auf den Johannisbeerstrauch. Sie ging hin, betrachtete die Fußabdrücke und hätte sich probeweise versteckt, wäre sie nicht durch das prompte Eingreifen des Polizisten Glass daran gehindert worden. Glass, der sie schon die ganze Zeit mißtrauisch beäugt hatte, war herbeigeeilt, um sie zu verwarnen.

«Ist schon gut», sagte Sally. «Ich will hier keine Spuren verwischen oder sonst eine strafbare Handlung begehen. Ich möchte nur herausfinden, wieviel jemand, der sich hier im Dunkeln versteckt, noch sehen kann. Wissen Sie, ich interessiere mich für Verbrechen.»

«Wende deinen Fuß vom Bösen», mahnte Glass streng. «Diese Nachforschungen sind Sache der Polizei.»

«Regen Sie sich nur nicht auf», erwiderte Sally. «Mord ist gewissermaßen mein Spezialgebiet. Möglicherweise kann ich Ihnen helfen.»

«Das habe ich auch versucht», murmelte Neville, «aber niemand wußte mir Dank.»

Ein kalter Blick traf ihn. «Das Brot der Lüge schmeckt einem Manne gut», verkündete Glass und fügte düster hinzu: «Doch nachher füllt sich sein Mund mit Steinen.»

Sally hatte sich mittlerweile überzeugt, daß von dem Versteck aus tatsächlich kaum etwas zu sehen war, und trat nun hinter dem Busch hervor. «Ist das aus der Bibel?» erkundigte sie sich. «Die besten Zitate stammen immer aus der Bibel, wenn sie nicht gerade von Shakespeare sind. Neville, darf ich ins Arbeitszimmer gehen?»

«Bitte sehr», sagte er liebenswürdig.

«Was haben Sie hier zu suchen?» fragte Glass. «Weshalb wünschen Sie jenen Raum zu betreten?»

«Ich bin Schriftstellerin», erklärte Sally. «Ich schreibe Kriminalromane.»

«Zu Hause wären Sie besser aufgehoben», meinte er mißmutig, machte jedoch keinen weiteren Versuch, sie zurückzuhalten.

Begleitet von Neville, der eine Bibel aus der Tasche gezogen hatte und eifrig darin blätterte, betrat Sally das Arbeitszimmer, ging zum Fenster und hielt von dort Umschau. Neville hockte sich auf die Schreibtischkante und durchforschte noch immer das Buch der Sprüche.

«Wo hat man ihn gefunden?» fragte Sally unvermittelt.

Neville deutete mit einer Kopfbewegung auf den Schreibtischstuhl.

«Mit dem Gesicht zum Fenster?»

«Ja. Stör mich nicht.»

«Und er saß ganz richtig auf dem Stuhl?»

«Hmmm ... Hier habe ich etwas sehr Hübsches über die von Honig triefenden Lippen der fremden Frau, aber das ist es nicht, was ich suche.»

«Und der Mörder soll durch die Fenstertür hereingekommen sein, die Ernie genau vor sich hatte?»

«Die glatte Zunge der Fremden ... nein, das ist es auch nicht.»

«Nun hör mir doch endlich zu, Neville! Begreifst du nicht, was es bedeutet, wenn der Mörder durch die Fenstertür hereinkam und Ernie offensichtlich keinen Verdacht schöpfte, ja nicht einmal aufstand?»

«Jetzt hab ich's!» rief Neville triumphierend. *«Unbeherrscht war sie und unstet; ihre Füße hielten's zu Hause nicht aus.* Das bist du! Glass wird sich freuen.» Damit verschwand er, um den Polizisten zu suchen.

Sally setzte sich in einen Sessel, stützte das Kinn in die Hände und betrachtete mit gerunzelter Stirn ihre Umgebung. Bald darauf kam Neville zurück.

«Glass hat mich getadelt», berichtete er. «Offenbar kennt er auch den übrigen Text.»

«Wie meinst du?» fragte Sally geistesabwesend.

«Das Zitat ist unschicklich. Es gibt nur zwei Sorten von Frauen im Alten Testament, und die hier gehörte zur anderen Sorte. Na, hast du des Rätsels Lösung gefunden?»

«Nein. Aber eines steht bombenfest. Es war nicht John.»

«Na schön, denk, was du willst.»

«Ja, aber verstehst du denn nicht?» beharrte sie. «Ernie hatte keine Ahnung, daß es sein Mörder war, der hereinkam. Wenn es sich bei dem Besucher um John gehandelt hätte, dann wäre er doch bestimmt ... Nein, so sicher ist das wohl auch nicht. Wer nimmt schon von einem eifersüchtigen Ehemann an, daß er einen umbringen will?»

«Ach, ist John eifersüchtig?» erkundigte sich Neville. «Ich habe ihn immer für sehr tolerant gehalten.»

«Das glauben die meisten Leute von ihm, aber ...» Sie stockte. «Vergiß es.»

«Traust du mir etwa ernstlich den Wunsch zu, dem ehrenwerten John einen Mord anzuhängen?» fragte Neville. «Fehlanzeige, meine Süße.»

«Trotzdem ist es vielleicht klüger, dir nicht allzuviel zu erzählen», sagte Sally unumwunden.

«Ganz meine Meinung», versicherte er. «Als Gesprächsthema finde ich den Mord an Ernie auf die Dauer langweilig.»

Sie blickte ihn an. «Du bist wirklich ein Gemütsathlet, Neville. Ich hatte auch nichts für Ernie übrig, aber er tut mir sehr leid.»

«Überflüssige Sentimentalität. Was braucht einem ein toter Mann leid zu tun? Ist doch sinnlos.»

«Mag sein, aber es ist nicht gerade taktvoll, so etwas auszusprechen. Ach, zum Teufel, was für eine verfahrene Geschichte! Warum konntest du nicht diese blöden Schuldscheine an dich bringen, bevor das Unglück passierte?»

«Oh, hat man sie gefunden?»

«Natürlich.»

«War John sehr erfreut?»

«Er weiß es noch gar nicht. Helen möchte am liebsten vermeiden, daß er es überhaupt erfährt.»

Nevilles Augenlider zuckten. «Moment mal, das mußt du mir für den Fall der Fälle genau erklären. Was hat Helen ihm denn erzählt?»

«Daß sie wegen irgendeiner Belanglosigkeit kurz bei Ernie war. Ja, ich weiß, das ist verrückt, aber sie hat sicherlich ihre Gründe. Johns Verhalten war nicht gerade ermutigend, und da er anscheinend ein geschworener Gegner von Glücksspielen und Schulden ist, hat Helen wohl recht, wenn sie schweigen will. Sollte dir also John über den Weg laufen, dann rate ich dir, dich unwissend zu stellen.»

«Und dir rate ich, nach Hause zu gehen und Helen von dem Brot der Lüge zu erzählen», sagte Neville. «Sie benimmt sich nicht gerade sehr klug.»

«Stimmt, aber das arme Kind ist ja auch völlig erledigt. Ich habe sie ins Bett gepackt, und wenn ich zurückkomme, fühlt sie sich hoffentlich schon etwas besser – fähig, ihren Problemen ins Auge zu sehen. Letzte Nacht hat sie wahrscheinlich kein bißchen Schlaf gefunden.»

«Hoffentlich macht sie keine Dummheiten», sagte Neville. «Ich fürchte allerdings, sie wird doch welche machen, aber mit einigem Glück könnten die Unklarheiten dadurch noch unklarer werden.»

«Sie ist zufällig meine Schwester», bemerkte Sally kühl.

«Ja, das ist ihre angenehmste Eigenschaft», stellte Neville fest.

Sally war so überrascht und gerührt, daß es ihr die Sprache verschlug.

«Gleichzeitig ist es deine unangenehmste Eigenschaft», fügte Neville honigsüß hinzu.

Sally warf ihm einen vernichtenden Blick zu und verließ das Zimmer, um ihren Charme an dem jüngeren der beiden Polizisten zu erproben, die noch immer das Gebüsch durchsuchten.

Inzwischen lag Helen nicht, wie ihre Schwester vermutete, schlafend im Bett, sondern führte ein Gespräch unter vier Augen mit Chefinspektor Hannasyde.

Sie hatte, nachdem Sally fortgegangen war, still dagelegen, nachgedacht und von Zeit zu Zeit einen Blick auf das Telefon geworfen. Plötzlich setzte sie sich im Bett auf und nahm mit der Energie eines Menschen, der sich endlich zu einer schweren Entscheidung durchgerungen hat, den Hörer von der Gabel. «Geben Sie mir bitte das Polizeirevier», sagte sie ruhig, als die Vermittlung sich meldete.

Sie wurde sogleich verbunden und äußerte den Wunsch, Chefinspektor Hannasyde zu sprechen. Die Stimme am anderen Ende der Leitung forderte sie mißtrauisch auf, ihre Identität zu enthüllen. Helen zögerte ein wenig und sagte dann: «Ich bin Mrs. North. Falls Chefinspektor Hannasyde . . .»

«Moment bitte», unterbrach die Stimme.

Helen wartete. Bald darauf ertönte eine andere Stimme, und sie erkannte Hannasydes bedächtigen Tonfall.

«Chefinspektor», sagte sie hastig, «hier ist Mrs. North. Könnte ich Sie vielleicht sprechen? Ich habe Ihnen etwas mitzuteilen.»

«Selbstverständlich», erwiderte er. «Ich komme zu Ihnen.»

Sie blickte auf ihre Armbanduhr. «Nein, sparen Sie sich den Weg. Ich muß sowieso etwas besorgen und könnte Sie in Ihrem Büro aufsuchen, wenn Ihnen das recht wäre.»

«Es ist mir sehr recht», sagte er.

«Vielen Dank. In etwa zwanzig Minuten bin ich bei Ihnen. Auf Wiedersehen.»

Sie legte den Hörer auf, schlug die Steppdecke zurück und stieg aus dem Bett. Nachdem sie die Jalousien hochgezogen hatte, die von Sally so hilfsbereit heruntergelassen worden waren, setzte sie sich an den Toilettentisch und betrachtete im unbarmherzigen Sonnenlicht ihr Spiegelbild. Sie war blaß und hatte Schatten unter den Augen. «Mein Gott, das verkörperte Schuldbewußtsein», sagte sie leise. Mit schnellen, nervösen Bewegungen zog sie eine Schublade auf und förderte eine Anzahl von Hautcremes, Gesichtswässern und anderen Kosmetika zutage.

Zehn Minuten später besah sie sich kritisch im Spiegel, während sie die Handschuhe überstreifte. Ihr Make-up war untadelig; das Gesicht, das ihr unter dem breitrandigen Hut entgegenblickte, wies eine zarte Tönung auf, die weizenblonden Locken waren im Nacken sorgfältig aufgesteckt, die Augenbrauen zart gestrichelt, und der schöne Mund leuchtete in hellem Rot.

Auf der Treppe begegnete sie dem Stubenmädchen, das vorwurfsvoll meinte, die gnädige Frau hätte doch lieber im Bett bleiben und sich ausruhen sollen.

«Nein, ich habe dringend etwas zu erledigen», sagte Helen. «Falls Miss Drew vor mir zurückkommt, richten Sie ihr bitte aus, daß ich in die Stadt gefahren bin, aber zum Tee wieder da sein werde.»

Sie fuhr in ihrem Wagen zum Polizeirevier, wo man sie sogleich in Hannasydes ungemütliches Büro führte.

Der Chefinspektor war mit der Durchsicht von Akten beschäftigt. Als Helen eintrat, erhob er sich und sah sie forschend an. «Guten Tag, Mrs.

North. Nehmen Sie doch bitte Platz.»

«Danke.» Sie setzte sich ihm gegenüber. «Stellen Sie sich vor, ich war erst einmal in meinem Leben auf einem Polizeirevier, und da handelte es sich um einen entlaufenen Hund.»

«Ach?» Er lächelte. «Nun, Mrs. North, was wollten Sie mir mitteilen?»

Sie sah ihm fest in die Augen. «Ich möchte Ihnen etwas erzählen, was ich Ihnen schon heute morgen hätte sagen müssen.»

«Ja?»

Seine Stimme verriet nur höfliches Interesse. Helen fand das ein wenig verwirrend und geriet ins Stottern. «Es war ... dumm von mir, aber ... aber Sie wissen wohl, wie das ist, wenn man plötzlich nach Dingen gefragt wird, die – nein, wahrscheinlich wissen Sie es nicht. Derjenige, der die Fragen stellt, sind ja immer Sie, nicht wahr?»

«Ich habe viel mit Leuten zu tun gehabt, die mir die Wahrheit entweder ganz oder zum Teil verschwiegen, falls Sie das meinen, Mrs. North.»

Sie nickte. «Ja, das meinte ich. Aber vielleicht können Sie verstehen, wie peinlich es für mich war, als Sie heute vormittag meine ... meine Unbesonnenheit aufdeckten. Ich kann nicht leugnen, daß ich völlig durcheinander war – nicht wegen des Mordes, denn damit hatte ich nichts zu tun, sondern weil ich nicht so bin, wie Sie es auf Grund meiner Freundschaft mit Mr. Fletcher vermuten könnten. Für mich wäre es das allerschlimmste, wenn eine solche ... Unbesonnenheit öffentlich bekannt würde. Und so hatte ich heute vormittag nur einen einzigen Gedanken: sowenig wie irgend möglich zuzugeben. Sie verstehen das, nicht wahr?»

«Durchaus, Mrs. North. Bitte sprechen Sie weiter.»

«Ja. Inzwischen hatte ich nun Zeit zum Nachdenken, und da wurde mir klar, daß es, da hier ein Mord geschehen ist, ein unverzeihlicher Fehler wäre, wenn ich irgend etwas verschwiege. Außerdem –» sie lächelte ihn zaghaft an – «waren Sie sehr nett und haben meinem Mann nichts verraten, so daß ich glaube, ich kann Ihnen vertrauen.»

«Gestatten Sie mir eine Richtigstellung, Mrs. North. Wenn ich auch keineswegs wünsche, Ihnen irgendwelche vermeidbaren Unannehmlichkeiten zu bereiten, so darf ich mich dadurch doch nicht in meiner Pflichterfüllung behindern lassen.»

«Natürlich nicht. Das sehe ich ein.»

Hannasyde schaute sie an. Wenige Stunden zuvor war sie einem Nervenzusammenbruch nahe gewesen; jetzt dagegen wirkte sie ruhig und beherrscht. Sie sah ihm flehend, aber mit offenem Blick in die Augen, und sie war selbstbewußt genug, daß sie ihn mit kleinen weiblichen Tricks zu täuschen suchte. Eine bildhübsche Frau, dachte er und hätte gern gewußt, was hinter diesen sanften blauen Augen vorging. Vermutlich spielte sie eine Rolle, spielte sie jedoch so meisterhaft, daß er seiner Sache nicht ganz sicher war. Zweifellos hatte sie ihm bisher einen Teil der Wahrheit verschwiegen, und die Gründe, die sie dafür angab, klangen recht einleuchtend. Herauszufinden, wieweit man den angekündigten Enthüllungen glauben durfte, würde allerdings nicht gerade einfach sein.

«Nun, Mrs. North», fragte er in sachlichem Ton, «was haben Sie mir mitzuteilen?»

«Es handelt sich um das, was geschah, nachdem ich mich in Mr. Fletchers Garten hinter dem Johannisbeerstrauch versteckt hatte. Heute morgen sagte ich Ihnen, ich sei fortgegangen, sobald der Mann, der den Gartenweg entlangkam, das Haus betreten hatte. Die Wahrheit ist, daß ich nicht fortging.»

Er kniff die Lider ein wenig zusammen. «Sieh einer an. Warum nicht?»

Helen fingerte an dem Verschluß ihrer Handtasche herum. «Es ... es ist so: Was ich Ihnen über mein Gespräch mit Mr. Fletcher erzählt habe, stimmt nicht. Es war keineswegs eine freundschaftliche Unterhaltung. Jedenfalls nicht von meiner Seite. Wie sie heute vormittag richtig vermuteten, Chefinspektor, verlangte Mr. Fletcher etwas von mir, was ich ... was ich ihm schon mehrmals rundweg abgeschlagen hatte. Ich möchte jedoch keinen falschen Eindruck erwecken. Wenn ich jetzt zurückblicke, scheint mir, daß ich die Nerven verloren und ... und seinen Worten vielleicht zuviel Bedeutung beigemessen habe. Es stimmt, daß Mr. Fletcher mich mit den Schuldscheinen zu erpressen suchte, aber er tat es auf eine ... ja, ich möchte sagen, auf eine spielerische Art. Wahrscheinlich bluffte er, denn im Grunde war er keine Erpressernatur. Trotzdem hatte ich Angst und ließ mich daher zu einer Dummheit hinreißen. Ich ging zu ihm, weil ich ihn überreden wollte, mir die Schuldscheine zu geben. Er machte eine Bemerkung, die mich sehr empörte, und ich verließ wütend das Haus. Aber während ich hinter dem Strauch stand, ging mir auf, daß die Wut mich nicht weiterbringen würde. Ich dachte, vielleicht sollte ich doch noch einmal versuchen, Mr. Fletcher die Scheine abzuschmeicheln, obgleich es mir sehr widerstrebte, in das Zimmer ...»

«Einen Augenblick», fiel ihr Hannasyde ins Wort. «Was geschah in Mr. Fletchers Arbeitszimmer, während Sie hinter dem Strauch standen?»

«Ich weiß nicht. Erinnern Sie sich, daß ich Ihnen sagte, der Mann, den ich sah, hätte anscheinend die Fenstertür hinter sich geschlossen? So muß es gewesen sein, denn ich konnte nur undeutliches Stimmengemurmel hören. Meiner Schätzung nach hat er sich höchstens sechs oder sieben Minuten in dem Zimmer aufgehalten. Mir erschien es zwar viel länger, aber das ist unmöglich, weil die Uhr in der Diele zehn schlug, als ich das Haus endgültig verließ. Darauf komme ich noch zurück. Während ich also in meinem Versteck stand und nicht recht wußte, was ich als nächstes tun sollte, traten Mr. Fletcher und der andere Mann aus dem Zimmer. Mr. Fletcher hatte eine ziemlich helle, weittragende Stimme, und ich hörte, wie er sagte: «Ein kleiner Irrtum Ihrerseits. Wenn Sie gestatten, begleite ich Sie zum Ausgang.»

«Und der andere? Erwiderte er irgend etwas?»

«Nicht in Hörweite von mir. Mr. Fletcher fügte noch ein paar Worte hinzu, die ich jedoch nicht verstand.»

«Hatten Sie den Eindruck, daß er ärgerlich war?»

«Nein. Allerdings war er ein Mensch, der sich seine Erregung nie anmerken ließ. Seine Stimme klang eher spöttisch. Ich glaube nicht, daß es einen Streit gegeben hatte, denn er ging ganz gemächlich neben dem anderen her, nicht so, als hätte er es eilig, ihn loszuwerden. Ich weiß noch, daß ich dachte, der Mann hätte sich vielleicht in der Tür geirrt.»

«Aha. Und dann?»

«Wie Sie wohl wissen, führt der Weg zur Gartenpforte im Bogen um ein Gebüsch herum. Sobald die beiden die Biegung erreicht hatten, kam ich hinter meinem Strauch hervor und lief ins Arbeitszimmer zurück. Ich ... ich hegte die verzweifelte Hoffnung, daß meine Schuldscheine in Mr. Fletchers Schreibtisch sein könnten und daß sich hier eine Chance biete, sie an mich zu bringen. Die meisten Schubfächer waren nicht verschließbar, und mit denen befaßte ich mich erst gar nicht. Aber in der mittleren Lade steckte der Schlüssel, und ich erinnerte mich, daß Mr. Fletcher sie stets abschloß – ich habe oft genug gesehen, wie er den Schlüssel aus der Tasche zog. Ich öffnete die Schublade, konnte jedoch meine Scheine nicht entdekken. Dann hörte ich Mr. Fletcher den Weg heraufkommen; er pfiff vor sich hin. Ich wurde plötzlich von panischer Angst gepackt, und statt zu bleiben, wo ich war, schob ich die Lade zu und huschte zur Zimmertür. Ich hatte gerade noch Zeit, sie vorsichtig einen Spalt weit zu öffnen und mich zu vergewissern, daß niemand in der Diele war. Dann schlüpfte ich hinaus, bevor Mr. Fletcher sein Zimmer vom Garten aus betrat. Und in diesem Augenblick begann die Uhr zu schlagen. Ich weiß das so genau, weil ich furchtbar erschrak. Es ist nämlich eine von diesen alten Standuhren, die durch ein schnarrendes Geräusch ankündigen, daß sie gleich schlagen werden. Ich schlich durch die Diele zur Haustür, öffnete sie so leise wie möglich und ging nach Hause – durch die Vale Avenue, die ja auf die Straße trifft, in der ich wohne.»

Nachdem sie geendet hatte, blieb es eine Weile still. Hannasyde schob ein Blatt Papier auf seinem Schreibtisch hin und her. «Mrs. North, warum haben Sie mir das alles erzählt?» fragte er schließlich.

«Aber ... ist das nicht klar? Ich konnte Sie doch nicht in dem Glauben lassen, Mr. Fletcher sei von einem in Wirklichkeit gänzlich unschuldigen Mann ermordet worden. Sehen Sie, ich *weiß*, daß Mr. Fletcher noch lebte, als dieser Mann das Haus verließ.»

«Wie lange waren Sie beim zweitenmal im Arbeitszimmer?» fragte Hannasyde.

«Genau weiß ich's nicht, aber es waren höchstens drei Minuten. Nein, weniger! Mir blieb ja kaum die Zeit, die Schublade rasch zu durchsuchen, bevor ich Mr. Fletcher zurückkommen hörte.»

«Aha.»

Irgend etwas in seiner Stimme ließ sie stutzen. «Sie glauben mir nicht? Aber es ist wahr, ich kann es Ihnen beweisen.»

«Beweisen? Wie denn?»

Sie streckte die Hände aus. «Ich trug keine Handschuhe. Meine Fingerabdrücke müssen noch an der Tür sein. Sehen Sie her!» Sie stand auf, ging zur Tür, umfaßte den Griff mit der rechten Hand und legte die Linke auf den Holzrahmen. «So macht man es, wenn man eine Tür geräuschlos öffnen will, und ich erinnere mich deutlich, daß ich meine linke Hand auf die lackierte Fläche gepreßt habe, genau wie jetzt.»

«Haben Sie etwas dagegen, uns Ihre Fingerabdrücke zu überlassen, Mrs. North?»

«Ganz im Gegenteil», antwortete sie. «Mir liegt sogar sehr viel daran. Es ist einer der Gründe, weswegen ich bat, Sie hier aufsuchen zu dürfen.»

«Gut, aber zuerst würde ich Ihnen gern noch ein paar Fragen stellen.»

«Bitte sehr.» Helen ging zu ihrem Stuhl zurück.

«Sie haben gesagt, daß Mr. Fletcher die Schuldscheine als Druckmittel gegen Sie benutzte. Meinten Sie damit, daß er auf Zahlung drängte? Oder hat er gedroht, sie Ihrem Mann vorzulegen?»

«Ja, er machte Andeutungen, daß mein Mann bestimmt daran interessiert wäre.»

«Verstehen Sie sich gut mit Ihrem Mann, Mrs. North?»

«Aber natürlich», antwortete sie mit einem verlegenen Lachen. «Ausgezeichnet.»

«Er hatte also keinen Anlaß, Sie intimer Beziehungen zu Mr. Fletcher zu verdächtigen?»

«Nein, bestimmt nicht. Ich habe mir von jeher meine Freunde selbst ausgesucht, und mein Mann war durchaus damit einverstanden.»

«Er empfand also keine Eifersucht, wenn Sie sich mit anderen Männern anfreundeten?»

«Was haben Sie für altmodische Anschauungen, Chefinspektor. Natürlich war und ist er nicht eifersüchtig.»

«Dann muß er sehr viel Vertrauen zu Ihnen haben, Mrs. North.»

«Allerdings.»

«Und trotz des überaus harmonischen Verhältnisses, das zwischen Ihnen und Ihrem Mann besteht, wollten Sie die Schuldscheine aus Mr. Fletchers Schreibtisch stehlen, um zu verhindern, daß Mr. North von Ihren Spielschulden erfuhr?»

Sie schwieg einen Augenblick, antwortete dann aber gelassen: «Mein Mann verabscheut Glücksspiele. Ich war in Geldsachen schon immer sehr leichtsinnig, und ich schrak davor zurück, ihm von diesen Schulden zu erzählen.»

«Weil Sie Angst vor den Folgen hatten?»

«In gewisser Hinsicht ja. Es war eine Art moralischer Feigheit. Hätte ich allerdings geahnt, was geschehen würde ...»

«Dann hätten Sie ihm alles gesagt?»

«Ja», antwortete sie zögernd.

«Haben Sie es ihm jetzt gesagt, Mrs. North?»

«Nein. Nein, ich ...»

«Weshalb nicht?»

«Aber verstehen Sie denn nicht?» rief Helen. «Die ganze Sache ist so ... klingt so unglaubhaft! Mr. Fletcher ist tot, also kann niemand außer mir bezeugen, daß sich alles wirklich so abgespielt hat, wie es der Fall war. Ich meine, daß er die Schuldscheine aufgekauft hatte und daß ich bis dahin überhaupt nichts ahnte von ... nun ja, von seinem Wunsch, mich zu seiner Geliebten zu machen. Ich weiß genau, wie unwahrscheinlich sich das anhört, und bestimmt bin ich eine komplette Idiotin gewesen, aber ich habe wirklich und wahrhaftig nichts gewußt, gar nichts! Trotzdem hätte doch jeder, dem ich mich anvertraute, glauben müssen, daß zwischen Mr. Fletcher und mir sehr viel mehr war als bloße Freundschaft. Wäre ich nur so vernünftig gewesen, meinem Mann sofort alles zu gestehen – damals, als ich erfuhr, daß Mr. Fletcher meine Schuldscheine an sich gebracht hatte ... Aber das habe ich eben nicht getan! Ich versuchte, auf eigene Faust mit dem Problem fertig zu werden, und nun sieht es aus, als hätte ich Angst gehabt, daß etwas über meine Beziehungen zu Mr. Fletcher bekannt würde. Mein Gott, können Sie das nicht verstehen?»

«O doch», erwiderte er. «Der langen Rede kurzer Sinn dürfte sein, daß Sie nicht die Wahrheit sprachen, als Sie mir sagten, Ihr Mann habe nichts gegen Ihre Freundschaft mit Mr. Fletcher einzuwenden. Ist es nicht so?»

«Sie versuchen zu unterstellen, daß er eifersüchtig war. Das stimmt nicht. Gewiß, er schätzte Mr. Fletcher nicht besonders; er hielt ihn für einen Schürzenjäger. Aber ...» Die Stimme versagte ihr; sie hob den Kopf und stieß mühsam hervor: «Mein Mann liebt mich nicht, Chefinspektor, und deshalb empfindet er keine Eifersucht.»

Hannasyde hielt den Blick auf die Papiere gerichtet, die vor ihm lagen. «Vielleicht», sagte er sanft, «ist er um Ihren guten Ruf besorgt, Mrs. North.»

«Ich weiß es nicht.»

«Ihre Aussage enthält einen Widerspruch», stellte er fest. «Einerseits behaupten Sie, zwischen Ihnen und Ihrem Mann habe zwar keine große Liebe, jedoch ein Vertrauensverhältnis bestanden, und andererseits versuchen Sie mir einzureden, es sei Ihnen unmöglich gewesen, ihm offen zu gestehen, was es mit den Schuldscheinen auf sich hatte.»

Helen schluckte krampfhaft. «Ich möchte nicht vor den Scheidungsrichter gezerrt werden.»

Hannasyde blickte auf. «Wenn Sie Angst hatten, Ihr Mann könnte

Ihnen das antun, dann ist es wohl mit dem gegenseitigen Vertrauen doch nicht so weit her?»

«Ja», sagte sie und hielt verbissen seinem Blick stand.

«Sie befürchteten nicht, daß Mr. North statt dessen sehr . . . zornig auf den Mann werden könnte, der Sie in diese unangenehme Situation gebracht hatte?»

«Nein», antwortete sie tonlos.

Es folgte eine längere Pause. Dann ergriff er von neuem das Wort, so abrupt, daß Helen zusammenfuhr. «Vor wenigen Minuten wiederholten Sie mir zwei Sätze, die Mr. Fletcher sprach, als er mit seinem Besucher den Gartenweg entlangging. Wie kommt es, daß Sie diese Äußerungen so deutlich hörten, während Sie nichts von dem verstanden, was der andere sagte?»

«Ich habe schon erwähnt, daß Mr. Fletcher eine klangvolle, ziemlich hohe Stimme hatte. Wenn Sie jemals mit Schwerhörigen zusammen waren, dürfte Ihnen aufgefallen sein, daß für die Verständigung solche weittragenden Stimmen besonders günstig sind.»

Das schien ihm einzuleuchten, denn er nickte und stand auf. «Gut, Mrs. North. Und nun die Fingerabdrücke, wenn es Ihnen recht ist.»

Eine Viertelstunde später, als Helen bereits das Polizeirevier verlassen hatte, setzte sich Hannasyde nochmals an seinen Schreibtisch und betrachtete nachdenklich die Notizen, die er auf einen Zettel gekritzelt hatte.

Aussage Polizist Glass: Um 10.02 verließ ein Mann das Grundstück durch die Gartenpforte. Aussage Helen North: m 9.58 (schätzungsweise) begleitete Fletcher unbekannten Mann zur Gartenpforte.

Hannasyde betrachtete noch immer nachdenklich diese Aufzeichnungen, als Polizist Glass erschien und meldete, im Garten von Greystones sei nichts gefunden worden, was als Mordwaffe gedient haben könnte.

Der Chefinspektor reagierte nur mit einem Knurren. Dann aber, als Glass sich zum Gehen wandte, sagte er: «Halt, warten Sie, Glass. Sind Sie sicher, daß es genau zwei Minuten nach zehn war, als Sie einen Mann aus der Gartenpforte treten sahen?»

«Ja, Sir.»

«Könnte es nicht vielleicht zwei oder drei Minuten *vor* zehn gewesen sein?»

«Nein, Sir. Sowohl auf meiner Uhr als auch auf der im Zimmer war es zehn Uhr fünf, als ich die Leiche fand. Das bestätigt meine Angaben, denn um das Zimmer von der Stelle aus zu erreichen, wo ich stand, braucht man drei Minuten, nicht sieben.»

Hannasyde nickte. «Danke, das ist alles. Melden Sie sich morgen früh bei Sergeant Hemingway.»

«Jawohl, Sir», sagte Glass und fügte mit düsterer Miene hinzu: «Wer falschen Herzens ist, erlangt kein Wohlergehen.»

«Mag sein», murmelte Hannasyde abweisend.

«Und wer mit der Zunge unaufrichtig, fällt in Unglück», fuhr Glass in strengem Ton fort.

Der Chefinspektor verzichtete auf die Frage, ob sich diese pessimistische Äußerung auf ihn oder den abwesenden Hemingway bezöge. Während Glass zur Tür ging, läutete das Telefon, und der diensthabende Polizist teilte mit, daß Sergeant Hemingway am Apparat sei.

Hemingways Stimme klang weniger verdrossen als bei seinem letzten Gespräch mit dem Chefinspektor. «Sind Sie das, Sir?» fragte er munter. «Also gefunden habe ich was, ich weiß nur nicht, wie weit es uns bringen wird. Soll ich zu Ihnen kommen?»

«Sparen Sie sich den Weg, ich fahre jetzt sowieso in die Stadt. Wir sehen uns dann. Haben Sie Erfolg bei den Fingerabdrücken gehabt?»

«Hängt ganz davon ab, was Sie Erfolg nennen, Chef. Einige Abdrücke stammen von einem Kerl namens Charlie Carpenter.»

«Carpenter?» wiederholte Hannasyde. «Wer ist denn Carpenter?»

«Das ist eine lange Geschichte. Und verzwickt obendrein.»

«Gut, die können Sie sich für nachher aufheben. In einer halben Stunde bin ich da.»

«Ist recht, Chef. Herzliche Grüße an Ikabod.»

Hannasyde grinste, als er auflegte, aber er verkniff es sich, die Grüße zu übermitteln, die Glass, nach seiner finsteren Miene zu urteilen, gewiß übel aufgenommen hätte. Statt dessen sagte er freundlich: «Sie haben ja tüchtig an diesem Fall mitgearbeitet, Glass, und da werden Sie sicherlich mit Freude hören, daß einige Fingerabdrücke bereits identifiziert worden sind.»

Anscheinend hatte er sich getäuscht. «Ich höre», erwiderte Glass, «doch erblicke ich Trübsal und Kummer.»

«Das trifft wohl auf alle Mordfälle zu», sagte Hannasyde schroff, und damit war die Unterredung beendet.

6

Hannasyde traf seinen Untergebenen in frohgemuter Stimmung an. «Na, Chef, haben Sie etwas erreicht?» erkundigte sich Hemingway. «Ich bin heute ganz schön vorangekommen.»

«Ja, ich habe auch einiges herausgebracht», antwortete Hannasyde. «Allerdings hat Glass in Greystones keine Spur von einer Waffe gefunden, und das ist natürlich eine Enttäuschung.»

«Wahrscheinlich hat er mit sich selbst so eifrig Betstunden abgehalten, daß ihm keine Zeit blieb, nach der Waffe zu suchen», meinte der Sergeant. «Wie geht's denn dem lieben Ikabod? Ich fürchte, ich werde mein Kreuz mit ihm haben.»

«Sie mit ihm? Umgekehrt dürfte ein Schuh daraus werden», sagte Hannasyde mit der Andeutung eines Lächelns. «Er machte mysteriöse Bemerkungen über falsche Herzen und unaufrichtige Zungen, was vermutlich auf Sie gemünzt war.»

«Schau an, schau an! Mich wundert nur, daß er mich nicht als Greuel und als Abschaum bezeichnet hat. Na, vielleicht kommt das noch. Meinetwegen kann er ja mit Bibelzitaten um sich werfen, obgleich so was eigentlich gegen die Vorschrift ist, aber er soll sich's nur nicht in seinen blöden Kopf setzen, daß er mich erretten muß. Ich bin einmal errettet worden, und das ist genug. Mehr als genug», fügte er hinzu. «Ich erinnere mich da an widerliche Traktätchen über verlorene Schafe und das Übel der Trunksucht. Komisch, daß diese frommen Brüder immer fest überzeugt sind, unsereiner sei das wandelnde Laster. Man kann's ihnen einfach nicht ausreden. Fixierung nennen das die Ärzte.»

Hannasyde wußte, daß sich der Sergeant bei der Beschäftigung mit seinem Lieblingsthema gern auf unternehmungslustigen Füßen in das Reich der Verballhornungen und der zweifelhaften Theorien wagte, und so unterbrach er ihn hastig mit der Frage nach den bisherigen Ermittlungsergebnissen.

«Ja, was ich herausgefunden habe, ist interessant, aber genauso mysteriös wie Glass' Bemerkungen über mich», sagte der Sergeant. «Da ist zum Beispiel unser Freund Abraham Budd, die erste Überraschung in diesem Mordfall. Stellen Sie sich vor, Chef, als ich heute morgen ins Präsidium kam, saß doch der hohe Herr bereits vor der Tür und wartete auf mich.»

«Budd?» rief Hannasyde. «Sie meinen, er ist hierher gekommen?»

«So ist es, Chef. Kaum hatte er die Abendzeitung gelesen, da war er auch schon zur Stelle. Diese Presseleute scheinen die Abendzeitungen gleich nach dem Frühstück herauszubringen. Jedenfalls trug Mr. Budd ein Exemplar unter dem Arm und floß vor Hilfsbereitschaft geradezu über.»

«Weiter, weiter», drängte Hannasyde. «Weiß er etwas, ja oder nein?»

«Nichts von Bedeutung», antwortete der Sergeant. «Er gibt an, das Haus gegen neun Uhr fünfunddreißig durch die Gartenpforte verlassen zu haben.»

«Das stimmt jedenfalls mit Mrs. Norths Bericht überein.»

«Ach, haben Sie aus der etwas herausbekommen, Chef?»

«Ja, aber erzählen Sie erst mal weiter. Wenn Budd um neun Uhr fünfunddreißig fortging, kann er doch wohl nichts gesehen haben. Was wollte er also in Scotland Yard?»

«Er hatte Schiß», sagte der Sergeant unumwunden. «Ich habe viel über Kausalitäten gelesen, und dadurch ist es für mich sonnenklar . . .»

«Hören Sie auf mit Ihren Kausalitäten. Was für Gründe hat Budd, sich zu fürchten? Und kommen Sie mir jetzt nicht mit Frustrationen im Kindesalter oder mit Hemmungen, denn das interessiert mich kein bißchen. Wenn Sie wüßten, wovon Sie sprechen, wär's ja noch zu ertragen, aber leider wissen Sie es nicht.»

Der Sergeant, an solche Mißfallensäußerungen gewöhnt, stieß nur einen leisen Seufzer aus und sagte dann mit unveränderter Munterkeit: «Nun, bis jetzt konnte ich die Ursache von Mr. Budds Ängsten noch nicht ergründen. Er bezeichnet sich als Zivilmakler, und der selige Ernest hat ihn offenbar immer dann als Strohmann benutzt, wenn er irgendwelche Geschäfte abschließen wollte, die nicht ganz hasenrein waren. Diesen Eindruck habe ich jedenfalls, wenn ich zwei und zwei zusammenzähle und eine gewisse Zurückhaltung des lieben Mr. Budd in Betracht ziehe.»

«Ja, daß er Makler ist, wußte ich schon. Wir haben in Fletchers Papieren ein paar Durchschläge von Briefen an Budd und auch die Antwortschreiben gefunden. Ich hatte aber noch keine Zeit, das alles genau durchzusehen. Was wollte er denn um neun Uhr abends bei Fletcher?»

«An diesem Punkt wird die Geschichte reichlich dunkel», erwiderte der Sergeant. «Und wenn Sie mich fragen, ich glaube sowieso nicht alles, was Freund Budd da verzapft hat. Er schwitzte wie sonst was, während er sprach. Na ja, es war heute sehr heiß, und er ist ein korpulenter Mann. Jedenfalls lief es darauf hinaus, daß es wegen schlechter Verständigung am Telefon irgendeinen Irrtum hinsichtlich höchst vertraulicher Aufträge gegeben hatte, die ihm von dem seligen Ernest in einer – äh – noch vertraulicheren Angelegenheit erteilt worden waren. Und da es dem lieben Mr. Budd widerstrebte, sich am Telefon des langen und breiten über diese Geheimsache auszulassen, beschloß er, den seligen Ernest persönlich aufzusuchen.»

«Da scheint etwas faul zu sein», meinte Hannasyde.

«Und so roch es auch», sagte der Sergeant. «Ich mußte das Fenster öffnen. Aber in Anbetracht dessen, daß Budd nicht der Mann ist, den wir suchen, habe ich ihn nicht allzu sehr ins Gebet genommen. Immerhin hielt ich es für richtig, ihn zu fragen, ob das von ihm erwähnte Mißverständnis zu irgendwelchen Unstimmigkeiten mit dem seligen Ernest geführt habe.»

Hannasyde nickte. «Sehr gut. Was antwortete er?»

«Oh, er benahm sich, als wäre ich sein Beichtvater. Vielleicht lag das daran, daß ich eine so nette, liebenswerte Persönlichkeit bin, vielleicht aber auch nicht. Jedenfalls öffnete er sich wie eine Mohnblume in der Sonne.»

«Diese poetischen Bilder können Sie weglassen», sagte Hannasyde.

«Wie Sie wünschen, Chef. Kurzum, er zog mich an seinen Busen und ins Vertrauen. Floß über von natürlichem Öl und von einer, wie mir schien, höchst unnatürlichen Offenheit. Er verheimlichte mir nichts – zumindest nichts von dem, was ich bereits wußte. Es hatte in der Tat eine kleine Auseinandersetzung mit dem seligen Ernest gegeben, der sich in dem Glauben wiegte, gewisse Aufträge von ihm seien ausgeführt worden, was wegen der telefonischen Verständigungsschwierigkeiten jedoch nicht der Fall war. Nachdem aber der selige Ernest seine Verstimmung überwunden hatte, war alles wieder in Butter, und sie trennten sich so liebevoll wie Brüder.»

«Klingt ganz plausibel», sagte Hannasyde. «Könnte wahr sein.»

«Ja, aber etwas ist merkwürdig, Chef. Ich habe aufgepaßt wie ein Schießhund, aber glauben Sie, der kleine Abraham hätte mit seinen Antworten auch nur ein einzigesmal gezögert, um nachzudenken?»

«Ach, so ist das also?»

«Jawohl», bestätigte der Sergeant. «Und noch etwas, Chef. Wenn Sie und ich auch hinsichtlich der Psychologie in unseren Meinungen differieren, so erkenne ich doch recht gut, ob einer Schiß hat oder nicht. Der kleine Abraham hatte große Mühe, sich diesbezüglich nichts anmerken zu lassen, und ich muß sagen, er hat sich wacker gehalten. Er beantwortete alle meine Fragen, bevor ich sie überhaupt stellen konnte. Schilderte in beredten Worten und geradezu meisterhaft seinen Gemütszustand, als er die Nachricht vom Tod des seligen Ernest las. Zuerst war er wie betäubt; dann dachte er: Meine Güte, das muß ja keine halbe Stunde nach meinem Fortgang passiert sein. Als nächstes hoffte er, man werde ihn nicht in die Sache hineinziehen, und nun dauerte es nur noch Sekunden, bis ihm einfiel, daß er dem Butler des seligen Ernest seine Karte gegeben und daß Ernest ihn im Arbeitszimmer wütend angeschrien hatte. Und schließlich erinnerte er sich voller Entsetzen, daß der selige Ernest ihn durch die Gartenpforte hinausgelassen hatte, so daß sein Aufbruch von niemandem bemerkt worden war. Nachdem er sich all diese Tatsachen vergegenwärtigt hatte, erkannte er, daß er sich in einer äußerst peinlichen Situation befand, und hielt es für das allerbeste, geradewegs zu der lieben Polizei zu gehen, da man ihn schon in früher Jugend das Schlagwort vom Freund und Helfer gelehrt hatte.»

Hannasyde runzelte die Stirn. «Das klingt fast zu gut, um wahr zu sein. Wie haben Sie darauf reagiert?»

«Ich habe ihm einen Bonbon geschenkt und ihn nach Hause zu Mami geschickt», antwortete der Sergeant prompt.

Hannasyde, der seinen Sergeant kannte, schien dieses etwas ungewöhnliche Verhalten zu billigen, denn er sagte: «Ja, das war wohl die beste Lösung. Der läuft uns nicht weg. Und was ist mit diesem Charlie Carpenter, den Sie am Telefon erwähnten?»

Der Sergeant wurde sachlich. «Ein erstaunlicher Fund», sagte er. «Die zweite Überraschung in diesem Mordfall. Eigentlich hatte ich ja gedacht, bei der Prüfung der Fingerabdrücke würde sich null Komma nichts ergeben. Aber nun sehen Sie sich mal das an.» Er nahm einen Aktendeckel vom Schreibtisch und reichte ihn seinem Vorgesetzten. Der Inhalt bestand aus dem Foto eines jungen Mannes, zwei Serien fotokopierter Fingerabdrücke und einem kurzen, nüchternen Bericht über die bisherige Laufbahn eines gewissen Charlie Carpenter (Alter neunundzwanzig Jahre; Größe fünf Fuß, neun Zoll; Gewicht einhundertsiebzig Pfund; Haarfarbe hellbraun; Augen grau; keine besonderen Kennzeichen).

Hannasyde zog erstaunt die Brauen hoch, denn der Bericht zählte eine Reihe kleinerer Straftaten auf und gipfelte in einer achtmonatigen Gefängnisstrafe wegen Vorspiegelung falscher Tatsachen. «Donnerwetter, das ist wirklich eine Überraschung», sagte er.

«Paßt wie die Faust aufs Auge, was?» meinte der Sergeant. «Das war jedenfalls mein erster Gedanke.»

Hannasyde betrachtete das Foto. «Geschniegelter Bursche. Haare wahrscheinlich künstlich gewellt. Gut, Sergeant, ich sehe Ihnen an, daß Sie voller Neuigkeiten stecken. Also schießen Sie los.»

«Newton hat diesen Fall bearbeitet», sagte Hemingway. «Außer den kleinen Fehltritten ist ihm über den Kerl nicht viel bekannt. Junger Taugenichts einfachster Herkunft, aber mit großen Ambitionen. Tanzt und singt ein bißchen, hat auch mal geschauspielert, allerdings ohne großen Erfolg, war zwischendurch Gigolo in einer dieser billigen Tanzdielen im East End, scheint's ganz hübsch mit den Damen getrieben zu haben – na ja, Sie kennen den Typ. Ganz anderes Milieu als das des seligen Ernest. Ich muß gestehen, daß ich schon dachte, ich hätte die größte Entdeckung des Jahrhunderts gemacht, nämlich die, daß Bertillons Identifizierungssystem trotz allem nicht stimmt, aber da sagte Newton etwas, was mich das Ganze in einem völlig neuen Licht sehen ließ.»

«Na?»

«Er sagte, als Charlie verhaftet wurde – das war im November 1935 –, lebte er mit einer Schauspielerin zusammen. Na ja, Schauspielerin – eine Schönheitstänzerin namens Angela Angel.»

Hannasyde blickte auf. «Angela Angel? War da nicht vor etwa einem Jahr irgendwas mit einem Mädchen, das so hieß? Selbstmord, glaube ich.»

«Richtig», bestätigte der Sergeant. «Vor sechzehn Monaten, um genau zu sein.» Er öffnete die Mappe, in der er Ernest Fletchers Papiere von Greystones nach Scotland Yard transportiert hatte, und nahm eine Fotografie heraus. «Und das, Chef, ist Angela Angel.»

Hannasyde erkannte das Foto sofort als dasjenige, bei dessen Anblick sich früher am Tag eine vage Erinnerung im Hirn seines Untergebenen geregt hatte.

«Sobald Newton diesen Namen nannte – was er nur tat, weil auch das Mädchen, das arme Wurm, ein Fall für die Polizeiakten geworden war –, fiel mir alles wieder ein», fuhr der Sergeant fort. «Jimmy Gale führte damals die Untersuchung und erzählte mir ein paar Einzelheiten. Weswegen diese Angela sich das Leben nahm, hat man nie herausgefunden. Schwierigkeiten irgendwelcher Art hatte sie nicht, sie war im *Duke* engagiert, und zwar als Choristin in der Kabarett-Show, und sie verfügte auch über ein ganz hübsches Bankkonto. Trotzdem steckte sie eines Abends den Kopf in den Gasherd. Eigentlich kein Fall, dem man hätte nachgehen müssen, aber es gab da ein paar Dinge, die Gale irgendwie interessant fand. Beispielsweise hatte sie keinen Abschiedsbrief hinterlassen, keine Erklärung, weshalb sie aus dem Leben scheiden wollte. Das war nach Gales Erfahrungen ungewöhnlich. Bei neun von zehn Selbstmördern findet man einen Brief, der irgendeinem armen Teufel für den Rest seines Lebens berechtigt oder unberechtigt das Gefühl gibt, er sei ein indirekter Mörder. Angela aber tat nichts dergleichen. Hinzu kommt, daß man bis heute nicht weiß, wie sie wirklich hieß. Sogar ihr Bankkonto lief unter dem Namen Angela Angel. Angehörige scheint sie nicht gehabt zu haben, denn sie wurde nie als vermißt gemeldet, und dem Vernehmen nach gehörte sie nicht zu den Mädchen, die ihren Freundinnen haarklein die Geschichte ihres Lebens erzählen. Keine der Kolleginnen wußte Näheres über sie. Das heißt, etwas wußten sie doch, nämlich daß Angela etwa sieben oder acht Monate vor ihrem Freitod mit einem sehr netten Herrn angebändelt hatte, der ihr eine schicke Wohnung mit allem Drum und Dran einrichtete.»

«Fletcher?»

«Wenn man zwei und zwei zusammenzählt und sich seinen Reim darauf macht, dann sieht es ganz so aus, Chef. Auf seinen Namen bin ich allerdings nirgends gestoßen. Im *Duke* sind noch zwei Tänzerinnen beschäftigt, die schon zu Angelas Zeit dort waren, aber beide geben an, sie hätten nie gewußt, wie dieser Freund hieß. Sie erinnern sich nur, daß Angela ihn ‹Bubu› nannte, aber das ist natürlich ein Kosename, den sich ein Mann mit Selbstachtung höchstens gefallen läßt, wenn er in das betreffende Mädchen wahnsinnig verliebt ist. Damit kommen wir also nicht weiter.»

«Existiert eine Personenbeschreibung?»

«Ja, er war in mittleren Jahren, dunkelhaarig, schlank und sehr gepflegt. Trifft genau auf den seligen Ernest zu. Allerdings trifft es auch genau auf viele andere Leute zu, aber immerhin haben wir einen Anhaltspunkt. Also wie gesagt, Angela bekam alles vom Besten und vertauschte ihren Job mit einem Leben in Muße und Luxus. Das ereignete sich etwa sechs Monate, nachdem man Freund Charlie eingebuchtet hatte. Im *Duke* hörte man nichts mehr von Angela, bis sie ein halbes Jahr später, also Ende Dezember 1935, wieder dort aufkreuzte und sich um ihre alte Stellung bewarb.»

«Hatte sie sich mit ihrem Bubu überworfen?»

«Das wäre die logische Schlußfolgerung», sagte der Sergeant vorsichtig, «aber die blonde Lily ...»

«Wer?»

«Eine der beiden Tänzerinnen, die ich erwähnte. Sie sagte damals und auch heute, als ich sie befragte, daß Angela, was diese Angelegenheit betraf, so schweigsam wie eine Auster gewesen sei. Nachdem ich die Spreu vom Weizen gesondert hatte – und wenn Lily erst mal anfängt zu reden, ist das nicht so einfach, wie Sie vielleicht denken –, kam ich zu dem Schluß, der selige Ernest (oder der, den wir für Ernest halten) sei Angelas große Liebe gewesen. *Seine* Leidenschaft dagegen kühlte sich bald ab. Er gab ihr den Laufpaß. Da sie nicht schwanger war und auch finanziell keine Sorgen hatte, kann ja von schlechter Behandlung eigentlich nicht die Rede sein, aber die blonde Lily bleibt dabei, daß Angela seither an einem gebrochenen Herzen laborierte und keinen der vielen Verehrer erhörte, die sie umschwirrten. Nach ein paar Monaten wurde ihr klar, daß sie ohne ihren Bubu nicht leben konnte. Also steckte sie den Kopf in den Gasofen und starb.»

«Das arme Mädchen. Je mehr ich über Fletcher herausfinde, desto unsympathischer wird er mir.»

«Nun seien Sie doch mal fair, Chef», bat Hemingway. «Sie tun ja, als ginge es um die Verführung einer Minderjährigen. Wenn Angela nicht wußte, was aller Wahrscheinlichkeit nach passieren würde, dann kann man über soviel Naivität nur den Kopf schütteln. Na, lassen wir das. Was ich gern wüßte, ist folgendes: Wo taucht Charlie Carpenter in diesem Drehbuch auf und welche Rolle spielt er?»

«Haben Sie irgend etwas über seinen Verbleib nach der Entlassung aus dem Gefängnis herausgefunden? Wann war das überhaupt?» Hannasyde zog das Dossier auf dem Schreibtisch zu Rate. «Im Juni 1936. Also genau vor einem Jahr. Wo hat er die ganze Zeit gesteckt?»

«Fragen Sie mich noch was», sagte der Sergeant. «Er hat nicht im Kittchen gesessen, das ist alles, was ich weiß. Komisch, was? Wenn er darauf aus war, eine große Racheaktion zu starten, warum hat er dann ein volles Jahr gewartet?»

«Rache?» Hannasyde betrachtete nochmals das Foto. «Wirkt er wie ein rachsüchtiger Mensch?»

«Nein. Nach dem Gesicht zu urteilen, ist er ein dümmlicher Schwächling, und Newton beschreibt ihn als einen egoistischen Burschen, der nie auf die Idee kommen würde, sich für andere einzusetzen. Wenn Sie mich fragen, sieht es auf den ersten Blick so aus wie ein Versuch, den seligen Ernest zu erpressen. Kein sehr energischer Versuch, was ja auch nicht zu erwarten ist, wenn man sich sein Strafregister ansieht.»

«Ja», stimmte Hannasyde zu. «Und dann stoßen wir auf den Mord.»

Der Sergeant nickte. «Mit voller Wucht. Und dabei paßt das überhaupt nicht zu Carpenter.»

«Unklarheiten über Unklarheiten. Die Beschreibung, die Glass und Mrs. North von dem unbekannten Mann gegeben haben, trifft zwar auf Carpenter zu, aber andererseits waren ihre Angaben viel zu vage, als daß man da einhaken könnte.»

«Ach, Mrs. North war auch am Tatort?»

«Ja, und wenn mich nicht alles täuscht, glaubt sie, ihr Mann habe Fletcher ermordet.»

Der Sergeant riß vor Staunen die Augen weit auf. «Und da heißt es immer, daß in den Vororten nichts passiert! Das sind ja schöne Geschichten. Was sagt denn Ikabod dazu?»

«Warten Sie nur ab, bis er's erfährt. Bestimmt lernt er ein paar einschlägige Bibelverse auswendig, um sie uns vorzutragen. Aber sagen Sie, Chef, die Sache mit Mrs. Norths Mann ist ja sehr verwirrend. Was war denn da los?»

Hannasyde berichtete kurz von seinen beiden Unterredungen mit Helen North. Der Sergeant hörte schweigend zu; in seinen hellen, scharfen Augen, die er auf den Chefinspektor gerichtet hielt, wurde der Ausdruck des Mißfallens immer stärker.

«Was habe ich Ihnen gesagt?» knurrte er, als Hannasyde fertig war. «Auf dem Schauplatz des Verbrechens wimmelt es nur so von Statisten. Und ich will Ihnen noch etwas sagen: Diese Mrs. North wird uns im Verlauf der Ermittlungen ganz gewaltig auf die Nerven fallen. Ich möchte wetten, sie bildet sich ein, wir hätten nichts Besseres zu tun, als dauernd im Kreis zu laufen, während sie an ihrem Problemstück in drei Akten herumbastelt. Ich muß mich wirklich wundern, Chef, daß Sie sich in ihre ehelichen Schwierigkeiten hineinziehen lassen. Außerdem, was verspricht sie sich davon, ihrem Mann die Sache mit den Schuldscheinen zu verschweigen? Irgendwann bekommt er es ja doch heraus.»

«Allerdings. Aber ich finde, es ist nicht meine Aufgabe, ihn darüber zu informieren.»

Der Sergeant ließ ein verächtliches Schnaufen hören. «Wie ist er denn, dieser North? Hat er irgendwelche Gründe für seine vorzeitige Rückkehr angegeben?»

«Nein, keine. Er sieht recht gut aus. Behält seine Gedanken lieber für sich. Energischer Bursche, wie mir scheint. Läßt sich nicht so leicht ins

Bockshorn jagen oder für dumm verkaufen.»

«Hoffentlich können wir ihm den Mord nachweisen», sagte der Sergeant unbarmherzig. «Ihrer Beschreibung zufolge wird er uns genauso auf die Nerven fallen wie seine Frau. Kein Alibi?»

«Angeblich nicht. Er überreichte mir diese Information wie ein Geschenk.»

Der Sergeant kniff ein Auge zu. «Tatsächlich? Ist Ihnen zufällig der Gedanke gekommen, er könnte gewisse Spuren verwischen wollen?»

«Das wäre schon denkbar. Vielleicht verdächtigt er seine Frau des Mordes an Fletcher. Hängt natürlich davon ab, wieviel er über ihre Beziehungen zu dem Mann weiß.»

Hemingway stöhnte. «Ich verstehe. Ein nettes Badmintonspiel ist das, bei dem Sie und ich hin- und herfliegen wie Federbälle. Richtig starke Kopfschmerzen werden wir natürlich erst dann kriegen, wenn Mrs. North erfährt, daß der Mann, den sie sah, Charlie Carpenter gewesen sein kann. Dann müssen wir sie dazu bringen, daß sie die Aussage widerruft, sie habe gesehen, wie der selige Ernest ihn friedlich und freundlich bis zur Gartenpforte begleitete. Meiner Ansicht nach ist das sowieso Unsinn.»

«Vielleicht. Immerhin trifft das zu, was sie über ihre Fingerabdrücke an der Tür sagte. Davon habe ich mich überzeugt, bevor ich Marley verließ. Was dagegen nicht stimmen kann, sind die Zeitangaben. Um neun Uhr fünfunddreißig trat Budd aus der Gartenpforte von Greystones. Ich glaube, das können wir als zutreffend akzeptieren. Mrs. North hat erklärt, daß sie um diese Zeit die Maple Grove entlangging und einen dicken Mann aus dem Garten von Greystones kommen sah.»

Der Sergeant notierte die Zeitangabe. «Das deckt sich mit dem, was Budd mir sagte. Er ging um neun Uhr fünfunddreißig, und die Dame North traf fast gleichzeitig ein.»

«Weiter. Mrs. North verließ das Arbeitszimmer um Viertel vor zehn.»

«Ein recht kurzer Besuch», bemerkte der Sergeant.

«Weil sie sich mit Fletcher gestritten hatte. Sie gab das bei der zweiten Unterredung zu, die ich mit ihr hatte. Ebenfalls um Viertel vor zehn betrat der unbekannte Mann das Grundstück durch die Gartenpforte.»

«Nennen wir ihn X», schlug der Sergeant vor. «Als X kam, versteckte sich also Mrs. North hinter dem Strauch?»

«Ja. X ging an ihr vorbei und ins Arbeitszimmer, wozu er etwa eine Minute brauchte. Die genaue Zeit ist hier nicht so wichtig. Laut ihrer ersten Aussage verließ Mrs. North unverzüglich den Garten. Der zweiten Version zufolge blieb sie in ihrem Versteck, bis gegen neun Uhr achtundfünfzig dieser X, von Fletcher begleitet, zur Gartenpforte ging. Mrs. North lief dann ins Zimmer, um ihre Schuldscheine zu suchen, hörte Fletcher zurückkommen und flüchtete in die Diele. Dort begann die Uhr im gleichen Augenblick zehn zu schlagen. Um zehn Uhr zwei sah Glass auf seiner

Runde, wie ein Mann, der Mrs. Norths Beschreibung von X entsprach, den Garten von Greystones verließ und in Richtung der Arden Road ging. Glass betrat den Garten und erreichte um zehn Uhr fünf das Arbeitszimmer, wo er den toten Fletcher fand. Von dem Mörder war weit und breit nichts zu sehen. Was halten Sie davon?»

«Gar nichts», sagte der Sergeant rundheraus. «Die Sache ist mir von Anfang an faul vorgekommen. Diesem Gerede von Mrs. North kann man keinen Glauben schenken. Meines Erachtens haben wir nur einen einzigen Anhaltspunkt, nämlich die Aussage von Glass, er habe den seligen Ernest um zehn Uhr fünf mit eingeschlagenem Schädel gefunden. Das steht fest, und Mrs. Norths Behauptungen erscheinen dadurch recht zweifelhaft. Glass sah, wie X um zehn Uhr zwei den Garten verließ, mit anderen Worten, X muß, falls er der Mörder war, den lieben Ernest zwischen zehn Uhr und zehn Uhr eins erledigt haben, denn er benötigte ja eine Minute, um das Arbeitszimmer zu verlassen und durch den Garten zur Maple Grove zu gehen, wo er bekanntlich um zehn Uhr zwei eintraf.»

«Ja, diese Schätzung dürfte richtig sein.»

«Und trotzdem kann sie nicht stimmen – jedenfalls nicht, wenn Sie glauben, was Mrs. North sagt. Wie sie behauptet, war es genau zehn Uhr, als sie hörte, daß Ernest ins Zimmer kam. Bedenken Sie, Chef: Ernest muß, bevor er ermordet wird, noch Zeit haben, sich an den Schreibtisch zu setzen und den Brief anzufangen, der unter seinem Kopf gefunden wurde. Offensichtlich näherte sich ihm der Mörder unbemerkt – das heißt, X stapfte nicht hinter ihm her durch den Garten, sondern wartete, bis Ernest im Haus war. Es *kann* gar nicht anders gewesen sein. Gut, sobald Ernest am Schreibtisch sitzt, geht X ans Werk – kommt herein, schlägt Ernest mit einem stumpfen Gegenstand auf den Kopf, nicht nur einmal, wohlgemerkt, sondern zwei- oder dreimal, und macht sich dann aus dem Staub. Also wenn Sie erklären können, wie sich das alles in zwei Minuten bewerkstelligen läßt, dann sind Sie klüger als ich, Chef, soviel ist sicher. Überlegen Sie doch: Da Ernest ihn bis zur Pforte begleitete, mußte er so tun, als ginge er weg, nicht wahr?»

«Man sollte es annehmen.»

«Ich nehme es mit Sicherheit an. Während Ernest gemächlich durch den Garten schlendert, schleicht sich X zur Pforte zurück. Wenn er vorhatte – und er hatte es zweifellos vor –, Ernest zu töten, dann konnte er die Pforte erst öffnen, wenn Ernest wieder im Haus war, das heißt nicht vor zehn Uhr. Er wollte doch gewiß nicht riskieren, daß Ernest ihn hörte. Was also tut er? Geht er geräuschvoll den Gartenweg entlang und verrät damit seine Anwesenheit? Natürlich nicht. Er schleicht auf Zehenspitzen, und wenn es, wie wir wissen, normalerweise eine Minute dauert, von der Pforte ins Zimmer zu gelangen, dann muß X, der sich ja vorsichtig und noch dazu im Dunkeln bewegte, erheblich mehr Zeit gebraucht haben. Er kann frühestens zwei Minuten nach zehn im Zimmer gewesen sein, und um diese Zeit hat ihn Glass bereits den Garten verlassen sehen.»

«Ich fürchte, mein Lieber, Sie leiden an einer Fixierung», sagte Hannasyde sanft. «Wir wissen nicht, ob X der Mörder war.»

Der Sergeant schluckte diese Zurechtweisung. «Darauf wollte ich gerade kommen», erwiderte er würdevoll. «Der Mörder hätte natürlich auch Budd sein können, der heimlich zurückgekehrt war und im Garten auf eine günstige Gelegenheit zum Zuschlagen wartete; es könnte auch Mr. North gewesen sein. Aber wenn dieser X, den Glass gesehen hat, Charlie Carpenter war, wo hat er sich aufgehalten, während Ernest ermordet wurde?»

«Es gibt noch eine andere Möglichkeit», sagte Hannasyde. «Angenommen, North war der Mörder . . .»

«Moment, Chef», unterbrach Hemingway. «Halten Sie North für X?»

«Ich halte niemanden für X. Aber wenn wir davon ausgehen, daß North der Mann war, den Mrs. North den Gartenweg entlangkommen hörte, dann müssen wir die Möglichkeit ins Auge fassen, daß Fletcher bereits in der Zeit zwischen Viertel vor zehn und zehn Uhr eins getötet wurde.»

Der Sergeant blickte ihn überrascht an. «Sie meinen, Mrs. Norths revidierte Version wäre ein aufgelegter Schwindel? Und wann taucht Carpenter auf?»

«Nach dem Mord», antwortete Hannasyde.

Ein paar Sekunden blieb es still. Dann verkündete der Sergeant: «Wir müssen unbedingt Carpenter finden.»

«Allerdings. Haben Sie irgendwen auf ihn angesetzt?»

«Praktisch unsere ganze Abteilung. Aber er hat sich ein Jahr lang nichts zuschulden kommen lassen, und es dürfte ein bißchen schwierig sein, ihn aufzuspüren.»

«Da ist noch etwas, was mir Kopfzerbrechen macht, nämlich die Mordwaffe. Die Ärzte sind einstimmig der Meinung, der Mörder habe mit einem stumpfen Gegenstand, etwa einem bleibeschwerten Stock, zugeschlagen. Sie wissen ja, der Schädel war völlig zertrümmert. Nun versichern aber sowohl Glass als auch Mrs. North, der Mann, den sie sahen, habe nichts in der Hand gehabt. Mrs. Norths Aussage können Sie meinetwegen als Hirngespinst abtun, aber was Glass sagt, läßt sich nicht so einfach vom Tisch wischen. Man sollte denken, der Mörder hätte sich der Waffe so schnell wie möglich entledigt, aber ich habe den Garten buchstäblich durchkämmen lassen, und es wurde nichts gefunden.»

«Ob es vielleicht ein Gegenstand im Zimmer war? Ein Briefbeschwerer oder irgend etwas aus Bronze, das der Mörder in die Tasche stecken konnte?»

«Der Butler hat erklärt, daß nichts fehlt. Ein gewichtiger Briefbeschwerer, der auf dem Schreibtisch lag, ist nachträglich dorthin geschmuggelt worden, und zwar von Ihrem witzigen Freund Neville Fletcher, über den ich noch ein paar Erkundigungen einziehen muß.»

Der Sergeant horchte auf. «Er hat den Briefbeschwerer dorthin geschmuggelt? Nach allem, was ich beobachtet habe, Chef, würde er genau das tun, wenn er seinen Onkel tatsächlich mit dem Ding getötet hätte. In seinen Augen wäre das ein toller Spaß.»

«Ganz hübsch kaltblütig, der junge Mann.»

«O ja, kaltblütig ist er bestimmt. Und gerissen auch. Aber wenn er es getan hat, muß Mrs. North ihn gesehen haben, als sie ... Ach, jetzt setzen wir wohl wieder voraus, daß Mrs. Norths erste Version die richtige ist?»

«Etwas anderes bleibt uns kaum übrig, wenn wir Neville Fletcher als den möglichen Mörder betrachten. Aber dann ergeben sich zwei neue Probleme. Erstens waren ja Mrs. Norths Fingerabdrücke auf der Tür, und ich frage mich, wie sie dorthin kamen, wenn sie das Zimmer *nicht* auf diesem Weg verließ. Zweitens wissen wir – vorausgesetzt, daß ihre erste Version richtig ist –, daß ein Mann gegen Viertel vor zehn das Arbeitszimmer betrat und um zehn Uhr zwei fortging. Die Annahme, daß während dieser siebzehn Minuten mehr als ein Besucher bei Fletcher war, dürfte doch wohl zu weit hergeholt sein. Wir müssen uns also fragen: Wann bot sich Neville in diesem Fall eine Gelegenheit, seinen Onkel zu ermorden? Zwischen zehn Uhr zwei, als Glass Mr. X fortgehen sah, und zehn Uhr fünf, als er das Arbeitszimmer betrat? Das spottet doch aller Wahrscheinlichkeit, wie?»

«Ja», gab der Sergeant zu und rieb sich das Kinn. «Aber nachdem Sie mich darauf hingewiesen haben, muß ich einräumen, daß das Fehlen der Mordwaffe einer Erklärung bedarf. Der Mörder hätte zwar einen schweren Stock in sein Hosenbein schieben und ihn auf diese Weise verbergen können, aber dann hätte das Bein beim Gehen steif gewirkt, und das müßte Glass unbedingt bemerkt haben. Vielleicht war es ein Gegenstand, den der Täter in die Tasche stecken konnte – ein Schraubenschlüssel zum Beispiel.»

«Dann müßte der Mord im voraus geplant worden sein. Man trägt nicht schwere Schraubenschlüssel mit sich herum. Die Sache sieht aber eigentlich nicht nach Vorbedacht aus. Ich kann mir jedenfalls keinen Mörder vorstellen, der etwas so Unüberlegtes plant wie seinem Opfer im eigenen Arbeitszimmer und zu verhältnismäßig früher Abendstunde den Schädel einzuschlagen.»

«Da haben Sie recht», sagte der Sergeant. «Wir haben übrigens auch die Geräte zum Feueranmachen gründlich untersucht. Welche Waffe der Mörder auch verwendet hat, es ist ihm gelungen, sie sehr geschickt zu beseitigen. Vielleicht wäre es gut, wenn ich mir den Tatort noch einmal genau ansähe. Und eine kleine Unterhaltung mit dem Butler könnte auch nichts schaden. Es ist erstaunlich, was sich aus Dienstboten alles herausholen läßt – vorausgesetzt, daß man geschickte Fragen stellt.»

«Ja, fahren Sie auf jeden Fall nach Marley», stimmte Hannasyde zu.

«Mir liegt daran, daß jemand das Haus beobachtet. Was mich betrifft, so werde ich mich inzwischen über die Höhe von Neville Fletchers Bankguthaben, über Mr. Norths Tun und Treiben in der Mordnacht und über die geheimnisvollen Geschäfte des mitteilsamen Mr. Budd mit Ernest Fletcher zu informieren suchen.»

«Dann stehen Ihnen ein paar arbeitsreiche Stunden bevor», prophezeite der Sergeant. «Die Sache weitet sich aus, wie? Zuerst war es nur ein einziger Mann, und jetzt haben wir schon außer ihm eine Dame, einen eifersüchtigen Ehemann, einen Zivilmakler, eine tote Kabarettänzerin, einen Kriminellen und einen verdächtig erscheinenden Neffen. Und das alles seit heute früh um neun. Wenn es in diesem Tempo weitergeht, können wir uns in zwei Tagen vor Verdächtigen nicht mehr rühren. Wissen Sie, manchmal frage ich mich, weshalb ich so versessen darauf war, in den Polizeidienst zu treten.» Er suchte seine Papiere zusammen. «Ich würde ja auf Charlie Carpenter als Täter tippen, nur paßt ein Mord nach allem, was wir von ihm wissen, überhaupt nicht zu ihm. Halten Sie es für denkbar, daß er seit seiner Entlassung aus dem Gefängnis versucht hat, den seligen Ernest aufzuspüren?»

«Ich weiß es natürlich nicht, aber in Anbetracht dessen, daß nicht einmal Ihre blonde Lily ahnte, wer Angelas Gönner war, könnte es schon möglich sein.»

«Oder», sagte der Sergeant sinnend, «er fand es zufällig heraus und nutzte die Gelegenheit zu einem Erpressungsversuch. Wenn ich's recht bedenke, stimmt diese Theorie gut zu Mrs. Norths revidierter Aussage – ich meine, daß sie hörte, wie Ernest zu Mr. X von einem Irrtum sprach. Na, eines steht jedenfalls fest: Wir müssen Carpenter ausfindig machen.»

«Darum wird sich unsere Abteilung kümmern. Sie, Sergeant, möchte ich bitten, gleich morgen früh nach Marley zu fahren. Sehen Sie zu, was Sie aufschnappen können.» Hannasyde erhob sich. «Übrigens», fügte er hinzu, «sollte Ihnen eine energische junge Dame mit einem Monokel über den Weg laufen, dann möge Gott Ihnen beistehen. Sie ist Mrs. Norths Schwester, interessiert sich sehr für Verbrechen aller Art und schreibt Kriminalromane.»

«Wa-a-as?» rief der Sergeant. «Wollen Sie damit sagen, daß nun auch noch eine Schriftstellerin um mich herumschwirren wird?»

«Ich halte es für durchaus wahrscheinlich», erwiderte Hannasyde ernst.

«Ach, wie reizend», sagte der Sergeant mit beißendem Sarkasmus. «Man sollte doch denken, schon Ikabod allein wäre ein Kreuz, unter dem man fast zusammenbricht. Da sehen Sie's mal wieder: Wenn es das Schicksal auf einen abgesehen hat, dann gehen die Heimsuchungen ins Grenzenlose.»

Hannasyde lachte. «Setzen Sie sich zu Hause hin und lesen Sie Havelock Ellis oder Freud oder wen Sie sonst gerade beim Wickel haben. Vielleicht hilft Ihnen das, mit der Situation fertig zu werden.»

«Lesen? Dazu habe ich keine Zeit», erwiderte der Sergeant und griff nach seinem Hut. «Heute abend muß ich noch viel tun.»

«Ruhen Sie sich lieber aus. Sie hatten heute einen anstrengenden Tag. Was müssen Sie denn so Wichtiges tun?»

«Bibelsprüche lernen», sagte Hemingway bitter.

7

Hannasyde saß noch lange in seinem Büro, und als er sich endlich auf den Heimweg machte, hatte ihm die Durchsicht von Ernest Fletchers Papieren gewisse Aufschlüsse gegeben, die ihn bewogen, sich am nächsten Morgen kurz nach neun Uhr in Mr. Abraham Budds Geschäftsräumen einzufinden.

Mr. Budd ließ ihn nicht warten. Die Stenotypistin, die mit Hannasydes Karte im Zimmer ihres Chefs verschwunden war, kam umgehend zurück, offensichtlich von Neugier geplagt und bereit, einen dramatischen Bericht über dieses aufregende und unheimliche Geschehen zu geben, sobald ihr ein passendes Publikum zur Verfügung stünde. Mit zitternder Stimme bat sie den Chefinspektor, ihr zu folgen.

Bei Hannasydes Eintritt erhob sich Mr. Budd von einem Drehstuhl hinter seinem Schreibtisch und ging dem Besucher entgegen. Er entsprach so genau der Beschreibung, die Sergeant Hemingway von ihm gegeben hatte, daß Hannasyde sich nur mit Mühe ein Lächeln verkneifen konnte. Budd war ein kleiner, dicker Mann, dessen Haut irgendwie ölig wirkte und der so viel rückhaltlose Herzlichkeit ausströmte, daß es geradezu bedrückend war. Er schüttelte dem Chefinspektor die Hand, nötigte ihn in einen Sessel, bot ihm eine Zigarre an und wiederholte immer von neuem, wie überaus froh er über diesen Besuch sei.

«Sehr froh bin ich, Chefinspektor», beteuerte er. «Was für eine entsetzliche Tragödie! Ich kann es noch gar nicht fassen. Wie ich schon dem Sergeant von Scotland Yard sagte, ich war wie betäubt, als ich's erfuhr. Wie betäubt», wiederholte er mit Nachdruck. «Ich hatte nämlich die größte Achtung vor Mr. Fletcher. Ja, Sir, die allergrößte Achtung. Er war ein kluger Kopf. Er verstand sehr viel von Finanzfragen. Wie oft habe ich gesagt: Mr. Fletcher hat Gespür. Ja, das ist das richtige Wort – Gespür. Und nun ist er tot.»

«Ja, nun ist er tot», sagte Hannasyde trocken. «Sie haben viele Geschäfte für ihn getätigt?»

Durch einen Blick seiner pfiffigen Äuglein und eine Geste, die seine Abstammung verriet, brachte Mr. Budd eine stumme Antwort zustande, in der sich Zustimmung mit bescheidener Abwehr mischte.

«Welcher Art waren diese Geschäfte?» fragte Hannasyde.

Mr. Budd beugte sich vor, stützte die Arme auf die Tischplatte und erwiderte in vertraulichem Ton: «Streng geheim, Mr. Hannasyde.» Er blickte den Chefinspektor listig an. «Verstehen Sie, was ich meine? Mit keinem

Menschen auf der Welt würde ich über die Angelegenheiten eines meiner Klienten sprechen und schon gar nicht über die von Mr. Fletcher, aber wenn so etwas geschieht, muß ich natürlich eine Ausnahme machen, das sehe ich ein. Ich bin verschwiegen. Ich muß verschwiegen sein. Wäre ich's nicht, was glauben Sie, wo ich heute stünde? *Sie* wissen es nicht, *ich* weiß es nicht, aber bestimmt hätte ich's nicht so weit gebracht, wie es der Fall ist. Ich trete jedoch aus echter Überzeugung für das Gesetz, für die staatliche Ordnung ein. Ich weiß, daß es meine Pflicht ist, der Polizei zu helfen, wo und wie ich kann. Es ist meine Pflicht als Bürger. Deswegen werde ich in diesem Fall eine Ausnahme machen und mein Schweigen brechen. Sie, Mr. Hannasyde, sind ein toleranter Mann, ein erfahrener Mann, und Sie wissen, daß nicht alles, was in der City vor sich geht, in den *Financial News* veröffentlicht wird.» Ein amüsiertes Lachen ließ seinen Körper erbeben. «Längst nicht alles», fügte er hinzu.

«Mir ist natürlich klar, daß ein nicht allzu skrupelhafter Mann in Mr. Fletchers Stellung – er gehörte mehreren Aufsichtsräten an, nicht wahr? – sich gern eines Maklers bedient, um Aktien kaufen zu lassen, deren Besitz er geheimhalten möchte», erwiderte Hannasyde.

Mr. Budd zwinkerte ihm zu. «Sie wissen Bescheid, Chefinspektor, wie? Genauso ist es. *Sie* billigen es vielleicht nicht, *ich* billige es vielleicht nicht, aber was hat es im Grunde mit uns zu tun?»

«Mit Ihnen hat es insofern zu tun, als Mr. Fletcher sich Ihrer in der geschilderten Weise bediente.»

Budd nickte. «Ganz recht. Ich leugne es nicht. Was hätte das auch für einen Sinn? Mein Beruf erfordert, daß ich die Aufträge meiner Klienten ausführe, und das tue ich, Mr. Hannasyde. Ich tue es, ohne Fragen zu stellen.»

«Manchmal tun Sie es anscheinend nicht», sagte Hannasyde.

Der Makler fühlte sich offenbar tief gekränkt. «Wieso? Was meinen Sie denn? Also *das* hat mir noch niemand gesagt, Mr. Hannasyde. Es gefällt mir nicht, es gefällt mir ganz und gar nicht.»

«Erzählten Sie nicht gestern Sergeant Hemingway, Sie hätten versäumt, gewisse Anweisungen von Mr. Fletcher auszuführen?»

Das Lächeln auf Mr. Budds Gesicht erblühte von neuem. Sichtlich erleichtert lehnte er sich zurück. «Aber ich bitte Sie», protestierte er. «Das ist doch übertrieben. Ja, wirklich übertrieben. Ich habe dem Sergeant gegenüber lediglich ein kleines Mißverständnis zwischen Mr. Fletcher und mir erwähnt.»

«Was war das für ein Mißverständnis?» wollte Hannasyde wissen.

Mr. Budd sah ihn vorwurfsvoll an. «Das können Sie mir doch nicht antun, Chefinspektor. Erwarten Sie etwa von einem Mann in meiner Stellung, daß er sich über streng vertrauliche Transaktionen äußert? Nein, das wäre nicht recht. Das wäre unehrenhaft.»

«Genau das erwarte ich von Ihnen, Mr. Budd. Wir werden vermutlich

Zeit sparen, wenn ich Ihnen rundheraus sage, daß Mr. Fletchers Privatpapiere sich bereits in den Händen der Polizei befinden. Außerdem werden mir Ihre Geschäftsbücher zweifellos sämtliche Auskünfte geben, die Sie mir jetzt verweigern.»

Der Blick des Maklers wurde noch vorwurfsvoller. In einem Ton, der eher betrübt als ärgerlich klang, sagte Budd: «Hören Sie, Chefinspektor, so können Sie mit mir nicht umspringen. *Sie* sind kein Dummkopf, *ich* bin kein Dummkopf – was hat es also für einen Sinn, mir so zuzusetzen, frage ich Sie?»

«Sie werden bald merken, daß es in meiner Macht steht, Ihnen ganz erheblich zuzusetzen», erwiderte Hannasyde mitleidlos. «Laut Ihrer eigenen Aussage haben Sie Mr. Fletcher am Abend des Mordes aufgesucht; ferner geben Sie zu, daß es zu einem Streit kam . . .»

«Es war kein Streit, Chefinspektor! Kein Streit!»

«Des weiteren können Sie nicht nachweisen, daß Sie das Haus wirklich zu der von Ihnen genannten Zeit verließen. Außerdem befindet sich unter Mr. Fletchers Papieren genügend urkundliches Beweismaterial, das es mir ermöglichen würde, einen Durchsuchungsbefehl für Ihre Räumlichkeiten zu beantragen.»

Budd hob abwehrend die Hand. «Bitte, können wir uns nicht gütlich einigen? Sie sind ungerecht, Chefinspektor. Es liegt doch gar nichts gegen mich vor. Bin ich nicht unverzüglich zu Scotland Yard gelaufen, als ich die schreckliche Nachricht las? Habe ich nicht Ihrem Sergeant die volle Wahrheit gesagt? Und jetzt kommen Sie mir so! Das habe ich nicht erwartet. Nein, das habe ich wirklich nicht erwartet. Ich bin nie mit dem Gesetz in Konflikt gekommen, nie im Leben. Und wie wird mir das gelohnt?»

Hannasyde hörte sich mit unbewegter Miene diese Klagen an. Er ging nicht darauf ein, sondern sagte mit einem Blick auf ein Schriftstück, das er in der Hand hielt: «Am zehnten Juni bekamen Sie von Mr. Fletcher den schriftlichen Auftrag, für ihn Aktien zu kaufen. Zehntausend Huxton Industries.»

«Das stimmt», gab Budd zu und sah den Chefinspektor leicht beunruhigt an. «Ich leugne es nicht. Warum sollte ich?»

«Es waren, soviel ich weiß, Aktien, die nicht mehr an der Börse gehandelt wurden. Ist das richtig?»

Bud nickte.

«Haben Sie diese Aktien gekauft, Mr. Budd?»

Die Direktheit der Frage ließ Budd zusammenzucken. Er starrte Hannasyde entgeistert an und sagte schließlich mit schwacher Stimme: «Das ist aber eine merkwürdige Frage. Ich hatte doch meine Instruktionen, nicht wahr? Vielleicht billigte ich den Kauf nicht; vielleicht hielt ich es für unklug, in Huxton Industries zu investieren – aber war ich denn befugt, Mr. Fletcher zu beraten?»

«Haben Sie diese Aktien gekauft?»

Budd antwortete nicht sofort; sein gequälter Blick war starr auf Hannasydes Gesicht gerichtet. Offenbar wußte er sich keinen Rat; vielleicht war er nicht sicher, was und wieviel Fletchers Papiere dem Chefinspektor offenbart hatten. «Und wenn ich sie nicht gekauft hätte?» sagte er schließlich ausweichend. «Sie wissen doch, daß man ein so großes Aktienpaket nicht im Handumdrehen erwerben kann. Das würde Verdacht erregen, nicht wahr? Ich verstehe meine Geschäft und weiß, wie ich vorgehen muß.»

«Als Sie Mr. Fletchers Kaufauftrag erhielten, wurden Huxton Industries nicht notiert?»

«Die Gesellschaft stand dicht vor der Pleite», erwiderte Budd.

«Ihrer Meinung nach waren die Aktien also wertlos?»

Budd begnügte sich mit einem Achselzucken.

«Zweifellos waren Sie sehr erstaunt, als Sie beauftragt wurden, ein so großes Aktienpaket zu kaufen, nicht wahr?»

«Vielleicht. Aber Mr. Fletchers Beweggründe gingen mich ja nichts an. Möglicherweise hatte ihm jemand einen Tip gegeben.»

«Waren Sie nicht trotzdem der Meinung, daß Mr. Fletcher einen Fehler beging?»

«Das spielte für mich keine Rolle. Wenn Mr. Fletcher die Aktien haben wollte, dann war das seine Sache. Ich kaufte sie. Wenn Sie so gut informiert sind, werden Sie wohl auch wissen, daß Huxton Industries inzwischen beträchtlich angezogen haben. Dank mir.»

«Sie haben also gekauft?»

«Möchte wissen, was ich sonst hätte tun sollen», sagte Budd fast nachsichtig. «Hören Sie, Mr. Hannasyde, ich will offen mit Ihnen sein. Ich hätte das nicht nötig, überhaupt nicht nötig, aber ich habe nichts zu verbergen, und mir liegt daran, die Arbeit der Polizei nach Kräften zu unterstützen. Wenn meine Auskünfte Ihnen auch nicht weiterhelfen werden, so sehe ich als vernünftiger Mensch doch ein, daß Sie über diese kleine Transaktion gern Bescheid wissen möchten. Die Sache ist so, daß es sich bei dem Mißverständnis zwischen Mr. Fletcher und mir um ebendiesen Auftrag handelte. Sie fanden es soeben erstaunlich – ja, ich glaube, erstaunlich ist der richtige Ausdruck dafür –, daß Mr. Fletcher zehntausend Aktien einer nahezu bankrotten Gesellschaft kaufen wollte. Mich wunderte es auch. Jeden denkenden Menschen hätte es wundern müssen. Nun, was tue ich also? Ich frage mich, ob da etwa ein Tippfehler vorliegt. Eine Null zuviel, das kann doch leicht passieren, nicht wahr? Ich rufe also meinen Klienten an, um mir Gewißheit zu verschaffen. Ich sage zu ihm: ‹Mr. Fletcher, soll ich tausend Aktien kaufen?› Er sagt ja. Er ist ungeduldig, will wissen, weshalb ich noch einmal nachfrage. Gerade will ich anfangen zu erklären, da legt er auf. Ach, Mr. Hannasyde, es hat keinen Sinn, Ihnen etwas vorzumachen. Gar keinen Sinn. Mir ist ein Fehler unterlaufen. Ein bedauerlicher Fehler. Zum erstenmal in meiner zwanzigjährigen Praxis muß ich mich der

Nachlässigkeit bezichtigen. Ich gebe das nicht gern zu. Ihnen würde es auch widerstreben. Ich hätte von meinem Klienten die schriftliche Bestätigung verlangen müssen, daß er tausend Aktien haben wollte, und das unterließ ich leider. Ich kaufte auf seine Rechnung tausend Aktien, natürlich in kleinen Paketen. Ergebnis: Die Aktien steigen. Dann ruft mein Klient an. Er hat am Fernschreiber die Notierungen verfolgt und weiß, daß ich dahinterstecke. Er ruft an, um zu fragen, ob ich mich an seine Instruktionen gehalten habe. Ich sage ja. Er ist glänzend gelaunt. Da er und ich seit Jahren miteinander arbeiten und ich ihn zufriedengestellt habe, weiht er mich in das Geheimnis ein. So war er, gut und großzügig. Immer. Er sagt mir also, daß die I.P.S. Consolidated die Huxton Industries übernehmen werden, und wenn ich für mich kaufen wollte, dann sollte ich es schnell und unauffällig tun. Verstehen Sie? Er meint, die Aktien würden bis zu fünfzehn Shilling steigen. Und damit hatte er recht. Vielleicht gehen sie sogar noch höher. Ja, und dann fragt er in seiner netten, scherzhaften Art, ob ich ihn nicht für verrückt gehalten hätte, als er zehntausend Aktien bei mir bestellte. Das sagte er so deutlich, wie ich es jetzt sage. Zehntausend. Verstehen Sie? Zehntausend, und ich habe nur tausend gekauft, und inzwischen sind die Aktien von fünf Shilling auf siebeneinhalb gestiegen, und sie werden bestimmt nicht wieder fallen. O nein, Huxton Industries steigen und steigen. Was soll ich nun anfangen? Was kann ich tun? Ich kann nur eines tun, und das tue ich auch: Ich gehe zu Mr. Fletcher. Er kennt mich, er vertraut mir, er wird mir aufs Wort glauben. War er erfreut? O nein, Mr. Hannasyde. Würden Sie sich über so etwas freuen? Aber er war ein Gentleman, ein wirklicher Gentleman, jawohl. Er begreift, daß ein Mißverständnis vorlag. Natürlich ist er ärgerlich, aber er ist fair. Wir trennen uns in bestem Einvernehmen. Alles vergeben und vergessen. Das ist die heilige Wahrheit.»

«Wohl doch nicht so ganz», sagte Hannasyde, auf den dieses offene Geständnis nicht den gewünschten Eindruck gemacht zu haben schien. «Wie kam es, daß Mr. Fletcher, der – wie Sie behaupten – am Fernschreiber die Notierungen beobachtete, keinen Verdacht schöpfte, als die Aktien nicht so hoch stiegen, wie sie es hätten tun müssen, wenn zehntausend Stück verkauft worden wären?»

Es entstand ein peinliches Schweigen. Schließlich riß sich Mr. Budd zusammen und antwortete gewandt: «Aber, aber, glauben Sie denn, daß Mr. Fletcher nichts anderes zu tun hatte, als am Fernschreiber zu sitzen? Nein, Chefinspektor, diese kleinen Transaktionen, die ich für ihn erledigte, waren in seinen Augen nur eine Art Nebenbeschäftigung.»

«Ich möchte Ihre Bücher sehen», sagte Hannasyde.

Zum erstenmal klang Budds sonst so ölige Stimme scharf. «In meine Bücher lasse ich niemanden Einblick nehmen.»

Hannasyde runzelte die Stirn. «Ach?» sagte er.

Mr. Budd wurde um einige Schattierungen blasser. Er rang sich ein mattes Lächeln ab. «Nein, verstehen Sie mich nicht falsch! Seien Sie fair, Mr. Hannasyde, das ist alles, um was ich Sie bitte. Seien Sie fair! Wenn bekannt würde, daß ich einem Außenstehenden meine Bücher gezeigt habe, wäre ich die Hälfte meiner Klienten los.»

«Es wird nicht bekannt werden.»

«Ach, wenn ich *das* glauben könnte!»

«Sie können es glauben.»

«Hören Sie, Mr. Hannasyde, ich bin ein einsichtiger Mensch, und wenn Sie mir einen Durchsuchungsbefehl zeigen, dann ist alles in Ordnung. Wenn Sie aber keinen haben, denke ich nicht daran, Ihnen die Bücher vorzulegen. Wie käme ich denn dazu? Es besteht doch gar kein Anlaß. Sobald Sie mir aber einen Durchsuchungsbefehl bringen, werde ich mich nicht widersetzen.»

«Wenn Sie klug sind, widersetzen Sie sich in keinem Fall», entgegnete Hannasyde. «Und jetzt möchte ich Ihre Bücher sehen.»

Budd hielt verbissen seinem Blick stand. «So nicht, Chefinspektor, so nicht. Ich protestiere gegen Ihr anmaßendes Auftreten in meinem Büro. So etwas kann ich nicht dulden.»

«Ist Ihnen klar, in welcher Lage Sie sich befinden?» sagte Hannasyde streng. «Ich gebe Ihnen eine Chance, sich von dem Verdacht des . . .»

«Mit dem Mord habe ich nichts zu tun! Das wissen Sie doch, Mr. Hannasyde. Bin ich nicht unverzüglich zu Scot . . .»

«Die Tatsache, daß Sie sich an Scotland Yard gewandt haben, ist überhaupt kein Beweis. Sie haben mir soeben eine Geschichte erzählt, die nicht einmal ein Kind glauben würde, und aus Gründen, die Sie selbst wohl am besten kennen, weigern Sie sich, Ihre Aussage zu erhärten, indem Sie mir Ihre Bücher zeigen. Sie lassen mir keine andere Wahl . . .»

«Nein, nein», fiel ihm Budd ins Wort. «Nicht so hastig bitte. Nur nichts überstürzen. Ich habe die Sache nicht so angesehen, das ist alles. Wenn Sie mich festnehmen, vergeuden Sie nur Ihre Zeit, und das wollen Sie doch gewiß nicht. Ich neige nicht zu Gewalttätigkeiten. Trauen Sie mir etwa zu, ich könnte einem Mitmenschen den Schädel einschlagen? Nie könnte ich das, niemals! Ich brächte es einfach nicht fertig. Und was das betrifft, was ich Ihnen erzählt habe, so war es . . . nun, vielleicht nicht so ganz die Wahrheit, aber ich schwöre Ihnen . . .»

«Mir brauchen Sie nichts zu schwören. Heraus mit der Wahrheit!»

Mr. Budd rutschte nervös auf seinem Stuhl hin und her und leckte sich die Lippen. «Ich habe falsch kalkuliert. Das hätte jedem anderen genauso passieren können. Nie wäre ich auf die Idee gekommen, daß Huxton Industries von den I.P.S. übernommen werden würden. Ich glaubte, es handle sich nur um eine kleine Spekulation. Jeder muß zusehen, wo er bleibt, nicht wahr? Sie würden es nicht anders machen. Und es ist ja auch kein Verbrechen.»

«Weiter», sagte Hannasyde. «Sie dachten also, die Aktien würden wieder fallen, ja?»

«Stimmt genau», bestätigte Budd eifrig. «Wäre ich von Mr. Fletcher gleich ins Vertrauen gezogen worden, dann hätte das alles nicht zu passieren brauchen. Es *wäre* nicht passiert.»

«Statt zehntausend Aktien zu kaufen, wie Ihr Auftrag lautete, haben Sie ein bißchen auf eigene Faust spekuliert, nicht wahr?»

«Warum soll man eine Chance nicht wahrnehmen?» sagte Budd flehend. «Sie wissen doch, wie das ist. Ich wollte bestimmt niemanden betrügen.»

Hannasyde überhörte diese keineswegs überzeugende Behauptung. «Kaufen und dann verkaufen, wieder kaufen und verkaufen, und der Profit floß jedesmal in Ihre Tasche. So war's doch, nicht wahr? Der Fernschreiber zeichnete die Transaktionen auf, aber Fletcher konnte daraus natürlich nicht ersehen, was Sie trieben. Dann weihte er Sie in das Geheimnis ein – diesen Teil der Geschichte glaube ich Ihnen –, und Sie hatten nur tausend Aktien statt der zehntausend, die Sie auftragsgemäß kaufen sollten, und die Notierungen wurden immer höher. Ist es nicht so gewesen?»

«Sie . . . Sie hätten Makler werden sollen, Mr. Hannasyde», sagte Budd unglücklich. «Wie Sie das erfaßt haben, ist wirklich bewundernswert.»

«Und an dem Abend, als Mr. Fletcher ermordet wurde, sind Sie zu ihm gegangen und haben ihm ein Lügenmärchen aufgetischt, als Erklärung, weshalb Sie ihm die gewünschte Anzahl Aktien nicht beschafft hatten?»

Budd nickte. «Ja, so war es. Ich habe eben Pech gehabt, Mr. Hannasyde. Gewiß, ich leugne nicht, daß es töricht von mir war . . .»

«Mr. Fletcher war wohl sehr ärgerlich?»

«Allerdings, und ich konnte es ihm nicht verdenken. Aber er hatte keine Möglichkeit, etwas zu unternehmen, ohne daß die Sache bekannt wurde. Und das wollte er nicht. Verstehen Sie? Er konnte es sich nicht leisten, daß alle Welt erfuhr, er hätte heimlich Huxton Industries gekauft. Ich habe nichts Strafbares getan, Mr. Hannasyde. Wenn Sie sich jetzt zu impulsivem Handeln hinreißen lassen, werden Sie es bitter bereuen, das garantiere ich Ihnen.»

Er blickte den Chefinspektor ängstlich an, während er sprach, und auf seiner Stirn standen Schweißtropfen. Als ihm klar wurde, daß er offenbar nicht festgenommen werden sollte, stieß er einen tiefen Seufzer der Erleichterung aus und rieb sein Gesicht mit einem großen seidenen Taschentuch trocken.

Hannasyde verabschiedete sich und ging fort, um Erkundigungen über Neville Fletchers Finanzlage einzuholen.

Inzwischen war Sergeant Hemingway in Marley eingetroffen, wo ihn Polizist Glass mit seiner üblichen Miene finsterer Mißbilligung empfing. Der Sergeant war heiter gestimmt und nahm prompt Anstoß an der Verdrossenheit seines Untergebenen. «Was ist denn mit Ihnen los?» erkundigte er sich. «Haben Sie Kolik oder sonst ein Wehwehchen?»

«Mir fehlt nichts, Sergeant», erwiderte Glass. «Ich erfreue mich bester Gesundheit.»

«Na, wenn Sie schon unter erfreulichen Umständen so sauertöpfisch dreinblicken, dann möchte ich Sie nicht im Zustand der Melancholie erleben», meinte der Sergeant. «Lächeln Sie eigentlich nie? Wohlgemerkt, ich rede nicht von Lachen. Nur von Lächeln.»

«Es ist Trauern besser als Lachen, denn durch Trauern wird das Herz gebessert», zitierte Glass mit unbewegtem Gesicht.

«Wenn Sie damit auf *mein* Herz anspielen, täuschen Sie sich», versetzte der Sergeant.

«Ich sehe keinen Grund zum Frohsinn», sagte Glass. «Meine Seele ist betrübt; Kummer drückt mich nieder; meine Tage sind von Trauer erfüllt.»

«Moment, das muß ich erst mal klarkriegen. Haben Sie wirklich Grund zur Trauer, oder gehört Trübsinn einfach zu Ihrer Vorstellung von einem netten Leben?»

«Ich sehe, wie Sünde über Sünde durch eines einzigen Mannes Tod offenbar wird. Ich sehe, wie schnöde und greulich ein Mensch ist, der Sünde säuft wie Wasser.»

«Hören Sie mal», sagte der Sergeant mühsam beherrscht, «heute morgen auf der Herfahrt habe ich mich großartig gefühlt. Ein schöner, sonniger Tag. Vogelgezwitscher, und dieser Mordfall fing an, interessant zu werden. Aber wenn ich mir Ihr Gerede noch lange anhören muß, drehe ich durch, und das wird weder Ihnen noch mir nützen. Vergessen Sie Trauer, Trübsal und Sünde und konzentrieren Sie sich auf den Mordfall, wie es Ihre Pflicht ist.»

«Ich denke ja an nichts anderes», erwiderte Glass. «Ein Übeltäter wurde erschlagen, aber durch seinen Tod kamen verborgene Sünden ans Licht. Keiner von denen, die in diesen Fall verwickelt sind, kann von sich sagen: ‹Ich bin ohne Makel; an mir ist kein Fehl.› »

«Was für große Gedanken», spottete der Sergeant. «Natürlich kann niemand von sich sagen, er sei ohne Makel. Wo gibt es denn so etwas? Ihr größter Fehler ist, daß Sie alles zu schwer nehmen. Was gehen Sie überhaupt anderer Leute Makel an? Ich kenne mich zwar nicht so gut in der Bibel aus wie Sie, aber was ist denn mit dem Splitter im Auge Ihres Nächsten. he?»

«Das ist wahr», sagte Glass. «Sie haben recht, mich zu tadeln. Ich bin voller Sünde.»

«Nehmen Sie's nicht so schwer», riet der Sergeant. «Und nun wollen wir an die Arbeit gehen. Inzwischen hat sich wohl nichts Neues ergeben?»

«Nicht daß ich wüßte.»

«Am besten begleiten Sie mich jetzt nach Greystones. Ich möchte noch einmal nach dieser stumpfen Mordwaffe suchen.»

«Die werden Sie dort nicht finden.»

«Das denken *Sie*. Übrigens, der Chefinspektor hat mir da etwas von Neville Fletcher und einem bronzenen Briefbeschwerer erzählt. Was ist damit?»

Die Miene des Polizisten verdüsterte sich noch mehr. «Ein Greuel für den Herrn sind die Herzensverkehrten», sagte er eisig. «Neville Fletcher wandelt in der Eitelkeit seines Sinnes. Er ist ohne Bedeutung.»

«Wissen Sie etwas über ihn?» fragte der Sergeant. «Ja oder nein?»

«Ich halte ihn für einen heidnischen Menschen, der das Wort Gottes verabscheut. Aber sonst weiß ich nichts Schlechtes über ihn.»

«Was ist mit den Norths?»

«Er gilt als rechtschaffener Mann, und auch ich halte ihn dafür. Sie spricht mit lügnerischer Zunge, aber nicht sie hat den Schlag geführt, der Ernest Fletcher traf.»

«Gewiß nicht, es sei denn, sie hatte einen Schmiedehammer bei sich», stimmte der Sergeant zu. «Ich bin der Ansicht, daß wir nur Charlie Carpenter zu finden brauchen; der wird uns dann schon erzählen, wer Fletcher umgebracht hat. Sie haben doch von Carpenter gehört, wie?»

«Ja, aber begriffen habe ich nichts. Wo kommt dieser Carpenter auf einmal her? Wer ist das überhaupt?»

«Ein elender kleiner Gauner. Hat eine Gefängnisstrafe verbüßt und wurde vor einem Jahr entlassen. Wir fanden seine Fingerabdrücke auf Mr. Fletchers Schreibtisch.»

Glass zog die Stirn kraus. «Und so einer soll in einen Mordfall verwikkelt sein? Wahrhaftig, ich tappe im dunkeln.»

«Es wird gleich heller werden», sagte der Sergeant. «Carpenter lebte mit einem der Flittchen des seligen Ernest zusammen. An Ihre Bemerkung über das Mädchen auf dem Foto erinnern Sie sich? Sie sagten, ihr Ende sei bitter wie Wermut – mit dieser Bemerkung haben Sie den Nagel auf den Kopf getroffen. Das Bild stellt nämlich dieselbe Angela Angel dar, die vor sechzehn Monaten Selbstmord begangen hat. Es sieht so aus, als hätte sie nicht weiterleben wollen, weil sie von dem seligen Ernest im Stich gelassen worden war – immer vorausgesetzt, daß es sich bei dem Liebhaber wirklich um ihn handelte, was mit ziemlicher Sicherheit anzunehmen ist. Die Kleine war natürlich eine dumme Gans, aber leid kann sie einem doch tun.»

«Welche Seele sündigt, die soll sterben», sagte Glass hart. «Steht dieser Carpenter im Verdacht, Ernest Fletcher ermordet zu haben?»

«Das ist eben noch nicht heraus. Genaues werden wir erst wissen, wenn wir ihn schnappen. Auf den ersten Blick scheint es, daß er's getan hat, aber irgendwie paßt es nicht zu dem, was wir über ihn und seinen Charakter wissen. Ich neige eher zu der Ansicht, daß Charlie darauf ausging, den seligen Ernest wegen Angelas Freitod zu erpressen.»

«Schon möglich. Nur hätte er dann Fletcher wohl nicht getötet.»

«Sehr logisch gedacht, mein Lieber. Aber wenn Sie soviel mit Verbrechen zu tun hätten wie ich, dann würden Sie wissen, daß gerade die allerunwahrscheinlichsten Dinge sich häufig als Tatsachen erweisen. Immerhin will ich nicht abstreiten, daß Ihr Einwand berechtigt ist. Der Chef vermutet übrigens, daß Carpenter den wirklichen Mörder gesehen haben könnte.»

Glass warf Sergeant Hemingway einen eisigen Blick zu. «Wieso denn? Warum sollte er geschwiegen haben, wenn er dem Mörder begegnet wäre?»

«Das ist leicht zu erklären. Carpenter ist nicht der Mensch, der zur Polizei läuft. Um so weniger, als er seine Anwesenheit in Greystones hätte erklären müssen.»

«Richtig. Ist Ihnen bekannt, wo er seine Wohnstätte hat?»

«Wenn Sie normales Englisch sprächen, würde das die Verständigung erleichtern», bemerkte der Sergeant. «Nein, ich weiß nicht, wo er wohnt, aber ich hoffe es bald zu erfahren. Und jetzt müssen wir vor allem zusehen, daß wir etwas über Freund North herausfinden.» Als Glass ihn fragend anblickte, fügte er hinzu: «Ach so, Sie wissen wohl noch nichts über das kleine Rätselspiel? Nach Ansicht des Chefs glaubt Mrs. North, daß es ihr Mann war, den sie im Garten sah. Und was tut sie? Ändert ihre Aussage schleunigst so ab, daß sie dieser neuen Entwicklung entspricht.»

«Warum glaubt sie, daß es ihr Mann war?»

«Weil sich herausgestellt hat, daß er zur fraglichen Zeit ohne Alibi unterwegs war. Der Chef befaßt sich jetzt mit ihm. Dann ist da noch dieser Budd. Wenn der keinen Dreck am Stecken hat, fresse ich einen Besen.»

Sie hatten Greystones erreicht. Als sie durch den Vorgarten gingen, sagte Glass unvermittelt: «Siehe, es kommt ein Tag, der brennen soll wie ein Ofen; da werden alle Verächter und Gottlosen Stroh sein.»

«Ist schon möglich, aber Sie werden's bestimmt nicht mehr erleben, also vergessen Sie es», erwiderte Hemingway schroff. «Gehen Sie jetzt und machen Sie sich nützlich. Der Butler ist doch ein Freund von Ihnen, nicht wahr?»

«Ich kenne ihn. Als meinen Freund betrachte ich ihn nicht, denn ich habe nur wenige Freunde.»

«Das wundert mich aber sehr», sagte der Sergeant. «Immerhin, wenn Sie mit ihm bekannt sind, wird's auch genügen. Plaudern Sie nett mit ihm – so ein Schwätzchen über dies und das, verstehen Sie?»

«Eine müßige Seele wird Hunger leiden», zitierte Glass in strengem Ton.

«Wenn besagte Seele dem Müßiggang in Gesellschaft eines Butlers huldigt, wird sie gewiß keinen Hunger leiden – und auch keinen Durst», versetzte der Sergeant.

«Deine Zunge trachtet nach Schaden und schneidet mit Lügen wie ein scharf Schermesser», wies Glass ihn zurecht. «Simmons ist ein ehrenwerter Mann und zählt zu den Erleuchteten.»

«Ja, eben deswegen sollen Sie sich mit ihm befassen», sagte der Sergeant. «Und jetzt Schluß mit dem Gerede. Unterhalten Sie sich mit dem Butler und sehen Sie zu, was Sie in Erfahrung bringen können.»

Eine halbe Stunde später stand der Sergeant an der Mauer, die den Garten zur Maple Grove hin abgrenzte, und betrachtete nachdenklich einen der dort angepflanzten Spalierbäume. Er wurde aus seinem Sinnen gerissen, als Neville Fletcher und Miss Drew sich ihm näherten.

«Ach, da ist ja der Sergeant», rief Neville. «Ein reizender Mensch, Sally. Er wird dir bestimmt gefallen.»

Hemingway, dem Schreckliches ahnte, drehte sich um. Das Monokel in Miss Drews Auge bestätigte seine Befürchtungen. Er musterte sie mißtrauisch, wünschte ihr jedoch als höflicher Mann einen guten Morgen.

«Sie suchen die Mordwaffe», sagte Miss Drew. «Ich habe schon sehr intensiv über ihren Verbleib nachgedacht.»

«Ich auch», warf Neville ein. «Ich habe mich sogar konstruktiv betätigt. Aber Maleachi riet mir, es recht im Herzen zu bedenken und fürderhin nicht mehr zu sündigen.»

Hemingways Lippen zuckten. «Nach allem, was ich höre, haben Sie diese Verwarnung selbst herausgefordert», sagte er trocken.

«Ja, aber er empfahl mir auch, still zu sein und auf meinem Lager mit meinem Herzen zu reden, was ich um drei Uhr nachmittags als unvernünftig empfand.»

«Ich würde gern über Maleachi schreiben», verkündete Miss Drew. «Zweifellos ist er, psychologisch gesehen, ein hochinteressantes Thema. Man sollte ihn psychoanalysieren lassen.»

«Da haben Sie recht, Miss, das sollte man», stimmte der Sergeant zu, und sein Blick wurde bedeutend freundlicher. «Ich wette zehn zu eins, es würde sich herausstellen, daß er durch irgendein Kindheitserlebnis so schrullig geworden ist.»

«Vielleicht ist er mal auf den Kopf gefallen», mutmaßte Neville.

«O nein», widersprach Sally, «ich glaube eher, daß ein scheinbar unbedeutendes Ereignis in seinem Unterbewußtsein weiterwirkt.»

«Geliebter Schatz», sagte Neville in heuchlerisch zärtlichem Ton, «er hat ja gar kein Unterbewußtsein.»

Diese Behauptung konnte der Sergeant nicht durchgehen lassen. «Da irren Sie sich aber, Sir. Jeder Mensch hat ein Unterbewußtsein.»

Sofort erwachte Nevilles Interesse. «Kommen Sie, wir wollen uns setzen und darüber diskutieren. Sie werden natürlich gemeinsam mit Miss Drew gegen mich sprechen, aber wenn ich auch wenig, um nicht zu sagen gar nichts, über dieses Thema weiß, so habe ich doch einen sehr regen Geist und traue mir ohne weiteres zu, Ihre Argumente samt und sonders zu widerlegen. Es wird ein hübscher Disput werden, meinen Sie nicht auch?»

«Das wäre bestimmt sehr interessant», antwortete der Sergeant. «Aber ich bin nicht hier, um mit Ihnen zu diskutieren, Sir. Eine solche Zeitverschwendung kann ich mir nicht leisten.»

«Sie verschwenden viel mehr Zeit, wenn Sie hier stehen und einen abgebrochenen Ast anstarren», sagte Neville. «Eine Diskussion mit mir regt den Geist außerordentlich an, wohingegen dieser Zweig, der wie ein Anhaltspunkt aussieht, lediglich ein Fallstrick für die Unachtsamen ist.»

Der Sergeant blickte ihn aufmerksam an. «Wirklich, Sir? Können Sie mir vielleicht erklären, wieso der Ast abgebrochen ist?»

«Gewiß kann ich das, aber es ist nicht besonders interessant. Finden Sie nicht, wir sollten lieber ...»

«Für mich wäre die Erklärung sehr interessant», warf der Sergeant ein.

«Sie werden enttäuscht sein», warnte Neville. «Für Sie hat es den Anschein, daß jemand über die Mauer gestiegen ist und das Spalier als Leiter benutzt hat, nicht wahr?»

«Allerdings», erwiderte der Sergeant, «so sieht es für mich aus.»

«Sie sind enorm klug», sagte Neville. «Genau das ist nämlich passiert.»

«Ach nein?» Der Sergeant musterte ihn mißtrauisch. «Wollen Sie mich zum besten halten, Sir?»

«Das würde ich mir nie gestatten. Sie werden es mir wahrscheinlich nicht glauben, aber ich habe Angst vor Ihnen. Lassen Sie sich durch meine sorglose Art nicht irreführen – das ist nur eine Maske, hinter der ich meine innere Unruhe verberge.»

«Wäre schon möglich», sagte der Sergeant grimmig. «Aber jetzt möchte ich noch ein bißchen mehr über den Ast erfahren. Wer ist über die Mauer gestiegen?»

«Ich», gestand Neville mit dem Lächeln eines Unschuldsengels.

«Wann?»

«In der Nacht, als mein Onkel ermordet wurde.» Er ergötzte sich für einen Augenblick an Hemingways Gesichtsausdruck, bevor er hinzufügte: «Ich sehe Ihnen an, daß Sie denken, die Sache müßte einen Haken haben, und wenn sich Ihre Vermutung auf den Zeitpunkt der Mauerbesteigung bezieht, dann stimmt das. Ich bin erst über die Mauer geklettert, als alle, einschließlich des in der Diele geparkten Polizisten, annahmen, ich läge in meinem Bett. Ach ja, aus meinem Schlafzimmerfenster bin ich übrigens auch gestiegen. Ich werde es Ihnen zeigen.»

«Warum haben Sie das getan?» fragte der Sergeant.

Neville zwinkerte ihm zu. «Wegen des Polizisten in der Diele. Er sollte nicht merken, daß ich fortging. Er hätte aus dieser Tatsache falsche Schlüsse gezogen – dieselben Schlüsse, die Sie jetzt ziehen. Was wieder einmal beweist, daß Polizisten eine sehr schmutzige Phantasie haben. Ich bin nämlich unschuldig. Es war einfach so, daß ich fortgehen mußte, um mich mit einem Komplicen zu beraten.»

«Mit einem . . . Na, hören Sie mal, Sir!»

«Alles, was recht ist, Neville, deine Dummheit stinkt zum Himmel», empörte sich Sally.

«Benimm dich, Süße. Der Sergeant ist zwar nicht zimperlich, aber er hört es bestimmt nicht gern, wenn junge Frauenzimmer so vulgär sprechen.»

«Was ich dagegen sehr gern hören möchte», sagte der Sergeant, «das ist der wahre Sachverhalt dieser Geschichte, mit der Sie mich zu beschwindeln suchen.»

«Ist doch klar, daß Sie's hören möchten», erwiderte Neville verständnisvoll. «Und da Sie mir sympathisch sind, werde ich's Ihnen erzählen. Ich bin heimlich aus dem Fenster und über die Mauer gestiegen, um Mrs. North mitzuteilen, daß mein Onkel ermordet worden sei.»

Der Sergeant sperrte Mund und Nase auf. «Sie waren bei Mrs. North, um ihr mitzuteilen . . . Warum denn, wenn ich fragen darf?»

«Nun, es war doch wohl wichtig für sie, Bescheid zu wissen. Wegen ihrer schmutzigen Geldgeschäfte mit Onkel Ernie», erklärte Neville.

«Das war Ihnen also bekannt, Sir?»

«Ja, habe ich mich nicht deutlich genug ausgedrückt? Ich war ihr Komplice.»

«Noch dazu ein verdammt untauglicher», ergänzte Sally.

«Sie hätte mich nicht dazu zwingen sollen. Ich wundere mich gar nicht, daß Sie so erstaunt aussehen, Sergeant. Sie haben durchaus recht, so etwas liegt mir überhaupt nicht. Trotzdem habe ich mich redlich bemüht, meinem Onkel die Schuldscheine abzuluchsen. Sehen Sie, darauf bezog sich Simmons' Aussage, er habe gehört, daß mein Onkel vor dem Dinner den Wunsch äußerte, ich möge mich zum Teufel scheren.» Neville hielt inne und blickte unter seinen langen Wimpern hervor prüfend auf den Sergeant. «Sie sind ein beachtlicher Schnelldenker», stellte er fest. «Kaum haben Sie den Gedanken zu Ende gedacht, daß dieser Vorfall mir ein Motiv für den Mord geliefert haben könnte, da entdeckt auch schon Ihr scharfer Verstand, was an dieser Theorie nicht stimmt. Nebenbei bemerkt, wäre es mir auch dann unmöglich gewesen, diese Schuldscheine an mich zu bringen, wenn ich meinen Onkel getötet hätte. Ich habe zwar noch nie versucht, einen Safe zu knacken, aber ich bin ganz sicher, daß ich es nicht schaffen würde. Miss Drew weiß damit Bescheid – jedenfalls behauptet sie es –, aber als es darauf ankam, war sie sich ihrer Sache doch nicht ganz sicher. Das ist ja das Schlimme an Frauen: Sie können nichts im Kopf behalten. Hätte sie ihre kriminalistischen Aufzeichnungen bei sich gehabt, dann wäre es ihr bestimmt ein leichtes gewesen, einen brisanten Stoff, in der Fachsprache als Suppe bezeichnet, herzustellen und den Safe aufzusprengen. Sie dürfen aber nicht glauben, daß ich sie dazu ermutigt habe. Wenn ich vielleicht auch ein bißchen weichlich wirke, so bin ich es doch gewiß nicht, und die atavistische Roheit, die für den weiblichen Charakter so bezeichnend ist, widert mich unsagbar an.»

Der Sergeant hatte dieser bemerkenswerten Rede mit größter Aufmerksamkeit gelauscht. «Und warum, Sir», fragte er, «hielten Sie es für so wichtig, Mrs. North unverzüglich vom Tod Ihres Onkels in Kenntnis zu setzen?»

«Das ist doch klar», antwortete Neville geduldig. «Es war wichtig, weil die Polizei nicht umhin konnte, die Schuldscheine zu finden, und wenn Sie, Sergeant, der Meinung sind, ihr Vorhandensein im Safe meines Onkels sei *nicht* belastend, dann möchte ich bloß wissen, weshalb Ihr Chefinspektor der armen Helen die Hölle derart heiß gemacht hat.»

Der Sergeant sah ihn mit großen Augen an und suchte krampfhaft nach einer passenden Erwiderung. Zum Glück sprang ein anderer für ihn in die Bresche.

«Soll dieser Wortschwall keine Antwort finden? Soll denn ein solcher Maulheld recht behalten?» ertönte mißbilligend die Stimme des Polizisten Glass.

8

Der Sergeant fuhr zusammen, denn er hatte Glass' Schritte auf dem Rasen nicht gehört. Neville jedoch erwies sich als ebenso bibelfest wie der Polizist, denn er entgegnete, ohne zu zögern: «Bin ich das Meer, ein Meeresdrache, daß wider mich du eine Wache stellst?»

Diese Frage, die in einem Ton schmerzlichen Erstaunens vorgebracht wurde, verschlug Glass die Sprache und bewirkte außerdem, daß sich in Hemingways Brust freundliche Gefühle für Neville regten.

Miss Drew sagte gelassen: «Der Teufel bedient sich der Heiligen Schrift, wie es ihm paßt. Trotzdem, das Zitat ist prima. Wo hast du es denn gefunden?»

«Bei Hiob», antwortete Neville. «Ich habe noch ein paar andere entdeckt, die mindestens ebensogut, aber leider nicht salonfähig sind.»

«Wer das Wort verachtet, geht zugrunde», verkündete Glass, der sich allmählich von dem Schock erholte, daß ihm jemand mit gleicher Münze heimgezahlt hatte.

«Schluß jetzt», gebot der Sergeant. «Glass, warten Sie am Tor auf mich.» Als der Polizist außer Hörweite war, sagte Hemingway zu Neville: «Sie waren sehr offenherzig zu mir, aber ich wüßte gern, weshalb Sie das nicht schon früher gewesen sind.»

«Weil Sie den abgebrochenen Ast erst jetzt entdeckt haben», erwiderte Neville.

«Sie hätten mir lieber reinen Wein einschenken sollen, ohne zu warten, bis ich Sie befragte», meinte der Sergeant mit leisem Tadel.

«O nein, soviel Mitteilsamkeit hätte in Ihnen nur den Verdacht geweckt, ich wollte Sie beschwindeln», erklärte Neville

Bei näherer Überlegung mußte der Sergeant ihm insgeheim zustimmen. Er sagte jedoch lediglich, daß er es für klüger halte, wenn Neville nicht versuche, die Polizei mit Spitzfindigkeiten zu bluffen.

«Vielleicht haben Sie recht», entgegnete Neville. «Aber Ihr Chefinspektor hat mir auch geraten, die Presse nicht an der Nase herumzuführen, weil nichts Gutes dabei herauskommen würde, und trotzdem ist viel Gutes dabei herausgekommen. Alle Zeitungen haben mein Foto gebracht.»

«Tatsächlich?» Der Sergeant mußte unwillkürlich lachen. «Sie wollen mir doch nicht erzählen, daß die Presseleute Ihre Märchen über internationale Spione veröffentlicht haben.»

«Nein, das leider nicht», sagte Neville bedauernd. «Aber einer von diesen übereifrigen Brüdern hat allen Ernstes geglaubt, ich sei hier als Hausdiener beschäftigt.»

Sally stieß einen Schrei der Begeisterung aus. «Neville, hast du ihnen *das* erzählt? Ach, bitte, zeig mir das Interview!»

«Gern, wenn es dem Sergeant nichts ausmacht, meine Verhaftung um zehn Minuten zu verschieben.»

Der Sergeant sagte: «Sie wissen genau, Sir, daß nichts gegen Sie vorliegt, was eine Verhaftung rechtfertigen könnte.»

«Aber es würde Sie freuen, wenn's anders wäre, wie?» fragte Neville.

«Machen Sie, daß Sie weiterkommen, Sir», riet der Sergeant.

Zu seiner Erleichterung gehorchte Neville. Er hakte Sally unter und schlenderte mit ihr auf das Haus zu. Sobald sie außer Hörweite waren, sagte Sally: «Du hast mehr Informationen ausgespuckt, als ich erwartete.»

«Um ihn abzulenken.»

«Ich hoffe zu Gott, daß du nicht zuviel gesagt hast.»

«Ich auch», stimmte Neville zu. «Nun, wir werden es bald erfahren, das ist wenigstens ein Trost. Wie geht's denn der Heldin dieses Dramas?»

«Wenn du Helen meinst . . .»

«Allerdings, Liebling, die meine ich. Und solltest du jetzt einen Anfall von schwesterlicher Liebe bekommen, dann langweile mich nicht damit, sondern geh flugs nach Hause.»

«Mein Gott, wie ekelhaft ich dich finde!» rief Sally.

«Mit dieser Meinung stehst du keineswegs allein da. Es ist erstaunlich, wie meine Unbeliebtheit von Tag zu Tag wächst. Tante Lucy braucht mich nur anzusehen, und schon bekommt sie eine Gänsehaut.»

«Das wundert mich gar nicht. Wenn ich's recht bedenke . . .»

«Wer zwingt dich zum Denken?» erkundigte sich Neville.

«Ach, halt den Mund. Wenn ich's recht bedenke, finde ich es maßlos gemein von dir, dich als Hausdiener fotografieren zu lassen. Miss Fletcher hat wirklich genug Sorgen, und du solltest sie mit deinen Mätzchen nicht noch mehr aufregen.»

«Du siehst das falsch, Herzchen. Meine arme Tante war schon die reinste Trauerweide und gereichte weder sich selbst noch mir zur Freude. Dadurch, daß ich die Zeitung mit dem Hausdiener-Interview listig ins Haus schmuggelte, gelang es mir, Tante Lucy ein bißchen abzulenken. Entrüstung bringt zwar nichts ein, ist aber immer noch besser als ungezielter Kummer. Wie geht es Helen?»

«Ganz gut», antwortete Sally zurückhaltend.

Neville blickte sie aus schläfrigen Augen verständnisinnig an. «Aha, die Atmosphäre ist wohl ein wenig gespannt? Ich wunderte mich schon, warum du herüberkamst.»

«Bestimmt nicht deswegen. Ich wollte mir nur den Tatort noch einmal genau ansehen. Außerdem hielt ich es für geraten, mich eine Zeitlang zu verziehen. John fährt nämlich erst nach dem Lunch in die Stadt.»

«Erzähl mir bloß nicht, daß die beiden miteinander turteln», sagte Neville ungläubig.

Sie lachte auf. «Nein, das nicht. Aber ich möchte ihnen wenigstens Gelegenheit dazu geben. Wenn John nur nicht so irrsinnig unnahbar wäre!»

«Na ja, diese starken Männer . . . Du, sag mal, wenn sich herausstellt, daß es John war, der Ernie ermordet hat, versuchen wir dann seine Schuld zu vertuschen oder nicht?»

Sie antwortete nicht, zog aber, als sie die Fenstertür des Wohnzimmers erreichten, ihren Arm unvermittelt unter dem seinen hervor und fragte: «Bist du imstande, die Wahrheit zu sagen, Neville?»

«Hast du nicht eben gehört, wie schön ich dem Sergeant die Wahrheit sagte?»

«Das war etwas anderes. Was ich wissen will, ist folgendes: Liebst du Helen?»

«O Gott, gib mir Kraft», stöhnte Neville. «Einen Stuhl – Brandy – eine Schüssel! Liebesromanze, mit den Augen von Sally Drew gesehen! Gibt es wirklich Menschen, die deine Werke lesen?»

Sally beäugte ihn kritisch. «Alles gut und schön. Aber du bist ein recht ordentlicher Schauspieler, und ich kann einfach nicht vergessen, daß du bereit warst, Ernest diese Schuldscheine abzuluchsen. Nie zuvor habe ich erlebt, daß du dich danach gerissen hättest, jemandem behilflich zu sein.»

«Stimmt, Liebling, und glaub mir, du wirst es auch nie wieder erleben. Ich bin ganz gegen meinen Willen in die Sache hineingeschliddert. Hoffentlich hast du John nicht auf die gräßliche Idee gebracht, ich hätte etwas mit seiner Frau.»

«Natürlich habe ich nichts dergleichen getan, aber ich würde mich gar nicht wundern, wenn er es glaubte. Vielleicht irre ich mich, aber eines steht fest: Er ist mächtig reserviert – um nicht zu sagen eisig.»

«Du wärst auch mächtig reserviert, wenn du damit rechnen müßtest, wegen Mordverdachts festgenommen zu werden.»

Sie ließ das Monokel aus dem Auge fallen. «Neville, meinst du, daß diese Gefahr besteht?»

«Ja, natürlich. Außerdem habe ich den Eindruck, daß Helens letzte Enthüllungen über ihre Erlebnisse an dem fraglichen Abend dem lieben John nicht soviel nützen werden, wie sie zu glauben scheint.»

«Stimmt», sagte Sally, «den Eindruck habe ich auch. Wenn sie nur den Mund halten wollte . . . Übrigens, John weiß nichts von ihrer zweiten Unterredung mit dem Chefinspektor, also verplappere dich bitte nicht.»

«Ach, wie einfach wäre das Leben ohne Freunde! Warum, in Dreiteufelsnamen . . .»

«Ist doch klar. Weil John bestimmt fragen würde, weshalb sie noch einmal ins Arbeitszimmer gegangen ist, und dann bliebe ihr keine andere

Wahl, als ihm von den Schuldscheinen zu erzählen.»

«Wollen wir nicht einen anonymen Brief an John schreiben und ihn aufklären?» schlug Neville vor. «Damit täten wir sowohl ihm als auch ihr einen Gefallen, und ich bin immer gern gefällig, wenn's mich nichts kostet.»

Sally seufzte. «Gleich nach seiner Ankunft war ich schon drauf und dran, ihm alles zu erzählen. Aber Helen hatte so furchtbare Angst, daß er's erfahren könnte, und da ließ ich es bleiben. Und seither ... Ach, ich weiß nicht – vielleicht hat sie ja auch recht. Ich werde aus John nicht klug. Neville, *weshalb ist er nach Hause gekommen*?»

«Liebes Herz, könntest du dich freundlicherweise von der Vorstellung frei machen, ich hätte Talent zum Rätsellösen?»

«Anscheinend verdächtigt er sie nicht, ein Verhältnis mit Ernie gehabt zu haben. Das hat er ihr jedenfalls gesagt.»

«Wie hübsch zu wissen, daß er nicht auf seiten der Mehrheit steht.»

Sally warf ihm einen scharfen Blick zu. «Glauben die Leute *das* von Helen? Los, sprich schon!»

«Sie haben alle eine so schmutzige Phantasie», murmelte Neville.

«Ist darüber geredet worden? Viel?»

«Ach nein, nur ein bißchen munterer Klatsch, um die Zeit hinzubringen.»

Sie starrte eine Weile schweigend vor sich hin. Schließlich sagte sie: «Das ist schlimm. Es klingt so wahrscheinlich und liefert John ein Motiv. Wenn er davon erfahren hätte ... Ach Unsinn, deswegen würde er doch nicht Hals über Kopf nach Hause rasen und Ernie den Schädel einschlagen. Wir leben nicht mehr im Altertum.»

Neville bot ihr eine Zigarette an und nahm ebenfalls eine. «Wenn man sich's in den Kopf setzte, könnte man eine ganz plausible Geschichte daraus machen», meinte er. «Etwa so: Während seines Aufenthalts in Berlin erfährt John von den Gerüchten ...»

«Warum in Berlin?» unterbrach sie ihn.

«Das kann ich leider nicht sagen, aber dir wird es zweifellos gelingen, mehrere hübsche Erklärungen zu produzieren. Kurzum, er erfährt von den Gerüchten und kommt zurück, um Ernie Vorhaltungen zu machen ...»

«Ich sehe John nicht, wie er Vorhaltungen macht.»

«Natürlich nicht, Schätzchen. Wenn du John bei dieser Tätigkeit gesehen hättest, müßte man auch dich zu den Verdächtigen zählen.»

«Was ich meine ...»

«Ich weiß, ich weiß. Jedenfalls kommt er nach Hause, um ein Ultimatum zu stellen. Als Ernie ihm auf die Nerven geht, haut er ihn spontan auf den Kopf.»

«Mehrere logische Kurzschlüsse», bemängelte Sally diese Theorie. «Warum betrat er das Haus durch die Gartenpforte, wenn er nicht mit Vorbedacht handelte?»

«Feierlicher Einzug des Besuchers, vom Butler angekündigt, führt zu unerwünschter Publicity. Dienstbotenklatsch, dazu die Möglichkeit, Tante Lucy zu begegnen. Du siehst, es gibt viele Antworten.»

«Gut. Aber wo hat er die Waffe gelassen?»

«Die Frage ist unfair, denn sie läßt sich nicht ausschließlich auf John anwenden. Wer auch Ernie getötet hat, er brachte es fertig, die Waffe geschickt zu beseitigen und uns damit vor ein schier unlösbares Rätsel zu stellen.»

«Sehr schön», sagte Sally. «Ich sehe, du hast meine Bücher gelesen. Aber weißt du, ich glaube nicht an plötzliche Geistesblitze bei Mördern. Wenn ich mir für einen meiner Verbrecher etwas Raffiniertes ausdenke, muß ich mir meistens stundenlang den Kopf zerbrechen, bevor ich den richtigen Dreh finde.»

«Des Menschen Geist, durch Furcht geschärft . . .»

«Quatsch.» Sally schnippte die Asche von ihrer Zigarette. «Die Erfahrung hat mich gelehrt, daß sich der menschliche Geist unter dem Einfluß von Furcht ratlos im Kreis dreht. Nein, danke, mit dieser Hypothese kann ich mich nicht befreunden. So wie ich es sehe, war der Täter ein Mensch, der Zeit, Gelegenheit und ein Motiv hatte, Ernie zu töten, und der obendrein die Waffe in aller Ruhe beiseite bringen konnte.»

Neville begegnete ihrem Blick mit einem flüchtigen Lächeln und hob die Hand. «O nein. *Hier diese Hand ist unbefleckt noch, frei von Schuld, nicht mit den Spritzern purpurroten Bluts gesprenkelt.*»

«Donnernder Applaus von der Galerie. Trotzdem, Zitate beweisen gar nichts. Du hättest es tun können, Neville.»

«Aber keineswegs als einziger. Vielleicht war es Tante Lucy mit einer ihrer indianischen Keulen. Meines Wissens handhabt sie die Dinger mit beachtlicher Kraft.»

«Red keinen Unsinn. Warum hätte sie ihn umbringen sollen?»

«Das weiß der Himmel, nicht ich. Wenn Tante Lucy dir nicht zusagt, was hältst du dann von Simmons?»

«Da muß ich wieder nach dem Warum fragen.»

«Und auch in diesem Fall weiß es nur der Himmel. Weshalb willst du die ganze Denkarbeit mir überlassen? Streng dein Gehirn doch auch mal ein bißchen an.»

«Na schön. Ich finde es ziemlich sinnlos, phantasievolle Tatmotive für Miss Fletcher und Simmons zu konstruieren, während du vor mir stehst, ausgerüstet mit einem Motiv, das gewissermaßen auf der Hand liegt.»

«Bitte sehr», sagte Neville gelangweilt. «Aber wenn du mir die Tat anhängen willst, macht mir die ganze Sache keinen Spaß mehr. Das Verbrechen wird dann auf der Stelle nüchtern und alltäglich. Ach, da ist ja meine arme Tante! Komm her, Tante Lucy, und hilf uns den Mord aufklären. Meine Theorie ist, daß du es getan hast.»

Miss Fletcher, die soeben das Wohnzimmer betreten hatte, näherte sich der Fenstertür und sagte im Ton tiefster Entrüstung: «Ich möchte wirklich wissen, Neville, woher du dieses unglaubliche Benehmen hast. Bestimmt nicht von deinem lieben Vater. Natürlich ist es nur Gedankenlosigkeit, aber deine Bemerkungen sind alles andere als geschmackvoll. Und du trägst nicht einmal einen Trauerflor.»

«Ich dachte, wenn ich einen trüge, würde es aussehen wie der Schritt vom Erhabenen –» er deutete auf ihre Trauerkleidung – «zum Lächerlichen.»

«Man muß den Toten doch Achtung bezeigen», sagte sie. «Ach, Miss Drew, es war sehr lieb von Ihrer Schwester, so schöne Blumen zu schikken.» Sie drückte Sally die Hand und fügte hinzu: «Für Sie ist das alles gewiß hochinteressant. Sie müssen sehr klug sein, daß Sie Bücher schreiben können. Noch dazu über so komplizierte Probleme. Gelesen habe ich allerdings noch nichts von Ihnen, weil ich zu dumm bin, um Kriminalromane zu verstehen. Aber ich schreibe die Titel immer auf meine Liste für die Leihbücherei.»

«Du würdest ihr nicht so schmeicheln, wenn du wüßtest, was sie im Schilde führt», warf Neville ein. «Sie versucht nämlich, mir den Mord an Ernie nachzuweisen.»

«Du lieber Himmel», rief Miss Fletcher entsetzt, «ich weiß ja, daß Neville oft sehr unbedacht handelt, aber so etwas würde er nie und nimmer tun.»

«Warum du nicht wenigstens von Zeit zu Zeit den Mund halten kannst, übersteigt mein Begriffsvermögen», sagte Sally wütend zu Neville.

«Sein armer Vater war genauso gesprächig», erklärte Miss Fletcher. «Und auch der liebe Ernie konnte großartig Konversation machen. Leider hat Neville sich angewöhnt, undeutlich zu sprechen, so daß man ihn oft kaum versteht. Neville, ich habe gerade erfahren, daß eine gerichtliche Leichenschau stattfinden soll. Kann man das nicht verhindern?»

«Nein. Hast du etwas dagegen?»

«Es ist doch recht unangenehm, meinst du nicht auch? In unserer Familie hat es das noch nie gegeben. Ich finde es so gewöhnlich. Ob Mr. Lawrence vielleicht etwas unternehmen kann? Ich werde ihn sofort anrufen.»

«Aber Miss Fletcher ...» begann Sally und verstummte jäh, als Neville sie kräftig auf den Fuß trat.

Die alte Dame entfernte sich, nachdem sie ihren Neffen gebeten hatte, gut für den Gast zu sorgen.

«Hör mal», sagte Neville sanft, «du bist eine wahre Landplage. Überlaß es gefälligst mir, mit meiner Tante fertig zu werden, ja?»

«Aber was hat es denn für einen Sinn, sie in dem Glauben zu bestärken, daß man eine Leichenschau verhindern könne? Es ist nicht gerade rücksichtsvoll von dir ...»

«Natürlich ist es nicht rücksichtsvoll. Es war auch nicht rücksichtsvoll von mir, heute morgen zu verkünden, ich hätte kein sauberes Hemd mehr im Schrank und nur noch durchlöcherte Socken. Ebensowenig rücksichtsvoll wird es sein, wenn ich mir etwas Neues ausdenke, um sie auf Trab zu bringen, und das tue ich, sobald ihre Aufregung wegen der Leichenschau nachzulassen beginnt. Du hast die gräßlich sentimentale Vorstellung, man müsse trauernde Hinterbliebene mit Samthandschuhen anfassen, sie verhätscheln und ihnen viel, viel Zeit lassen, damit sie ihren Kummer so richtig auskosten können. Ich würde mich gar nicht wundern, wenn sich herausstellte, daß du eines von diesen quälend altruistischen Ungeheuern bist, die einen Hang zur Selbstaufgabe haben und den starken Drang, anderer Leute Lasten zu tragen.»

Sally schnappte nach Luft. «Sprich weiter. Es ist der blühendste Unsinn, den du je verzapft hast, aber ich möchte gern von dir hören, wie du deine Vorwürfe begründest.»

«Die Leute dürfen sich einem nicht verpflichtet fühlen», sagte Neville kurz. «Ist für sie fast immer unerträglich. Wirkung auf eigenen Charakter kann katastrophal sein.»

«Inwiefern?»

«Selbstgefälligkeit.»

Sally rieb ihr Monokel blank. «An dem, was du sagst, ist etwas dran», gab sie zu. «Nicht viel, aber immerhin ein Körnchen Wahrheit. Tut mir leid, daß ich mich in deine Therapie des Trostes für Miss Fletcher eingemischt habe. Um ein Haar hätte ich auch versucht, zwischen Helen und John zu vermitteln. Zum Glück flüsterte eine innere Stimme mir zu, ich solle den Mund halten.»

«Es geht doch nichts über weibliches Einfühlungsvermögen», sagte Neville anerkennend. «Wenn ich auch deinen durchaus vernünftigen Wunsch billige, den Nebel zu zerstreuen, in dem andere umhertappen, so sollte man doch niemals vergessen, daß Nebel für manche Leute ein Herzensbedürfnis ist.»

«Für Helen bestimmt nicht», erwiderte Sally. «Im allgemeinen finde ich Ehepaare, die nicht miteinander auskommen, über die Maßen blöde, aber wenn Helen sich auch sagenhaft dämlich benommen hat, so bemitleide ich sie doch wegen all dieser Schwierigkeiten, in denen sie steckt. Ich glaube, es ist wirklich ein bißchen viel für sie. Und das schlimmste ist, daß man nicht weiß, wie John reagieren wird, wenn er die Wahrheit entdeckt.»

«Nicht leicht zu durchschauen, der gute John», stimmte Neville zu.

«Richtig. Stell dir nur vor – er trifft genau an dem Tag, an dem Ernie ermordet wird, in England ein, taucht am nächsten Morgen hier auf und argwöhnt sofort, daß die Fußabdrücke hinter dem Johannisbeerstrauch von Helen stammen.»

«Tatsächlich? Dann liegt die Vermutung nahe, daß er etwas wußte.»

«Ja, aber was? Helen behauptet, er hätte sie nie verdächtigt, ein Verhältnis mit Ernie gehabt zu haben. Aber als er gestern bei uns aufkreuzte, hatte ich das Gefühl, ein Eisberg schwimme herein. Er war offensichtlich von kaltem Zorn erfüllt, und weder Helen noch ich schienen ihm sonderlich sympathisch zu sein.»

«Entschuldige, ich muß dich kurz unterbrechen. Wenn er glaubt, Helen sei in einen Mordfall verwickelt, dann kann man ihm die schlechte Laune eigentlich nicht verdenken. Ich möchte nicht altmodisch erscheinen, aber die zugegebene Anwesenheit einer Ehefrau im Heim eines notorischen Ladykillers reicht in den meisten Fällen aus, ihrem Mann die Laune zu verderben.»

«Ich weiß, Neville, und wenn er ihr eine Szene gemacht hätte, wäre nicht das geringste dagegen einzuwenden. Er war jedoch nur von einer eisigen Höflichkeit.»

«Ich würde es für das beste halten, wenn Helen sich ihm als reuige Ehefrau zu Füßen würfe.»

«Darauf hoffe ich ja schon die ganze Zeit, aber sie ist von alldem so mitgenommen, daß sie sich anscheinend zu nichts mehr aufraffen kann. Natürlich, wenn John zu ihr sagte: ‹Komm, Liebling, erzähl mir alles›, dann würde sie es wohl tun. Leider ist John nicht der Mensch, der von sich aus einlenkt. Die beiden müssen sich schrecklich weit voneinander entfernt haben.»

Das war es, was auch Helen in diesem Augenblick dachte. Sie hatte soeben das Bibliothekszimmer betreten, in dem ihr Mann am Schreibtisch saß, und noch bevor sie die Tür hinter sich schloß, wünschte sie schon, sie wäre draußen geblieben.

North hob den Kopf, und die Art, wie er sie ansah, war nicht dazu angetan, ihr Zutrauen einzuflößen. «Wünschst du etwas von mir, Helen?» fragte er kühl.

«Ich . . . Nein, eigentlich nicht. Hast du viel zu tun?»

Er legte den Federhalter hin. «Nicht, wenn du mit mir sprechen möchtest.»

Diese Antwort war vielleicht als Ermutigung gemeint, aber sie bewirkte lediglich, daß Helen sich unendlich weit weg von John North fühlte. Sie ging auf einen Stuhl am Fenster zu und setzte sich. «Es ist lange her, daß wir miteinander gesprochen haben – richtig gesprochen, meine ich –, und ich weiß schon gar nicht mehr, wie man das macht», sagte sie mit gezwungener Leichtigkeit.

Seine Miene verhärtete sich. «Ja.»

Helen begriff, daß sie es ungeschickt angefangen hatte. Ohne aufzublikken, fuhr sie fort: «Wir . . . wir sollten einmal über alles reden, findest du nicht? Es geht doch uns beide an, nicht wahr?»

«Gewiß. Was hast du zu sagen?»

Während sie nach passenden Formulierungen suchte, saß er unbeweglich und schweigend da und beobachtete sie. Plötzlich sah sie auf und fragte abrupt: «Warum bist du so unerwartet zurückgekommen? Ohne mich zu benachrichtigen?»

«Ich dachte, Helen, die Antwort auf diese Frage wäre dir bekannt.»

«Bekannt? Woher denn?»

«Du hast doch selbst gesagt, ich sei gekommen, um dir nachzuspionieren.»

Sie wurde rot. «Das habe ich nicht so gemeint. Ich war ganz durcheinander, und deswegen . . .»

«Es ist nicht gerade beruhigend zu wissen, liebe Helen, daß meine Rückkehr dich durcheinanderbringt.»

«Nicht deine Rückkehr! Ernies Tod . . . und dieser Polizist, der mir so gräßliche Fragen stellte!»

«Für unsere Aussprache wäre es besser, wenn du mir keine Lügen erzähltest», sagte er. «Ich kenne dich und habe genau gemerkt, wie entsetzt du warst, mich zu sehen.»

Sie warf ihm einen verzweifelten Blick zu. «Ach, was hat dieses Gespräch für einen Sinn? Es ruft nur Bitterkeit hervor und führt zu immer neuen Mißverständnissen.»

Nach kurzem Schweigen fragte er ruhig: «Nun gut, worüber wolltest du mit mir reden? Über den Mord an Fletcher?»

Sie nickte. «Ja.»

«Die Sache scheint dich sehr zu bedrücken.»

«Würdest du an meiner Stelle anders reagieren?»

«Das hinge davon ab, ob ich Kummer empfände. Oder Angst.»

«Kummer? O nein! Aber ich war an jenem Abend in Greystones. Ich möchte nicht mit hineingezogen werden. Begreif doch, wie furchtbar meine Situation ist!»

«Wäre es nicht das beste, wenn du mir ganz genau erzähltest, was sich in Greystones abgespielt hat?» schlug er vor.

«Das habe ich doch schon getan. Ich glaube, daß ich dem Chefinspektor überzeugend versichert habe, ich könnte den Mann, der im Garten an mir vorbeiging, nicht beschreiben, aber . . .»

«Einen Moment, Helen. Wir wollen das erst einmal klarstellen. Also wie war das? Hast du den Mann erkannt oder nicht?»

«Nein», antwortete sie rasch. «Ich konnte ja sein Gesicht nicht sehen.»

«Aber du glaubst zu wissen, wer es war, stimmt's?»

«Wenn ich's wüßte, würde ich es keiner Menschenseele erzählen», beteuerte sie leise, fast flüsternd. «Darauf kannst du dich verlassen.»

«In diesem Fall hat es wohl keinen Zweck, noch länger über die Angelegenheit zu reden», meinte er. «Der einzige Rat, den ich dir geben kann, ist der, Ruhe zu bewahren und sowenig wie möglich zu sagen.» Damit griff er wieder nach dem Federhalter. Als er ein paar Zeilen geschrieben hatte, fragte er, ohne aufzublicken: «Übrigens, hättest du etwas dagegen, mir zu erklären, weshalb Neville Fletcher dich in der Mordnacht besucht hat?»

Helen zuckte unwillkürlich zusammen. «Woher weißt du das?» stammelte sie. «Wer hat es dir gesagt?»

«Baker sah ihn fortgehen und erwähnte es heute morgen mir gegenüber.»

«Forderst du die Dienstboten auf, dir zu berichten, wer mich besucht?»

«Nein», antwortete er gelassen.

«Neville wollte mir mitteilen, daß Ernest ermordet worden war.»

John North hob erstaunt den Kopf. «Wirklich? Warum denn?»

«Er wußte, daß ich mit Ernie befreundet war, und vermutlich dachte er, ich würde gern Bescheid wissen. Neville tut ja immer die verrücktesten Dinge. Er ist unberechenbar.»

«Was weiß er über den Mord?»

«Nichts. Oder nicht mehr, als wir alle wissen.»

«Warum hielt er es dann für notwendig, dich um Mitternacht aufzusuchen und dir etwas zu berichten, was du wenige Stunden später ohnehin erfahren hättest?»

«Er hatte die Fußabdrücke gesehen», sagte sie verzweifelt. «Und weil er annahm, es wären meine, kam er zu mir, um sich zu vergewissern.»

«Wenn Neville die Fußabdrücke sofort mit dir in Verbindung brachte, muß er ja dein Vertrauen in viel stärkerem Maße genießen, als ich bisher glaubte. Was ist zwischen euch?»

Sie preßte die Hände an ihre pochenden Schläfen. «Mein Gott, wofür hältst du mich? Neville! Das . . . das ist ja geradezu lachhaft.»

«Du hast mich mißverstanden. Ich habe nicht an ein Liebesverhältnis gedacht. Aber deine Erklärung für seinen Besuch ist zu lahm, als daß ich sie glauben könnte. War es nicht vielleicht so, daß er von deinem Besuch in Greystones an jenem Abend *wußte*?»

«Nein, natürlich nicht. Woher hätte er das wissen sollen? Er hatte es sich gedacht, das ist alles.»

«Nicht einmal Neville Fletcher könnte ohne triftigen Grund auf einen solchen Gedanken verfallen. War es dir etwa zur Gewohnheit geworden, in aller Heimlichkeit – entschuldige, aber ich finde keinen anderen Ausdruck – zu Ernest Fletcher zu gehen, so daß Neville deine Anwesenheit an jenem Abend als selbstverständlich voraussetzte?»

«O nein! Neville wußte von Anfang an, daß Ernie und ich lediglich gute Freunde waren.»

Er zog die Augenbrauen hoch. «War die Art deiner Beziehungen zu Ernest von irgendwelchem Interesse für Neville?»

«Nein. Nein, natürlich nicht. Aber ich kenne doch Neville seit Jahren.» Ihre Stimme klang unsicher.

«Das weiß ich. Auch ich kenne Neville seit Jahren – oder sollte ich vielleicht lieber sagen, daß ich seit Jahren flüchtig mit ihm bekannt bin? Willst du mir etwa einreden, dieser junge Sonderling hätte dich rundheraus gefragt, wie du zu seinem Onkel stündest?»

Helen mußte unwillkürlich lächeln, aber aus ihren Augen sprach Angst. «Nein. Ich habe es ihm gesagt, ohne daß er danach fragte.»

«Du hast es ihm . . . Aha. Und warum, bitte?»

«Ohne jeden Grund. Es ergab sich so. Ich kann es nicht erklären.»

«Zumindest das ist offensichtlich», sagte er schroff.

«Du glaubst mir nichts, überhaupt nichts.»

«Wundert dich das?»

Sie schwieg und starrte auf ihre gefalteten Hände.

«Liebt Neville dich?»

«Neville?» wiederholte sie mit ungeheucheltem Erstaunen. «Nein, ganz bestimmt nicht.»

«Du mußt meine Unwissenheit verzeihen. Ich habe dir so wenig nachspioniert, daß ich nicht auf dem laufenden bin. Wer ist denn zur Zeit in Liebe zu dir entbrannt? Ist Jerry Maitland noch im Rennen?»

«Wenn ich jetzt antworte, daß nie jemand im Rennen war, würdest du mir das ebensowenig glauben wie den Rest meiner Erzählung.»

«Um das beurteilen zu können, müßte ich erst einmal den Rest deiner Erzählung hören. Bitte, beleidige meine Intelligenz nicht, indem du behauptest, ich hätte ihn bereits gehört.»

Helens Lippen zitterten. «Wenn du so denkst, ist dies dann die richtige Methode, die Wahrheit aus mir herauszuholen? Du behandelst mich, als wäre ich . . . als wäre ich eine Verbrecherin und nicht deine Frau.»

«Meine Frau!» Er lachte auf. «Ist das nicht ein bißchen absurd?»

«Wenn ja, dann durch deine Schuld», stieß sie mit erstickter Stimme hervor.

«Oh, zweifellos! Ich habe dich enttäuscht, nicht wahr? Du wolltest ein interessanteres Leben haben, als die Ehe mit mir es dir bot, und die Liebe eines einzigen Mannes genügte dir nicht. Sag mir ehrlich, Helen, hättest du mich geheiratet, wenn ich nicht reich gewesen wäre?»

Sie hob abwehrend die Hände, stand hastig auf und starrte blicklos aus dem Fenster. Nach einer Weile sagte sie leise: «Falls man mich nicht als Ernies Mörderin verhaftet, wäre es wohl besser, du ließest dich von mir scheiden.»

«Man wird dich nicht verhaften. Deswegen brauchst du keine Angst zu haben.»

«Für mich sieht es sehr schlecht aus», erwiderte sie müde. «Aber ich mache mir nicht viel daraus.»

«Wenn es für dich schlecht aussieht, dann mußt du mir etwas Wichtiges verschwiegen haben. Willst du mir sagen, um was es sich handelt?»

Sie schüttelte den Kopf. «Nein. Wenn alles vorbei ist . . . und falls wir heil davonkommen . . . werde ich dir die Möglichkeit geben, dich scheiden zu lassen.»

«Ich will mich nicht scheiden lassen. Es sei denn . . .» Er hielt inne.

«Ja? Es sei denn ...?»

«Es sei denn, du liebst einen anderen so sehr, daß ... Nein, ich glaube nicht, daß es einen anderen gibt. Liebe ist für dich ein unbekannter Begriff, Helen. Alles, was du dir wünschst, sind Flirts am laufenden Band. Aber wenn ich dir jetzt helfen soll ...»

«Warum solltest du?» fiel sie ihm ins Wort.

«Weil du meine Frau bist.»

«Aus Pflichtgefühl also. Vielen Dank, aber mir wäre es lieber, wenn du dich heraushieltest.»

«Das kann ich nicht.»

«Du warst töricht, überhaupt herzukommen», sagte sie.

«Möglich. Mir blieb jedoch gar keine andere Wahl, da es so aussah, als würde man dich in den Fall hineinziehen.»

Sie wandte sich zu ihm um. «Ging es dir um deinen guten Namen? Haßt du mich, John?»

«Nein.»

«Dann bin ich dir also gleichgültig. Wir beide sind einander gleichgültig.» Sie ging ein paar Schritte auf ihn zu. «Ich will mich nicht scheiden lassen. Mir ist klar, daß ich allein schuld bin – an Ernies Tod, an dem Skandal, an allem –, und es tut mir sehr leid. In Zukunft werde ich vorsichtiger sein. Mehr gibt es wohl nicht zu sagen, wie?»

«Nein. Sofern du mir nicht genügend vertraust, um mir die volle Wahrheit zu sagen.»

«Ich vertraue dir ebenso sehr wie du mir», erwiderte sie heftig. «Damit dürftest du dir über das Ausmaß meines Vertrauens im klaren sein. Und jetzt wollen wir nicht mehr über das alles sprechen. Kommst du heute zum Dinner nach Hause?»

Er blickte sie geistesabwesend an. Helen wiederholte die Frage, und nun antwortete er in seinem üblichen kalten Ton: «Nein, ich esse in der Stadt und weiß noch nicht, wann ich zurückkomme. Es kann spät werden.»

9

Sergeant Hemingway verließ Greystones in nachdenklicher Stimmung. Eine gründliche Suche hatte zwar nicht die Mordwaffe zutage gefördert, ihm aber eine Erkenntnis vermittelt, die ihm sehr zu behagen schien.

«Im Grunde weiß ich gar nicht, warum meine Entdeckung mich freut», sagte er zu Glass. «Die ganze Geschichte wird dadurch nur noch verzwickter. Aber das passiert häufig, wie ich aus Erfahrung weiß. Man befaßt sich mit einem Fall, man glaubt, es würde kinderleicht werden, und auf einmal kommt man nicht weiter. Nach zwei, drei Tagen hat man genügend Material gesammelt, um nachweisen zu können, daß gar kein Mord stattgefunden hat. Dann geht einem auf einmal ein Licht auf, und eines fügt sich zum anderen.»

«Sie meinen also, daß es um so leichter ist, einen Fall aufzuklären, je schwieriger er wird?» fragte Glass in seiner pedantischen Art.

«Ja, so ungefähr», bestätigte der Sergeant. «Wenn die Sache so verfahren ist, daß jedes neue Beweisstück den bereits gefundenen widerspricht, statt sie zu ergänzen, dann fange ich an, Hoffnung zu schöpfen.»

«Das verstehe ich nicht. Ich sehe ringsum nichts als Torheit, Sünde und Eitelkeit. Wie kann sich ein Gerechter dieser Dinge freuen?»

«Das weiß ich nicht, denn ich bin kein Gerechter. Ich bin ein einfacher Polizist, und in dieser Eigenschaft kann ich nur sagen, daß ich, wenn es keine Torheit, Sünde und Eitelkeit gäbe, nicht das erreicht hätte, was ich erreicht habe – Sie übrigens auch nicht, mein Lieber. Und wenn Sie Ihre Zeit nicht damit vergeudeten, mir Bibelsprüche an den Kopf zu werfen – was ich sowieso als unbotmäßiges Verhalten rügen muß –, sondern sich statt dessen intensiv mit diesem Mordfall befaßten, dann könnte Ihnen das nur von Nutzen sein. Vielleicht würden Sie sogar befördert werden.»

«Ich trachte nicht nach weltlichen Ehren», sagte Glass düster. «Ein Mensch in all seinem Reichtum, der Einsicht bar, er gleicht dem Tier, das zugrunde geht.»

«Was Ihnen not tut», erklärte der Sergeant in scharfem Ton, «das ist eine tüchtige Portion Gallentee. Ich bin ja in meinem Leben schon vielen Spaßverderbern begegnet, aber keiner konnte es mit Ihnen aufnehmen. Was haben Sie denn aus Ihrem Freund, dem Butler, herausbekommen?»

«Er weiß nichts.»

«Wer's glaubt, wird selig. Butler wissen immer etwas.»

«In diesem Fall nicht. Er konnte mir nur mitteilen, daß Mr. Fletcher und sein Neffe am Abend des Mordes eine heftige Auseinandersetzung hatten.»

«Den Grund dafür hat mir Mr. Neville bereits genannt», sagte der Sergeant. «Allerdings gebe ich nicht viel auf sein Gerede. Meiner Meinung nach lügt er wie gedruckt.»

«Die falsche Zunge besteht nicht lange», verkündete Glass mit melancholischer Genugtuung.

«Glauben Sie das wirklich? Dann können Sie noch nicht viel in der Welt herumgekommen sein. Was den Mann betrifft, den Sie in der Mordnacht sahen – bleiben Sie dabei, daß er nichts in der Hand hatte?»

Glass blickte ihn vorwurfsvoll an. «Sie möchten mich verleiten, meine Aussage abzuändern. Aber wer wider seinen Nächsten falsch Zeugnis redet, der ist ein Spieß, Schwert und scharfer Pfeil.»

«Niemand will Sie verleiten, falsch Zeugnis abzulegen», erwiderte der Sergeant gereizt. «Und wenn Sie mich fragen, so sind Sie bereits ein scharfer Pfeil, jedenfalls was Ihr Mundwerk angeht. Ich habe Sie schon einmal tadeln müssen, weil Sie mir Widerworte gaben, und jetzt reicht es mir langsam. Halt, warten Sie mal.» Er blieb unvermittelt stehen und zog sein Notizbuch aus der Tasche. «Sie werden schon sehen», murmelte er. «Ich habe mir eigens für Sie einen Text abgeschrieben. Dachte mir gleich, daß er mal von Nutzen sein könnte. Aha, da haben wir's ja. *Ein Mann, der, oft verwarnt, doch halsstarrig bleibt, wird im Nu zerbrochen . . .*» Er blickte auf, um zu sehen, wie sein Gegenangriff aufgenommen wurde. Dann schloß er im Ton tiefster Befriedigung: «*. . . und es gibt keine Heilung.*»

Glass preßte die Lippen zusammen, aber nach einem kurzen inneren Kampf platzte er doch heraus: «Wer zugrunde gehen soll, der wird zuvor stolz, und stolzer Mut kommt vor dem Fall. So will meine Schuld ich bekennen, bange ist mir in meiner Sünde.»

«Schon gut», sagte der Sergeant und steckte das Notizbuch ein. «Lassen wir's dabei bewenden.»

Glass stieß einen tiefen Seufzer aus. «Auf meinem Haupt ist übergroß geworden die Schuld, gleich einer schweren Bürde drückt sie mich nieder.»

«Nehmen Sie sich's nicht so zu Herzen», lenkte der Sergeant ein. «Dieses Zitieren ist Ihnen zur schlechten Gewohnheit geworden, und Sie sollten sich davon frei machen. Tut mir leid, daß ich ein bißchen grob geworden bin. Vergessen Sie's.»

«Besser ist offene Rüge», bemerkte Glass mit unverändert düsterer Miene, «als Liebe, die verborgen bleibt.»

Sergeant Hemingway rang nach Worten. Da ihm nur lästerliche Ausdrücke einfielen und er sicher war, daß Glass ihn ohne Zögern mit Hilfe von Bibelsprüchen scharf tadeln würde, beherrschte er sich und ging in drohendem Schweigen weiter.

Glass stapfte neben ihm her und merkte anscheinend gar nicht, daß er seinen Vorgesetzten in Weißglut gebracht hatte. Erst als sie in die Straße einbogen, in der sich das Polizeirevier befand, brach er das Schweigen: «Sie haben keine Waffe gefunden. Ich hab's Ihnen ja gleich gesagt.»

«Stimmt», erwiderte Hemingway. «Ich habe keine Waffe gefunden, aber dafür habe ich etwas entdeckt, worauf Sie schon vor zwei Tagen hätten kommen können, wenn Sie auch nur die Intelligenz einer Laus besäßen.»

«Wer die Lippen zügelt, ist weise», versetzte Glass. «Was habe ich denn übersehen?»

«Nun, eigentlich waren Sie gar nicht verpflichtet, auf so was zu achten», gab der Sergeant ehrlich zu. «Die Standuhr in der Diele geht eine Minute nach, verglichen mit der Uhr im Arbeitszimmer des seligen Ernest, die mit Ihrer Uhr übereinstimmte. Und das ist, wie ich von Miss Fletcher erfuhr, schon seit längerer Zeit so.»

«Spielt das bei dem Mord eine Rolle?» fragte Glass.

«Natürlich spielt es eine Rolle. Nicht etwa, daß es die Aufklärung erleichtert, im Gegenteil, aber denken Sie an das, was ich Ihnen vorhin gesagt habe: In Fällen wie diesem stößt man immer wieder auf neue Tatsachen, die einem die mühsam erarbeitete Theorie zunichte machen. Auf den ersten Blick scheint es, als hätte der Mann, den Sie sahen – wir wollen annehmen, es sei Carpenter gewesen –, als hätte also Carpenter den Mord begangen, nicht wahr?»

«So ist es», bestätigte Glass.

«Nun, die Tatsache, daß die Uhr in der Diele eine Minute nachgeht, wirft uns gewissermaßen einen Schraubenschlüssel ins Getriebe», fuhr der Sergeant fort. «Im zweiten Akt ihrer höchst talentierten Darbietung erklärte uns Mrs. North, diese Uhr habe zehn geschlagen, als sie – Mrs. North, meine ich – durch die Diele zur Haustür ging. Sie, Glass, sahen Carpenter, als er sich um zehn Uhr zwei entfernte. Somit blieben ihm nur zwei Minuten Zeit, den seligen Ernest zu töten, die Waffe beiseite zu schaffen und sich durch den Garten davonzumachen. Ich bin der Ansicht, daß zwei Minuten für das alles nicht ausreichen, aber immerhin wäre es denkbar gewesen. Jetzt hingegen stelle ich fest, daß es nicht zehn Uhr, sondern eine Minute nach zehn war, als Mrs. North das Arbeitszimmer verließ, und damit stehen wir einer veränderten Situation gegenüber. Es sieht jetzt fast so aus, als wäre Carpenter an dem Mord gar nicht beteiligt, sondern hätte Mr. Fletcher nur aufgesucht, um ihn zu erpressen, woraufhin der liebe Ernest ihn genauso hinauskomplimentierte, wie Mrs. North es beschrieben hat. Wissen Sie, es würde mich gar nicht wundern, wenn Carpenter sich als einer dieser völlig unwichtigen Faktoren erwiese, die nur auftauchen, um unsereinem die Arbeit zu erschweren. Der wirkliche Mörder muß irgendwo im Garten versteckt gewesen sein und auf eine günstige Gelegenheit gelauert haben. Dann, während Sie Carpenter nachblickten und beschlossen, im Haus nach dem Rechten zu sehen, schlich er sich ins Arbeitszimmer und verübte die Tat.»

Glass überlegte einen Augenblick. «Das wäre möglich. Nur . . . wie ist er entkommen? Ich habe niemand im Garten gesehen.»

«Richtig, aber Sie haben ja auch nicht hinter jeden Busch geschaut, wie? Sie haben mit Ihrer Stablampe hierhin und dorthin geleuchtet und *gedacht*, es wäre niemand im Garten. Vielleicht war der Mörder trotzdem dort versteckt, und wer hätte ihn hindern sollen, das Weite zu suchen, während Sie sich im Arbeitszimmer aufhielten?»

Mittlerweile hatten sie das Polizeirevier erreicht. Glass blieb auf der Vortreppe stehen und sagte langsam: «Es will mir nicht in den Kopf, daß es so gewesen sein soll. Unmöglich war es wohl nicht gerade, aber Sie versuchen mir einzureden, daß zwischen zehn Uhr eins, als Mrs. North das Haus verließ, und zehn Uhr fünf, als ich die Leiche fand, ein Mann genügend Zeit hatte, aus seinem Versteck herauszukommen, das Arbeitszimmer zu betreten, Ernest Fletcher zu erschlagen und in sein Versteck zurückzukehren. Gewiß, ich kam erst um zehn Uhr fünf in das Zimmer, aber hätte ich auf meinem Weg durch den Garten nicht wenigstens den flüchtenden Täter sehen müssen?»

«Wissen Sie, wenn Sie sich auf Ihre Arbeit konzentrieren, sind Sie gar nicht so dämlich», meinte der Sergeant ermutigend. «Die Sache läßt sich jedoch ganz logisch erklären. Wer hat denn behauptet, der Mörder sei durch den Garten geflüchtet? Was hinderte ihn, sich auf demselben Weg zu entfernen, den Mrs. North gewählt hatte: durch die Haustür?»

Glass blickte ihn ungläubig an. «Dann müßte der Kerl ja verrückt sein. Denken Sie wirklich, er hätte riskiert, einem Hausbewohner zu begegnen oder gar Mrs. North, die ja kurz vor ihm das Zimmer durch die Tür zur Diele verlassen hatte, was ihm doch bekannt gewesen wäre, wenn er, wie Sie vermuten, im Garten auf der Lauer gelegen hätte?»

«Vielleicht blieb ihm keine andere Wahl, weil er Sie den Gartenweg entlangkommen hörte», meinte Hemingway.

«Torheit macht dem Freude, dem Einsicht mangelt», sagte Glass verächtlich.

«Nun, an Einsicht mangelte es ihm ja, soviel wir wissen», erwiderte der Sergeant. «Gehen Sie jetzt zum Essen, und wenn Sie fertig sind, melden Sie sich hier.»

Er stieg die Stufen hinauf und betrat das Haus. Erst im Dienstraum kam ihm der Gedanke, die letzte Bemerkung des Polizisten habe sich möglicherweise nicht auf den unbekannten Mörder bezogen. Ein Fluch entfuhr ihm, und er wandte sich zur Tür, als wolle er Glass nachlaufen. Dann besann er sich jedoch eines Besseren und blieb, wo er war. Als er den fragenden Blick des Reviervorstehers auffing, sagte er: «Mir scheint, irgendwer wollte mir eins auswischen, als er mir diese Nervensäge aufhalste.»

«Den Glass?» fragte Sergeant Cross mitfühlend. «Hat einen ganz schönen Tick, nicht wahr? Für gewöhnlich ist es übrigens nicht so schlimm mit ihm wie gerade in diesem Fall. Na, ist ja auch verständlich. Mit solchem sündigen Tun vor Augen kommen Typen wie Glass erst richtig auf Touren. Möchten Sie, daß ich ihn ablösen lasse?»

«O nein», antwortete Sergeant Hemingway im Ton bitterer Ironie. «Ich mag es gern, wenn Polizisten mich herunterputzen. Ist mal 'ne nette Abwechslung.»

«Ich tausche ihn gern gegen einen Kollegen aus», erbot sich Cross. «Er ist einfach nicht an Mordfälle gewöhnt, daran liegt es. So etwas kann er offenbar nicht verkraften.»

Hemingway wurde von Mitleid ergriffen. «Nein, nein, ich werde schon mit ihm zurechkommen. Wenigstens arbeitet er gewissenhaft, und außer dieser gräßlichen Gewohnheit, mit Bibelsprüchen um sich zu werfen, stört mich eigentlich nichts an ihm. Wahrscheinlich hat er eine Fixierung, der arme Kerl.»

Durch Nahrungsaufnahme besänftigt, trug er diese Theorie eine Stunde später dem Chefinspektor vor, der gerade in dem Augenblick auf dem Revier eingetroffen war, als sein Untergebener von einem genüßlich verzehrten Mittagsmahl zurückkam.

«Wer weiß», schloß der Sergeant seinen Bericht, «vielleicht stellt sich heraus, daß er so sonderbar ist, weil er als Kind irgendein schreckliches Erlebnis hatte.»

«Nichts dergleichen wird sich herausstellen, denn ich habe nicht die Absicht, meine Zeit – oder Ihre – mit Nachforschungen über Glass' Vergangenheit zu vergeuden», fertigte Hannasyde ihn kurz ab.

Der Sergeant warf ihm einen listigen Blick zu. «Ich habe Ihnen gleich gesagt, daß der Fall gar nicht so verzwickt ist, Chef. Hat's heute vormittag Ärger gegeben?»

«Nein, ich bin nur nicht weitergekommen. Budd hatte auf Ernest Fletchers Kosten spekuliert; Neville Fletcher steckt offenbar bis über die Ohren in Schulden, und North war am Abend des siebzehnten nicht in seiner Londoner Wohnung.»

«Na, ist das nicht fein?» sagte der Sergeant. «Ich hab's ja gewußt: Verdächtige, wohin man auch blickt. Erzählen Sie mal, wie das mit Freund Budd war.»

Hannasyde berichtete kurz über die Heldentaten des Maklers. Der Sergeant hörte aufmerksam zu, kratzte sich nachdenklich am Kinn und meinte schließlich: «Also davon halte ich nichts. Gar nichts. Sie können natürlich einwenden, daß er ein gutes Motiv hatte, den seligen Ernest zu ermorden, denn er benötigte für ihn neuntausend Aktien, die er nicht besaß und die er auch nicht beschaffen konnte, ohne sich finanziell zu ruinieren. Andererseits hat er erklärt, für Ernest wäre es unmöglich gewesen, ihn zu verklagen, weil diese Transaktionen unbedingt geheim bleiben sollten. Das klingt doch sehr wahrscheinlich. Durchaus wahrscheinlich.

Nein, auf Budd als Mörder würde ich nicht tippen. Was ist mit North?»

«Aus dem werde ich überhaupt nicht klug. Er behauptet, er habe in seinem Club gegessen, sei dann in seine Wohnung zurückgekehrt und früh schlafen gegangen. In Wirklichkeit war es so, daß er gegen acht Uhr dreißig in die Wohnung zurückkehrte, sie jedoch kurz vor neun wieder verließ. Endgültig nach Hause kam er um elf Uhr fünfundvierzig.»

«Sieh an, sieh an», sagte der Sergeant. «Kein Irrtum möglich? Alles durch Zeugen bestätigt?»

«Ja. Er wechselte ein paar Worte mit dem Portier, als er um acht Uhr dreißig das Haus betrat; als er eine halbe Stunde später fortging, erbot sich der Portier, ihm ein Taxi zu rufen, aber er erwiderte, er wolle lieber zu Fuß gehen.»

«Und wer sah ihn um elf Uhr fünfundvierzig zurückkommen, Chef?»

«Der Nachtportier. Er sagt, er hätte North in den Fahrstuhl steigen sehen.»

«Na, für einen Mann, der den Eindruck macht, nicht nur einen Kopf, sondern auch etwas darin zu haben, ist das aber keine Glanzleistung», meinte der Sergeant. «Was hat es für einen Sinn, Ihnen vorzureden, er habe den Abend in seiner Wohnung verbracht, wenn er doch wissen mußte, daß Sie seine Behauptung mit Leichtigkeit widerlegen konnten?»

«Das frage ich mich auch», sagte Hannasyde. «Wäre es Budd gewesen, dann hätte ich angenommen, er sei in Panik geraten und habe sich zu einer Unbesonnenheit hinreißen lassen. Aber North war nicht in Panikstimmung, und ich bin sicher, daß er nichts Unbesonnenes tat. Hingegen habe ich ihn im Verdacht, daß er mich aus Gründen, die ihm selbst am besten bekannt sind, auf eine falsche Fährte gelockt hat.»

Der Sergeant überlegte. «Das könnte sein. Er wollte Zeit gewinnen, um mit seiner Frau sprechen zu können. Ich verstehe. Ist aber ein riskantes Spiel, auf das er sich da einläßt.»

«Ich glaube nicht, daß ihn das kümmert.»

«Ach, so einer ist das? Mir scheint, eine kleine Belehrung durch Ikabod würde ihm nichts schaden.»

Hannasyde lächelte ein wenig zerstreut. «Er war vormittags nicht im Büro, und da seine Sekretärin vermutete, er werde heute auch nicht mehr kommen, bin ich hierher gefahren, um ihn in seinem Haus aufzusuchen. Aber ich werde es schwer mit ihm haben, denn man muß jedes Wort einzeln aus ihm herausholen.»

«Der junge Mr. Neville ist genauso schwierig», sagte der Sergeant. «Allerdings aus völlig entgegengesetzten Gründen. Der Vogel schwatzt so viel, daß man Mühe hat, ihm zu folgen. Stellen Sie sich vor, er hatte doch die Frechheit, mir zu erzählen, er sei in der Nacht, als der selige Ernest ermordet wurde, aus seinem Schlafzimmerfenster und über die Gartenmauer geklettert, um Mrs. North die Trauerbotschaft zu überbringen.

Und er behauptete, er sei in dieser Schuldscheinsache ihr Komplice gewesen.»

Hannasyde runzelte die Stirn. «Ein kaltblütiger Bursche. Es könnte sogar wahr sein.»

«Kaltblütig! Na, hören Sie mal, da weiß ich ein viel passenderes Wort, nämlich Unverschämtheit. Trotzdem muß ich zugeben, daß ich eine gewisse Sympathie für ihn empfinde. Er hat dem alten Ikabod den saubersten Rechten verpaßt, den ich je gesehen habe.»

«Wa-a-as?»

«Bildlich gesprochen», erklärte Hemingway. «Er konterte ganz unerwartet mit einem Bibeltext, und da blieb Ikabod die Spucke weg. Aber das ist natürlich kein Beweis für Nevilles Unschuld. Ich würde ihm glatt zutrauen, daß er seinen Onkel totschlägt, wenn es ihm gerade ins Konzept paßt. Das heißt», fügte er nachdenklich hinzu, «ein Messerstich in die Rippen hätte seiner Art eigentlich mehr entsprochen. Nein, ich würde ihn nicht verdächtigen, wenn da nicht die Tatsache wäre, daß die Mordwaffe spurlos verschwunden ist und ich auch kein mögliches Versteck entdecken konnte. Damit komme ich auf den einzigen wirklich nützlichen Hinweis zu sprechen, den ich gefunden habe. Die Standuhr in der Diele geht eine Minute nach, Chef.»

Hannasyde blickte ihn an. «Wenn das so ist, dann wird Mrs. Norths Aussage praktisch wertlos.»

«Die zweite Version, meinen Sie? Ja, sieht ganz so aus. Nach allem, was Sie mir von ihr erzählt haben, erschien mir ihre Behauptung ohnehin nicht gerade glaubwürdig. Der Mord wäre zwar trotz der kürzeren Zeitspanne möglich gewesen, aber ich bin sicher, daß der Mann, den Glass sah – nennen wir ihn Charlie Carpenter –, es nicht getan haben kann. Entweder war es Budd, was ich *nicht* glaube, oder Neville Fletcher oder North oder das blonde Dummchen selbst.»

Hannasyde schüttelte den Kopf. «Da bin ich anderer Ansicht, Hemingway. Wenn wir annehmen, daß Mrs. Norths Aussage stimmt, dann ist Fletcher nicht vor zehn Uhr eins in sein Zimmer zurückgekehrt. Sie selbst haben die Zeit, die er benötigte, um sich wieder hinzusetzen und mit dem Briefschreiben zu beginnen, auf mindestens zwei Minuten geschätzt. Somit bleiben dem Mörder zwei Minuten, um folgendes zu erledigen: hereinkommen, Fletcher umbringen und das Weite suchen. Nein, es bleiben nicht einmal zwei Minuten, denn obgleich Glass das Zimmer erst um zehn Uhr fünf betrat, muß er doch bei seinem Weg durch den Garten die offene Fenstertür in seinem Blickfeld gehabt haben.»

«Ja, das meinte er auch», erwiderte der Sergeant. «Damit wird es ein bißchen sehr knapp, das ist richtig. Was denken denn Sie, Chef? Halten Sie Mrs. Norths erste Version für die wahre?»

«Nein», antwortete Hannasyde nach einer Pause. «Ich bin überzeugt, daß sie noch einmal ins Arbeitszimmer zurückgegangen ist. Wenn sie das

Haus nicht durch die Diele verließ, gibt es keine Erklärung für ihre Fingerabdrücke an der Zimmertür. Aber die Tatsache, daß die Uhr in der Diele nachgeht, deutet darauf hin, daß Mrs. Norths Geschichte irgendwo nicht stimmt. Sie behauptet, der Mann X habe das Arbeitszimmer um neun Uhr achtundfünfzig in Ernests Begleitung verlassen, sie selbst sei dann ins Zimmer zurückgelaufen, und gerade, als sie durch die Diele zur Haustür ging, habe die Uhr zehn geschlagen. Einwandfrei wissen wir nur, daß Glass um zehn Uhr zwei Mr. X fortgehen sah und daß er um zehn Uhr fünf Fletchers Leiche entdeckte. Zwischen der Zeit, zu der Mrs. North angeblich und Glass tatsächlich diesen X fortgehen sahen, liegen also vier Minuten. Wir konnten uns das nur – und mit knapper Not – dadurch erklären, daß X sich ins Zimmer zurückschlich, Fletcher ermordete und dann flüchtete. Wenn aber Fletcher nicht um zehn, sondern um zehn Uhr eins sein Arbeitszimmer wieder betrat, dann ist es ausgeschlossen. daß X zurückkehren, den Mord begehen und schon um zehn Uhr zwei in der Maple Grove sein konnte. Also verließ entweder X um neun Uhr achtundfünfzig den Garten, und ihm folgte vier Minuten später ein anderer Mann – Y, wenn Sie wollen –, oder der erste Mann – X – war ein Hirngespinst von Mrs. North.»

«Moment mal, Chef, das muß ich schwarz auf weiß sehen», rief der Sergeant. Er kritzelte mehrere Zahlen auf ein Blatt Papier und betrachtete mißbilligend das Ergebnis. «Ja, dieses Durcheinander berechtigt zu den schönsten Hoffnungen», bemerkte er trocken. «Na schön, X ist also Fehlanzeige. Was nun? Wir wissen, daß sich die Dame North im Garten versteckt hielt, denn wir fanden ihre Fußabdrücke. Ja, jetzt wird mir alles klar! Y, der offenbar mit North identisch ist, war bei Ernest, und sie erkannte seine Stimme – oder auch nicht; das müssen wir noch herausfinden. Jedenfalls tötete Y den lieben Ernest und verduftete – alles, während Mrs. North im Garten war. Dann lief Mrs. North ins Arbeitszimmer, sah sich die Bescherung an und verließ das Haus – aus unerforschlichen Gründen durch die Vordertür. Mit den Zeiten kommt das so einigermaßen hin, wenn man ein bißchen jongliert. Vielleicht ging gerade jemand durch die Maple Grove, als Y an der Pforte war, so daß er ein Weilchen warten mußte, bis die Luft rein war. Oder – falls Ihnen diese Lösung lieber ist – Mrs. North ging nicht um zehn Uhr eins fort, sondern später. Allerdings ist mir nicht klar, weshalb sie in diesem Punkt die Unwahrheit sagen sollte. Immerhin wird X durch meine Hypothese ausgeschaltet, und die einzigen Punkte, die uns mit Sicherheit bekannt sind, fügen sich sehr gut ein.»

«Meinetwegen schalten Sie X aus», erwiderte Hannasyde, «aber Charlie Carpenter läßt sich nicht ausschalten. Und wie paßt der in Ihre sonst ganz plausible Geschichte?»

Hemingway seufzte. «Da haben Sie leider recht. Wenn wir ihn nicht ausschalten können, muß er Y sein, und unser soeben ausgeschalteter Mr. X ist dann North. Ja, so ist es richtig. Mrs. North erkannte die Stimme nicht, sah Y auch nur ganz undeutlich, bildete sich jedoch ein, es handle sich um ihren Mann. Daher ihre unzutreffenden Angaben. Wie finden Sie *das*?»

«Nicht schlecht», gab Hannasyde zu. «Aber wenn North ausgeschaltet ist, dann erklären Sie mir doch bitte, warum er behauptet hat, er sei an dem fraglichen Abend in seiner Stadtwohnung gewesen, obgleich er in Wirklichkeit mit unbekanntem Ziel unterwegs war.»

«Ich kapituliere», sagte der Sergeant verzweifelt. «Dafür gibt es keine Erklärung.»

Hannasyde lächelte. «Vielleicht doch. Es wäre denkbar, daß North nichts mit dem Mord zu tun hat, aber seine Frau für die Täterin hält.»

Der Sergeant sah ihn groß an. «Was denn? Sie meinen, er hätte sein eigenes Alibi – falls überhaupt vorhanden – kurz entschlossen über Bord geworfen und wolle seiner Frau zuliebe den Mord auf sich nehmen? Ich bitte Sie, Chef, das glauben Sie doch selbst nicht.»

«Man kann nie wissen. Möglich wäre es. North ist der Typ, der so etwas fertigbringt.»

«Klingt ja, als wäre er ein regelrechter Filmheld», meinte der Sergeant angewidert. «Voller Tatkraft und mit behaarter Brust, nehme ich an.» Er wandte den Kopf, als die Tür sich öffnete, und begegnete dem feierlich ernsten Blick des Polizisten Glass. «Ach, Sie sind schon zurück? Na, kommen Sie nur herein, da Sie ja an diesem Fall mitarbeiten sollen. Ich werde bestimmt eine passende Beschäftigung für Sie finden.»

Hannasyde nickte dem Polizisten zu. «Ja, kommen Sie herein, Glass. Ich möchte, daß Sie sich in Gedanken in die Mordnacht zurückversetzen. Überlegen Sie bitte, ob Sie auf Ihrer Runde, als Sie die Vale Avenue entlanggingen, außer dem Mann, der aus der Gartenpforte von Greystones trat, noch jemand gesehen haben. Jemand, der gegen zehn Uhr an der Vorderseite von Greystones vorbeigegangen sein könnte?»

Glass versank in tiefes Sinnen und erwiderte dann: «Nein, ich erinnere mich an niemanden. Weswegen wird mir diese Frage gestellt?»

«Weil ich aus gutem Grund Mrs. Norths Aussage bezweifle, sie habe Greystones um zehn Uhr eins durch die Haustür verlassen. Was ich brauchte, wäre ein Passant, der sie eventuell gesehen hat.»

«Das ist kein Problem», sagte Glass. «An der Ecke Vale Avenue und Glynne Road, also gleich neben ihrem Haus, befindet sich ein Briefkasten, der jeden Abend um zehn Uhr geleert wird. Wenn sie wirklich um diese Zeit auf dem Heimweg war, dann hat der Mann von der Post sie bestimmt gesehen.»

«Alle Achtung, Ikabod!» rief der Sergeant. «Sie landen garantiert noch mal im Dezernat für die Aufklärung von Verbrechen.»

Ein kalter Blick traf ihn. «Ein Mann, der seinem Nächsten schmeichelt, legt ein Netz vor dessen Füßen aus», sagte Glass. Da dies keinen Eindruck auf Hemingway zu machen schien, fügte er hinzu: «Sogar die Augen seines Kindes werden sich trüben.»

«Sparen Sie sich Ihre Frechheiten», mahnte der Sergeant. «Außerdem habe ich keine Kinder, also was soll's?»

«Bitte keine Diskussionen», befahl Hannasyde in kühlem Ton. «Vergessen Sie nicht, Glass, daß Sie zu Ihrem Vorgesetzten sprechen.»

«Parteiisch sein ist übel», verkündete Glass ernst. «Da kann wegen eines Bissens Brot ein Mann zum Frevler werden.»

«Meinen Sie?» fragte der Sergeant entrüstet. «Auf gar keinen Fall, sage ich Ihnen. Nicht einmal für fünfzig Bissen Brot. Das ist doch die Höhe!»

«Genug jetzt», gebot Hannasyde mit leicht zitternder Stimme. «Machen Sie diesen Mann von der Post ausfindig, Glass, und erkundigen Sie sich, um welche Zeit er den Kasten geleert hat, ob er Mrs. North begegnet ist und wenn ja, ob sie etwas in der Hand trug. Verstanden?»

«Ja, Sir.»

«Gut, das ist alles. Melden Sie sich dann bei mir.»

Glass zog sich zurück. Als er draußen war, fragte Hannasyde: «Warum müssen Sie ihn eigentlich immer ermutigen, Sergeant?»

«Ich? *Ich* ermutige ihn?»

«Jawohl, Sie.»

«Wenn Sie unter ermutigen verstehen, daß ich ihm Bescheid sage ...»

«Ich bin sicher, Sie freuen sich über seine Zitate», erwiderte der Chefinspektor vorwurfsvoll.

Hemingway grinste. «Na ja, ich muß zugeben, daß durch Ikabod dieser Mordfall interessanter wird. Weil ich immer darauf warte, daß er einmal mit seinem Zitatenschatz am Ende ist. Man sollte doch denken, er müßte nun bald alles Auswendiggelernte an den Mann gebracht haben, nicht wahr? Aber er hat immer noch etwas in petto. Das muß ihm der Neid lassen: Bisher hat er sich kein einziges Mal wiederholt. Wohin gehen wir jetzt?»

«Zu North», antwortete Hannasyde. «Ich muß versuchen, aus ihm herauszubringen, was er in der Mordnacht getan hat. Sie könnten sich inzwischen bei den Dienstboten umhören.»

In The Chestnuts wurde ihnen jedoch der Bescheid zuteil, daß North das Haus unmittelbar nach dem Lunch verlassen habe. Da er in dem großen Tourenwagen unterwegs war, hielt sein Butler es für unwahrscheinlich, daß die Fahrt nur bis zum Stadtbüro hatte gehen sollen.

Nach kurzer Überlegung bat Hannasyde, Mrs. North sprechen zu dürfen, und gab dem Butler seine Karte. Der Mann sagte zurückhaltend, er werde sich erkundigen, ob Mrs. North den Besucher empfangen könne, und führte den Chefinspektor in die Bibliothek.

Bald darauf erschien Miss Drew, das Monokel fest ins Auge geklemmt. Die unvermeidliche Zigarette steckte in einer langen Bernsteinspitze. «Meine Schwester hat sich ein Weilchen hingelegt, aber sie kommt gleich herunter», teilte sie Hannasyde mit. «Weswegen möchten Sie sie denn sprechen?»

«Das werde ich ihr selbst sagen», erwiderte er höflich.

Sie lachte. «Schon gut, ich kann einen Rüffel vertragen. Sollte es sich jedoch um die abenteuerliche Geschichte handeln, die Neville Fletcher Ihrem Sergeant ins Ohr geraunt hat, dann verschwenden Sie Ihre Zeit. Das bringt sie nicht weiter.»

«Abenteuerliche Geschichte? Ach, Sie meinen seine Unternehmungen in der Mordnacht? Nein, deswegen bin ich nicht hier.»

«Ach, und ich dachte ... Ich hätte mich gar nicht gewundert, wenn Sie gekommen wären, um mich zu befragen.»

«Wieso? Waren Sie an besagten Unternehmungen beteiligt?»

«Keineswegs, aber Neville – er ist, wie Sie vielleicht bemerkt haben, ein ausgesprochenes Ekel – erzählte dem Sergeant rundheraus, daß ich vorgehabt hätte, Ernie Fletchers Safe zu knacken.»

«Hatten Sie es vor?»

«Nun ... ja und nein», antwortete Sally vorsichtig. «Hätte ich meine kriminalistischen Notizen bei mir gehabt und genügend Zeit, alles in Ruhe zu bedenken, dann wäre die Sache wohl einen Versuch wert gewesen. Immerhin habe ich aus alldem etwas sehr Wertvolles gelernt, nämlich daß es im wirklichen Leben nicht möglich ist, solche Dinger aus dem Handgelenk zu drehen. Natürlich, wenn ich diese Geschichte schreiben müßte, würde ich mir für mein Roman-Ich einen durchaus plausiblen Grund ausdenken, weshalb ich über alle Ingredienzien verfügte, um diese sogannte Suppe zusammenzubrauen. Vielleicht würde ich mich als Assistentin und Laborleiterin eines Wissenschaftlers darstellen. Da ich aber nichts dergleichen bin, ist die Sprengstoffabrikation ein Traum geblieben.»

Hannasyde betrachtete sie interessiert. «Dann stimmte also Mr. Fletchers Geschichte und war kein Versuch, für die Belustigung der Polizei zu sorgen?»

«Sie schätzen ihn offenbar sehr richtig ein», stellte Sally fest. «Aber in diesem Fall kam er wirklich her, um Helen zu berichten, erstens sei sein Onkel ermordet worden und zweitens habe er es nicht geschafft, ihre Schuldscheine an sich zu bringen. Das erschien mir sehr bedenklich. Es war ja auch idiotisch von meiner Schwester, ausgerechnet Neville um Hilfe zu bitten; sie hätte sich lieber an mich wenden sollen. Sie werden mich hoffentlich nicht falsch verstehen, wenn ich Ihnen sage, daß ich sehr dafür war, die Schuldscheine aus dem Safe zu holen, bevor sie der Polizei in die Hände fielen. Unglücklicherweise stand ein Posten vor dem Arbeitszimmer, so daß ich gar nicht erst an den Safe herankam.»

«Ich verstehe Ihre Beweggründe», sagte Hannasyde. «Aber wenn Sie sich soviel mit Kriminalistik beschäftigt haben, mußte Ihnen doch bekannt sein, daß Sie nichts aus dem Safe des Ermordeten nehmen durften, ohne sich strafbar zu machen.»

«Theoretisch ja, praktisch nein», erwiderte Sally kühl. «*Ich* wußte doch, daß die Schuldscheine nichts mit dem Mord zu tun hatten. Daß *Sie* es wissen, kann man natürlich nicht erwarten. Die Folge ist, Sie haben eine Menge Ärger und Aufregung wegen der Scheine. Von der Zeitverschwendung gar nicht zu reden.»

«Es steht Ihnen frei, so zu denken, Miss Drew, aber wie ich Ihnen bereits sagte, kann ich mir Ihren Standpunkt nicht zu eigen machen. Ich habe vielmehr den Eindruck, daß die Schuldscheine in sehr enger Beziehung zu dem Fall stehen.»

Sie kicherte. «Ich glaube, Sie würden es reizend finden, wenn ich Ihnen in meiner mädchenhaften Art vertrauliche Mitteilungen zuflüsterte. Gut, Ihr Wunsch ist mir Befehl. Sollten Sie etwa mit dem Gedanken spielen, meine Schwester habe den Mord begangen, dann kann ich Sie sofort eines Besseren belehren. Abgesehen davon, daß sie ganz offensichtlich nicht die Kraft besitzt, irgendwem den Schädel einzuschlagen, hatte sie auch nicht das kleinste Fleckchen Blut auf ihrem Kleid oder dem Mantel, als sie an jenem Abend nach Hause kam. Wenn Sie mir einreden wollen, sie könnte die Tat verübt haben und trotzdem frei von Blutspritzern geblieben sein, dann müssen Sie mich erst einmal hypnotisieren. Selbstverständlich erwarte ich nicht, daß Sie mir ohne weiteres glauben, denn ich bin ja keine unparteiische Zeugin, aber wie wäre es, wenn Sie die Zofe meiner Schwester befragten? Sie wird Ihnen bestätigen, daß von Helens Kleidern im Laufe der letzten Woche keines verschwunden ist oder in die Reinigung gegeben wurde.» Sally hielt einen Augenblick inne, entfernte den Zigarettenstummel aus der Spitze und zerdrückte ihn im Aschenbecher. «Aber wenn ich richtig vermute, glauben Sie gar nicht, daß sie es getan hat. Sie verdächtigen vielmehr meinen Schwager, und das wundert mich kein bißchen. Allerdings kann ich Sie auch in dieser Hinsicht aufklären. Ich gebe Ihnen mein Wort, daß er von der Existenz der Schuldscheine keine Ahnung hat. Vielleicht klingt diese feierliche Versicherung in Ihren Ohren ein wenig albern, aber es ist die volle Wahrheit. Und – ich sage dies für den Fall, daß Sie es noch immer nicht begriffen haben – mein Schwager bezichtigt meine Schwester durchaus nicht der, nun sagen wir, unschicklichen Beziehungen zu Ernest Fletcher.» Sally blickte den Chefinspektor kritisch an. «Nichts, was ich sage, scheint Ihnen Eindruck zu machen. Woran liegt das? Glauben Sie mir nicht?»

«Doch, ich glaube, daß Sie mir das erzählen, was *Sie* für die Wahrheit halten», antwortete er. «Aber es ist durchaus möglich, daß Sie nicht die ganze Wahrheit kennen. Nehmen wir einmal – rein theoretisch – an, Ihr Schwager sei der Mann, den ich suche, dann liegt es doch auf der Hand, daß er sich nicht verraten würde, nicht einmal Ihnen gegenüber.»

«Das ist richtig», gab Sally bereitwillig zu. «Aber Sie müssen folgendes bedenken: Mein Schwager ist kein Dummkopf. Wenn er der Täter wäre, dann hätte er verflixt gut darauf geachtet, seine Spuren zu verwischen.»

Plötzlich verfinsterte sich ihre Miene, und sie schob nervös eine neue Zigarette in die Bernsteinspitze. «Ja, ich sehe, die Sache hat einen Haken. Sie glauben, er hätte ein besseres Alibi beigebracht, wenn Helen nicht in Verdacht geraten wäre. Vielleicht haben Sie recht, aber an Ihrer Stelle würde ich mich nicht allzu fest darauf verlassen.»

«In meinem Beruf», erwiderte Hannasyde, «lernt man, sich auf nichts zu verlassen.»

Er wandte sich um, denn in diesem Augenblick betrat Helen das Zimmer. Sie sah müde und elend aus, begrüßte den Chefinspektor jedoch sehr gefaßt. «Guten Tag. Entschuldigen Sie, daß ich Sie warten ließ. Ich hatte mich hingelegt.»

«Es tut mir leid, daß ich Sie stören muß, Mrs. North», sagte Hannasyde. «Aber da sind ein paar Punkte, die ich gern noch einmal mit Ihnen durchsprechen möchte.»

Sie ließ sich in einem Sessel am Kamin nieder. «Bitte, nehmen Sie Platz. Ich kann Ihnen zwar nichts mitteilen, was Sie nicht schon wissen, aber natürlich bin ich bereit, sämtliche Fragen zu beantworten, die Sie mir stellen.»

Er setzte sich an einen Tisch und schlug sein Notizbuch auf. «Ich will ganz offen sein, Mrs. North, denn zweifellos werden wir eine Menge Zeit sparen und Mißverständnisse vermeiden, wenn Sie von vornherein wissen, welche Tatsachen mir bekannt sind. Als erstes möchte ich Ihnen sagen, daß Ernest Fletcher, wie einwandfrei feststeht, irgendwann an dem fraglichen Abend von einem bestimmten Mann besucht wurde. Für Sie dürfte das ohne Bedeutung sein, denn es ist höchst unwahrscheinlich, daß Ihnen der Name dieses Mannes jemals zu Ohren gekommen ist.»

In Helens Blick, der unverwandt auf Hannasyde gerichtet war, verriet sich quälende Angst, aber sie sagte ruhig: «Das muß der Mann gewesen sein, der im Garten an mir vorbeiging. Bitte, sprechen Sie weiter.»

Er beugte sich über sein Notizbuch. «Ich lese Ihnen jetzt in zeitlicher Reihenfolge vor, was sich zwischen neun Uhr fünfunddreißig und zehn Uhr fünf ereignete, und zwar stütze ich mich dabei auf Ihre Aussage, Mrs. North, und auf die des Polizisten, der Fletchers Leiche fand. Sollte irgendeine Zeitangabe nicht stimmen, dann unterbrechen Sie mich bitte. Also um neun Uhr fünfunddreißig, kurz bevor Sie die Gartenpforte von Greystones erreichten, sahen Sie einen kleinen, dicken Mann herauskommen und sich in Richtung der Vale Avenue entfernen.»

Helens Finger waren um die Armlehnen ihres Sessels gekrampft, aber als der Chefinspektor innehielt und sie fragend anblickte, erwiderte sie gelassen: «Ja, das stimmt.»

«Sie betraten den Garten von Greystones, gingen auf das Haus zu und trafen Mr. Fletcher allein in seinem Arbeitszimmer an.»

«Ja.»

«Um neun Uhr fünfundvierzig verließen Sie nach einem kurzen Wortwechsel mit Fletcher das Arbeitszimmer ohne Begleitung durch die Fenstertür und wollten nach Hause gehen. Als Sie Schritte hörten, versteckten Sie sich hinter einem Busch in der Nähe des Gartenweges.»

«Ja. Das habe ich Ihnen doch schon alles gesagt.»

«Einen Moment, bitte. Sie konnten sehen, daß dieser neue Besucher ein Mann von mittlerer Größe und Gestalt war, daß er einen hellen Homburg auf hatte und keinen Stock in der Hand trug, aber Sie waren nicht imstande, seine Gesichtszüge zu erkennen.»

«Mir ist nichts Besonderes an ihm aufgefallen», erwiderte Helen nervös. «Immerhin habe ich ihn nur ganz flüchtig gesehen, und es war schon fast dunkel. Irgendwelche Einzelheiten könnte ich keinesfalls beschwören.»

«Soweit sind wir auch noch nicht. Dieser Mann betrat also das Arbeitszimmer, schloß die Fenstertür hinter sich und blieb bis gegen neun Uhr achtundfünfzig im Haus. Um neun Uhr achtundfünfzig erschien er wieder im Garten, begleitet von Fletcher. Die beiden Männer gingen gemächlich zur Gartenpforte, während Sie ins Arbeitszimmer liefen, um in Fletchers Schreibtisch nach Ihren Schuldscheinen zu suchen. Dann hörten Sie Fletcher zurückkommen und flüchteten in die Diele, bevor er das Zimmer vom Garten aus betrat. Sie waren noch in der Diele, als die Standuhr zehn zu schlagen begann. Ich muß Ihnen jedoch sagen, Mrs. North, daß diese Uhr, verglichen mit der im Arbeitszimmer, eine Minute nachging, so daß es in Wirklichkeit bereits zehn Uhr eins war.»

«Ich begreife nicht . . .»

«Sie werden es gleich begreifen, denn jetzt komme ich zu der Aussage des Polizisten. Er befand sich um zehn Uhr zwei an der Ecke Vale Avenue und Maple Grove und beobachtete von dort aus, wie ein Mann aus der Gartenpforte von Greystones kam und sich in Richtung der Arden Road entfernte. Der Polizist, dem die Sache verdächtig erschien, bog in die Maple Grove ein, betrat den Garten von Greystones und ging auf die Fenstertür des Arbeitszimmers zu. Drinnen fand er Ernest Fletcher mit zerschmettertem Schädel am Schreibtisch sitzen. Das war um zehn Uhr fünf, Mrs. North.»

«Ich . . . ich verstehe nicht . . .» stammelte sie.

«Bei näherer Überlegung werden Sie es gewiß verstehen. Wenn Ihre Aussage stimmt, war Fletcher um zehn Uhr eins noch am Leben.»

«Ja», bestätigte sie leise, «natürlich hat er da noch gelebt.»

«Und doch sah der Polizist um zehn Uhr zwei einen unbekannten Mann den Garten verlassen, und als er um zehn Uhr fünf den toten Fletcher fand, war von dem Mörder weit und breit nichts zu sehen.»

«Sie meinen, es könnte nicht so gewesen sein, wie ich sage?»

«Urteilen Sie selbst, Mrs. North. Wenn der Mann, den Sie sahen, um neun Uhr achtundfünfzig fortging, wer war dann der Mann, den der Polizist vier Minuten später sah?»

«Woher soll ich das wissen?»

«Können Sie mir irgendeinen Grund nennen, der seine Anwesenheit im Garten erklärt?»

«Nein, natürlich nicht. Es sei denn, er hätte Ernie ermordet.»

«In einem Zeitraum von weniger als einer Minute?»

Sie starrte ihn verständnislos an. «Nein, das wohl nicht. Ich weiß nichts darüber. Sie ... Sie beschuldigen doch nicht etwa *mich*, Ernie Fletcher ermordet zu haben?»

«Nein, Mrs. North. Aber ich habe den Eindruck, daß Ihre Angaben falsch sind.»

«Das ist nicht wahr! Ernie hat diesen Mann wirklich bis zur Gartenpforte begleitet! Wenn noch ein anderer Mann im Garten war, dann weiß ich nichts davon. Sie haben kein Recht zu behaupten, ich hätte falsch ausgesagt. Warum sollte ich das getan haben?»

«Nehmen wir an, Mrs. North, Sie hätten den Mann erkannt, der den Garten betrat – das könnte einen recht guten Grund für eine falsche Aussage darstellen.»

Sallys Hand krallte sich in die Schulter ihrer Schwester. «Still! Du bist nicht verpflichtet, zu antworten.»

«Aber ich habe nicht falsch ausgesagt! Es ist die reine Wahrheit! Ich weiß nichts von einem zweiten Mann, und da ich Ernie pfeifen hörte, bevor ich aus dem Zimmer lief, muß er doch um zehn Uhr eins noch am Leben gewesen sein. Sie möchten, daß ich sage, er hätte den Mann nicht hinausbegleitet, aber diesen Gefallen kann ich Ihnen nicht tun. Er *hat* ihn bis zur Pforte gebracht!»

«Schluß jetzt», mischte sich Sally ein und blickte Hannasyde herausfordernd an. «Meine Schwester ist berechtigt, sich mit ihrem Anwalt zu beraten, bevor sie irgendwelche Fragen beantwortet. Von jetzt an wird sie also keine Erklärungen mehr abgeben. Sie haben ihre Aussage gehört, und wenn Sie die Aussage Ihres Polizisten damit nicht in Übereinstimmung bringen können, dann ist das Ihre Angelegenheit, nicht die meiner Schwester.»

Sie sprach in recht angriffslustigem Ton, doch Hannasyde erwiderte unverändert ruhig: «Selbstverständlich steht es Mrs. North frei, ihren Anwalt zu konsultieren, bevor Sie meine Fragen beantwortet. Ich würde es ihr sogar empfehlen. Aber vielleicht hätte sie die Güte, mir zu sagen, wo ich Mr. John North finden kann.»

«Das weiß ich nicht», sagte Helen scharf. «Er hat mir nicht mitgeteilt, wohin er gehen wollte. Ich weiß nur, daß er zum Dinner nicht zurückerwartet wird und wahrscheinlich sehr spät nach Hause kommt.»

Hannasyde erhob sich. «Dann will ich Sie nicht länger aufhalten. Vielen Dank, Mrs. North.»

Helen wollte nach der Tischglocke greifen, aber Sally sagte kurz: «Ich begleite ihn hinaus.» Sie öffnete die Tür und verließ mit Hannasyde die

Bibliothek.

Als sie zurückkehrte, ging ihre Schwester im Zimmer auf und ab. Helens Finger zerrten an einem Taschentuch, das sie nervös zu einem Strick zusammengedreht hatte. Sally blickte die Schwester prüfend an und fragte: «Und jetzt?»

«Was soll ich nur tun?»

«Keine Ahnung. Ist dir danach zumute, mir die Wahrheit zu sagen?»

Helen hielt Sallys Blick unerschrocken stand. «Die Wahrheit habe ich bereits gesagt, und ich denke nicht daran, irgend etwas zu widerrufen.»

«In Ordnung», meinte Sally nach einer kurzen Pause. «Ich kann nicht behaupten, daß ich dich deswegen tadle.»

10

«Bei mir war das Ergebnis recht mager», sagte Sergeant Hemingway, als er vor dem Haus wieder mit seinem Vorgesetzten zusammentraf. «Haben Sie der schönen Helena irgendwas nachweisen können?»

«Nein. Sie behauptet steif und fest, sie habe in allem die Wahrheit gesagt. Nun ja, etwas anderes bleibt ihr natürlich nicht übrig, und ich hatte auch gar keinen Widerruf erwartet. Mir ging es vor allem darum – und ich glaube, es ist mir gelungen –, ihr Angst einzujagen. Haben Sie aus den Dienstboten etwas herausbekommen?»

«Sehr wenig. Der Butler hat an jenem Abend gegen halb eins gesehen, wie der junge Neville die Auffahrt hinunterging; anscheinend stimmt also das, was er mir erzählt hat. Von dieser Information abgesehen, habe ich überhaupt nichts erreicht. Das Personal ist noch vom alten Schlag: Alle sind seit Jahren im Haus, scheinen ihre Arbeitgeber gern zu haben und hüllen sich im übrigen in Schweigen. Eigentlich schade – allerdings nicht von unserem Standpunkt aus –, daß es nicht mehr Bedienstete von dieser Sorte gibt. Was hatten Sie denn für einen Eindruck von Mrs. North? Versucht sie ihren Mann zu decken?»

«Ja, wenn ich das wüßte. Ihre Schwester riet ihr, meine Fragen nicht zu beantworten, bevor sie mit einem Rechtsanwalt gesprochen hätte, und zwingen konnte ich sie ja nicht.»

«Das sieht der Dame mit dem Monokel wieder mal ähnlich», bemerkte der Sergeant mißbilligend. «In meiner Jugend verstanden Frauen nichts von solchen Dingen. Ich bin mit all dieser Emanzipation nicht einverstanden. Das ist doch unnatürlich. So, Chef, und was machen wir jetzt? Nehmen wir uns den jungen Neville vor?»

«Nein. Ich gehe zurück zum Revier. Hat gar keinen Sinn, daß ich mich mit Neville befasse. Außer der Tatsache, daß er sein Bankkonto stark überzogen hat, kann ich ihm nichts vorwerfen, und das weiß er auch. Ich hoffe nur, Glass hat sich mit dem Mann von der Post in Verbindung setzen können. Für uns ist es im Augenblick am wichtigsten, zwei Leute aufzuspüren, nämlich John North und Charlie Carpenter. Ich will gleich das Büro von North anrufen und mich erkundigen, ob er dort ist oder gewesen ist. Wenn wir Glück haben, ist es Jevons inzwischen gelungen, Näheres über Angela Angel zu erfahren. Damit hatte ich ihn heute morgen als erstes beauftragt. Wobei mir einfällt, daß ich dringend etwas brauche: ein Foto von Ernest Fletcher. Wir werden auf dem Rückweg in Greystones vorsprechen und Miss Fletcher um ein Bild bitten. In Angela Angels Nachlaß hat man wohl keine Aufnahme von ihm gefunden?»

«Nur ein paar Fotos, die irgendwelche Kollegen darstellen, und eines von Charlie Carpenter. Ich habe mich extra bei Jimmy Gale erkundigt, aber er erinnerte sich genau, daß von dem Mann, der sie ausgehalten hatte, kein Bild dabei war. Der selige Ernest war streng auf Diskretion bedacht. Meinen Sie, daß Angela für uns wichtig ist. Chef?»

Hannasyde zögerte mit der Antwort. Erst als sie vor der Haustür von Greystones anlangten, sagte er: «Vielleicht ja, vielleicht nein. Falls North der Täter ist, dürfte sie unwichtig sein. Aber ich werde das Gefühl nicht los, daß irgendwie eine Verbindung zwischen ihr und dem Mord besteht. Es wird nichts schaden, wenn wir soviel wie möglich über sie herausfinden.»

Er läutete, und nach einer Weile wurde die Tür von Simmons geöffnet, der ihnen jedoch mitteilte, Miss Fletcher sei ausgegangen. Hannasyde wollte den Butler gerade fragen, ob er ihm eine Fotografie seines Herrn beschaffen könne, als Neville aus einem der Vorderzimmer geschlendert kam und mit seinem schwachen, zaghaften Lächeln sagte: «Ach, wie mich das freut. Ich langweile mich so sehr mit mir selbst, und ich wage nicht fortzugehen, weil ich nicht weiß, ob Sie mich beobachten lassen. Meiner Tante wäre das bestimmt nicht lieb. Aber wo ist denn die Witzblattfigur? Sie haben den biblischen Knaben doch nicht zu Hause gelassen?»

Der Sergeant hielt sich die Hand vor den Mund. Nevilles große Augen blickten ihn vorwurfsvoll an. «Sie können mich unmöglich so gern haben, wie ich dachte, wenn Sie mir das antun», meinte er. «Ich habe eigens für ihn zwei neue Sprüche auswendig gelernt, und wenn ich sie nicht bald loswerde, vergesse ich sie bestimmt wieder.»

Hemingway verdrängte den Wunsch, nach dem Wortlaut der neuen Sprüche zu fragen, und begnügte sich mit einem unverbindlichen «Ich verstehe, Sir».

Neville schien die unheimliche Gabe des Gedankenlesens zu besitzen, denn er sagte in vertraulichem Ton: «Ich weiß, Sie brennen darauf, zu erfahren, was ich mir zurechtgelegt habe. Ich würde Ihnen die Sprüche auch zitieren – allerdings müßten Sie versprechen, sie mir nicht wegzuschnappen –, wenn Ihr Chef nicht dabei wäre. Sie wissen, was ich meine: Die Sprüche sind sehr derb, fast schon vulgär.»

Der Sergeant warf seinem Vorgesetzten einen flehenden Blick zu. Hannasyde sagte mit unbewegter Miene: «Unterhalten Sie sich ein andermal mit ihm, Mr. Fletcher. Ich bin hergekommen, weil ich hoffte, Ihre Tante anzutreffen, aber vielleicht können Sie mir an ihrer Stelle behilflich sein. Ich nehme an, Sie besitzen ein Foto von Ihrem Onkel. Würden Sie es mir für ein paar Tage leihen?»

«Nein», antwortete Neville. «Ich meine, ich habe kein Foto von ihm. Wenn ich eines hätte, würde ich es Ihnen nicht leihen, sondern schenken.»

«Das ist sehr freundlich von Ihnen, aber ...»

«Ach, mit Freundlichkeit hat das nichts zu tun», erklärte Neville. «Ich hasse nämlich Fotografien. Aber wissen Sie was? Ich gebe Ihnen das große Foto von Onkel Ernie, das im Wohnzimmer ganz allein auf einem Tisch steht. Ich hatte mir sowieso schon überlegt, womit ich meine Tante als nächstes in Aufregung versetzen könnte.»

«Ich möchte nicht, daß Miss Fletcher sich aufregen muß. Gibt es denn kein anderes ...»

«Aufregung ist gut für sie», sagte Neville sanft. «Ich werde ihr nicht erzählen, daß ich Ihnen das Foto gegeben habe, und dann wird sie eine große Suchaktion starten. Das bringt natürlich Unbequemlichkeiten mit sich, aber wie ich entdeckt habe, erfordern gute Taten unweigerlich ein gewisses Maß an Selbstaufopferung, was sich auf den Charakter recht entwürdigend auswirkt.» Während er sprach, hatte er die Besucher ins Wohnzimmer geführt, wo – genau wie er es beschrieben hatte – eine Porträtaufnahme seines Onkels in einsamer Größe auf einem Tischchen thronte. Er blieb davor stehen und murmelte: «Ein glänzender Einfall, wirklich.»

«Ich möchte mir nicht gerade ein Foto ausleihen, das Miss Fletcher offensichtlich besonders schätzt», sagte Hannasyde gereizt. «Gewiß existiert doch noch ein anderes Bild von Ihrem Onkel.»

«O ja, auf Tante Lucys Nachttisch steht eines. Aber das kann ich Ihnen nicht geben, weil so etwas meinen Prinzipien widerspricht. Es gibt eine kaum erkennbare, jedoch zweifellos vorhandene Trennungslinie zwischen Irritieren und Quälen.»

«Der Teufel soll mich holen, wenn ich weiß, wovon Sie reden, Sir», entfuhr es dem Sergeant, der sich einfach nicht länger beherrschen konnte. «Sie haben wirklich eine nette Art, Ihre arme Tante zu behandeln.»

Der flackernde Blick richtete sich für eine Sekunde auf Hemingways Gesicht. «Ja, nicht wahr? Wollen Sie es mit Rahmen haben oder ohne, Chefinspektor?»

«Ohne, bitte.» Hannasyde sah ihn neugierig an. «Ich glaube, ich verstehe. Ihre Methoden sind ziemlich originell.»

«Ein Glück, daß Sie nicht exzentrisch gesagt haben», meinte Neville und nahm das Foto aus dem Rahmen. «Ich hasse es, als exzentrisch bezeichnet zu werden. Mittelmäßige Geister bedienen sich dieses Ausdrucks, um reinen Rationalismus zu definieren. So, jetzt werde ich den Rahmen verschwinden lassen und Simmons bestechen, damit er den Mund hält. Praktisch der einzige Vorteil, ein Vermögen zu erben, ist der, daß einem der Reichtum die unheilige Macht der Bestechung verleiht.»

«Und dann helfen Sie Ihrer Tante wohl beim Suchen?» fragte der Sergeant, hin- und hergerissen zwischen Mißfallen und Belustigung.

«Nein, das würde doch stark nach Heuchelei schmecken», antwortete

Neville heiter. «So, bitte sehr, Chefinspektor. Leider kann ich Sie nicht zum Tee einladen, weil die Gefahr besteht, daß meine Tante nach Hause kommt und Sie hier antrifft.»

«Plötzlich ist mir ein Licht aufgegangen», sagte der Sergeant, als sie wieder auf der Straße waren. «Wissen Sie, an wen mich sein blödes Lächeln erinnert, Chef?»

«Nein. An wen?»

«An ein Gemälde, von dem die Leute immer soviel hermachen, obgleich ich nie kapiert habe, warum. Diese Frau mit dem ausdruckslosen Gesicht und dem unangenehmen, listigen Lächeln.»

«Die Mona Lisa!» Hannasyde lachte. «Ja, ich weiß, was Sie meinen. Ein merkwürdiger junger Mann. Ich werde einfach nicht klug aus ihm.»

«Manchmal», sagte der Sergeant, «wünsche ich mir nichts Besseres, als ihm den Mord anhängen zu können. Allerdings muß ich sagen, daß für ihn meiner Meinung nach nur ein viel ausgeklügelteres Vorgehen in Frage käme. Der junge Herr hätte bestimmt etwas maßlos Raffiniertes ersonnen.»

«Da könnten Sie recht haben», meinte Hannasyde.

Wenige Minuten später stiegen sie in einen Omnibus, der sie bis in die Nähe des Polizeireviers brachte. Glass war noch nicht von seinem Erkundungsgang zurück. Nachdem sich Hannasyde telefonisch vergewissert hatte, daß North nicht in seinem Büro war, rief er Scotland Yard an und erkundigte sich, ob Inspektor Jevons schon im Haus sei. Er wurde mit dem Inspektor verbunden, der jedoch nicht viel zu berichten wußte. Es war ihm gelungen, das Appartementhaus ausfindig zu machen, in dem der unbekannte Gönner seinerzeit Angela Angel untergebracht hatte. Die Wohnung war für sie von einem Mann gemietet worden, der sich Smith nannte. Der Portier hatte dem Inspektor gesagt, der Herr sei schlank, dunkelhaarig und sehr gut gekleidet gewesen, und er werde ihn mit Sicherheit wiedererkennen, sollte er ihm irgendwo begegnen.

Hannasyde blickte auf die Uhr und entschloß sich, nach London zurückzufahren. Er beauftragte Sergeant Hemingway, sich zu einer bestimmten Zeit mit den Informationen, die Glass möglicherweise bringen würde, in Scotland Yard einzufinden. Dann brach er auf und nahm Fletchers Porträt mit.

Es dauerte noch eine Weile, bis Glass aufkreuzte, und als er eintraf, schien er in einem Zustand heftiger Entrüstung zu sein. Kaum hatte er Sergeant Hemingway erblickt, da sagte er streng: «Wer Redliche auf bösen Weg verführt, fällt selbst in eine Grube.»

«Was ist denn mit Ihnen los?» fragte der Sergeant. «Wenn die Kneipen schon offen wären, würde ich denken, Sie hätten eine Sauftour gemacht.»

«Zuschanden sollen werden und erröten in Schmach, die nach meiner Seele Vernichtung trachten. Ich will meine Augen abwenden, daß sie Eitles nicht schauen; ich bin wie ein Ölbaum, grünend im Haus meines Gottes.»

«Um Himmels willen, was haben Sie denn bloß angestellt?» erkundigte sich der Sergeant besorgt.

Glass starrte ihn finster an. «Meine Augen haben Unzucht erblickt und ein babylonisches Weib», verkündete er.

«Wo denn?» fragte Hemingway interessiert.

«In einem glitzernden Haus der Verderbnis habe ich diese Dinge gesehen. Ich bin einer grausigen Grube entronnen.»

«Wenn Sie das meinen, was ich vermute, dann kann ich nur sagen, daß ich mich für Sie schäme», erwiderte der Sergeant barsch. «Ich möchte bloß wissen, was Sie in einem solchen Haus zu suchen hatten. Der Chef befiehlt Ihnen, den Mann von der Post ausfindig zu machen, und statt zu gehorchen, gehen Sie in ein ...»

«Ich habe getan, was man mir aufgetragen hat. Ich habe den Mann gefunden, obgleich meine Füße auf den Weg des Verderbens geführt wurden.»

«Hören Sie, Freundchen, jetzt reicht's aber. Die Moral eines Postangestellten braucht Sie nicht zu kümmern. Es spielt gar keine Rolle, wo Sie ihn gefunden haben; die Hauptsache ist, daß Sie ihn fanden – obgleich ich offen gestanden nie gedacht hätte, daß in den Vororten die Leute von der Post sich solchen Vergnügungen hingeben. Haben Sie seine Aussage?»

«Ja, ich holte ihn heraus aus jenem Sündenpfuhl, ihn und auch seine Frau ...»

«Wa-a-as?» rief der Sergeant. «Zum Teufel, wo war denn der Kerl?»

«In einem Lichtspieltheater, einer Behausung des Teufels.»

Hemingway schnappte nach Luft. «Wollen Sie mir erzählen, daß Sie all dieses Geschrei machen, weil der Mann in seiner Freizeit mit seiner Frau im Kino war? Ich glaube wirklich, Sie sind verrückt. So, und jetzt zur Sache. Hat er Mrs. North in der Mordnacht gesehen oder nicht?»

«Ich habe aus der Unruhe meines Herzens heraus geschrien», entschuldigte sich Glass mit einem Seufzer. «Nun aber werde ich meine Meldung machen.» Er brachte ein Notizbuch zum Vorschein, und sein heiliger Eifer wich unvermittelt einem amtlichen Gehaben, als er mit monotoner Stimme zu lesen begann: «Am Abend des siebzehnten Juni leerte der Postangestellte Horace Smart, wohnhaft in Marley, Astley Villas vierzehn, pünktlich um zehn Uhr den Briefkasten an der Ecke der Glynne Road, stieg dann auf sein Rad und kam, in östliche Richtung fahrend, an dem Tor von Greystones vorbei. Smart gibt an, er habe eine Frau die Auffahrt herunterkommen sehen.»

«Hat er bemerkt, ob sie etwas in der Hand trug?»

«Er gibt an, daß sie nichts trug. Als er sie sah, strich sie mit der einen Hand über ihr Haar, das der Wind hochwehte. Mit der anderen raffte sie den Rock ihres langen Kleides.»

«Hat er sie er . . .» Der Sergeant unterbrach sich, um einen Anruf entgegenzunehmen. «Scotland Yard? Gut, stellen Sie durch . . . Hallo? Hier Hemingway.»

«Wir haben Ihren Carpenter gefunden», meldete eine Stimme am anderen Ende der Leitung.

«Tatsächlich?» rief der Sergeant erfreut. «Das ist ja wunderbar. Wo ist er?»

«Wir wissen nicht, wo er sich im Augenblick aufhält, aber wir können Ihnen sagen, wo er heute abend sein wird. Laut einem Hinweis von Langfinger-Alec wohnt Carpenter im Souterrain des Hauses Barnsley Street dreiundvierzig. Das ist . . .»

«Moment bitte», sagte der Sergeant und griff nach einem Bleistift. «Barnsley Street dreiundvierzig, Souterrain. Wo ist denn die Barnsley Street?»

«Ich wollte es Ihnen gerade erklären. Kennen Sie die Glassmere Road? Ja? Also die Straße, die von dort nach Letchley Gardens führt, ist die Barnsley Street.»

«Letchley Gardens? Donnerwetter, Freund Carpenter lebt in einer vornehmen Gegend.»

«Halb so wild. Er wohnt ja nicht in Letchley Gardens, sondern in der Barnsley Street, und die ist nicht so fein. Nummer dreiundvierzig scheint ein Hotel garni zu sein. Sollen wir Carpenter festnehmen?»

«Sie haben doch eben gesagt, Sie wüßten nicht, wo er sich aufhält.»

«Stimmt, aber vielleicht erfahren wir es von seiner Wirtin.»

Der Sergeant überlegte kurz. «Nein, gehen Sie nicht hin. Man kann nie wissen . . . Ich möchte nicht, daß er vielleicht gewarnt wird. Warten wir ruhig ab, bis er nach Hause kommt. Wenn ich hier fertig bin, treffe ich mich mit dem Chefinspektor, und dann werden wir in die Barnsley Street gehen, um seine Lordschaft zu schnappen.»

«Ich glaube, Sie brauchen sich nicht zu beeilen. Er wird wohl ziemlich spät nach Hause kommen. Arbeitet in irgendeinem Restaurant, wie Fenton von Langfinger-Alec erfahren hat. Können wir sonst noch was für Sie tun?»

«Nicht daß ich wüßte. Wenn er in einem Restaurant arbeitet, wird ihn der Chef vielleicht erst morgen früh unter die Lupe nehmen. Na, ich komme sowieso gleich zu Ihnen rüber. Bis dann also.» Er legte auf und sagte zufrieden: «Fein, endlich machen wir Fortschritte.» Dann fiel sein Blick auf Glass, der noch immer wartend dastand, das aufgeklappte Notizbuch in der Hand, die Augen starr auf ihn gerichtet. «Ach ja, wir wurden unterbrochen. Was hatte ich doch gerade gesagt?»

«Sie wollten mich fragen, ob dieser Smart die Frau erkannt hätte. Und die Antwort ist nein. Er fuhr auf der anderen Straßenseite und sah nur eine weibliche Gestalt, die mit der einen Hand ihren Rock raffte und mit der anderen ihr Haar glattstrich.»

«Nun, wir können wohl mit ziemlicher Sicherheit annehmen, daß es Mrs. North war», meinte der Sergeant. Er suchte seine Papiere zusammen und stand auf. Glass schien mit seinen Gedanken noch immer bei dem schrecklichen Erlebnis zu sein, das er gehabt hatte, denn er sagte schaudernd: «Das Licht der Gerechten flammt auf, doch die Lampe der Frevler verlischt.»

«Gewiß, gewiß», stimmte der Sergeant zu, während er die Papiere in seine Aktentasche schob. «Aber wenn der Film, den Sie gesehen haben, so unzüchtig war, daß er Sie ganz durcheinandergebracht hat, dann tut's mir ehrlich leid, daß *ich* nicht dort war. Bis jetzt bin ich noch nie auf einen richtig scharfen Film gestoßen – jedenfalls auf keinen, der das war, was ich unter scharf verstehe.»

«Wie lange willst du noch eitle Gedanken in dir beherbergen?» fragte Glass. «Ich sage euch, wenn die Frevler verderben, wird großer Jubel herrschen.»

«Gehen Sie jetzt mal hübsch nach Hause und nehmen Sie ein Aspirin», riet der Sergeant. «Für heute habe ich genug von Ihnen.»

«Ja, ich gehe», erwiderte Glass und steckte sein Notizbuch ein. «Ich werde abgeschüttelt, der Heuschrecke gleich.»

Der Sergeant verließ das Büro, ohne ihn einer Antwort zu würdigen. Später, als er Hannasydes Zimmer in Scotland Yard betrat, sagte er: «Bei Glass sind Sie aber schön ins Fettnäpfchen getreten, Chef. So was von Aufregung hat's überhaupt noch nicht gegeben.»

«Um Himmels willen, was habe ich denn getan?»

«Seine Füße in eine grausige Grube geführt», antwortete Hemingway salbungsvoll. «Ich habe ihn nach Hause geschickt, damit er den Schock überwindet.»

«Wovon reden Sie eigentlich?» fragte Hannasyde ungeduldig. «Vergessen Sie Glass und kümmern Sie sich lieber um ...»

«Glass vergessen? Wie könnte ich das! Ihr Auftrag hat ihn ins Kino verschlagen, und was er dort sah, muß geradezu haarsträubend gewesen sein. Immerhin ist es ihm gelungen, in diesem Sündenpfuhl den Mann von der Post zu finden, der Mrs. North tatsächlich kurz nach zehn Uhr gesehen – allerdings nicht erkannt – hat und sich deutlich erinnert, daß sie nichts in der Hand trug. Was die Zeit betrifft, zu der sie Greystones verließ, spricht sie jedenfalls die Wahrheit. Haben Sie das von Carpenter gehört?»

«Ja, Lawson hat mir Bericht erstattet. Nach dem zu urteilen, was er von Langfinger-Alec erfahren hat, sieht es so aus, als wäre Carpenter mit einiger Sicherheit nach halb zehn Uhr abends in seiner Wohnung anzutreffen. Wir beide werden ihm heute noch einen Besuch abstatten.»

Hemingway nickte. «Gut. Um welche Zeit?»

«Am besten gönnen wir ihm eine halbe Stunde Spielraum, damit wir ihn auch bestimmt antreffen. Ich erwarte Sie also um zehn an der Ecke Glassmere Road und Barnsley Street. Übrigens wird es Sie interessieren, daß der

Portier dieses Appartementhauses, dem ich Fletchers Foto zeigte, sofort erklärte, das sei Mr. Smith.»

«Nun, daran haben wir ja eigentlich nie gezweifelt», meinte der Sergeant. «Konnte Ihnen der Portier irgend etwas über den seligen Ernest sagen?»

«Nichts von Bedeutung. Wie alle Leute, die mit Fletcher in Berührung kamen, fand er ihn sehr nett und umgänglich. Über das Mädchen weiß er nur das, was er Gale damals nach ihrem Tod erzählt hat.»

«Also wenn Sie mich fragen, sieht es ganz so aus, als bestünde ein Zusammenhang zwischen Angela Angels Selbstmord und dem Mord an dem seligen Ernest», sagte der Sergeant. «Allerdings begreife ich nicht, welche Rolle North dabei gespielt haben sollte.»

«Wahrscheinlich werden wir klarer sehen, wenn wir mit Carpenter gesprochen haben», erwiderte Hannasyde.

«Ja, der ist gewissermaßen die Schlüsselfigur», bestätigte der Sergeant.

Kurz vor zehn Uhr fand sich Hemingway an dem verabredeten Treffpunkt ein. Die Barnsley Street, eine Doppelreihe armseliger Häuser, verband die Hauptverkehrsstraße Glassmere Road mit der bürgerlich ehrbaren Wohnanlage Letchley Gardens. Die Glassmere Road, eine sehr belebte Straße, war Hemingway wohlbekannt; an der Ecke befand sich ein Kaffeeausschank. Der Sergeant ließ sich eine Tasse Kaffee geben und fing eine belanglose Unterhaltung mit dem Besitzer des Ausschanks an. Wenig später erblickte er den Chefinspektor, der von dem nahe gelegenen U-Bahnhof her die Glassmere Road entlangkam.

«'n Abend», sagte Hannasyde und nickte dem Besitzer zu. «Nicht viel los hier, wie?»

«Kann eigentlich nicht klagen», erwiderte der Mann und deutete mit dem Daumen nach rückwärts. «Nachher kommen 'ne ganze Menge Leute aus dem *Regal Cinema.* Jetzt ist natürlich kein Betrieb, aber es ist ja auch noch früh. Im allgemeinen bin ich ganz zufrieden.»

Der Sergeant stellte seine leere Tasse auf den Schanktisch, rief dem Mann ein fröhliches Gute Nacht zu und schlenderte mit seinem Vorgesetzten davon.

Der Himmel war bedeckt und dunkler als sonst um diese Zeit. Die Barnsley Street, die in einem Halbkreis auf Letchley Gardens zuführte, war schlecht beleuchtet – eine stille Straße mit schmalen, grauen Häusern. Die beiden Männer suchten und fanden Nr. 43. In einem Fenster des Erdgeschosses hing ein Schild mit der Aufschrift: ZIMMER ZU VERMIETEN. Sechs flache Stufen führten zur Haustür hinauf. Im oberen Stockwerk brannte Licht; im Souterrain war alles dunkel. «Sieht aus, als kämen wir immer noch zu früh», bemerkte der Sergeant, während er auf den Klingelknopf drückte. «Na ja, wenn er in einem Restaurant arbeitet, kann er eigentlich noch nicht Feierabend haben.»

«Wir müssen es eben versuchen», erwiderte Hannasyde.

Nach einer Weile läutete der Sergeant ein zweites Mal. Gerade wollte er einen dritten Versuch machen, als es hinter dem Oberlicht der Haustür hell wurde und das Schlurfen von Filzpantoffeln zu hören war. Eine dicke, unsympathisch aussehende Frau öffnete die Tür einen Spalt weit und fragte in keifendem Ton: «Was wollen Sie denn? Zimmer? Ist alles besetzt.»

«Wie tief würde mich das schmerzen, wenn ich wirklich ein Zimmer suchte», sagte der Sergeant prompt. «Noch nie hat jemand mein Herz so schnell erobert wie Sie. Kaum hatte ich Sie gesehen, da war's um mich geschehen, wie der Dichter sagt.»

«Hören Sie auf mit Ihren Frechheiten», gab die Frau zurück und musterte ihn mit unverhohlenem Abscheu.

«Gut, aber sagen Sie mir wenigstens, ob Mr. Carpenter zu Hause ist.»

«Wenn Sie zu dem wollen, warum gehen Sie dann nicht über den Hof und die Kellertreppe runter? Statt dessen reißen Sie hier die Klingel ab und hetzen mich nach unten. Glauben Sie, ich hätte nichts Besserew zu tun, als den ganzen Abend treppauf, treppab zu rennen?»

«Rennen?» höhnte der Sergeant. «So sehen Sie gerade aus. Und jetzt wollen wir vernünftig miteinander reden. Ist Charlie Carpenter zu Hause?»

«Ja», antwortete sie mürrisch. «Wenn Sie ihn sprechen wollen, gehen Sie runter und klopfen Sie an seine Tür.»

«Von wegen», sagte der Sergeant. «Führen Sie mir mal Ihre Rennkünste vor. Wir beide, Sie und ich, sprinten jetzt nach unten. *Sie* werden klopfen und Mr. Charlie Carpenter bitten, die Augen zu schließen, die Tür zu öffnen und sich anzusehen, was eine gute Fee ihm gebracht hat.»

«Den Teufel werde ich tun», rief die Frau wütend. «Wer sind Sie denn überhaupt?»

Der Sergeant zeigte ihr seinen Dienstausweis. «Das ist mein Name, Clara, aber da Sie mir so zugetan sind, können Sie mich gern Willy nennen. So, und nun vorwärts.»

Sie las sorgsam alles, was auf dem Ausweis stand, und ihre Abneigung gegen Hemingway wuchs sichtlich. «Ich bin eine anständige Frau und will keine Schnüffler bei mir im Haus haben; außerdem besteht gar kein Anlaß dazu. Wenn dieser junge Bursche irgendwas ausgefressen hat, dann ist das nicht meine Sache, damit Sie's nur wissen.»

«Schön, jetzt weiß ich's, also können wir gehen», sagte der Sergeant.

Leise murrend führte sie ihn und den Chefinspektor zur Kellertreppe. Hannasyde nickte dem Sergeant zu und blieb zurück, um den Hof im Auge zu behalten.

Das gebieterische Klopfen der Wirtin an der Tür im Souterrain blieb unbeantwortet, und kein Laut drang heraus.

«Komisch, er geht doch sonst nicht so früh schlafen», meinte die Frau und begann von neuem gegen die Tür zu hämmern. «Bestimmt ist er noch mal weggegangen. Na, hoffentlich sind Sie jetzt zufrieden.»

«Moment mal, Schwester.» Der Sergeant schob sie beiseite. «Ich darf mich wohl ein bißchen umsehen, ja?» damit drehte er den Griff und tastete, als die Tür aufging, nach dem Lichtschalter. «Sieht so aus, als hätten sie recht», sagte er.

Aber die Wirtin hatte nicht recht. Charlie Carpenter war nicht fortgegangen. Er lag, vollständig angekleidet, quer über dem Bett, das an der Stirnwand des Zimmers stand, und wie der Sergeant mit einem Blick feststellte, war er tot.

Die Frau, die über Hemingways Schulter spähte, schrie gellend auf und wich in das Halbdunkel des Kellerganges zurück.

«Seien Sie still», befahl der Sergeant barsch. Er ging zum Bett und beugte sich über den gekrümmten Körper. Die Hände waren, wie er feststellte, noch warm.

«Was ist passiert, Hemingway?» ertönte Hannasydes Stimme.

Der Sergeant ging zur Tür. «Wir sind ein bißchen zu spät gekommen, Chef, das ist passiert», rief er. «Sehen Sie sich mal die Bescherung an.»

Hannasyde lief die Treppe hinunter, warf einen kurzen Blick auf das kalkweiße Gesicht der Wirtin und betrat das Zimmer.

Der Sergeant stand neben dem Bett und betrachtete ungerührt den Toten. Er sah auf, als dem Chefinspektor unwillkürlich ein Ausruf des Schreckens entfuhr. «*Das* haben wir nicht erwartet, wie?» bemerkte er.

Hannasyde beugte sich mit grimmiger Miene über den Toten. Carpenter war auf die gleiche Weise ermordet worden wie Ernest Fletcher, aber während der Täter anscheinend unversehens auf Fletcher eingeschlagen hatte, war es in diesem ärmlichen Kellerraum zu einem Handgemenge gekommen. Davon zeugten ein umgestürzter Stuhl, ein verschobener Läufer und einige Druckspuren, die über dem zerknitterten Kragen des Toten auf der weißen Haut zu sehen waren.

«Dieselbe Methode, vermutlich auch dieselbe Waffe», murmelte Hannasyde. «Aber dieser Mann wußte, was ihm drohte.» Er wandte den Kopf. «Alarmieren Sie das Morddezernat, Hemingway. Und schaffen Sie mir dieses Weib vom Hals. Sagen Sie ihr, daß sie uns nachher einige Fragen beantworten muß. Ich glaube allerdings nicht, daß sie etwas weiß.»

Hemingway nickte und ging hinaus. Als Hannasyde allein war, nahm er das Zimmer in Augenschein. Was er sah, verriet ihm recht wenig über den Toten. Der spärlich möblierte Raum war durch eine Anzahl von Fotografien und Farbdrucken verschönert worden; einige waren gerahmt, andere mit Reißzwecken an die Wand geheftet. Auch in dem Rahmen des stockfleckigen Spiegels über dem Kamin steckten ein paar bunte Ansichtskarten. Ein Vorhang, quer vor einer Ecke des Zimmers angebracht, verbarg zwei oder drei billige Anzüge und mehrere Paar Schuhe. Auf dem Toilettentisch am Fenster waren Flaschen mit Haaröl, Rasierwasser, Nagellack und Parfum aufgereiht. Bei diesem Anblick schnitt Hannasyde eine Grimasse. Er wickelte sich sein Taschentuch um die Hand und zog die beiden oberen Schubladen des Tisches heraus. Die eine enthielt lediglich eine buntscheckige Sammlung von Socken und Taschentüchern; in der anderen lagen unter einem Haufen Krawatten ungeordnet Briefe, alte Programmhefte, Theaterzettel und Zeitungsausschnitte, die Hannasyde nun herausklaubte und auf den Tisch warf.

Der zurückkehrende Sergeant fand ihn in die Betrachtung eines Illustriertenfotos vertieft. Hannasyde sah auf, als der Sergeant eintrat, und hielt ihm den Zeitungsausschnitt hin. Hemingway nahm das Blatt und las halblaut: «*Schnappschuß vom Rennen: The Honourable Mrs. Donne, Miss Claudine Swithin und Mr. Ernest Fletcher*. Sieh mal einer an! Na, jedenfalls ist X buchstäblich ausgeschaltet worden, nicht wahr? Haben Sie sonst noch was gefunden, Chef?»

«Bis jetzt nicht. Ich möchte warten, bis das Zimmer auf etwaige Fingerabdrücke untersucht worden ist.» Er zog mit der noch immer umwickelten Hand den Schlüssel aus der Tür, steckte ihn von außen wieder hinein und ging auf den Flur.

Hemingway folgte ihm und sah zu, wie er die Tür abschloß und den Schlüssel an sich nahm. «Die Alte ist in der Küche», meldete er. «Haben Sie Aufträge für mich?»

«Ja. Erkundigen Sie sich, ob der Mann im Kaffeeausschank vor etwa einer halben Stunde jemanden diese Straße entlanggehen sah. Halt, warten Sie, vielleicht kann uns die Wirtin genau sagen, wann Carpenter nach Hause kam.»

Er ging zu der im rückwärtigen Teil des Hauses gelegenen Küche, wo die Wirtin eben dabei war, sich mit Gin zu stärken. Bei seinem Eintritt ließ sie die Flasche schleunigst verschwinden und überschüttete ihn mit einem Schwall von Worten. Sie wisse nichts, ihr armer Mann, den der Schreck bestimmt töten werde, liege im Obergeschoß mit Grippe im Bett, und sie sei in den letzten sechzig Minuten bei ihm gewesen. Alles, was sie beschwören könne, sei die Tatsache, daß Carpenter um neun Uhr dreißig noch lebte, denn da habe er die Treppe hinaufgeschrien, ob seine Schuhe vom Schuster zurück seien – als ob sie ihm in diesem Fall das Paket nicht ins Zimmer gelegt hätte ...

«Sagen Sie bitte», unterbrach Hannasyde den Redefluß, «könnte jemand das Haus ohne Ihr Wissen betreten haben?»

«Jemand hat's getan. Das ist alles, was ich weiß», antwortete sie mürrisch. «Der Betreffende kann nur durch die Hoftür gekommen sein, und das ist nicht meine Schuld. Der Carpenter hätte zuriegeln und die Kette vorlegen müssen, als er nach Hause kam, aber es ist schon öfter passiert, daß er zu faul dazu war. Schlüssel gibt's keinen, der ist verlorengegangen. Ich wollte schon immer einen neuen machen lassen.»

«Er benutzte also die Hoftür?»

«Ja. War einfacher, verstehen Sie?»

«Wer wohnt sonst noch im Haus?»

«Ich und mein Mann und Gladys, meine Tochter, und die Mieterin aus dem Vorderzimmer im ersten Stock.»

«Wer ist das?»

«'ne sehr anständige Dame. Vom Theater, aber zur Zeit ohne Engagement.»

«Wohnt denn niemand im Erdgeschoß?»

«Doch, aber der ist unterwegs. Ein gewisser Barnes. Reist in Seife.»

«Wann ist Carpenter hier eingezogen?»

«Vor einem halben Jahr. War ein netter junger Mann. Forscher Kerl.»

«Waren Sie gut mit ihm bekannt? Hat er Ihnen irgendwas über sich selbst erzählt?»

«Nein. Stell keine Fragen, dann bekommst du keine Lügen zu hören, das ist meine Devise. Solange er seine Miete bezahlte, war mir alles andere egal. Wahrscheinlich hatte er auch sein Päckchen zu tragen, aber mir liegt's nicht, meine Nase in anderer Leute Angelegenheiten zu stecken. Meine Devise ist leben und leben lassen.»

«Danke, das ist im Augenblick alles.» Hannasyde verließ die Küche und ging zu der Tür, die auf den Hof führte. Der Riegel war zurückgeschoben, und die Kette hing lose herab.

Wenige Minuten später fuhr draußen ein Krankentransportwagen der Polizei vor. Der Bezirksarzt, der Fotograf und der Spezialist für Fingerabdrücke walteten im Souterrain ihres Amtes, und ein rotwangiger junger Sergeant wurde abkommandiert, um Hemingway bei der Suche nach möglichen Zeugen behilflich zu sein.

Bald nachdem Carpenters Leichnam fortgeschafft worden war, kehrte Sergeant Hemingway zurück und fand Hannasyde im Kellerraum, wo er, unterstützt von einem Inspektor, die Habseligkeiten des Toten sichtete.

«Nun?» fragte Hannasyde.

«Ja, ich habe etwas», berichtete der Sergeant. «Der Kaffeeverkäufer hat seinen Stand erst um neun Uhr dreißig geöffnet, und der einzige Mensch, den er außer Ihnen, mir und dem Polizisten auf seiner Runde in der Barnsley Street sah, war ein mittelgroßer Mann im Smoking, der auf der anderen Straßenseite mit schnellen Schritten zum Taxistand in der Glassmere Road ging. Na, wie finden Sie das?»

«Konnte er den Mann beschreiben?»

«Nein. Er hat ihn nicht deutlich gesehen. Es war zu dunkel, sein Gesicht zu erkennen, sagt er. Aber was er genau weiß, Chef: Der Mann trug keinen Mantel, und er hatte nichts in der Hand. Alles schon mal dagewesen, könnte man dazu sagen. Ich brauche wohl nicht zu fragen, ob Sie hier die Mordwaffe gefunden haben. Wenn Sie mit Ja antworteten, würde ich's Ihnen nicht glauben.»

«Ich habe keine Waffe gefunden. Sind Sie auf jemanden gestoßen, der die Aussage des Kaffeeverkäufers bestätigen konnte?»

Der Sergeant rümpfte die Nase. «Bestätigen? Na ja, am anderen Ende der Straße drückte sich ein Liebespärchen in einer dunklen Ecke herum. Sie wissen schon, die Sorte, die stundenlang dasteht und sich abknutscht. Ich glaube ja nicht, daß man viel auf ihre Behauptungen geben kann, aber jedenfalls behauptet das Mädchen, sie hätte vor einer halben Stunde einen Herrn im Smoking vorbeigehen sehen. Viel Verkehr war ja nun wirklich nicht auf der Straße. Ich habe Lyne beauftragt, in den gegenüberliegenden Häusern nachzuforschen, ob vielleicht jemand vom Fenster aus etwas beobachtet hat.»

«Erinnerten sich die beiden an einen Stock, den der Mann im Smoking bei sich hatte?»

«Die? Daß ich nicht lache! Zuerst behaupteten sie, keine Menschenseele gesehen zu haben. Ich mußte ein bißchen energisch werden, damit sie sozusagen aus ihrem Liebesrausch erwachten. Dann erinnerte sich das Mädchen, einen Mann mit weißem Smokinghemd auf der anderen Straßenseite gesehen zu haben, und der Freund erklärte nach langem Grübeln, ja, da sei wohl einer gegangen, aber er habe nicht weiter auf ihn geachtet, und ob es gewesen sei, bevor oder nachdem der Polizist vorbeikam, das könne er nicht beschwören. Es war übrigens kurz vorher, wenn man dem Kaffeeverkäufer glauben darf, und das darf man wohl. Der Polizist und der Mann im Smoking gingen in verschiedene Richtungen, könnten also einander begegnet sein. Soll ich den Polizisten ausfindig machen, der hier Dienst hatte?»

«Ja, so schnell wie möglich. Anscheinend hat er nichts Verdächtiges bemerkt, aber falls er den Mann im Smoking getroffen hat, kann er uns vielleicht eine Personenbeschreibung geben.»

«Also wenn Sie mich fragen», sagte der Sergeant, «Dann besteht gar kein Zweifel, wer es war. Freund North natürlich. Nur wo er die Waffe gelassen hat, das ist mir ein Rätsel. Taschenspielerei ist bei dem doch nicht drin. Haben Sie eine Idee, Chef?»

«Nein. Und ich habe auch keine Idee, warum North – wenn er es wirklich war – Carpenter umbringen mußte.»

Der Sergeant sah ihn erstaunt an. «Aber das liegt doch auf der Hand. Höchstwahrscheinlich hat Carpenter den Mörder des seligen Ernest gesehen und zur Abwechslung versucht, North zu erpressen.»

«Ich bitte Sie, Hemingway, wie kann Carpenter den Mörder gesehen haben, wenn er um neun Uhr achtundfünfzig von Fletcher zur Gartenpforte begleitet wurde?»

«Vielleicht hat Fletcher ihn gar nicht begleitet», sagte der Sergeant. «Könnte doch sein, daß sich Mrs. North das nur ausgedacht hat.» Er kratzte sich nachdenklich am Kinn. «Ja, ich weiß, was Sie meinen. Carpenter ist gewissermaßen in den Fall verwickelt, wie? Sieht mir ganz so aus, als hätte er bedeutend mehr über diese Sache gewußt, als wir glaubten.»

11

Die beiden Liebesleute, die Hannasyde auf dem Polizeirevier befragte, zeigten sich durchaus hilfsbereit, aber ihre Aussagen waren so vage und zum Teil widersprüchlich, daß keiner von ihnen als wertvoller Zeuge angesehen werden konnte. Das Mädchen, eine Hausangestellte, die ihren freien Abend hatte, kam sehr bald dahinter, welchen Wert die Polizei der Tatsache beimaß, daß ein Mann im Smoking durch die Straße gegangen war, und bildete sich daraufhin prompt ein, alles mögliche bemerkt zu haben.

«Ich fand, er sah komisch aus», vertraute sie Hannasyde an. «Junge, Junge, dachte ich, du siehst aber komisch aus. Merkwürdig, wissen Sie.»

«Inwiefern merkwürdig?» fragte Hannasyde.

«Ach, ich weiß nicht. Ich meine, genau kann ich's nicht sagen, aber er hatte so was an sich – die Art, wie er ging. Furchtbar eilig, wissen Sie. Also mir kam er wie ein Gangster vor.»

Hier schaltete sich ihr Freund ein. «Unsinn. Du hast ihn ja gar nicht richtig gesehen.»

«O doch, Syd, ehrlich.»

«Na, zu mir hast du nichts darüber gesagt.»

«Nein, aber ich hatte so das *Gefühl*», erklärte Miss Jenkins geheimnisvoll.

«Du und deine Gefühle!»

«Bitte», unterbrach Hannasyde das Geplänkel, «erinnern Sie sich, was für Haare der Mann hatte? Blonde oder braune?»

Miss Jenkins wollte sich nicht festlegen. Als Hannasyde nicht lockerließ, meinte sie, die Haarfarbe sei in der Dunkelheit nicht zu sehen gewesen. Mr. Sydney Potter hingegen sagte nachsichtig: «Überhaupt nichts hast du gesehen. Es war nämlich so, Sir: Meine Kleine und ich, wir haben miteinander geplaudert und gar nicht bemerkt, ob jemand vorbeiging. Nicht so, daß wir ihn beschreiben könnten, meine ich.»

«Haben Sie den Mann im Smoking gesehen?»

«Kann mich nicht mit Sicherheit erinnern», antwortete Mr. Potter bedächtig. «Es sind wohl zwei oder drei Leute vorbeigegangen, aber ich habe nicht auf sie geachtet. Mir ist so, als hätte ich auf der anderen Straßenseite 'nen feinen Pinkel gesehen, aber beschwören möchte ich's nicht.»

«Ja, und er muß den Polizisten getroffen haben», warf Miss Jenkins ein.

«Weil ich gleich danach den Polizisten von der anderen Seite kommen sah. Mein Gott, stell dir vor, Syd, wenn er den Mord direkt vor der Nase des Polizisten begangen hat! Manche Leute haben aber wirklich Nerven! Ganz bestimmt war es ein Gangster.»

«Quatsch, der Polizist kam doch lange vor ihm, du Schaf», sagte Mr. Potter liebevoll. «Hör auf mit deinem Gefasel, du erinnerst dich nämlich an gar nichts.»

Diese Meinung wurde von Sergeant Hemingway geteilt, der unmittelbar nach dem Abzug der beiden Liebenden angewidert erklärte: «Na, das sind mir prima Zeugen! Wenn die es schon die ganze Zeit so getrieben hatten wie in dem Augenblick, als ich sie aufstöberte, dann ist es ein Wunder, daß sie sich überhaupt an irgendwas erinnern. Knutschen, betatschen und was weiß ich – die reinste Orgie. Ich begreife einfach nicht, wie manche Leute so was stundenlang durchhalten. Das Mädchen möchte sich natürlich in der Zeitung abgebildet sehen. Ich kenne die Sorte. Und der junge Potter ist auch nicht viel besser. Als Zeugen taugen sie beide nichts.»

«Immerhin hat das Mädchen einen Mann im Abendanzug gesehen, und das entspricht genau den Angaben des Kaffeeverkäufers. Wir werden abwarten, was der Polizist zu sagen hat. Wenn er wirklich, wie das Mädchen behauptet, gleich nach dem Mann im Smoking vorbeigegangen ist, bringt uns das vielleicht weiter.»

Bald darauf erschien Polizist Mather, ein sommersprossiger, ernsthafter junger Mann. Er erklärte jedoch, daß er in der Barnsley Street leider keinem Mann im Smoking begegnet sei.

«Na, bitte!» rief Hemingway wütend. «Was habe ich Ihnen gesagt? Die dumme Gans hat sich die Geschichte aus den Fingern gesogen.»

Hannasyde wandte sich an den jungen Polizisten. «Als Sie durch die Barnsley Street gingen, haben Sie da zufällig bemerkt, ob im Souterrain von Nummer dreiundvierzig Licht brannte?»

«Das ist bei Mrs. Prim», sagte Mather. «Wenn Sie gestatten, Sir, muß ich eine Weile nachdenken.»

Der Sergeant betrachtete ihn mit der Neugier eines Vogels. «Entweder Sie wissen es, oder Sie wissen es nicht», meinte er.

Die ernsten grauen Augen richteten sich auf sein Gesicht. «Erst dann, wenn ich in Gedanken die Straße entlanggegangen bin, Sir. Das tue ich jetzt, wenn Sie sich bitte eine Minute gedulden wollen. Ich kann mich nur dann erinnern, wenn ich den Weg noch mal gehe.»

«Also los», ermunterte ihn Hannasyde und bändigte den skeptischen Hemingway mit einem Stirnrunzeln.

Es wurde still, und Polizist Mather ließ seinen Geist anscheinend durch die Barnsley Street wandern. Endlich sagte er mit Bestimmtheit: «Ja, Sir, es brannte Licht. In Nummer neununddreißig – das ist bei Mrs. Dugdale – stand ein Fenster offen, aber das machte nichts, denn sie hat Gitterstäbe davor. Im nächsten Haus, also in Nummer einundvierzig, war alles dunkel, und dann kam das Haus mit dem erleuchteten Kellerfenster – Nummer dreiundvierzig.»

«Aha», sagte Hannasyde. «Sind Sie ganz sicher?»

«Ja, Sir.»

«Haben Sie irgendwelche Geräusche gehört, die aus dem Keller kamen, oder ist Ihnen etwas Ungewöhnliches aufgefallen?»

«Nein, Sir. Die Vorhänge waren zugezogen, und ich habe nichts gehört.»

«Wenn Licht brannte, ist der Mörder wahrscheinlich noch dort gewesen», meinte der Sergeant. «Ja, es sieht ganz so aus, als hätte er Carpenter umgelegt und dann gewartet, bis Sie vorbeigegangen waren, so daß er unbemerkt entkommen konnte.»

«Ja, Sir», erwiderte Mather unglücklich. «Es tut mir furchtbar leid, wirklich.»

«Ist ja nicht Ihre Schuld», beruhigte ihn Hannasyde.

«Netter Mordfall, was?» sagte der Sergeant, als Mather das Zimmer verlassen hatte. «Jetzt brauchen wir bloß noch festzustellen, daß der Taxifahrer nicht mehr weiß, wie sein Fahrgast aussah, und dann sitzen wir in der Patsche.»

Er sollte nicht enttäuscht werden. Etwas später, als er und Hannasyde nach Scotland Yard zurückgekehrt waren, traf die Meldung ein, der Taxifahrer Henry Smith habe zu der fraglichen Zeit einen Herrn in Abendkleidung von der Glassmere Road zum *Piccadilly Hotel* gebracht. Ob der Fahrgast das Hotel tatsächlich betreten hatte, wußte Smith nicht. Er hatte sich den Herrn nicht genau angesehen und konnte ihn nur als einen Mann von mittlerer Größe und Gestalt beschreiben. Auch sein Gesicht hatte ihm keinen besonderen Eindruck gemacht – ein nett aussehender, aber unauffälliger Mensch.

«Dann war es bestimmt nicht Budd», bemerkte der Sergeant. «Den würde kein vernünftiger Mensch als nett aussehend bezeichnen. Mit den Fingerabdrücken ist es auch Essig, Chef. Der Täter muß Handschuhe getragen haben.»

«Und von der Waffe fehlt jede Spur», fügte Hannasyde mißmutig hinzu. «Ein schwerer, stumpfer Gegenstand, mit großer Kraft gehandhabt. Also der gleiche, wenn nicht sogar derselbe Gegenstand, mit dem Fletcher ermordet wurde.»

«Wenigstens ist es ein erfreulicher Gedanke, daß wir das Ding in Greystones nicht übersehen haben», sagte Hemingway vergnügt. «Der Mörder muß es unter seinem Hut gehabt haben, als er fortging. Waren Carpenters Papiere irgendwie aufschlußreich?»

«Nicht besonders. Bis auf das hier.»

Der Sergeant griff nach dem Brief, den Hannasyde ihm hinhielt. Er faltete den Bogen auseinander, warf einen Blick auf die Unterschrift und rief: «Angela! Alle Wetter!»

Der Brief trug kein Datum und war nicht lang. Geschrieben in runden, kindlichen Buchstaben, begann er abrupt: «*Charlie, wenn Du dies erhältst, bin ich nicht mehr in unserer Wohnung. Ich glaube, das wird Dir ziemlich gleichgültig sein, aber ich möchte nicht fortgehen, ohne Dir Bescheid zu geben, denn trotz allem und wenn Du auch auf Abwege und in schlechte Gesellschaft geraten bist, lieber Charlie, kann ich die alten Zeiten nicht vergessen. Aber ich weiß jetzt, daß Du doch nicht der Richtige warst, weil ich inzwischen den Richtigen gefunden habe und alles mit anderen Augen sehe. Seinen Namen werde ich Dir nicht sagen, denn ich kenne Dich, Charlie, und weiß, daß man Dir nicht trauen kann. Du würdest ihm Ungelegenheiten machen, wenn Du könntest. Glaube nicht, daß ich Dich verlasse, weil Du Schande über Dich gebracht hast. Ich weiß jetzt, daß die Liebe stark wie der Tod ist, und wenn Du der Richtige gewesen wärst, so hätte ich immer zu Dir gehalten, denn selbst gewaltige Wasser vermögen nicht, die Liebe zu löschen; auch Ströme schwemmen sie nicht fort. In der Schule hat man uns gelehrt, diese Worte und überhaupt das Hohelied bezögen sich auf die Kirche, aber jetzt weiß ich es besser.*

Der Sergeant las aufmerksam das Schreiben und sagte, als er es Hannasyde zurückgab: «Die hatte es aber arg erwischt, was? Unvorstellbar, daß jemand solche Gefühle für den seligen Ernest hegte. Anscheinend hat sie den Brief geschrieben, als Charlie im Kittchen saß. Alles in allem eine Bestätigung unserer Theorie. Vermutlich hat sie sich aus Liebe zum seligen Ernest das Leben genommen, und Charlie war ja unleugbar der Typ des schmutzigen kleinen Gauners, der nur darauf wartet, jemanden erpressen zu können. Und wo stehen wir jetzt? Nehmen Sie an, daß Carpenter sah, wie der liebe Ernest ermordet wurde?»

«In diesem Fall gibt es zwei Möglichkeiten», erwiderte Hannasyde. «Entweder hat der Mörder unseren Freund Carpenter nicht nur gesehen, sondern ihn auch erkannt. Oder Carpenter hat den Mörder erkannt und versucht, ihn zu erpressen.»

«Hören Sie, Chef, weisen wir North die Rolle des Mörders zu, oder setzen wir voraus, daß ein anderer der Mörder ist, ein ganz unverdächtiger Mensch, von dessen Existenz wir nichts ahnen?»

«Woher soll ich das wissen? Ich gebe zu, daß fast alles auf North hindeutet. Nein, ‹fast alles› ist übertrieben. Für Norths Schuld sprechen seine unerwartete Rückkehr nach England, sein merkwürdiges Verhalten am Abend des Mordes, Mrs. Norths seltsames Benehmen und die Tatsache, daß heute abend in der Barnsley Street ein Mann gesehen wurde, der ungefähr Norths Größe und Gestalt hatte. Gegen Norths Schuld spricht meines Erachtens vor allem sein Charakter. Seine Schwägerin hat mir versichert, daß er kein Dummkopf ist, und ich glaube ihr. Was aber könnte dümmer sein, als einen zweiten Mann auf genau die gleiche Art zu ermorden wie den ersten?»

«Na, ich weiß nicht so recht», widersprach der Sergeant. «Man könnte das auch anders sehen. Wenn er so intelligent ist, wie Sie sagen, dann wäre es doch denkbar, daß er auf die glänzende Idee kam, seine Opfer möglichst ungeschickt zu erledigen. Außerdem hat er sich gar nicht so dämlich benommen, wie es scheint. Er hinterließ keine Fingerabdrücke, und den Trick, die Tatwaffe verschwinden zu lassen, macht ihm so leicht kein Zauberer nach.»

«Ja, daran habe ich auch schon gedacht», sagte Hannasyde. «Aber da gibt es noch ein paar Probleme. Wo und wie konnte ein Mann in seiner Position mit Carpenter in Berührung kommen?»

«In Greystones, an dem Abend, als der liebe Ernest ermordet wurde», antwortete der Sergeant flink. «Ist doch ganz einfach, Chef. Vergessen Sie mal für einen Augenblick die zweite Version von Mrs. Norths Geschichte und nehmen Sie an, daß Carpenter sich während ihres Besuchs bei Ernest im Garten versteckte ...»

«Warum hätte er sich verstecken sollen? Er war doch eigens gekommen, um Fletcher zu erpressen.»

Der Sergeant überlegte kurz. «Könnte er sich nicht aus genau demselben Grund versteckt haben wie Mrs. North? Vielleicht ging er gerade den Gartenweg entlang, als er hörte, wie hinter ihm die Pforte geöffnet wurde ...»

«Unmöglich. In diesem Fall hätte er Budd treffen müssen, und den hat er nicht getroffen.»

«Na schön», sagte der Sergeant geduldig, «dann nehmen wir also an, daß er schon die ganze Zeit im Garten war. Kam herein, während Budd mit dem seligen Ernest sprach. Statt sofort aus seinem Schlupfwinkel herauszukriechen, als Budd ging, wartete er noch eine Weile, um sich zu vergewissern, daß die Luft rein sei. Plötzlich aber betrat Mrs. North den Garten, und er blieb in seinem Versteck. Als sie den lieben Ernest verließ, erschien North auf der Bildfläche. Sie schlüpfte hinter den Strauch, genauso, wie sie es uns erzählt hat, erkannte ihren Mann und machte sich davon ... Nein, falsch! Der Postangestellte hat ja gesehen, wie sie kurz nach zehn aus dem Vordereingang von Greystones kam. Moment mal ... Ja, jetzt hab ich's! North tötete den seligen Ernest irgendwann zwischen neun Uhr fünfundvierzig und zehn Uhr und entfernte sich durch den Garten, wobei er von Mrs. North und unserem Freund Charlie beobachtet wurde. Mrs. North, die nichts von Charlies Anwesenheit ahnte, lief ins Arbeitszimmer, um zu sehen, was für Scherze die beiden dort getrieben hatten. Sie fand den toten Ernest, geriet in Panik und flüchtete durch den Vordereingang. Inzwischen verduftete Carpenter aus dem Garten, wobei er um zehn Uhr zwei von Ikabod beobachtet wurde, und rannte in dieselbe Richtung, die North eingeschlagen hatte. Er holte North ein, folgte ihm unbemerkt ...»

«Wohin?»

«Nach London zurück, denke ich mir. Er muß North bis zu seiner Stadtwohnung auf den Fersen geblieben sein, sonst hätte er ja nicht herausgefunden, um wen es sich handelte. Später versuchte er dann, North zu erpressen, und folglich mußte North ihn beseitigen. Wie gefällt Ihnen das?»

«Nicht besonders», sagte Hannasyde.

«Nun ja, bei näherer Überlegung bin ich auch nicht sehr begeistert», gestand Hemingway. «Ganz gleich, wie man die Sache betrachtet, immer kommt einem die Dame North mit ihrer Geschichte ins Gehege. Wir müssen ihr glauben, daß sie sich zu irgendeiner Zeit hinter dem Strauch versteckte, denn wir haben ja ihre Fußabdrücke gefunden. Ebenso, und zwar wegen der Aussage des Postangestellten, müssen wir als erwiesen ansehen, daß sie noch einmal ins Haus zurückkehrte.»

«Genau», bestätigte Hannasyde. «Und Ihrer neuesten Theorie zufolge tat sie das, als Fletcher bereits tot war. Sie kennen die Aufnahmen unseres Fotografen. Glauben Sie wirklich, eine derart sensible Frau wäre angesichts dessen, was sie von der Fenstertür aus gesehen haben muß, ungerührt ins Zimmer gegangen?»

«Frauen sind zu allem fähig, wenn sie unbedingt etwas haben wollen, Chef. Und sie wollte die Schuldscheine haben.»

«Aber nicht so, Hemingway. Sie hätte die Schreibtischschublade nicht öffnen können, ohne Fletchers Leichnam beiseite zu schieben. Das muß sie gewußt haben, bevor sie das Zimmer betrat. Wir dürfen als sicher annehmen, daß sie nicht hineinging, um Erste Hilfe zu leisten, denn in diesem Fall hätte sie Zeter und Mordio geschrien, statt sich wortlos davonzustehlen.»

«Wenn sie wußte, daß ihr Mann der Mörder war, hätte sie bestimmt keinen Alarm geschlagen.»

«Dann kann ich mir aber nicht vorstellen, daß sie überhaupt ins Arbeitszimmer gegangen wäre. Ich glaube nicht, daß sie Zeugin des Mordes wurde, es sei denn, sie und North hätten zusammen gearbeitet, eine Hypothese, die unserem gesamten Beweismaterial widerspricht.»

«Warten Sie, Chef, jetzt weiß ich, wie es war», sagte der Sergeant. «Von ihrem Platz hinter dem Johannisbeerstrauch konnte sie nicht ins Arbeitszimmer hineinsehen, nicht wahr?»

«Nein.»

«Sehr gut. North geht also um zehn Uhr zwei fort. Er ist der Mann, den Ikabod sah. Mrs. North, die nicht ahnt, was geschehen ist, schleicht sich zur Fenstertür. Ist doch logisch, wie?»

«Soweit ja. Und was macht Carpenter inzwischen? Liegt er immer noch auf der Lauer?»

«Richtig. So, und nun behaupten Sie, Mrs. North hätte nicht gewagt, durch das Arbeitszimmer zu gehen. Sie mußte es aber tun.»

«Wieso?»

«Weil Ikabod kam», sagte der Sergeant triumphierend. «Gerade als sie auf dem Weg zur Gartenpforte war, erschien er auf der Bildfläche. So muß es gewesen sein. Sie wollte nicht riskieren, sich im Garten zu verstecken, weil doch der selige Ernest tot im Zimmer lag, und folglich blieb ihr nichts anderes übrig, als durch das Haus zum Vordereingang zu laufen.»

Hannasyde blickte interessiert auf. «Meine Güte, Sie könnten recht haben, Hemingway. Aber was wurde aus Carpenter?»

«Wenn er sich in dem Gebüsch am Wegrand versteckt hatte, ist er vermutlich zur Gartenpforte geschlichen, sobald Ikabod an ihm vorbei und ins Arbeitszimmer gegangen war. Ja, so muß es gewesen sein.»

«Schön, aber bedenken Sie, daß der andere Mann den Garten um zehn Uhr zwei verließ, sich mit schnellen Schritten entfernte und, von Glass beobachtet, in die Arden Road einbog. Da erhebt sich doch die Frage, wie Carpenter a) die von dem anderen eingeschlagene Richtung erraten und b) den Mann einholen konnte.»

«Ja, da liegt der Hase im Pfeffer», gab Hemingway zu. «Entweder hatte er mächtiges Glück, oder die Sache hat sich nicht so abgespielt.»

«Wie ist es dann aber zu erklären, daß er wußte, wer North war? Die Norths sind noch in keinem Zeitungsbericht erwähnt worden.» Er hielt inne und klopfte mit seinem Bleistift leicht auf die Tischplatte. «Wir haben irgendwas übersehen, Hemingway», sagte er schließlich.

«Wenn das stimmt, möchte ich gern wissen, was es ist», erwiderte der Sergeant.

«Wir müssen es unbedingt herausfinden. Natürlich könnte ich North danach fragen, aber das hat wahrscheinlich keinen Zweck. So wie ich ihn einschätze, sagt er kein Wort.»

«Er ist doch verpflichtet, Ihnen Auskunft zu geben, wo er sich gestern abend und am Abend des Mordes an Ernest Fletcher aufgehalten hat.»

«Allerdings. Aber was nützt es mir, wenn er ein Alibi beibringt, das er nicht erhärten und ich nicht nachprüfen kann? Nein, ich muß schon die Verbindung zwischen ihm und Carpenter aufspüren oder beweisen, daß er gestern abend in der Barnsley Street war, denn sonst kann ich die Anklage nicht begründen. Es sei denn, ich bringe seine Frau zum Reden – oder ihn durch sie.»

«Wäre es nicht denkbar, daß North irgendwann einmal in dem Restaurant gegessen hat, wo Freund Charlie arbeitete?» fragte der Sergeant.

«Das ist im höchsten Grad unwahrscheinlich», erwiderte Hannasyde. «North ist ein sehr wohlhabender Mann, und weshalb sollte er sich in ein schmieriges Lokal in der Gegend der Fulham Road setzen? Sie sind doch mit mir zusammen dort gewesen. Können Sie sich vorstellen, daß North in einer so miserablen Gaststätte verkehrt?»

«Nein, ebensowenig wie ich ihn mir in diesen Lokalen in Soho vorstellen kann», sagte Hemingway. «Und trotzdem möchte ich wetten, daß er die meisten von ihnen mit seiner Gegenwart beehrt hat.»

«Soho ist etwas anderes.» Hannasyde sammelte die über den Schreibtisch verstreuten Papiere ein und legte sie in die Schublade. «Wird Zeit, daß wir nach Hause gehen, mein Lieber. Wir können sowieso nichts unternehmen, bevor wir mit North gesprochen haben. Ich schlage vor, daß ich ihm morgen in aller Frühe einen Besuch abstatte – bevor er Zeit hat, das Haus zu verlassen. Um das andere kümmern Sie sich bitte. Zur Leichenschau brauchen Sie nicht zu gehen. Sehen Sie zu, was Sie aus Carpenters Vergangenheit ausgraben können. Ich nehme Glass mit zu den Norths, für den Fall, daß ich Hilfe brauche.»

«Na, Ikabod wird Sie jedenfalls ein bißchen aufheitern», meinte der Sergeant. «Schade, daß ich ihn nicht hören kann, wenn er bei der Leichenschau seine Aussage macht. Ich wette, das wird ein toller Erfolg.»

Chefinspektor Hannasyde traf am nächsten Morgen gegen neun Uhr in Marley ein, aber trotz der frühen Stunde war er nicht der erste Besucher in The Chestnuts. Um zwanzig Minuten vor neun, als sich Miss Drew zu einem einsamen Frühstück niedersetzte, führte der leicht konsternierte Butler einen schlanken jungen Mann in schäbigen grauen Flanellhosen, einer ledergepaspelten Tweedjacke und mit flatterndem Schlips herein.

«Hallo», sagte Sally. «Was willst du denn hier?»

«Frühstück. Das heißt, ich wollte mal sehen, ob ihr was Besseres habt als wir. Wenn ja, dann bleibe ich. Wenn nein, läßt sich's nicht ändern. Bei uns gibt es heute was Indisches – so ein Gemisch von Reis, Eiern, Fisch, Zwiebeln und was weiß ich. Ausgerechnet heute morgen!»

«Gehst du zu der Leichenschau?» fragte Sally, während Neville die Schüsseln auf der Wärmeplatte inspizierte.

«Nein, Liebling, aber ich wette, daß du hingehst. Hm, Heringe, Nieren, Bacon und ein wunderbarer Schinken! Ihr lebt ja wie die Fürsten. Ich werde mich durch das alles hindurchessen. Oder hast du etwas dagegen? Leute, die ein kräftiges Frühstück in sich hineinschlingen, sind eigentlich ein ekelhafter Anblick, findest du nicht?»

«Ich bin auch das, was man einen Vielfraß nennt», beruhigte ihn Sally. «Brötchen oder Toast? Und was möchtest du trinken? Tee, Kaffee oder vielleicht lieber eine schöne Tasse Schokolade zu all dem salzigen Essen?»

«Ihr Luxusgeschöpfe», seufzte Neville und kehrte zum Tisch zurück. «Kaffee, wenn ich bitten darf, Schätzchen.»

«Jetzt gehörst du ja auch zu den Luxusgeschöpfen», erinnerte ihn Sally. «Du bist reich genug, dir einen anständigen Anzug zu kaufen und dir die Haare schneiden zu lassen.»

«Ich werde wohl heiraten», meinte Neville nachdenklich.

«Heiraten?» rief Sally. «Warum denn?»

«Tante Lucy behauptet, ich brauchte jemanden, der mich umsorgt.»

«Du brauchst jemanden, der dich aufpoliert», erklärte Sally. «Was das Umsorgen betrifft, so habe ich den deutlichen Eindruck, Mr. Neville Fletcher, daß du dir in deiner rückgratlosen Art über die Kunst, dein eigenes Leben zu führen, bereits im klaren bist.»

Er blickte mit seinem scheuen, zaghaften Lächeln auf. «Kunst zu leben, Schätzchen. Nicht Kunst der Lebensführung. Ist Helen als Zeugin geladen?»

Sie verstand nicht gleich. «Helen? Ach so, bei der Leichenschau. Nein, bis jetzt hat sie noch keine Vorladung erhalten. Was natürlich bedeutet, daß die Polizei einen Antrag auf Vertagung stellen will.»

«Sicherlich ist sie froh darüber», meinte Neville. «Aber für mich ist es eine große Enttäuschung. Wieder bleibt eines der Geheimnisse des Lebens vorerst ungelöst. Was für eine Geschichte hätte sie denn erzählt?»

«Keine Ahnung, aber ich wünschte wirklich, sie würde John die Wahrheit sagen, damit sie es hinter sich hätte. Du kannst dir nicht vorstellen, in was für einer Atmosphäre geheimnisumwitterten Verschwörertums wir hier leben. Bei jeder Bemerkung, die ich machen will, muß ich mir die Worte vorher genau überlegen.»

«Das fällt dir bestimmt entsetzlich schwer», sagte Neville. «Wo sind die beiden übrigens?»

«Noch im Bett, soviel ich weiß. John ist gestern abend sehr spät nach Hause gekommen, und Helen erscheint meistens nicht zum Frühstück. Ich nehme an, daß deine Tante zu der Leichenschau geht.»

«Das ist eine irrige Annahme, Süße.»

«Tatsächlich? Sehr vernünftig von ihr. Ich war eigentlich überzeugt, sie würde darauf bestehen, dabeizusein.»

«Das würde sie zweifellos, wenn sie wüßte, daß die Leichenschau heute stattfindet.»

Sally sah ihn mit großen Augen an. «Soll das heißen, du hast ihr den Termin verheimlicht?»

«War gar nicht schwer», antwortete Neville. «Eine hinreißend weibliche Frau, meine Tante. Glaubt alles, was männliche Wesen ihr erzählen.»

«Aber die Zeitungen! Liest sie die denn nicht?»

«O doch. Die Titelseite und den Mittelteil der *Times*. Der schäbige Rest wurde von ihrem Neffen geschickt entwendet und unedlen Zwecken zugeführt.»

«Alles, was recht ist, Neville», sagte Sally anerkennend, «du benimmst dich großartig gegen deine Tante.»

Er stieß einen gequälten Laut aus. «Nein, nein. Ich wüßte gar nicht, wie ich das anfangen sollte. Versuch bloß nicht, mich als Nothelfer oder sonst etwas Gräßliches abzustempeln.»

In diesem Augenblick kam Helen herein. Ihre Lider waren ein wenig geschwollen, als hätte sie zu wenig geschlafen, und ihr Erschrecken über Nevilles Anwesenheit verriet, wie nervös sie war. «Oh! Du bist es!» stieß sie hervor.

«Ich weiß nie, wie ich auf so etwas reagieren soll», bemerkte Neville. «Wahrscheinlich mit einem ähnlich dramatischen Ausruf, aber beim

Frühstück kann ich einfach nicht dramatisch sein. Setz dich doch hin.»

«Was tust du hier?» fragte Helen.

«Essen», erwiderte Neville. «Ich wollte, du wärst nicht heruntergekommen, denn bestimmt wirst du die heilige Ruhe stören, die bei der ersten Mahlzeit des Tages herrschen sollte.»

«Hör mal, ist dies mein Haus oder nicht?» sagte Helen entrüstet.

Sally, die aufgestanden und zur Anrichte gegangen war, kam mit einer Tasse zurück und reichte sie ihrer Schwester. «Du siehst zum Erbarmen aus», stellte sie fest. «Warum bist du nicht im Bett geblieben?»

«Ich kann nicht schlafen», antwortete Helen mit unterdrückter Heftigkeit.

«Ihre Ruh' ist hin», fügte Neville mit einem Seufzer hinzu.

Helen sah ihn wütend an. Bevor sie jedoch etwas erwidern konnte, erschien der Butler und sagte in ernstem Ton: «Ich bitte um Verzeihung, Madam, aber Chefinspektor Hannasyde ist da und möchte den Herrn sprechen. Ich habe ihm mitgeteilt, daß Mr. North noch nicht heruntergekommen ist. Wünschen Sie, daß ich den Herrn wecke, oder soll ich den Chefinspektor ersuchen, sich zu gedulden?»

«Den Chefinspektor?» wiederholte sie mechanisch. «Ja. Ja, natürlich müssen Sie den Herrn wecken. Führen Sie den Chefinspektor in die Bibliothek. Ich komme sofort.»

«Warum willst du zu ihm gehen?» fragte Sally, als sich der Butler zurückgezogen hatte. «Sein Besuch gilt doch John, nicht dir.»

«Das ist egal. Ich muß mit ihm sprechen. Ich muß herausfinden, was er will. Mein Gott, wenn ich nur *denken* könnte!»

«Kannst du nicht denken?» erkundigte sich Neville teilnahmsvoll. «Überhaupt nicht?»

«Trink deinen Tee, Helen, und misch dich um Himmels willen nicht ein», riet Sally. «Ich würde es John überlassen, seine Angelegenheiten zu regeln.»

Die Teetasse klirrte heftig, als sie auf den Tisch gestellt wurde. «John ist nicht dein Mann», fuhr Helen ihre Schwester an und verließ das Zimmer.

«So, nun können wir uns wieder in Ruhe den schönen Dingen des Lebens widmen», sagte Neville mit einem Seufzer der Erleichterung.

«Ich nicht.» Sally trank hastig ihren Kaffee aus. «Ich muß zu ihr gehen und aufpassen, daß sie keine Dummheiten macht.»

«Ich liebe Menschen, die sich für aussichtslose Unternehmungen einsetzen», bemerkte Neville. «Gehörst du auch zur Liga der Weißen Rose?»

Sally würdigte ihn keiner Antwort, sondern ging mit energischen Schritten hinaus. Gleichzeitig mit ihr betrat der Butler die Bibliothek, um Hannasyde mitzuteilen, daß Mr. North sich gerade rasiere, aber in wenigen Minuten herunterkommen werde.

Helen warf ihrer Schwester einen abweisenden Blick zu. «Ist schon gut, Sally, ich brauche dich nicht.»

«Das denkst *du*», erwiderte Sally. «Guten Morgen, Chefinspektor. Ach, da ist ja auch Maleachi. Wie nett! Jetzt fehlt uns nur noch ein Harmonium.»

«Wer falschen Herzens ist, der hebe sich hinweg», sagte Glass feindselig. «Ich will nichts zu tun haben mit den Bösen.»

Helen, die den Polizisten noch nicht kannte, war einigermaßen verblüfft, aber Sally erwiderte fröhlich: «Ganz recht. Böse Assoziationen verderben gute Sitten.»

«Seien Sie still, Glass», befahl Hannasyde. «Mrs. North, Sie haben mich gefragt, weshalb ich Ihren Mann sprechen möchte, und ich will es Ihnen offen und ehrlich sagen. Er soll mir mitteilen, wo er sich in der Nacht, in der Mr. Fletcher ermordet wurde, aufgehalten hat.»

«Ein durchaus faires Verlangen», warf Sally ein.

«Aber das hat Ihnen mein Mann doch schon mitgeteilt! Erinnern Sie sich nicht? Sie müssen sich erinnern, Chefinspektor! Er hat den Abend in unserer Stadtwohnung verbracht.»

«Das hat er gesagt, Mrs. North, nur entspricht es leider nicht der Wahrheit.»

Sally war eifrig damit beschäftigt gewesen, ihr Monokel zu putzen, aber diese Bemerkung, hingeworfen wie ein Stein in einen Mühlteich, bewirkte, daß sie hastig den Kopf hob. «Gut geblufft», meinte sie. «Versuchen Sie's noch mal.»

«Ich bluffe nicht, Miss Drew. Es ist erwiesen, daß Mr. North zwischen neun Uhr abends und elf Uhr fünfundvierzig nicht in seiner Wohnung war.»

Helen befeuchtete ihre Lippen. «Das ist absurd. Aus welchem Grund sollte er denn die Unwahrheit gesagt haben? Natürlich war er in der Wohnung.»

«Sie erwarten wohl nicht, Mrs. North, daß ich Ihnen das glaube», erwiderte Hannasyde ruhig.

Sally griff nach dem Zigarettenkästchen. «Anscheinend sind Sie der Meinung, mein Schwager sei in Greystones gewesen.»

Hannasyde nickte. «Genau.»

Helens Augen funkelten zornig. «Halt den Mund, Sally! Wie kannst du wagen, so einen Verdacht zu äußern?»

«Nur keine Aufregung. Ich habe John nicht verdächtigt, sondern lediglich das ausgesprochen, was der Chefinspektor denkt. Laß uns doch die Dinge vernünftig betrachten, ja?»

«Ich wollte, du würdest hinausgehen. Ich habe dir schon gesagt, daß ich dich nicht brauche.»

«Ja, ich weiß, du möchtest mich loswerden», erwiderte Sally unerschütterlich. «Und der Chefinspektor teilt deinen Wunsch. Er legt es darauf an, dir Angst einzujagen und dich auf dieses Weise zum Reden zu bringen. Wenn du auch nur ein Fünkchen Verstand hast, dann sei still und überlaß John das Reden.»

«Sehr scharfsinnig, Miss Drew», warf Hannasyde ein. «Aber man könnte aus Ihren Worten schließen, daß es für Ihre Schwester gefährlich wäre, mir gegenüber offen zu sein.»

Sally zündete ihre Zigarette an, atmete den Rauch tief ein und stieß ihn durch die Nasenlöcher aus. «Gut gebrüllt, Löwe. Ich tappe jedoch fast ebenso sehr im dunkeln wie Sie. Nicht ganz so sehr, weil ich den Vorteil habe, meine Schwester und ihren Mann gut zu kennen. Wir wollen uns doch nichts vormachen. Sogar ein Kind müßte merken, daß sich mein Schwager in einer recht unerfreulichen Situation befindet. Er hatte anscheinend ein Motiv, Ernest Fletcher zu töten; seine Rückkehr aus Berlin war ebenso unerwartet wie verdächtig, und nun sieht es auch noch so aus, als hätten Sie Beweise dafür, daß sein Alibi für den Abend des siebzehnten Juni falsch war. Ich kann meiner Schwester nur raten, den Mund zu halten, und wenn ihr Rechtsanwalt hier wäre, würde er ihr bestimmt denselben Rat geben. Weil nämlich Sie, verehrter Chefinspektor, uns mit einem großen Bluff hereinlegen wollen. Wenn Sie wirklich Beweismaterial gegen meinen Schwager in den Händen hätten, würden Sie Ihre Zeit nicht mit dem Versuch vergeuden, meine Schwester mürbe zu machen.»

«Ihre Schlußfolgerungen sind bemerkenswert intelligent, Miss Drew, aber lassen Sie nicht ein wichtiges Argument außer acht?»

«Nicht daß ich wüßte. Welches denn?»

«Ihre Gedanken beschäftigen sich ausschließlich mit Mr. Norths möglicher Schuld. Infolgedessen kommen Sie gar nicht auf die Idee, daß sich auch Ihre Schwester in einer äußerst prekären Situation befindet.»

Sally lachte verächtlich auf. «Sie bilden sich doch nicht etwa ein, daß sie irgend etwas mit dem Mord zu tun hat?»

«Das vielleicht nicht. Aber es könnte sein, daß ich mir einbilde, sie wüßte erheblich mehr darüber, als sie mir erzählt hat. Sie möchten, daß ich offen rede, also will ich Ihnen sagen, daß Mrs. Norths Angaben nicht mit jenen Tatsachen übereinstimmen, an deren Wahrheit kein Zweifel bestehen kann.»

Helen trat zwischen die beiden und hob die Hand, um Sally zu bedeuten, daß sie schweigen solle. «Ja, das haben Sie mir schon bei Ihrem letzten Besuch gesagt, Chefinspektor. Ich bin voll und ganz der Meinung meiner Schwester: Es hat keinen Sinn, daß wir uns etwas vormachen. Sie glauben, der Mann, den ich im Garten sah, wäre mein Mann gewesen und ich hätte ihn erkannt. Ist es nicht so?»

«Sagen wir lieber, Mrs. North, daß ich es für möglich halte.»

«Und ich sage Ihnen, es stimmt nicht.»

«Eben das will ich herausfinden. Sie selbst haben mir zwei widersprüchliche Berichte über Ihr Tun und Lassen am Abend des siebzehnten gegeben: den ersten, bevor Ihr Mann am Morgen nach dem Mord hier eintraf, und den zweiten nach seiner Ankunft. Diese zweite Version zielte offenbar darauf ab, mich zu überzeugen, daß erstens der von Ihnen gesehene geheimnisvolle Mann von Fletcher bis zur Gartenpforte begleitet wurde, und daß zweitens Fletcher um zehn Uhr noch am Leben war. Sie werden verstehen, wie nachdenklich mich so etwas stimmen muß. Hinzu kommt die durch Zeugenaussagen einwandfrei belegte Entdeckung, daß Mr. North am Abend des siebzehnten seine Stadtwohnung um neun Uhr verließ und erst um Viertel vor zwölf zurückkam.»

Helen war unter ihrem Make-up bleich geworden, aber sie sagte mit größter Gelassenheit: «Ich begreife, daß Sie zu gewissen Schlußfolgerungen gelangt sind, Chefinspektor. Aber die Annahme, mein Mann könnte etwas mit dem Mord zu tun haben, ist irrig. Wenn Sie Beweise dafür haben, daß er am Abend des siebzehnten nicht in der Stadtwohnung war, dann trifft das zweifellos zu. Ich weiß nichts darüber. Mit Sicherheit weiß ich jedoch, daß er in keiner Weise an dem Mord beteiligt war.»

«Wirklich, Mrs. North? Wollen wir nicht lieber abwarten, wie er selbst sich darüber äußern wird?»

«Das wäre sinnlos. Meines Wissens hat er Greystones in der Mordnacht nicht betreten. Allerdings ist es durchaus möglich, daß er Ihnen einzureden versucht, er sei doch dort gewesen, denn er gehört zu den Männern, die ihre Frau immer und auf jeden Fall schützen, ganz gleich, wie . . . wie gemein sich die Frau ihnen gegenüber benommen hat.»

Ihre Stimme zitterte ein wenig, aber ihre Miene war unbewegt. Sally verschluckte sich an dem inhalierten Rauch und begann heftig zu husten. Hannasyde sagte sanft: «Ja, Mrs. North?»

«Ja.» Helen hielt seinem Blick stand. «Ich habe es nämlich getan.»

Hannasyde schwieg. Glass aber, der Helen unverwandt ansah, verkündete mit tiefer Stimme: «Es steht geschrieben: Legt die Lüge ab und redet die Wahrheit, ein jeder zu seinem Nächsten. Es ist vergeblich, das Netz auszuwerfen vor den Augen der Vögel.»

«Nicht vor den Augen dieses Vogels», stieß Sally hervor. «Helen, nimm doch Vernunft an! Verlier nicht den Kopf!»

Helens Lippen verzogen sich zu einem schwachen Lächeln. Den Blick noch immer fest auf Hannasyde gerichtet, erklärte sie: «Meine Aussage traf insofern zu, als Ernie Fletcher den Unbekannten tatsächlich bis zur Gartenpforte begleitete und ich derweil ins Arbeitszimmer lief, um meine Schuldscheine zu suchen. Was nicht zutraf, war die Behauptung, ich hätte das Weite gesucht, bevor Ernie zurückkam. Es war anders. Er fand mich in seinem Zimmer. Er setzte sich an den Schreibtisch. Er lachte mich aus. Verspottete mich. Schließlich wurde mir klar, daß es keinen Zweck hatte, zu bitten und zu betteln. Ich . . . ich . . . ja, ich war wie von Sinnen. Und da tötete ich ihn.»

«Jawohl, mit deinem Hackebeilchen», sagte Sally sarkastisch. Sie hatte sich inzwischen von ihrem Hustenanfall erholt. «Hast du Schaf noch nicht gemerkt, daß es keine Schußwaffe war, mit der Ernie umgebracht wurde? Es handelt sich um eine Gewalttat. Wenn du versucht hättest, ihm den Schädel einzuschlagen, wäre es dir vielleicht gelungen, ihn zu verletzen, aber die Kraft für einen tödlichen Hieb hast du doch nie und nimmer.»

«Ich habe ihn unversehens getroffen. Zuerst war er wohl nur betäubt. Ich ... ich hatte eine solche Wut auf ihn, daß ich ihn unbedingt töten wollte. Und deswegen ... habe ich wieder und wieder zugeschlagen ...» Ihre Stimme erstarb; ein Schauer überlief sie, und sie preßte das Taschentuch auf die Lippen.

«Eine Geschichte ohne eine Spur von Überzeugungskraft», meinte Sally. «Wenn du dir noch mehr so grausiges Zeug ausdenkst, wird dir speiübel werden. Du bist gerade die Richtige, einem Menschen den Schädel zu zertrümmern.»

«Sei still, bitte, sei still», flüsterte Helen. «Ich sage dir doch, ich war nicht bei Sinnen.»

«Mrs. North», mischte sich Hannasyde ein, «ich muß Sie davon in Kenntnis setzen, daß es mit der Behauptung, Sie hätten einen Menschen getötet, nicht getan ist. Wenn ich Ihnen glauben soll, müssen Sie *beweisen*, daß Sie die Tat begangen haben.»

«Ist das nicht Ihre Aufgabe?» fragte sie. «Warum sollte ich mich selbst überführen?»

«Sei nicht albern», sagte Sally. «Du hast einen Mord gestanden, also wirst du wohl auch den Wunsch haben, überführt zu werden. Laß uns noch ein paar Einzelheiten hören. Wie hast du es getan? Warum waren keine Blutflecke auf deinem Kleid? Das Blut muß doch nur so gespritzt sein.»

Helen wurde leichenblaß und wankte zu einem Stuhl. «Um Gottes willen, sei still! Ich kann das nicht hören.»

Glass, der wie die fleischgewordene Mißbilligung diese Szene beobachtet hatte, rief plötzlich: «Weib, du sollst nicht falsch Zeugnis ablegen!»

«Halten Sie den Mund!» fuhr Hannasyde ihn an.

Die eisblauen Augen des Polizisten maßen ihn verächtlich und richteten sich dann auf Helen, die den Kopf gehoben hatte und Glass angstvoll und zweifelnd anstarrte. Er sprach in milderem Ton weiter: «Verbitterung herrscht im Herzen derer, die Böses entwerfen. Menschenfurcht legt einen Fallstrick; doch wer auf den Herrn vertraut, wird geschützt.»

«Noch ein Wort von Ihnen», schrie Hannasyde wütend, «und ich ...»

«Halt», unterbrach ihn Sally. «Ich stimme mit ihm überein. Er hat völlig recht mit dem, was er sagt.»

«Wie dem auch sei», erwiderte Hannasyde, «er hat zu schweigen. Mrs. North, wenn Sie Ernest Fletcher getötet haben, würden Sie mir dann bitte sagen, welches Werkzeug Sie als Waffe benutzten und wo Sie es gelassen haben?»

Eine Weile blieb es totenstill. Helens Blick wanderte von einem skeptischen Gesicht zum anderen. Dann erschien unversehens Mr. Neville Fletcher in der Fensteröffnung, eine Tasse in der Linken und eine Scheibe Toast in der Rechten. «Lassen Sie sich durch mich nicht stören», sagte er mit seinem sanften Lächeln. «Ich hörte Ihre bedeutungsschweren letzten Worte, Chefinspektor, und ich bin maßlos auf Helens Antwort gespannt. Ach, da ist ja auch Maleachi.» Er winkte dem Polizisten, der jedoch nicht reagierte, mit der Toastscheibe zu und setzte sich auf das niedrige Fenstersims. «Sprich nur weiter», forderte er Helen freundlich auf.

Hannasyde sah ihn einen Augenblick nachdenklich an und wandte sich dann wieder Helen zu. «Ja, sprechen Sie weiter, Mrs. North. Welchen Gegenstand haben Sie als Mordwaffe benutzt, und wo befindet er sich zur Zeit?»

«Ich werde es Ihnen sagen», antwortete Helen atemlos. «Sie haben den Gegenstand selbst gesehen. Ein großer bronzener Briefbeschwerer mit einer Statuette darauf. Er lag auf Mr. Fletchers Schreibtisch. Ich ergriff ihn und schlug damit zu. Mehrmals. Dann bin ich davongelaufen. Durch die Vordertür, wie ich es Ihnen sagte. Den Briefbeschwerer verbarg ich unter meinem Abendmantel. Zu Hause . . . wusch ich ihn ab, und später . . . später gab ich ihn Mr. Neville Fletcher, als er mich aufsuchte, und er . . . er legte ihn auf den Tisch zurück, wie Sie wissen.»

Ihre Augen waren flehend auf Neville gerichtet, der sie mit offenem Mund anstarrte. Er blinzelte nervös, schloß den Mund, schluckte krampfhaft und sagte mit schwacher Stimme: «Bitte, Chefinspektor, erlauben Sie Maleachi zu sprechen. Er kann das alles sehr viel besser ausdrücken als ich. Es muß da eine Bibelstelle geben über die Folgen, die uns für unsere Sünden treffen werden. Ach, jetzt mag ich den Toast nicht mehr. Gott schenke mir Kraft.»

Nun fand Sally endlich die Sprache wieder. «Helen, das kannst du nicht tun! Um Himmels willen, du versuchst ja, Neville etwas anzuhängen, was Beihilfe nach der Tat genannt wird. Das ist wirklich ein starkes Stück!»

«Danke, Liebling», stammelte Neville. «Nimm mir doch bitte die Tasse ab. Meine Hände zittern wie Espenlaub. Diese Frauen!»

«Nun, Mr. Fletcher», fragte Hannasyde, «was haben Sie zu der von Mrs. North erhobenen Beschuldigung zu sagen?»

«Glauben Sie nur nicht, daß ich's zugebe», erwiderte Neville. «So weit geht die Ritterlichkeit bei mir nicht. Es ist eine elende Lüge. Ich habe den Briefbeschwerer nur so aus Jux auf den Schreibtisch gelegt, das ist alles. Miss Drew wußte davon, und wahrscheinlich hat sie es ihrer Schwester erzählt.»

«Ja, so ist es», gab Sally zu. «Und es tut mir furchtbar leid, Neville. Ich hätte nie gedacht, daß Helen die Geschichte derart verdrehen würde.»

«Die Unbarmherzigkeit des sogenannten schwachen Geschlechts», sagte er. «Aber ich kann meine Unschuld beweisen. Der Briefbeschwerer hat sich zu Ernies Lebzeiten nie auf seinem Schreibtisch befunden, sondern immer im Billardzimmer. Sie können die Dienstboten fragen. Oder auch meine Tante.»

«Es ist trotzdem wahr», beteuerte Helen mit einer Stimme, die angespannt und unnatürlich klang. «Neville hat nichts mit dem Mord zu tun, aber den Briefbeschwerer habe ich ihm gegeben, damit er ihn zurückbrächte. Neville, es ist ja nicht so, daß dich jemand verdächtigt, Ernie getötet zu haben. Wenn du zugibst, daß du den Briefbeschwerer zurückgebracht hast, dann ist das noch lange kein Schuldbekenntnis.»

«Nichts zu machen», sagte Neville fest. «Zweifellos glaubst du, ich würde als Opferlamm sehr edelmütig wirken, aber ich möchte weder edelmütig noch ein Opferlamm sein.»

«Neville ...»

«Gib dir keine Mühe, Helen. Ich weiß, ich müßte mich vor Eifer überschlagen, um deinen Mann vor dem Gefängnis zu bewahren, aber seltsamerweise bin ich gar nicht wild darauf. Wenn es darum geht, ob man ihn wegen Mordes verhaftet oder mich wegen Beihilfe, dann bin ich unbedingt dafür, daß *er* eingelocht wird.»

«Ich kann's Ihnen nicht verdenken», sagte eine kühle Stimme von der Tür her. «Aber würden Sie mir vielleicht verraten, mit welcher Begründung man mich als Mörder verhaften will?»

12

Helen war aufgesprungen, als sie die Stimme ihres Mannes hörte. Sie sah ihn angstvoll und zugleich warnend an. North warf ihr unter finster zusammengezogenen Brauen hervor einen Blick zu, schloß dann die Tür hinter sich und ging langsam zur Zimmermitte.

«Du hast deinen Auftritt großartig abgepaßt, John», bemerkte Sally.

«Scheint so», erwiderte North, während er der Reihe nach Glass, Hannasyde und Neville musterte. «Könntest du mir wohl erklären, was diese Invasion zu einer derart ungewöhnlichen Zeit bedeuten soll?»

«John!» Der leise Ausruf kam von Helen. «*Ich* will es dir sagen. Frag nicht die anderen. Ach, darf ich denn nicht mit ihm allein sprechen? Chefinspektor, verstehen Sie doch ... Fünf Minuten, ich flehe Sie an, nur fünf Minuten!»

«Nein, Mrs. North.»

«Das ist unmenschlich! Sie können doch nicht erwarten, daß ich ihm diese Dinge so mir nichts, dir nichts mitteile – vor aller Ohren. Das ist unmöglich! Ich weigere mich!»

«Wenn Ihre Schwester und Mr. Fletcher sich zurückziehen möchten, habe ich nichts dagegen», entschied Hannasyde.

«Und Sie auch! Bitte! Ich laufe bestimmt nicht weg. Sie können das Fenster und die Tür bewachen lassen.»

«Nein, Mrs. North.»

«Beruhige dich, Helen.» North ging mit ausgestreckter Hand auf sie zu. «Du brauchst keine Angst zu haben. Sag mir einfach, was passiert ist. Nun?»

Sie umklammerte mit beiden Händen seine Rechte und sah flehend zu ihm auf. «Nein, ich habe keine Angst. Es fällt mir nur so schwer, weil ich weiß, was du von mir denken wirst. Sag nichts! Ich bitte dich, sag kein Wort! John, ich habe soeben dem Chefinspektor gestanden, daß ich es war ... daß ich es war, die Ernie Fletcher getötet hat.»

Eine Weile herrschte Schweigen im Zimmer. Norths Finger schlossen sich ein wenig fester um ihre Hand; er blickte sie an, und sein Gesicht war sehr blaß, von tiefen Furchen durchzogen. «Nein», sagte er plötzlich. «Nein, das ist nicht wahr.»

Ihre Fingernägel krallten sich in seine Hand. «Doch, es ist wahr. Du weißt es nicht, du *kannst* es nicht wissen, weil du nicht dabei warst. Ich habe ihn mit einem bronzenen Briefbeschwerer erschlagen, der auf seinem Schreibtisch lag. Es gab einen Grund ...»

Seine freie Hand preßte sich auf ihren Mund. «Sei still!» befahl er mit rauher Stimme. «Du bist ja wahnsinnig. Kein Wort mehr, Helen, hörst du?» Und zu Hannasyde gewandt: «Meine Frau weiß nicht, was sie redet. Die ganze Geschichte ist von A bis Z erfunden.»

«Diese Versicherung allein reicht nicht aus, mich zu überzeugen, Mr. North», erwiderte Hannasyde, der ihn gespannt beobachtete.

«Wenn Sie glauben, daß sie es getan hat, muß ich an Ihrem Verstand zweifeln», rief North. «Was für Beweise haben Sie? Was für Verdachtsmomente?»

«Ihre Frau, Mr. North, hat Ernest Fletcher als letzte lebend gesehen.»

«Unsinn! Meine Frau verließ den Garten von Greystones, während Fletcher mit einem Unbekannten in seinem Arbeitszimmer war.»

«Ich fürchte, da irren Sie sich», sagte Hannasyde. «Mrs. North hat ihrem eigenen Geständnis zufolge den Garten nicht verlassen, während jener Mann bei Ernest Fletcher war.»

Norths Augenlider zuckten. «Ihrem eigenen Geständnis zufolge», wiederholte er und wandte sich Helen zu, die mit gesenktem Kopf dastand. Er führte sie zu einem Sessel, drückte sie sanft hinein, trat dann hinter sie und legte eine Hand auf ihre Schulter «Sei ganz still, Helen. Würden Sie mir bitte die Fakten mitteilen, Chefinspektor?»

«Gewiß, Mr. North. Aber auch ich möchte von Ihnen einige Fakten erfahren. Bei unserem ersten Gespräch erklärten Sie mir, Sie hätten den Abend des siebzehnten in Ihrer Stadtwohnung verbracht. Das stimmt nicht, wie ich inzwischen herausgefunden habe. Wo waren Sie zwischen neun Uhr und Viertel vor zwölf?»

«Ich muß es ablehnen, Ihnen darüber Auskunft zu geben, Chefinspektor.»

Hannasyde nickte, als hätte er mit dieser Antwort gerechnet. «Und gestern abend, Mr. North? Wo waren Sie zwischen neun Uhr fünfzehn und zehn Uhr?»

North blickte ihn scharf an. «Warum fragen Sie mich das?»

«Das Warum braucht Sie nicht zu kümmern. Sind Sie gewillt, mir zu antworten?»

«Bitte sehr, wenn Sie darauf bestehen. Ich war in Oxford.»

«Können Sie das beweisen, Mr. North?»

«Ist mein Alibi für gestern abend so ungeheuer wichtig? Sind wir nicht ein wenig abgeschweift? Ich habe Sie nach Fakten gefragt, die auf die Schuld meiner Frau hindeuten. Seltsamerweise scheinen Sie nicht geneigt, mich darüber aufzuklären.»

Sally, die an dem großen Erkerfenster stand und diesem Gespräch aufmerksam lauschte, hörte plötzlich, wie Neville neben ihr leise sagte: «Was für eine reizende Situation. Wirst du sie literarisch verwerten?»

Hannasyde zögerte lange mit der Antwort. Als er endlich zu sprechen begann, klang seine Stimme völlig ausdruckslos. «Vielleicht ist es wirklich am besten, Mr. North, wenn Sie erfahren, was an jenem Abend geschah. Ihre Frau hat ausgesagt, Ernest Fletcher habe um neun Uhr achtundfünfzig einen unbekannten Besucher zur Gartenpforte begleitet. Unterdessen kehrte Mrs. North in das Arbeitszimmer zurück, in der Absicht, gewisse Schuldscheine an sich zu bringen, die Fletcher aufgekauft hatte. Wie Ihre Frau des weiteren erklärte, wurde sie dabei von Fletcher ertappt, und es kam zu einem Streit, der damit endete, daß Mrs. North einen Briefbeschwerer ergriff – er lag, wie sie angibt, auf dem Schreibtisch – und Fletcher damit erschlug. Sie flüchtete dann durch die in die Diele führende Tür, auf deren Holz sie Fingerabdrücke hinterließ. Das war um zehn Uhr eins. Vier Minuten später wurde Ernest Fletchers Leiche gefunden, und zwar von Polizist Glass, der hier steht.»

«Sie haben eine Tatsache unterschlagen», rief Sally vom Fenster her. «Was ist mit dem Mann, den Glass um zehn Uhr zwei den Garten verlassen sah?»

«Ich habe ihn nicht vergessen, Miss Drew. Aber wenn man einer der beiden Erzählungen Ihrer Schwester glauben kann, dürfte dieser Mann schwerlich als Beteiligter in Frage kommen.»

«Einer der *beiden* Erzählungen?» warf Neville ein. «Sie haben die Übersicht verloren, Chefinspektor. Bis jetzt hat sie es schon auf drei gebracht.»

«Ich glaube, Mrs. Norths erste Version können wir beiseite lassen. Falls ihre zweite Behauptung stimmt, nämlich daß sie das Arbeitszimmer um zehn Uhr eins, also unmittelbar vor Fletchers Rückkehr, verließ, kann der Mann, den der Polizist sah, unmöglich die Zeit gehabt haben, den Mord zu begehen. Falls es hingegen wahr ist, daß sie selbst Fletcher tötete . . .»

Helen hob den Kopf. «Es ist wahr. Müssen Sie denn soviel darüber reden? Warum verhaften Sie mich nicht?»

«Ich warne dich», sagte Neville. «Ich werde energisch bestreiten, die Rolle gespielt zu haben, die du mir in deiner schamlos erfundenen Geschichte zuweisen willst.»

«Ich habe niemals behauptet, daß du mein . . . mein Komplice wärst», verteidigte sich Helen. «Du konntest ja nicht wissen, weshalb ich dich bat, den Briefbeschwerer zurückzubringen.»

«Ach nein, und erraten hätte ich's nie im Leben, wie?» höhnte Neville. «Mein Gott, wenn ich bedenke, daß ich in einer Anwandlung von Schwachsinn zu Sergeant Hemingway gesagt habe, ich sei dein Komplice! Ich fühle direkt, wie sich die schrecklichen Gefängnistore hinter mir schließen. Sally, ich appelliere an dich! Hat mir deine unmögliche Schwester an jenem denkwürdigen Abend einen Briefbeschwerer in die Hand gedrückt?»

«Nicht in meiner Gegenwart», antwortete Sally.

«In Ihrer Gegenwart hätte sie es wohl kaum getan, Miss Drew», meinte Hannasyde.

«Großer Gott, glauben Sie etwa den Schwindel?» empörte sich Sally. «Halten Sie Mr. Fletcher im Ernst für einen Helfershelfer? Als nächstes werden Sie wohl mich als Mitschuldige entlarven. Ist denn niemand vor Ihren idiotischen Verdächtigungen sicher?»

«Niemand, der irgendwie mit dem Mordfall zu tun hat», erwiderte er ruhig. «Das müßte Ihnen doch bekannt sein.»

«Wie wahr, wie überaus wahr», sagte Neville. «Es gibt keinen unter uns, der nicht einen der anderen verdächtigt. Ist das nicht sehr treffend ausgedrückt?»

«Das ist es!» Glass, der schweigend gelauscht und beobachtet hatte, erhob seine Stimme in gerechtem Zorn. «Ich habe geschwiegen und die Gedanken gelesen, die euch innewohnen. Wie lange noch bedroht ihr alle den einen, ihn zu stürzen wie eine Wand, die sich neigt, wie eine sinkende Mauer?»

«Wirklich, ich fühle mich als sinkende Mauer», bestätigte Neville. «Aber was Sie betrifft, Glass, so sind Sie eine verwüstende Geißel. Siehe Jesaja 28, 15. Ach, warum ist der Sergeant nicht hier?»

«Um Himmels willen», rief Helen, «ich habe Ihnen doch alles gesagt, was geschehen ist, Chefinspektor! Können Sie nicht all diesem Gerede ein Ende machen?»

«O ja, das kann ich», erwiderte er.

«Einen Augenblick», warf North ein. «Bevor Sie Maßnahmen ergreifen, die Sie später bedauern werden, Chefinspektor, sollten Sie sich etwas intensiver mit einem Punkt beschäftigen, den Sie bei Ihren Spekulationen bisher außer acht gelassen haben.»

«Nämlich?»

«Mit dem, was *ich* an dem Abend getan habe, als Fletcher ermordet wurde.»

Helen fuhr herum. «Nein, John! Nein! Du darfst es nicht sagen. Ich flehe dich an, sag nichts. John, bitte, brich mir nicht das Herz!» Die Stimme versagte ihr; sie ergriff seine Hände und hielt sie fest umklammert, während Tränen über ihre Wangen liefen.

«Da haben Sie ja was Schönes angerichtet, John», bemerkte Neville. «Wahrhaftig, dieser Tag wird als ein höchst denkwürdiger in die Annalen meines Lebens eingehen.»

«Helen», sagte North mit seltsam heiserer Stimme, «Helen, Liebes.»

«Was haben Sie also am Abend des siebzehnten getan, Mr. North?»

«Ich habe Fletcher getötet. Das ist doch wohl alles, was Sie wissen wollen, nicht wahr?»

«Nein!» stieß Helen hervor. «Das sagt er nur, um mich zu retten. Sehen Sie ihm nicht an, daß er lügt? Glauben Sie ihm nicht!»

«Das ist noch keineswegs alles, was ich wissen will, Mr. North», sagte Hannasyde. «Um welche Zeit betraten Sie Greystones?»

«Ich weiß nicht. Ich habe nicht auf die Uhr gesehen.»

«Berichten Sie mir bitte genau, was Sie taten.»

«Ich ging durch den Garten ins Arbeitszimmer, teilte Fletcher mit, weshalb ich gekommen war ...»

«Weshalb waren Sie gekommen, Mr. North?»

«Dazu möchte ich mich nicht äußern. Und dann brachte ich Fletcher um.»

«Was benutzten Sie als Waffe?»

«Den Feuerhaken», antwortete North.

«Wirklich? Wir haben aber keine Fingerabdrücke oder Blutspuren auf dem Feuerhaken gefunden.»

«Natürlich nicht. Ich habe ihn abgewischt.»

«Und dann?»

«Dann verließ ich das Grundstück.»

«Auf welchem Weg?»

«Genauso wie ich gekommen war.»

«Ist Ihnen im Garten oder auf der Straße jemand begegnet?»

«Nein.»

«Was veranlaßte Sie, gestern nach Oxford zu fahren?»

«Eine geschäftliche Besprechung.»

«Eine geschäftliche Besprechung, von der Ihrer Sekretärin nichts bekannt war?»

«Allerdings. Es handelte sich um eine streng vertrauliche Angelegenheit.»

«Wußte außer Ihnen noch jemand, daß Sie nach Oxford fahren wollten?»

«Meine beiden Partner.»

«Können Sie beweisen, daß Sie gestern abend tatsächlich in Oxford waren?»

«Zum Teufel, was hat mein Besuch in Oxford mit dem Mord an Fletcher zu tun?» fragte North. «Natürlich kann ich Zeugen benennen. Ich habe, wenn Sie es unbedingt wissen müssen, in meinem College zu Abend gegessen und war anschließend mit meinem ehemaligen Studienaufseher zusammen.»

«Wie lange?»

«Bis kurz vor Mitternacht. Sonst noch etwas?»

«Nein, danke. Ich möchte Sie nur bitten, nachher den Namen und die Adresse Ihres Studienaufsehers anzugeben, damit ich Ihr Alibi nachprüfen kann.»

Helen sprang auf. «Sie dürfen nicht glauben, was er Ihnen über den Mord erzählt hat! Es ist nicht wahr! Ich schwöre, daß es nicht wahr ist!»

«Ich glaube lediglich, daß Ihr Mann gestern abend in Oxford war, Mrs. North. Im übrigen sollten Sie Ihre Bereitschaft, zu schwören, nicht übertreiben. Sie haben sich ohnehin schon nach Kräften bemüht, den Lauf der Gerechtigkeit zu hemmen, und das ist ein ziemlich schweres Vergehen.

Was Sie betrifft, Mr. North, so entspricht Ihre Schilderung des Tathergangs leider ganz und gar nicht den uns bekannten Fakten. Wenn ich glauben soll, daß Sie Fletcher umbrachten, dann muß ich auch die Geschichte glauben, die Ihre Frau mir erzählte, als ich Sie beide zum erstenmal auf dem Polizeirevier vernahm. Ihre Frau verließ aber Greystones durch den Vordereingang, und zwar laut Zeugenaussage kurz nach zehn Uhr. Mit anderen Worten, Sie haben Fletcher ermordet, haben den Feuerhaken so sorgfältig gereinigt, daß nicht einmal mit dem Mikroskop irgendwelche Spuren entdeckt werden konnten, und sind dann durch die Gartenpforte geflüchtet – alles innerhalb einer Minute. Das Motiv, das Sie bewog, mir einen Bären aufzubinden, ist aller Ehren wert, aber ich muß Sie höflichst bitten, Ihre Versuche, mich in meiner Arbeit zu behindern, ein für allemal aufzugeben.»

«Was denn, hat er es doch nicht getan?» fragte Neville. «Wollen Sie etwa behaupten, daß wir wieder am Ausgangspunkt angelangt sind? Wie unkünstlerisch! Wie langweilig! Mein Interesse an dem Fall erlischt allmählich; ich finde, es wird Zeit, daß wir einen erregenden Höhepunkt erreichen.»

Sally runzelte nachdenklich die Stirn. «Die Sache hat einen Haken, ich weiß nur nicht, wo», sagte sie zu Hannasyde. «Wie können Sie so sicher sein, daß mein Schwager unschuldig ist?»

«Weil er gestern abend nicht in London war, Miss Drew.»

Helen griff mit zitternder Hand haltsuchend nach einer Stuhllehne. «Er hat es nicht getan?» stammelte sie ungläubig. «Ist das ein Trick von Ihnen, damit ich etwas sage, was ich . . .»

«Nein», erwiderte Hannasyde. «Sobald Mr. North mir ein nachprüfbares Alibi für den Abend des siebzehnten liefert, kann ich sicher sein, daß keiner von Ihnen beiden Ernest Fletcher ermordet hat. Sie, Mrs. North, hätten es ohnehin nicht tun können.»

Helen stieß einen seufzenden Laut aus und sank ohnmächtig zu Boden.

«Sie Ekel», fuhr Sally den Chefinspektor an. Sie wollte Helen zu Hilfe eilen, wurde aber von ihrem Schwager ziemlich grob beiseite gestoßen. North kniete sich hin, nahm Helen in die Arme und stand mit ihr auf. «Tür öffnen», befahl er kurz. Und über die Schulter hinweg sagte er: «Am Abend des siebzehnten war ich bei einem Freund von mir. Prüfen Sie es nach. Peter Mallard, Crombie Street siebzehn. Danke, Sally, du brauchst nicht zu helfen.» Im nächsten Augenblick war er draußen, und seine Schwägerin schloß fügsam die Tür hinter ihm.

Neville legte die Hand über die Augen. «Drama im trauten Heim! Großer Gott, das ist ja nicht mehr zu überbieten! Er glaubte, sie sei es gewesen, und sie glaubte, er habe es getan – wirklich, mir ist, als säße ich im *Lyceum Theatre*. Und wenn man bedenkt, daß sie diese ergreifende Szene mit leerem Magen gespielt haben!»

«Heimgesucht haben mich Trübsal und Not», ertönte plötzlich die Stimme des Polizisten Glass. «Einer hintergeht den anderen, sie reden kein wahres Wort. Sie haben ihre Zunge eingeübt zum Lügenreden.»

«Wissen Sie, ich will nicht behaupten, daß ich etwas gegen Maleachi hätte», meinte Neville kritisch, «aber finden Sie nicht auch, daß er die Gabe hat, jede Unterhaltung lahmzulegen?»

«Glass, warten Sie draußen», sagte Hannasyde kurz.

«Widersetzlichkeit ist schlimm wie die Sünde der Zauberei, und Eigensinn ist gleich dem Frevel und dem Götzendienst», verkündete Glass. «Deshalb will ich tun, wie mir geheißen, und mich entfernen.»

Hannasyde ließ sich nicht provozieren, sondern wartete in eisigem Schweigen, bis Glass aus dem Zimmer gegangen war. Neville sagte: «Ich wollte, Sie hätten den Sergeant mitgebracht. Sie verstehen sich nicht darauf, Maleachi kontra zu geben.»

«Ich habe auch nicht den Wunsch, etwas Derartiges zu tun», versetzte Hannasyde. «Miss Drew, wenn Ihre Schwester sich wohl genug fühlt, hätte ich gern eine kurze Unterredung mit ihr.»

«Ist gut», erwiderte Sally und griff nach einer neuen Zigarette.

Er sah sie an. «Könnten Sie vielleicht gleich zu ihr gehen und fragen, wann ich sie aufsuchen darf?»

«Verlaß mich nicht, Sally, verlaß mich nicht», flehte Neville. «Ich brauche jemanden, der meine Hand hält. Der Verdacht zielt jetzt in meine Richtung. Ach, ich wollte, John hätte es getan!»

«Ich denke nicht daran, hinaufzugehen», sagte Sally. «Erstens wäre es den beiden gegenüber höchst taktlos, und zweitens fängt die Sache gerade an, interessant zu werden. Lassen Sie sich durch mich nicht stören, Chefinspektor, legen Sie los.»

«Ich weiß, was jetzt kommt», prophezeite Neville. «Mit wem waren Sie gestern abend zusammen?»

«Erraten, Mr. Fletcher.»

«Das ist im höchsten Maße fatal. Sie ahnen gar nicht, wie fatal», sagte Neville ernst. «Mir ist natürlich klar, daß Sie da eine sehr wichtige Frage stellen. Aber Sie würden es mir viel leichter machen, wenn Sie mir das Geheimnis des gestrigen Abends offenbarten.»

«Warum? Ich verlange ja nichts weiter von Ihnen, als daß Sie mitteilen, wo Sie gestern abend waren. Entweder wissen Sie, weshalb ich danach frage, oder Sie wissen es nicht. Im letzten Fall können Sie eigentlich keine Bedenken haben, mir zu antworten.»

«Also ich finde, das klingt zu schön, um wahr zu sein», meinte Neville. «Ich sehe förmlich, wie ich kopfüber in eine Fallgrube stürze. Wie schrecklich recht Maleachi doch immer hat. Er warnte mich wiederholt vor Hinterlist und Betrug.»

«Soll ich das so verstehen, daß Sie jemanden hinterlistig betrogen haben?»

Neville seufzte. «Ach ja, ich habe meine Tante belogen. Das ist es ja, was die Sache so fatal macht. Ich erzählte Tante Lucy gestern abend, daß ich vorhätte, Miss Drew zu besuchen. Dies wird, wie ich fürchte, meine ganze Geschichte in einem abscheulichen Licht erscheinen lassen.»

«Mit anderen Worten, Sie kamen nicht hierher?»

«Stimmt», sagte Neville unglücklich.

«Und wo waren Sie wirklich?»

«Am besten sage ich wohl die Wahrheit, meinst du nicht auch?» wandte sich Neville an Sally. «Leuten von der Polizei gegenüber ist man immer so sehr im Nachteil, denn sie wissen prinzipiell mehr, als sie zugeben. Andererseits – wenn ich jetzt die Wahrheit sage, könnte mir nachher das Lügen furchtbar schwerfallen.»

«Mr. Fletcher, Sie finden Ihr Gerede zweifellos amüsant, aber auf mich hat es die entgegengesetzte Wirkung», erklärte Hannasyde.

«Sie denken sicherlich, ich hätte einen perversen Humor», meinte Neville. «Das stimmt jedoch nicht; ich bin kein bißchen anomal. Wenn mich etwas amüsiert, dann sind es nur die Drangsale anderer Leute. Ich zapple im Netz.»

«Ich warte noch immer darauf, daß Sie meine Frage beantworten, Mr. Fletcher.»

«Wenn es nach mir ginge, würden Sie ewig warten», sagte Neville rundheraus. «O Gott, warum bin ich nicht nach Oxford gefahren und habe *meinen* Studienaufseher besucht? Er hätte sich so gefreut, mich wiederzusehen. Sie werden es vielleicht nicht glauben, aber man setzte in Oxford große Hoffnungen auf mich. Akademische Auszeichnungen und was weiß ich. Alle hielten mich für hochintelligent.»

«Das wundert mich gar nicht», sagte Hannasyde trocken.

«Ja, aber beweist das alles nicht, daß eine humanistische Bildung für die Katz ist? Zwei Fächer, beide mit ‹sehr gut› bestanden – jawohl, Tatsache! –, haben keinerlei praktische Bedeutung. Ach, Schluß jetzt mit diesem blöden Drumherumgerede. Ich war gestern abend in London.»

«Hinterhältiger Bursche!» rief Sally, und ihre Augen funkelten vergnügt. «Hat seine arme Tante belogen und ist in die große, sündige Stadt gegangen! Erzähl schon, Neville! In welcher Lasterhöhle warst du?»

«In keiner. Leider. Alles, was ich suchte, war vernünftige Gesellschaft.»

«Die hättest du doch hier finden können, du Scheusal.»

«O nein, Liebling. Nicht mit Helen im Hintergrund.»

«Und wo fanden Sie diese vernünftige Gesellschaft?» unterbrach Hannasyde das Geplänkel.

«Ich fand sie eben nicht. Eigentlich wollte ich einen gewissen Philip Agnew besuchen, der in der Queen's Gate wohnt und eine ebenso kultivierte wie unnütze Stellung im South Kensington Museum bekleidet. Aber er war nicht zu Hause.»

«Aha. Und was taten Sie dann?»

«Ich wanderte mutterseelenallein durch die Straßen und überlegte, wer außer Philip wohl ein erträglicher Gesprächspartner wäre. Mir fiel jedoch niemand ein, also fuhr ich nach Hause und legte mich schlafen.»

«Danke. Wie spät war es, als Sie Greystones verließen?»

«Ja, wenn ich das wüßte ... Nach dem Dinner. Wird wohl so zwischen halb neun und neun gewesen sein.»

«Was hatten Sie an?»

«Himmel, ich sehe den Abgrund vor meinen Füßen gähnen! Die Antwort auf diese Frage könnten Ihnen auch meine Tante oder Simmons geben, nicht wahr? Also erkläre ich wahrheitsgemäß, daß ich einen Smoking anhatte. Und die Schleife war tadellos gebunden. Sogar meine Tante fand nichts an mir auszusetzen.»

«Trugen Sie einen Mantel?»

«Mitten im Juni? Natürlich nicht.»

«Einen Hut?»

«Ja.»

«Was für einen?»

«Schwarzer Filz.»

«Was, dieses furchtbare Ding?» rief Sally.

«Der Hut ist noch tadellos. Außerdem habe ich keinen anderen.»

«Verzeihung, wenn ich mich einmische», sagte Sally zu Hannasyde, «aber Sie versuchen doch anscheinend, Mr. Fletcher als Mörder seines Onkels zu überführen, und da hätte ich gern gewußt, was es mit dem Mann auf sich hat, den Maleachi um zehn Uhr zwei Greystones verlassen sah.»

«Wenn mich nicht alles täuscht, Miss Drew», antwortete Hannasyde bedächtig, «dann ist dieser Mann tot.»

Neville sah ihn blinzelnd an. «Habe ... habe ich ihn getötet?» fragte er ängstlich.

«Irgend jemand hat ihn getötet», sagte Hannasyde und betrachtete ihn forschend.

«Wer war er?» erkundigte sich Sally.

«Er hieß Charles Carpenter, hielt sich am Abend des Mordes in Greystones auf und wurde gestern abend zwischen halb zehn und zehn Uhr ermordet.»

«Woher wissen Sie, daß er in Greystones war?»

«Wir fanden seine Fingerabdrücke, Miss Drew.»

«Oh, dann war er der Polizei also bekannt?»

«Wie scharfsinnig», sagte Neville bewundernd. «Darauf wäre ich nie gekommen.»

«Ja, er war der Polizei bekannt», bestätigte Hannasyde. Aber bevor wir ihn vernehmen konnten, wurde er umgebracht – genauso wie Ernest Fletcher umgebracht wurde.»

«Können wir nicht einfach behaupten, er sei der Mörder meines Onkels?» fragte Neville.

«Nein, Mr. Fletcher.»

«Getötet, weil er zuviel wußte.» Sally sprang auf und ging im Zimmer hin und her. «Ja, ich verstehe. Aber doch nicht von Neville ... Hat man die Mordwaffe gefunden?»

«Nein», antwortete Hannasyde. «In beiden Fällen gelang es dem Täter, seine Waffe mit – nun, sagen wir – außergewöhnlichem Geschick zu verbergen.»

Sally lächelte spöttisch. «Glauben Sie etwa, das könnte auf Mr. Fletcher hindeuten? Nein, Chefinspektor, es gibt einen Unterschied zwischen geistiger Erfindungsgabe und praktischem Geschick. Vom Standpunkt des Praktikers aus ist Neville ein Halbidiot.»

«Dafür müßte ich wohl dankbar sein», murmelte Neville. «Was für eine Waffe habe ich übrigens benutzt? Wissen Sie, Chefinspektor, ich möchte die einzige Theorie, die Ihnen geblieben ist, nur ungern umstoßen, aber ich bezweifle stark, daß ich es fertigbrächte, eine derart widerliche Gewalttat zu begehen – von zweien ganz zu schweigen.»

«Einen Augenblick bitte», unterbrach Sally. «Ich halte es jetzt für äußerst wichtig, daß Sie die Aussage meiner Schwester hören. Soll ich sie fragen, ob sie sich wohl genug fühlt, Sie zu empfangen, Chefinspektor?»

«Dafür wäre ich Ihnen sehr verbunden», erwiderte Hannasyde.

«Gut, dann gehe ich zu ihr, obgleich ich die beiden bestimmt mächtig störe.» Sally wandte sich zur Tür.

«Sag ihr, daß ein Menschenleben auf dem Spiel steht», riet Neville. Er schwang seine Beine über das Fensterbrett ins Zimmer. «So etwas zieht bei weichen Gemütern immer.»

Helen war wieder bei Bewußtsein, als Sally das Schlafzimmer betrat. Sie weinte an der Schulter ihres Mannes erlösende Tränen und stieß schluchzend hervor: «Du hast es nicht getan! Du hast es nicht getan!»

«Nein, Liebste, natürlich nicht. Wenn du doch nur Vertrauen zu mir gehabt hättest.»

Sally blieb einen Augenblick auf der Schwelle stehen, trat dann ein und schloß die Tür hinter sich. «Wurde hier ein zartbesaitetes weibliches Wesen von jäher Hysterie befallen?» erkundigte sie sich. «Vorwärts, Helen, reiß dich zusammen. Du wirst unten in der Bibliothek gebraucht.» Sie ging in das anstoßende Bad, fand im Medizinschränkchen eine Flasche Riechsalz und schüttete eine kräftige Dosis davon in ein Glas Wasser. Dann kehrte sie ins Schlafzimmer zurück und hielt North das Glas hin. «Flöß ihr das ein», befahl sie.

«Komm, Helen, trink», sagte North.

Helen gehorchte. Nach ein paar Schlucken begann sie zu husten und zu würgen. «Pfui Teufel! Mir geht's schon wieder gut, wirklich. Bitte, John, sag mir, daß es wahr ist und ich nicht träume. Warst du bestimmt nicht der

Mann, den ich in dieser schrecklichen Nacht gesehen habe?»

«Bestimmt nicht. Hast du das etwa die ganze Zeit geglaubt?»

«Ich hatte furchtbare Angst, es könnte so sein. Und als der gräßliche Chefinspektor mir sagte, du seist an dem betreffenden Abend nicht in deiner Wohnung gewesen, da schien überhaupt kein Zweifel mehr zu bestehen. Ich hoffte, du würdest dich in Sicherheit bringen, während ich mit dem Chefinspektor sprach. Deswegen habe ich ja Baker zu dir geschickt, als Warnung, verstehst du?»

«War das auch der Grund, aus dem du dich der Tat bezichtigt hast?»

«Ja, natürlich. Mir fiel einfach keine andere Lösung ein. Ich war viel zu unglücklich, um die möglichen Folgen für mich zu bedenken. Es spielte auch keine Rolle.»

Er ergriff ihre Hände. «So sehr liebst du mich, Helen?»

«Ach, John, John, ich habe dich immer geliebt. Du dachtest, daß ich nichts für dich empfände, und ich weiß, ich habe mich abscheulich benommen, aber nie, niemals wollte ich, daß die Kluft zwischen uns immer breiter würde.»

«Es war meine Schuld. Ich habe mich nicht bemüht, dich zu verstehen. Mehr noch, ich war so abweisend, daß du nicht wagtest, dich in deiner Not an mich zu wenden. Aber glaub mir, Helen, ich hätte dich nie im Stich gelassen. Ich hätte dir geholfen, ganz gleich wie hoch deine Schulden waren.»

«Nein, nein, meine Dummheit, mein Leichtsinn sind durch nichts zu rechtfertigen. O John, verzeih mir!»

Sally rieb ihr Monokel blank. «Laßt euch durch mich nicht stören», sagte sie.

North hob den Kopf. «Geh hinaus, Sally.»

«Mit Vergnügen, wenn ich nur könnte. Bildet euch bloß nicht ein, daß es mir Spaß macht, zuzusehen, wie zwei komplette Idioten in Tränen und Zärtlichkeiten zerfließen», sagte Miss Drew mit brutaler Offenheit. «Leider bin ich als Abgesandte hier. Der Chefinspektor möchte mit Helen sprechen. Meinst du, Schwesterchen, daß du dazu imstande bist?»

Helen seufzte. «Ich will diesen Chefinspektor nie mehr sehen», erwiderte sie, ohne Norths Hand loszulassen.

«Das ist verständlich, aber du bist nun mal eine wichtige Zeugin. Jetzt, da du nicht mehr in dem Wahn lebst, dein Mann sei ein Mörder, möchte die Polizei dich noch einmal befragen. Trink dieses Zeug aus. Übrigens, John, warum bist du eigentlich so schnell aus Berlin zurückgekommen?»

«Das ist jetzt nicht mehr wichtig», sagte er.

Sally blickte ihn erstaunt an. «Wie ungeheuer aufregend! Hat man dich anonym über Helens Tun und Treiben informiert?»

«Nein. Nicht anonym.»

Helen trank von der Riechsalzlösung. «Wer war es?» fragte sie und wurde rot.

«Auch das ist unwichtig. In dem Brief stand übrigens nicht das, was deine ordinäre Schwester sich einbildet. Es war eher ein metaphorischer Tritt in den Hintern für mich. Da bin ich eben nach Hause gefahren.»

«Ja, und du warst ungemein hilfreich», sagte Sally sarkastisch. «Du hast eine derartige Kälte um dich herum verbreitet, daß sogar ich das Gefühl hatte, es wäre besser, wenn Helen dir nicht alles erzählte.»

«Es war . . . ein bißchen schwierig», erwiderte er. «Helen erschrak so offensichtlich, als sie mich sah, und sie schien ja auch zu befürchten, ich könnte herausfinden, in welchem Verhältnis sie zu Fletcher stand . . .»

«Das», unterbrach ihn Sally, «wäre dein Stichwort gewesen, aber du hast es verpaßt. Wenn du es richtig angefangen hättest, wäre sie mit tausend Freuden bereit gewesen, dir alles zu erzählen.»

«Ja», sagte North, «ich war nur nicht sicher, ob ich es hören wollte.»

«Vogel-Strauß-Politik?» rief Sally. «Also das hätte ich gerade dir nicht zugetraut.»

Helen schmiegte die Wange in seine Hand. «Zu denken, daß du . . . du dich für mich opfern wolltest! O John!»

«Wir hatten einander wohl verloren. Es tut mir leid, Helen.»

Sally nahm ihrer Schwester das leere Wasserglas ab. «Hört mal, könnt ihr nicht später weiterturteln? Helen muß nämlich nach unten gehen und dem Chefinspektor haargenau berichten, was an dem betreffenden Abend passiert ist. Im Augenblick sieht es so aus, als hielte er Neville für den Mörder, und das gefällt mir gar nicht. Gott weiß, ob deine Aussage dem armen Kerl nützen wird, aber möglich wäre es schon. Vorwärts, pudere dir die Nase und komm mit.»

Helen stand auf und ging langsam zu ihrem Frisiertisch. «Gut, wenn es unbedingt sein muß. Obgleich ich eigentlich nicht weiß, weshalb ich mich für Neville einsetzen soll. Ich dachte, er wäre dir gleichgültig.»

«Niemals», erwiderte Miss Drew würdevoll, wenn auch nicht wahrheitsgetreu, «niemals habe ich mich von vulgären Vorurteilen beeinflussen lassen. Außerdem bin ich im Gegensatz zu dir nicht der Meinung, daß es egal ist, wer den Mord begangen hat, so lange man John nicht verdächtigt. Bist du endlich fertig?»

Helen glättete ihr Haar mit dem Kamm, schob die Wellen zurecht, betrachtete mit Hilfe des Handspiegels kritisch ihr Profil und entschied, sie sei fertig.

Hannasyde saß noch immer mit Neville in der Bibliothek. North sagte mit reuigem Lächeln: «Wir müssen uns bei Ihnen entschuldigen, Chefinspektor. Ich fürchte, wir haben uns strafbar gemacht.»

«Ja, wegen Irreführung der Behörden», bestätigte Hannasyde mit einem verschmitzten Zwinkern. «So, Mrs. North, würden Sie mir jetzt bitte genau berichten, was sich am siebzehnten zugetragen hat, während Sie in Greystones waren?»

Helen blickte zu ihm auf. «Ich habe es Ihnen doch schon gesagt, und jedes Wort meiner Geschichte ist wahr. Wirklich!»

«Welche deiner Geschichten meinst du?» erkundigte sich Neville.

«Diejenige, die ich dem Chefinspektor erzählt habe, als ich ihn im Polizeirevier aufsuchte: Ich stand hinter dem Strauch und lief dann ins Arbeitszimmer zurück, um meine Schuldscheine zu suchen.»

«Und der Mann, der an Ihrem Versteck vorbei ins Arbeitszimmer ging? Sind Sie sicher, daß Fletcher ihn vor zehn Uhr bis zur Gartenpforte begleitete?»

«Ja, ganz sicher.»

«Und unmittelbar bevor Sie das Zimmer verließen, hörten Sie Fletcher durch den Garten zurückkommen?»

Helen nickte. «Ja, der Kies knirschte unter seinen Schritten, und er pfiff vor sich hin. Er schien langsam zu gehen, ohne jede Hast.»

«Aha. Danke, Mrs. North.»

Sally sah, daß er die Stirn runzelte, und fragte. «Die Aussage meiner Schwester gefällt Ihnen wohl nicht, Chefinspektor?»

«So möchte ich es nicht formulieren», antwortete er ausweichend.

«Einen Augenblick», rief Neville, der ein paar Notizen auf die Rückseite eines Briefumschlaga gekritzelt hatte. Meinen Sie, ich könnte es doch getan haben? Zehn Uhr eins. Mein Onkel ist quicklebendig; zehn Uhr zwei: Unbekannter Mann wird in der Maple Grove gesehen; zehn Uhr fünf: Maleachi findet meinen Onkel tot auf. Wer war der geheimnisvolle zweite Mann? Hat er es getan? War ich er? Und wenn ja, warum? Seltsame und scheinbar sinnlose Vorgänge. Ich werde mich der Verhaftung widersetzen.»

«Verhaftung kommt überhaupt nicht in Frage», beruhigte ihn Sally. «Es liegt ja nichts gegen dich vor. Mit was solltest du ihn denn ermordet haben?»

Neville deutete mit dem Finger auf Hannasyde. «Die Antwort steht dem Chefinspektor auf dem Gesicht geschrieben, Schätzchen. Der Briefbeschwerer! Der Briefbeschwerer, den ich selbst ins Spiel gebracht habe.»

Hannasyde schwieg. Sally jedoch sagte: «Ja, aber wenn du Ernie ermordet hättest, wäre es doch ein ziemliches Wagnis gewesen, der Polizei die Mordwaffe buchstäblich als Geschenk zu überreichen.»

«Nicht wahr?» stimmte Neville eifrig zu. «Ich hätte vor Angst gestottert. Außerdem sehe ich den Sinn der Sache nicht ein. Weswegen hätte ich es tun sollen?»

«Weil Mörder oft von sich selbst eingenommen sind», sagte Sally. «Typisch für diesen Menschenschlag, nicht wahr, Chefinspektor?»

«Mir scheint, Sie haben sich intensiv mit der Mentalität von Verbrechern befaßt, Miss Drew», antwortete er unverbindlich.

«Allerdings. Aber meiner Meinung nach leidet Neville nicht an dieser Art von Eigendünkel. Wenn Sie wollen, können Sie von einer teuflisch ausgeklügelten List sprechen, nur gibt es auch da einen Einwand. Für Sie bestand kein Anlaß, aus der Fülle von stumpfen Gegenständen, die es in Greystones geben muß, ausgerechnet diesem Briefbeschwerer herauszugreifen. Warum also sollte er Sie praktisch mit der Nase darauf gestoßen haben?»

«Vielleicht ist mein Humor irgendwie pervers», schlug Neville vor. «Die geistige Anomalie des Mörders. Bald bin ich soweit, daß ich mich tatsächlich für schuldig halte. Mein Gott, man stelle sich vor, ich hätte einen Mann seiner Millionen wegen umgebracht! Nein, mit dieser Version bin ich nicht einverstanden – es wäre die denkbar widerlichste Lösung eines raffinierten Verbrechens.»

«Immerhin ist es doch wohl so, daß Ihre finanzielle Lage vor dem Tod Ihres Onkels alles andere als rosig war?» bemerkte Hannasyde.

North, der bisher schweigend hinter dem Sessel seiner Frau gestanden hatte, schaltete sich jetzt ein und sagte in seiner ruhigen Art: «Ich glaube, Chefinspektor, diese Frage sollte Mr. Fletcher nicht in Gegenwart von Dritten gestellt werden.»

Nevilles Lider flatterten. «Ach, ist das nicht reizend von John? Und ich dachte immer, er könnte mich nicht leiden.»

«Ganz recht, Mr. North», antwortete Hannasyde in ziemlich scharfem Ton. «Da ich jedoch zu Beginn dieser Unterredung den Wunsch äußerte, Mr. Fletcher unter vier Augen zu befragen, woraufhin er ausdrücklich verlangte, Miss Drew solle bei ihm bleiben, glaubte ich auf die sonst übliche Diskretion verzichten zu dürfen. Ich bin aber selbstverständlich bereit, mit Mr. Fletcher allein zu sprechen, wenn er das wünscht.»

«Nein, durchaus nicht», widersprach Neville. «Ich würde vor Angst mit den Zähnen klappern, wenn ich Ihnen schutzlos ausgeliefert wäre. Überdies fungiert Miss Drew als mein Rechtsbeistand. Wenn sie nicht dabei wäre, um meine unverantwortlichen Äußerungen zu unterbinden, würde ich nicht wagen, den Mund aufzumachen.»

«Wollen Sie mir dann bitte sagen, ob die Formulierung korrekt ist, daß Sie sich zur Zeit von Ihres Onkels Tod in finanzieller Bedrängnis befanden?»

«Ach nein», antwortere Neville zaghaft. «Eigentlich fühlte ich mich gar nicht bedrängt.»

«Nanu! Wollen Sie etwa behaupten, Sie hätten ein Guthaben auf Ihrem Bankkonto gehabt?»

«Das ist nicht sehr wahrscheinlich. Zum Quartalsende bin ich meistens blank.»

«Hatten Sie nicht sogar Ihr Konto stark überzogen?»

«Ja? Ich weiß nicht.»

«Ich muß mich doch sehr über Sie wundern, Mr. Fletcher. Erhielten Sie nicht am vierzehnten dieses Monats ein Schreiben, in dem die Bank Ihnen mitteilte, bis zu welchem Betrag Sie Ihr Konto überzogen hatten?»

«Ich dachte mir doch gleich, daß es sich darum handelte», erwiderte Neville. «In Briefen, die von der Bank kommen, steht meistens, daß ich überzogen habe. Meistens, sage ich. Nicht immer. Einmal hat man mir wegen irgendwelcher Wertpapiere geschrieben, und da bekam ich schrecklichen Ärger. Weil nämlich auf dem Umschlag die Bank als Absender angegeben war, so daß ich den Brief sofort in den Papierkorb warf. Hätten Sie das nicht auch getan?»

«Was denn, ich soll Ihnen glauben, daß Sie den Brief Ihrer Bank nicht geöffnet haben?»

«Glauben Sie es doch», bat Neville liebenswürdig. «Es würde für Sie alles soviel einfacher machen.»

Hannasyde sah ihn verdutzt an. «Dann haben Sie also ihren Onkel nicht gebeten, das Defizit für Sie zu decken?»

«Aber nein!»

«Vielleicht deshalb nicht, weil Sie von vornherein wußten, daß er Ihre Bitte nicht erfüllen würde?»

«Wieso? Er hätte sie selbstverständlich erfüllt.»

«Hat er Ihnen nie erklärt, er würde für Ihre Schulden nicht mehr aufkommen?»

Neville überlegte. «Ich glaube nicht. Allerdings erinnere ich mich, daß er furchtbar ärgerlich war wegen einer dummen Geschichte, die mir in Budapest passierte. Es ging da um eine Russin, und ich wollte wirklich nicht, daß Ernie mir zu Hilfe käme. Aber er hatte so konservative Vorstellungen – man muß den Familiennamen rein halten, und es gibt keine größere Schande, als im Gefängnis zu sitzen –, folglich bestand er darauf, mich loszukaufen. Er mochte es auch nicht, wenn ich vors Bezirksgericht zitiert wurde. Ich selbst finde ja, daß einem die Bankrotterklärung eine Menge Ärger ersparen kann, aber Ernie sah das natürlich in einem anderen Licht. Na, man soll den Toten nichts Böses nachsagen, und wahrscheinlich meinte er es gut.»

«Unbezahlte Rechnungen machen Ihnen keine Sorgen, Mr. Fletcher?»

«O nein. Man kann ja notfalls in ein anderes Land flüchten», erwiderte Neville mit seinem schläfrigen Lächeln.

Hannasyde musterte ihn durchdringend. «Aha, ich verstehe. Ein etwas ungewöhnlicher Standpunkt.»

«Finden Sie? Das kann ich nicht beurteilen», sagte Neville mit Unschuldsmiene.

Helen, die bisher, offenbar stark erschöpft, zurückgelehnt in einem Armstuhl gesessen hatte, richtete sich plötzlich auf. «Also ich halte es für ganz unmöglich, daß es Neville gewesen sein soll. Ein Mord sieht ihm gar nicht ähnlich, und überhaupt hätte er es in der kurzen Zeit nie schaffen können. Er war doch nirgends zu sehen, als ich das Haus verließ.»

«Ich habe von oben durch die Geländerstäbe gelinst, Herzchen», erklärte Neville. «Wenn man bedenkt, daß Helen um zehn Uhr *noch* und mein lieber Freund Maleachi um zehn Uhr fünf *schon* im Arbeitszimmer war, dann habe ich mächtiges Glück gehabt, meinen Sie nicht auch, Chefinspektor?»

«Ich meine», sagte Hannasyde, «daß Sie gut daran täten, Ihre Lage sehr sorgfältig zu erwägen, Mr. Fletcher.»

13

«Was mag er wohl mit dieser Bemerkung bezweckt haben?» fragte Neville, als Chefinspektor Hannasyde, begleitet von dem Butler, das Zimmer verlassen hatte.

«Dich nervös zu machen», erwiderte Sally kurz.

«Na, das ist ihm gelungen», sagte Neville. «Ich bin nur froh, daß ich mein schönes Frühstück schon intus hatte, als er kam, denn jetzt wäre mir bestimmt der Appetit vergangen.»

«Apropos Frühstück ...» begann North.

«Ich finde es roh und gefühllos von dir, in diesem Augenblick an Essen zu denken», tadelte Neville. «Helen, Liebling, du hast eine so lebhafte Phantasie – bist du auch ganz sicher, daß du gesehen hast, wie Ernie diesen Fremden bis zur Gartenpforte begleitete?»

«Natürlich bin ich sicher. Weswegen sollte ich mir so etwas wohl ausdenken?»

«Nun, ebensogut könnte ich dich fragen, weswegen du John deine Schulden verschwiegen hast», meinte Neville. «Aus unvernünftigem Wahnsinn – das ist eine Tautologie, aber lassen wir es dabei –, der typisch für weibliche Wesen ist.»

«Es war nicht unvernünftig», verteidigte sie sich lächelnd. «Ich weiß jetzt, daß ich mich dumm benommen habe, aber ich ... ich hatte einen stichhaltigen Grund.»

«Also den möchte ich wirklich gern erfahren. Oder nein, lieber nicht. Vermutlich würde dadurch meine Gutgläubigkeit auf eine zu harte Probe gestellt. Für John ließ dein Verhalten jedenfalls nur den einen Schluß zu, daß du dich, mit Ernie als Partner, einer Eheverfehlung schuldig gemacht hättest, wie die Juristen es so diskret nennen. Sally und ich liebäugelten schon mit dem Gedanken, John in einem anonymen Brief den wahren Sachverhalt zu offenbaren.»

«In mancher Hinsicht hätte ich das begrüßt», warf North ein. «Es wäre, wenn ich so sagen darf, viel nützlicher gewesen als der Versuch, deinen Onkel zur Rückgabe der Schuldscheine zu bewegen. Ich bezweifle nicht, daß dein Geist willig war, aber ...»

«Du kennst mich schlecht», fiel Neville ihm ins Wort. «Mein Geist war kein bißchen willig. Ich wurde gewaltsam in die Sache hineingezerrt, und nun sieh dir das Ergebnis an. Von allen Übeln, die mir wahrscheinlich widerfahren werden, ist das geringste, daß ich in den Ruch eines guten Samariters komme, was seinerseits gräßliche Folgen nach sich ziehen kann.»

Helen seufzte. «Es tut mir schrecklich leid, Neville. Aber obgleich du meine Schuldscheine nicht zurückbekommen konntest und wir nichts als Unannehmlichkeiten gehabt haben, war es doch gut, daß ich dich, wie du es ausdrückst, in die Sache hineingezerrt habe. Anderenfalls hätten John und ich vielleicht nie mehr zueinandergefunden.»

Neville schloß die Augen, und sein Gesicht zeigte einen Ausdruck höchster Verzweiflung. «Was für ein grauenhafter Gedanke! Und wie herrlich formuliert! Mein Tod wird also nicht sinnlos sein. Erwartest du, daß ich mich darüber freue?»

«Hör mal», warf Sally ein, «es hat keinen Sinn, das zu bereuen, was du getan hast. Du mußt dir jetzt deine nächsten Schritte überlegen. Es ist offensichtlich, daß dich die Polizei stark im Verdacht hat. Andererseits ist es ebenso offensichtlich, daß die Beweise, die gegen dich sprechen, nicht für einen Haftbefehl ausreichen. Die Frage ist nun: Kann die Polizei das erforderliche Beweismaterial beschaffen?»

Neville öffnete die Augen und starrte Sally mit unverhohlenem Entsetzen an. «Großer Gott, das Mädchen glaubt, ich wäre der Mörder!»

«Durchaus nicht. Ich bin ganz unvoreingenommen», erklärte Sally. «Solltest du es aber getan haben, dann zweifellos aus verdammt guten Gründen, die ich billige, ohne sie zu kennen.»

«Wirklich?» Neville war sichtlich beeindruckt. «Und was ist mit meinem zweiten Opfer?»

«Das zweite Opfer – als deines wollen wir es vorerst nicht bezeichnen – wußte meiner Ansicht nach zuviel über den ersten Mord und mußte daher aus dem Weg geräumt werden. Das war natürlich Pech, aber ich sehe ein, daß diese Maßnahme in Anbetracht des ersten Mordes unvermeidlich war.»

Neville holte tief Luft. «Und da reden die Leute vom schwachen Geschlecht! Wenn ich an den Blödsinn denke, den man in allen Jahrhunderten über die Frau geschrieben hat, dann wird mir speiübel. Unbarmherzige, primitive Barbarei! Weibliche Wesen sind unfähig, die abstrakten Begriffe Gut und Böse zu erfassen, und das trägt in hohem Maß dazu bei, die Gesellschaft zu spalten. Ihre Beschäftigung mit menschlichen Leidenschaften ist ekelerregend und erschreckend.»

«Wahrscheinlich hast du recht», erwiderte Sally gelassen. «Wenn es darauf ankommt, werfen wir alle Vorschriften über Bord. Abstraktionen haben für uns wenig Reiz. Wir sind praktischer als ihr Männer und – ja, wohl auch unbarmherziger. Damit will ich nicht sagen, daß ich Morde *billige*, und hätte ich von diesen beiden Verbrechen nur aus Zeitungsberichten erfahren, dann würde ich sie als ein ziemlich starkes Stück bezeichnen. Aber wenn man den mutmaßlichen Mörder kennt, sieht die Sache anders aus. Du würdest mich doch für ein Scheusal halten, wollte ich dir die Freundschaft kündigen, nur weil du einen Menschen getötet hast, den ich sowieso nicht leiden konnte, und einen zweiten, von dessen Existenz ich überhaupt nichts ahnte.»

«Ich fürchte, Sally, du bist nicht ganz sachlich», sagte John North mit einem leisen Lächeln. «Die Tatsache, daß du mit Neville befreundet bist, dürfte dein Urteil nicht beeinflussen.»

«Ach, das ist doch Unsinn», widersprach Sally. «Dann hättest du ebensogut erwarten können, daß Helen dich haßte, als sie glaubte, du seist der Mörder.»

«Allerdings», bestätigte er, und sein Lächeln vertiefte sich.

«Irgendwie sind wir vom Thema abgekommen», stellte sie fest. «Was ich wissen wollte, Neville, war folgendes: Besteht die Möglichkeit, daß die Polizei weiteres Beweismaterial entdeckt, das gegen dich spricht?»

«Es gibt keine Beweise gegen mich. Wie oft soll ich dir noch sagen, daß ich nichts mit diesen Morden zu tun habe?»

«Wer hat es dann getan?» fragte sie. «Wer *könnte* es gewesen sein?»

«Nun, der geheimnisvolle Unbekannte», meinte er leichthin.

«Und was für ein Motiv sollte er gehabt haben?»

«Vielleicht das gleiche wie John. *Crime passionel.*»

«Was denn, noch mehr Schuldscheine?»

«Nein. Eifersucht. Rachegelüste. Das sind doch die Merkmale eines Mordes aus Leidenschaft, nicht wahr?»

Sally zog die Brauen zusammen. «Möglich wär's. Weißt du zufällig, ob Ernie sich irgend jemanden zum Feind gemacht hatte?»

«Natürlich weiß ich nichts dergleichen. Sonst hätte ich doch die ganze Geschichte längst ausgespuckt, du süßer kleiner Idiot. Aber in Ernies Leben gab es massenhaft hübsche Damen.»

«Du meinst also, ein Unbekannter hätte ihn einer Frau wegen ermordet? Das klingt glaubhaft, aber wie in aller Welt konnte er die Tat in der kurzen Zeit begehen?»

«Ich war nicht dabei, muß dir also die Antwort schuldig bleiben. Rechne es dir allein aus.»

«Die Frage ist, ob der Chefinspektor mit dem Ausrechnen klarkommt», sagte Sally.

«Eine für mich viel wichtigere Frage ist die, ob er mit dem Problem klarkommt, wie ich beide Morde begangen haben könnte», entgegnete Neville.

Ebendiese Fragen waren es, die im gleichen Augenblick den Chefinspektor beschäftigten. Nachdem er Glass kurz, aber energisch die Leviten gelesen und ihm ein für allemal untersagt hatte, die Moral der Oberschicht zu kritrisieren, machte er sich mit ihm auf den Weg zum Polizeirevier.

«Der Herr», verkündete Glass streng, «sprach zu Mose: ‹Ich habe dieses Volk beobachtet und gesehen, daß es ein halsstarriges Volk ist. Nun laß mich, daß mein Zorn gegen sie entbrenne und ich sie vertilge.›»

«Ist durchaus möglich», erwiderte Hannasyde. «Sie sind jedoch nicht Moses, und ebensowenig sind diese Leute die Kinder Israel.»

«Und dennoch wird der Hochmut der Menschen gedemütigt werden. Sie sind allzumal Sünder vor dem Herrn.»

«Auch das ist möglich, aber es geht Sie nichts an», wies Hannasyde ihn zurecht. «Ich würde es sehr begrüßen, wenn Sie sich mehr um unsere Nachforschungen und weniger um die Unzulänglichkeiten anderer Leute kümmern wollten.»

Glass seufzte. «Ich habe lange nachgedacht. Alles ist Nichtigkeit und Haschen nach dem Wind.»

«Was das betrifft, muß ich Ihnen leider zustimmen», sagte Hannasyde mißmutig. «Da weder Mr. North noch seine Frau als Täter in Frage kommen, deutet jetzt alles auf Neville Fletcher hin. Und doch ... und doch will mir die Sache nicht so ganz gefallen.»

«Er ist unschuldig», erklärte Glass im Brustton der Überzeugung.

«Na, ich weiß nicht recht ... Wie können Sie so sicher sein?»

«Er gehört nicht zu den Erleuchteten, er hat eine freche Zunge, und er ist einer von den Spöttern, die eine Stadt ins Unglück stürzen. Trotzdem halte ich ihn nicht für einen Gewalttäter.»

«Auch auf mich macht er diesen Eindruck nicht. Das hat allerdings nicht viel zu sagen, denn ich habe mich bei der Beurteilung von Menschen schon oft geirrt. Fest steht nur, daß Fletchers Mörder auch Carpenters Mörder sein muß. Vielleicht war es der junge Fletcher – aber wo hat er dann die Waffe gelassen? Ich würde ein Jahresgehalt darum geben, das zu erfahren.»

«Ist es so sicher, daß in beiden Fällen dieselbe Waffe benutzt wurde?» fragte Glass in seiner bedächtigen Art.

«Nach den ärztlichen Gutachten zu urteilen, ist es im höchsten Grad wahrscheinlich.»

«Wer kann der Mann gewesen sein, den ich sah? Neville Fletcher war es nicht.»

«Vielleicht Carpenter.»

Glass zog die Stirn kraus. «Wer war dann aber der Mann, den Mrs. North sah?»

«Keine Ahnung. Möglicherweise war es wieder Carpenter.»

«Sie meinen, er kam zurück, nachdem Mr. Fletcher ihn fortgeschickt hatte? Aus welchem Grund denn?»

«Ich fürchte, diese Frage hätte nur er selbst beantworten können.»

«Wenn es Carpenter war, wird die Sache noch rätselhafter. Weshalb hätte er zurückkommen sollen, wenn er nicht Fletcher etwas antun wollte? Aber so kann es nicht gewesen sein, denn er selbst wurde ja ermordet. Ich glaube, Fletcher hatte viele Feinde.»

«Diese Theorie widerspricht allem, was wir von ihm wissen. Anfangs bestand die Möglichkeit, daß North die Tat begangen haben könnte, aber jetzt kommt eigentlich nur noch Budd in Frage, und der sieht doch ganz anders aus als der Mann im Smoking, der gestern abend in der Barnsley

Street gesehen wurde. Über Fletchers Vergangenheit haben wir uns gründlich informiert. Ein gräßlicher Fall. Der Sergeant hat es ja gleich gesagt.»

Die Augen des Polizisten funkelten. «Die Gottlosen sind wie Spreu, die im Winde verweht.»

«Das genügt», sagte Hannasyde kühl und beendete damit das Gespräch.

Als der Sergeant später erfuhr, daß Norths Unschuld erwiesen war, äußerte er verbittert die Absicht, seine Entlassung aus dem Polizeidienst zu beantragen. «Ausgerechnet der allerverdächtigste Mann muß hingehen und sich reinwaschen», murrte er. «Die Möglichkeit, daß seine Alibis gefälscht sind, besteht wohl nicht?»

«Nein. Alles hieb- und stichfest. Ich habe seine Angaben selbst nachgeprüft. Bleibt also nur noch Neville Fletcher. Er hat kein Alibi für gestern abend, gibt jedoch zu, daß er in London war.»

«Nun», meinte der Sergeant abwägend, «wenn er nicht so prima mit Ikabod umgehen könnte, würde ich ihn am liebsten einbuchten.»

«Kann ich mir denken, nur hat die Sache leider einen Haken – nein, zwei Haken. Er hat ohne Umschweife zugegeben, daß er gestern abend einen Smoking trug. Aber er erklärte auch, sein Hut sei aus schwarzem Filz gewesen. Der Mann, den wir suchen, hatte einen Chapeau claque.»

«Na wennschon», sagte Hemingway. «Wahrscheinlich hat er Ihnen was vorgeschwindelt.»

«Das glaube ich nicht. Der junge Mann ist alles andere als unbedacht. Er versicherte, es sei der einzige Hut, den er besitze. Wenn das gelogen wäre, könnte ich ihn so leicht der Lüge überführen, daß ich es gar nicht erst versucht habe. Außerdem ist er entweder ein glänzender Schauspieler, oder er wußte wirklich nicht, worauf ich hinauswollte, als ich ihn fragte, wo er gestern abend war.»

«Trotzdem, da North als Täter nicht mehr in Frage kommt, ist Neville Fletcher der einzige, der es in der kurzen Zeit getan haben könnte.»

«Welche Zeit meinen Sie?»

«Na, die vier Minuten zwischen Mrs. Norths Abgang und Ikabods Ankunft, Chef», antwortete der Sergeant ein wenig ungeduldig.

«Er hatte sogar noch weniger Zeit zur Verfügung», berichtigte Hannasyde. «Der Mord muß nach zehn Uhr eins und vor zehn Uhr zwei verübt worden sein.»

«Dann hat überhaupt kein Mord stattgefunden», rief der Sergeant verzweifelt. «So etwas gibt es ja gar nicht.»

«Aber es hat ein Mord stattgefunden. Und gestern noch einer.»

Der Sergeant kratzte sich am Kinn. «Ich bin überzeugt, daß Carpenter nicht Zeuge des Mordes an Ernest Fletcher war. Wenn er um zehn Uhr zwei fortging, war das unmöglich. Ist doch logisch.»

«Und warum wurde er dann ebenfalls ermordet?»

«Dahinter bin ich leider noch nicht gekommen», gab der Sergeant zu. «Allerdings habe ich so ein Gefühl, er könnte etwas Bestimmtes gewußt haben, das ihm verriet, wer der Mörder war. Wenn ich nur herausbekäme, ob Angela Angel außer ihm noch andere Freunde hatte.» Er hielt nachdenklich inne, und seine klugen Augen glichen mehr denn je denen eines Vogels. «Nehmen wir an, er wurde um zehn Uhr achtundfünfzig an der Gartenpforte verabschiedet. Und nehmen wir weiter an, er sah im Fortgehen, wie ein Kerl, den er kannte, durch dieselbe Pforte in den Garten schlüpfte. Meinen Sie nicht, das hätte ihm zu denken gegeben? Und als er dann in der Zeitung las, man habe den seligen Ernest mit eingeschlagenem Schädel aufgefunden, da machte er sich einen Reim darauf.»

«Ja, das klingt recht vernünftig, nur haben Sie eine Kleinigkeit vergessen. Sie gehen davon aus, daß der Mann, den Glass um zehn Uhr zwei sah, nicht Carpenter, sondern der Mörder war, aber wir sind doch zu dem Schluß gelangt, daß dieser Mann, ganz gleich, wann er den Garten betrat, Fletcher nicht vor zehn Uhr eins ermordet haben kann. Da stimmt also etwas nicht.»

«Schade, schade», murmelte der Sergeant betrübt. Er starrte sinnend vor sich hin; dann hob er lebhaft den Kopf. «Ich hab's! Angenommen, Carpenter ging zurück, weil er sehen wollte, was der andere Kerl im Schilde führte. Er wurde Zeuge des Mordes und rannte Hals über Kopf davon.»

«Und der andere Mann?»

«Wie ich schon sagte. Er hörte Ikabod auf zierlichen Füßen nahen, versteckte sich im Garten und verduftete, sobald Ikabod das Arbeitszimmer betrat. Je länger ich darüber nachdenke, Chef, desto sicherer bin ich, daß es so war.»

«In der Tat, es klingt recht wahrscheinlich», bestätigte Hannasyde. «Und was war das Motiv des Unbekannten? Angela?»

«Da zwischen ihm und Charlie Carpenter eine Verbindung bestand, könnte Angela wohl das Motiv gewesen sein.»

«Aber ihre Freundin – wie hieß sie doch? Ach ja, Gladys – hat Ihnen gegenüber erklärt, Angela habe nur zwei Liebhaber gehabt, nämlich Carpenter und Fletcher.»

«So eindeutig hat sie das nicht gesagt. Sie erwähnte, daß sich viele Männer um die Gunst des armen Mädchens bewarben.»

«Es ist wohl unwahrscheinlich, daß sich ein abgeblitzter Verehrer dazu versteigen sollte, Fletcher umzubringen, wie?»

«Wenn Sie mich fragen, dann ist an diesem Fall überhaupt nichts wahrscheinlich – bis auf die Tatsache, daß wir ihn niemals lösen werden», knurrte der Sergeant.

Hannasyde lächelte. «Noch ist nicht aller Tage Abend. Was haben Sie denn heute herausgefunden?»

«Nichts, was so aussieht, als könnte es uns im geringsten nützen», antwortete Hemingway. «Wir haben einen Verwandten von Carpenter aufgespürt, aber er konnte uns nicht viel Aufschlußreiches sagen. Moment mal, ich habe mir alles notiert.» Er griff nach einem Aktendeckel und schlug ihn auf. «Carpenter, Alfred. Beruf Angestellter. Vierunddreißig Jahre alt. Bruder des Verstorbenen, den er seit neunzehnhundertfünfunddreißig nicht mehr zu Gesicht bekommen hat.»

«Wußte er irgend etwas über Angela Angel?»

«Nein, er kannte sie nur vom Hörensagen. Seinem Bericht zufolge war Charlie nicht gerade das, was man den Stolz der Familie nennt. Einer von der Sorte, die ihre Mitschüler beklaut, wissen Sie. Seine berufliche Laufbahn begann in einer Tuchhandlung, aus der man ihn aber bald hinauswarf, weil er die Kasse laufend um kleinere Summen erleichterte. Anzeige wurde nicht erstattet. Vater Carpenter – inzwischen verstorben – kam für den Schaden auf. Danach schloß sich unser Held einer Gruppe von Tingeltangelmusikern an. Offenbar besaß er sowohl die Gabe des Gesanges als auch die, wie ein Schwuler zu wirken. In diesem Job hielt er es eine Weile aus und wagte dann den Sprung auf die Bühne – als Chorsänger. Gewisse Unstimmigkeiten zwischen ihm und seiner Familie endeten damit, daß die Eltern ihm den Stuhl vor die Tür setzten. Er heiratete eine Schauspielerin namens Peggy Robinsom. Als nächstes erfuhren seine Angehörigen, er sei abgehauen, ohne eine Adresse zu hinterlassen. Die junge Ehefrau erschien bei ihnen und schrie nach Charlies Blut. Alfred mochte sie nicht. Er meinte, er könne es seinem Bruder nicht verdenken, diese Peggy verlassen zu haben, denn sie sei einer wütenden Tigerin bedeutend ähnlicher gewesen als einer anständigen Frau. Irgendwie schafften sie sich Peggy vom Hals, aber nicht für lange, o nein! Sie ging auf Tournee, und wenn sie auch, wie die Familie erfuhr, mit einem anderen Kerl zusammen lebte, so hinderte sie das doch nicht, eines Tages bei Charlies Leuten aufzukreuzen und zu erzählen, er sei wieder in London und lebe mit einem Mädchen, das er irgendwo in den Midlands aufgegabelt habe. Anscheinend war er ebenfalls auf Tournee gewesen. Über den wahren Sachverhalt weiß ich ebensowenig wie Alfred, nämlich gar nichts, aber höchstwahrscheinlich hat es sich bei diesem Mädchen um niemand anders als Angela Angel gehandelt.»

«Wo ist Carpenters Frau?» unterbrach Hannasyde.

«Besieht sich die Radieschen von unten», erwiderte der Sergeant. «Sie starb vor zwei Jahren. Grippe mit nachfolgender Lungenentzündung. Alfred wußte, daß Charlie im Gefängnis gewesen war, aber er hatte danach nichts mehr von ihm gehört und legte auch keinen Wert darauf. Was Angela betrifft, so hat er sie nie gesehen, hält es jedoch für ziemlich sicher, daß sie nicht im Schaugeschäft war, als Charlie sie kennenlernte. Nach den Erzählungen seiner Schwägerin zu urteilen, war es eine richtige dörfliche Liebesgeschichte. Sie wissen schon: Romantisches junges Mädchen, sehr streng erzogen, verliebt sich in lockenhaarigen Tenor und brennt mit ihm durch. Sie hat's teuer bezahlen müssen, die arme Kleine, nicht wahr?»

«Konnte sich Alfred Carpenter an ihren richtigen Namen erinnern?»

«Nein, den hat er nie gekannt. Aber wenn man's recht bedenkt, dürfte wenigstens eines der vielen Rätsel gelöst sein, nämlich die Frage, weshalb sich nach Angelas Selbstmord keiner von ihren Angehörigen gemeldet hat. Wenn sie aus einem so sittenstrengen Haus kam, dann können Sie Gift darauf nehmen, daß sie erbarmungslos verstoßen wurde, genau wie Charlie auch. Ich weiß, wie solche Leute sind.»

Hannasyde nickte. «Ja, aber geholfen ist uns damit nicht. Haben Sie aus Carpenters Wirtin irgendwas herausgeholt? Oder aus dem Besitzer des Restaurants, in dem er arbeitete?»

«Was ich aus Giuseppe herausgeholt habe», sagte Hemingway säuerlich, «war eine grandios gespielte Szene, die mir jedoch keinen Schritt weiterhalf. Wie diese Ausländer das durchhalten, ohne vor Erschöpfung umzufallen, ist mir ein Rätsel. Er legte eine Ein-Mann-Show hin, die ihresgleichen suchte. Mit Haareraufen, Dio-mios, Corpo-di-baccos und allem, was sonst noch dazu gehört. Ich mußte mir einen Drink bestellen, um wieder zu mir zu kommen, während er sofort nach seinem Auftritt mit ungebrochener Kraft seiner Frau die Leviten las. So hörte es sich jedenfalls an, aber vermutlich war es nichts weiter als eine nette, ruhige Unterhaltung. Nun, wie dem auch sei, über Charlie konnte er mir nichts sagen.»

«Und die Wirtin?»

«Die weiß auch nichts. Bleibt lieber für sich und redet nicht mit anderen, sagt sie. Wundert mich übrigens gar nicht. Sie ist nicht gerade ein Mensch, dem sich irgendwer gern anvertrauen würde. Also ich bleib dabei, Chef, entweder war es Neville oder keiner. Und was die verschwundene Mordwaffe betrifft – könnte er nicht einen derben Stock benutzt haben, den er nach der Tat in seinen Ärmel schob?»

«Haben Sie schon mal versucht, einen dicken Stock in Ihren Ärmel zu schieben?» erkundigte sich Hannasyde.

«Hmmm . . . Wie wäre es mit einem Spazierstock aus Malakkarohr?»

«Der ließe sich vielleicht im Ärmel unterbringen, aber Malakkarohr hätte diese tödlichen Kopfverletzungen unmöglich hervorrufen können. Die Waffe war sehr schwer; falls es sich um einen Stock handelte, muß er sehr dick gewesen sein. Wie eine Keule, würde ich sagen.»

Der Sergeant verzog den Mund. «Wenn Neville der Täter war, brauchen wir uns nicht lange den Kopf zu zerbrechen, wo er die Mordwaffe gelassen hat. Er konnte sie in aller Gemütsruhe säubern oder unauffällig beiseite schaffen. Was den zweiten Mord betrifft – halten Sie es für möglich, daß er diesen bronzenen Briefbeschwerer in der Tasche gehabt hat?»

«Das glaube ich kaum. Der Kopf der Statuette müßte zu sehen gewesen sein.»

«Vielleicht hat das bei der schlechten Beleuchtung niemand bemerkt. Ich werde deswegen noch mal mit Brown sprechen – das ist der Mann in dem Kaffeeausschank – und mit dem Taxifahrer. Man weiß ja nie, obgleich

ich die beiden schon nach allen Regeln der Kunst ausgefragt habe.»

«Und der Hut?»

«Ja, das ist eine ärgerliche Sache», sagte der Sergeant. «Wenn er selbst keinen Chapeau claque besitzt, hat er vielleicht den vom seligen Ernest genommen, einfach deshalb, weil er wußte, daß niemand ihn mit einem derartigen Hut in Verbindung bringen würde. Er könnte ihn, als er das Haus verließ, zusammengeklappt unter dem Arm getragen haben, so daß der Butler nichts bemerkte. Den Filzhut hat er nachher vielleicht zusammengerollt und in die Tasche gesteckt.»

«Jetzt haben wir schon zwei vollgestopfte Taschen», stellte Hannasyde trocken fest. «Trotzdem erklären zwei Zeugen – das Mädchen hat sich so unbestimmt ausgedrückt, daß ich sie nicht mitrechne –, an dem Mann sei ihnen nichts aufgefallen. Und damit taucht ein neues Problem auf. Der Taxifahrer, der einen ganz intelligenten Eindruck machte, beschrieb seinen Fahrgast als einen nett aussehenden, unauffälligen Mann. Er glaubte nicht, daß er ihn bei einer Gegenüberstellung wiedererkennen würde. Sosehr ich ihm auch zusetzte, er blieb dabei, der Mann habe ausgesehen wie Dutzende von anderen Männern zwischen dreißig und vierzig. Und nun frage ich Sie, Hemingway: Wenn Sie Neville Fletcher irgendwo träfen, würden Sie ihn dann später wiedererkennen?»

«Ja», antwortete der Sergeant mißmutig. «Den kann man doch unmöglich verwechseln. Seine Haare sind besonders dunkel, und er ist überhaupt nicht das, was ich einen Durchschnittsmenschen nennen würde. Denken Sie nur an seine überlangen Wimpern und an dieses Lächeln, das mich immer so auf die Palme bringt. Nein, kein vernünftiger Mensch würde sagen, er sähe genauso aus wie Dutzende von anderen Männern. Zudem ist er noch längst nicht dreißig und wirkt auch nicht so, als wäre er schon in diesem Alter. Also was nun?»

Hannasyde trommelte nachdenklich mit den Fingern auf dem Schreibtisch. Der Sergeant beobachtete ihn mitfühlend. Plötzlich blickte der Chefinspektor auf und sagte in seiner entschiedenen Art: «Angela Angel. Ich komme immer wieder auf sie zurück. Vielleicht denken Sie jetzt, ich spinne, Hemingway, aber ich bin irgendwie überzeugt, daß wir des Rätsels Lösung finden würden, wenn wir mehr über Angela wüßten.»

Der Sergeant nickte. «Eine innere Stimme sagt es Ihnen, wie? Ich halte sehr viel von inneren Stimmen. Was sollen wir tun? Ein Zeitungsinserat aufgeben?»

Hannasyde überlegte. «Nein, lieber nicht.»

«Offen gestanden, halte ich auch nicht viel von dieser Methode. Außerdem, wenn ihre Angehörigen sich nicht gemeldet haben, als sie starb, dann ist es unwahrscheinlich, daß sie jetzt reagieren werden.»

«Ich möchte keinesfalls eine weitere Tragödie heraufbeschwören», sagte Hannasyde grimmig.

Der Sergeant fuhr hoch. «Was denn, noch mehr zertrümmerte Schädel?

Das ist doch wohl nicht Ihr Ernst?»

«Ich weiß nicht. Irgend jemand will um jeden Preis verhindern, daß wir Licht in das Dunkel bringen, in dem wir umhertappen. Alles an diesen beiden Morden deutet darauf hin, daß der Täter erbarmungslos vorgeht.»

«Er muß wahnsinnig sein», meinte Hemingway. «Anders kann ich's mir nicht erklären. Es ist ja allenfalls noch verständlich, daß einer in Weißglut gerät und einem anderen den Schädel einschlägt, aber man sollte doch denken, daß er danach ein bißchen durcheinander wäre, nicht wahr? Ich bin bestimmt nicht besonders empfindsam, aber so eine abscheuliche Bluttat begehen oder auch nur dabei zusehen – nein, das wäre zuviel für mich. Unser Vogel dagegen ist überhaupt nicht durcheinander. Der nicht! Er macht sich davon und bringt kaltblütig ein zweites Opfer um. Wenn so was normal ist, dann fresse ich einen Besen.»

«Um so mehr müssen wir darauf bedacht sein, ihm kein Motiv für einen neuen Mord zu liefern.»

«Da haben Sie recht, Chef. Aber wenn wir es mit einem Irren zu tun haben, dann ist es ja noch schlimmer, als ich glaubte. Mit einem normalen Verbrecher kann man fertig werden. Sein Gehirn arbeitet wie das eines jeden vernünftigen Menschen, und was noch wichtiger ist, er hat ein Motiv für sein Verbrechen. Das hilft uns oft weiter. Bei einem Verrückten dagegen liegen die Dinge ganz anders. Sein Gehirn funktioniert nicht so wie Ihres oder meines, und wenn er mordet, dann ohne jeden Grund. Zumindest ohne das, was ein Normaler als stichhaltigen Grund bezeichnen würde.»

«Ja, was Sie da sagen, hat manches für sich, aber ich glaube nicht, daß unser Mann komplett verrückt ist. Wir haben doch einen recht einleuchtenden Grund für den Mord an Carpenter gefunden, und vermutlich gibt es auch ein Motiv für den Mord an Fletcher.»

Der Sergeant wühlte in den Papieren auf seinem Schreibtisch und zog ein Blatt heraus. «Wissen Sie, Chef, ich muß Ihnen gestehen, daß ich versucht habe, an Hand dessen, was uns bekannt ist, den Tathergang zu rekonstruieren. Und die einzige Schlußfolgerung, zu der ich gelangt bin, ist die, daß die Sache von A bis Z schlichtweg unmöglich ist. Bringt man alles zu Papier, was unsere Ermittlungen ergeben haben, dann kommt man unweigerlich zu dem Resultat, daß der selige Ernest überhaupt nicht ermordet wurde. Daß er nicht ermordet worden sein *kann.*»

«Reden Sie keinen Unsinn», sagte Hannasyde ungeduldig.

«Ich rede keinen Unsinn, Chef. Wenn man Mrs. Norths Aussage über Bord werfen könnte, wäre alles bestens. Aber abgesehen von der Tatsache, daß sie jetzt keinen Grund zum Lügen mehr hat, da ja ihr kostbarer Ehemann nicht in das Verbrechen verwickelt ist, hat der Postangestellte erklärt, er habe am siebzehnten kurz nach zehn Uhr abends eine Frau aus Greystones kommen sehen, die genau wie Mrs. North gekleidet war. Daran ist also nicht zu rütteln. Hätte der gute alte Ikabod seine Uhr nicht mit der im Zimmer des seligen Ernest verglichen, würde ich sagen, er hätte sich in der Zeit geirrt, zu der er den Kerl aus der Gartenpforte treten sah. Aber Ikabod ist ein sehr gewissenhafter, sehr zuverlässiger Polizist, und er würde nie mit solcher Bestimmtheit von zehn Uhr zwei sprechen, wenn diese Zeitangabe nicht zuträfe. Sie sollten ihn nur mal hören, wenn er sich über das Thema ‹Falsch Zeugnis ablegen› verbreitet. Richtiggehend heruntergeputzt hat er mich, als ich zaghaft fragte, ob er sich nicht geirrt haben könnte. Aber wenn Sie es fertigbringen, seine Angaben mit denen von Mrs. North in Übereinstimmung zu bringen, dann sind Sie klüger als ich. Zuerst hatten wir nur zwei konkrete Zeitangaben, nämlich zehn Uhr zwei, als Ikabod den Unbekannten fortgehen sah, und zehn Uhr fünf, als er den seligen Ernest fand, und da ließ sich alles noch ganz gut an. Sobald wir jedoch weitere feste Zeiten bekamen, wurde die Sache derart widersprüchlich, daß man nicht mehr wußte, wo man einhaken sollte. Wenn wir nicht annehmen wollen, daß Neville seinen Onkel umbrachte und dabei von Carpenter beobachtet wurde, der schleunigst das Weite suchte, sozusagen um sein Leben lief, dann haben wir jetzt vier völlig unvereinbare Zeitangaben. Erstens neun Uhr achtundfünfzig, als Ernest den von Mrs. North gesehenen Mann zur Gartenpforte begleitete; zweitens zehn Uhr eins, als Mrs. North das Haus verließ; drittens zehn Uhr zwei, als der von Ikabod beobachtete Mann fortging; viertens zehn Uhr fünf, als Ernest tot aufgefunden wurde. Das paßt doch alles nicht zusammen, und ich weiß nicht, was ich davon halten soll. Oder glauben Sie, daß Neville der Mörder ist und Mrs. North ihn decken will?»

«Nein, auf keinen Fall. Mrs. North interessiert sich einzig und allein für ihren Mann. Aber möglicherweise war der Unbekannte, den sie sah, derselbe, den auch Glass sah. Wir haben unter Carpenters Sachen einen hellgrauen Filzhut gefunden. Das ist zwar noch kein Beweis . . .»

«Gut, gut, nehmen wir also an, sie waren identisch. Unklar ist natürlich, weshalb Carpenter noch einmal umkehrte, doch dafür ließen sich Dutzende von Gründen finden, die nicht einmal gewalttätiger Natur zu sein brauchen. Nehmen wir weiter an, er sah vom Garten aus, daß Neville bei seinem Onkel war, und zog es daraufhin vor, sich zu entfernen. Klingt doch vernünftig, nicht wahr? Schön, er geht also fort. Die Tatsache, daß er sich beeilte, wegzukommen, beweist gar nichts. Er führte bekanntlich nichts Gutes im Sinn und legte gewiß keinen Wert darauf, von einem Polizisten ausgefragt zu werden. Zu diesem Zeitpunkt hatte Carpenter noch keine Ahnung, wer Neville war. Aber jetzt kommt der Geistesblitz des Jahrhunderts, Chef! Erinnern Sie sich, daß eine Tageszeitung nach dem Mord ein Foto von Neville gebracht hat?»

«Ja. Als Hausdiener und unter dem Namen Samuel Crippen», sagte Hannasyde voller Ingrimm.

«Das spielt in diesem Zusammenhang keine Rolle. Wenn nun Carpenter das Bild in der Zeitung gesehen hat? Es liegt doch auf der Hand, daß er sämtliche Veröffentlichungen über den Mord las. Dann hat er Neville bestimmt sofort erkannt. Und da er gesehen hatte, daß der angebliche Hausdiener einen Smoking trug, als er bei Fletcher im Zimmer war, muß er daraus geschlossen haben, an der Sache sei irgend etwas faul. Ich stelle mir vor, daß er hier eine Gelegenheit witterte, sich auf leichte Art Geld zu verschaffen, und daß er sich deswegen mit Neville in Verbindung setzte. Aber Neville war viel zu gerissen, als daß er einen so gefährlichen Zeugen geschont hätte, und folglich beseitigte er Carpenter mit größter Geschwindigkeit. Na, was halten Sie davon?»

«Klingt durchaus plausibel, mein Lieber. Aber wenn wir zu dem Zeitpunkt von Carpenters Tod kommen, bricht das Ganze aus bereits erwähnten Gründen zusammen.»

«Dann wurde Carpenter eben von jemand anderem ermordet», sagte der Sergeant verzweifelt.

«Wo sind die Unterlagen für den Mord an Carpenter?» fragte Hannasyde plötzlich. «Zeigen Sie doch mal her.»

Hemingway reichte ihm ein paar maschinegeschriebene Notizen. «Viel wird Ihnen das auch nicht nützen», bemerkte er pessimistisch.

Der Chefinspektor überflog die Aufzeichnungen. «Aha, ich dachte mir's doch. Wirtin erklärt, Carpenter sei um neun Uhr dreißig noch am Leben gewesen. Dora Jenkins sagt aus, der Mann im Smoking sei auf der anderen Straßenseite vorbeigegangen, und zwar unmittelbar bevor der Polizist aus der entgegengesetzten Richtung kam.»

«Ja, und wenn Sie noch ein bißchen weiterlesen, werden Sie sehen, daß ihr Freund behauptet, der Polizist sei lange vor dem Mann im Smoking vorbeigekommen. Von den beiden erscheint mir dieser Potter entschieden glaubwürdiger. Das Mädchen wollte sich nur wichtig machen.»

«Stimmt, aber sicherlich – ach, das habe ich mir gedacht. Brown gibt an, er habe den Polizisten gegen neun Uhr vierzig gesehen, und soweit er sich erinnern könne, sei der Mann im Smoking ein bis zwei Minuten später vorbeigekommen. Das stimmt mehr oder weniger mit der Behauptung des Mädchens überein. Haben Sie den diensthabenden Polizisten gefragt, wie spät es war, als er die Barnsley Street erreichte?»

«Nein», gestand Hemingway. «Ich hielt das nicht für wichtig, da er ja weder einen Mann im Smoking gesehen noch im Haus Nummer dreiundvierzig etwas Ungewöhnliches beobachtet hatte.»

«Hm, ich weiß nicht ...» Hannasyde blickte starr auf die Wand.

«Haben Sie eine Idee, Chef?» fragte der Sergeant neugierig.

Hannasyde sah ihn an. «Nein, aber ich finde, wir sollten uns vergewissern, wie spät es genau war, als der Polizist die Straße entlangging.»

«Tut mir leid, Chef», sagte Hemingway kurz und griff nach dem Telefonhörer.

«Schon gut, es war meine Schuld. Ich hielt es nämlich auch nicht für wichtig. Vielleicht spielt es auch gar keine Rolle. Aber versuchen müssen wir's.»

Während der Sergeant auf die Verbindung mit dem Polizeirevier in der Glassmere Road wartete, las Hannasyde mit zusammengezogenen Augenbrauen noch einmal die Notizen über die beiden Morde durch. Der Sergeant wechselte ein paar Worte mit dem Wachhabenden, ließ den Hörer sinken und sagte: «Hat sich gerade zum Dienstantritt gemeldet, Chef. Wollen Sie ihn sprechen?»

«Ja, man soll ihn ans Telefon rufen», antwortete Hannasyde geistesabwesend.

Hemingway richtete die Botschaft aus, und während Polizist Mather geholt wurde, saß er da und betrachtete den Chefinspektor mit einem halb ratlosen, halb erstaunten Gesichtsausdruck. Eine Stimme in der Leitung riß ihn aus seinem Sinnen. «Hallo», rief er, «sind Sie das, Mather? Einen Augenblick, Chefinspektor Hannasyde möchte Sie sprechen. Bitte sehr, Chef.»

Hannasyde nahm den Hörer. «Hallo! Ich rufe noch mal wegen gestern abend an, Mather. Da ist eine Unklarheit, die wir offenbar übersehen haben.»

«Jawohl, Sir», sagte Polizist Mather ehrerbietig.

«Erinnern Sie sich, wann Sie auf Ihrer Runde die Barnsley Street erreichten?»

Kurze Pause. Dann antwortete der Polizist mit ängstlicher Stimme: «Auf die Minute genau weiß ich es nicht, Sir.»

«Ist auch nicht nötig. Ich bitte nur um eine möglichst präzise Schätzung.»

«Nun, Sir, als ich am Postamt in der Glassmere Road vorbeiging, zeigte die Uhr dort zehn Minuten nach neun; also müßte es ungefähr Viertel zehn gewesen sein, als ich die Barnsley Street erreichte.»

«Was?» rief Hannasyde. «Sagten Sie Viertel zehn? Neun Uhr fünfzehn?»

«Jawohl, Sir. Aber ich muß darauf hinweisen, daß es auch eine Minute früher oder später gewesen sein konnte.»

«Sind Sie ganz sicher, daß es nicht nach neun Uhr dreißig war?»

«Jawohl, Sir, absolut sicher. Soviel Zeit würde ich nie für den Weg vom Postamt bis zur Barnsley Street benötigen. Außerdem hatte Brown – der Mann mit dem Kaffeeausschank – seinen Stand noch nicht geöffnet, als ich vorbeikam.»

«Aber Brown hat auf Befragen angegeben, er hätte Sie kurz nach seiner Ankunft um neun Uhr dreißig gesehen.»

«Nun, Sir –» in Mathers Stimme glomm ein leiser Argwohn auf – «ich weiß nicht, was Brown damit bezweckt, aber wenn er behauptet, er hätte mich gestern abend gesehen, dann täuscht er sich. Darf ich mir eine Bemerkung erlauben, Sir?»

«Nur zu.»

«Es ist so, Sir, daß Brown mich sechs oder sieben Tage lang tatsächlich gesehen hat, denn ich bin jeden Abend durch die Barnsley Street gegangen, mal früher, mal später, immer jedoch *nach* neun Uhr dreißig. Nur gestern ergab es sich zufällig, daß ich meine Runde mit Latchmere Gardens und der Barnsley Street anfing. Ich habe den Eindruck, Sir, daß Brown Ihnen etwas Falsches gesagt hat, einfach weil er dachte, da es bisher so gewesen sei, müsse es auch auf gestern zutreffen, wenn ich so sagen darf, Sir.»

«Gut, danke. Das ist alles.»

Hannasyde legte den Hörer auf die Gabel und wandte sich Hemingway zu, der ihn mit neu erwachtem Interesse betrachtete.

«Sie brauchen mir gar nichts zu sagen, Chef, ich hab's auch so mitbekommen. Mather ist schon um neun Uhr fünfzehn an der Ecke Barnsley Street und Glassmere Road gewesen, und Brown hat ihn überhaupt nicht gesehen. Alle Wetter! Scheint so, als kämen wir endlich weiter, wie? Neue Wege tun sich auf, wie man so sagt. Wer ist Mr. Brown, und was hat er mit dem Mord zu tun? Wenn ich's recht bedenke, kamen seine Antworten bemerkenswert prompt. Aber was das alles soll – es sei denn, er hätte Carpenter umgebracht –, das kann ich mir beim besten Willen nicht erklären.»

Hannasyde ließ diese Bemerkungen unbeachtet. «Alfred Carpenter», sagte er. «Wie ist seine Anschrift? Ich brauche den Namen dieser Tingeltangelgruppe, der Charlie Carpenter sich anschloß.»

«Kommen Sie jetzt wieder auf Angela zurück?» Der Sergeant reichte seinem Vorgesetzten das Blatt mit Alfred Carpenters Zeugenaussage. «Sie gehörte nicht zu dieser Gruppe, falls es das ist, was Sie glauben.»

«Nein, das ist es nicht, was ich glaube. Und nun brauche ich noch eine Liste der Städte, in denen die Gruppe gastiert hat.»

«Heiliger Bimbam!» Der Sergeant schnappte nach Luft. «Sie wollen doch nicht etwa die Midlands durchkämmen, um ein Mädchen zu finden, dessen Namen Sie nicht wissen?»

Hannasyde blickte auf und zwinkerte ihm verschmitzt zu. «Nein, *ganz* so verrückt bin ich nun doch nicht.»

«Wie meinen Sie das, Chef?» fragte Hemingway mißtrauisch. «Machen Sie sich über mich lustig?»

«Nein. Und für den Fall, daß sich der Gedanke, der mir eben gekommen ist, als so abwegig erweist, wie ich es befürchte, möchte ich Ihnen keine Gelegenheit geben, sich über *mich* lustig zu machen», erwiderte Hannasyde. «Aha, wie ich sehe, hat Alfred Carpenter Telefon. Rufen Sie ihn doch bitte mal an und erkundigen Sie sich, ob er den Namen der Truppe oder eventuell den Namen der zuständigen Konzertagentur kennt. Um diese Zeit müßte er eigentlich zu Hause sein.»

Der Sergeant schüttelte zweifelnd den Kopf, griff jedoch gehorsam zum Telefon und konnte nach ein paar Minuten seinem Vorgesetzten mitteilen, daß Mr. Carpenter zwar nicht wisse, mit welchen Gruppen sein Bruder auf Tournee war, daß er sich aber entsinne, von Charlie den Namen eines Agenten gehört zu haben.

«Entweder hieß er Johnson oder Jackson oder auch Jamieson», berichtete der Sergeant sarkastisch. «Jedenfalls war er ziemlich sicher, daß der Name mit J anfing. Reizend, wie?»

«Gar nicht so übel», meinte Hannasyde. «Damit werde ich mich morgen früh befassen.»

«Und was soll ich tun?» fragte der Sergeant. «Mr. Brown noch mal auf den Zahn fühlen?»

«Ja, unbedingt. Nehmen Sie sich auch das Mädchen noch einmal vor, diese Dora Jenkins, und vergewissern Sie sich, ob sie ihre Aussage aufrechterhält. Und hören Sie, Hemingway, das alles bleibt unter uns. Niemand darf davon wissen. Wenn Sie mit Brown und Miss Jenkins gesprochen haben, fahren Sie nach Marley. Ich treffe Sie entweder dort, oder ich lasse Ihnen eine Nachricht zukommen.»

«Was soll ich denn in Marley?» fragte der Sergeant verwundert. «Vielleicht eine Betstunde mit Ikabod abhalten?»

«Sie können Ihre Theorie hinsichtlich Neville Fletchers Hut überprüfen. Und den Briefbeschwerer sehen Sie sich auch noch mal gründlich an.»

«Ach, nehmen wir jetzt wieder den lieben Neville aufs Korn?» Der Sergeant sah seinen Vorgesetzten erstaunt an. «Wollen Sie *ihn* mit Angela in Verbindung bringen, Chef? Auf was sind Sie denn so plötzlich gestoßen, wenn ich mir die Frage erlauben darf? Vor zwanzig Minuten standen wir noch vor zwei gänzlich unlösbaren Mordfällen. Und jetzt? An Brown scheinen Sie gar nicht so sehr interessiert zu sein – also was suchen Sie?»

«Den gemeinsamen Faktor», antwortete Hannasyde. «Vor zwanzig Minuten hat's bei mir gedämmert, aber es ist ohne weiteres möglich, daß ich auf dem Holzweg bin.»

«Gemeinsamer Faktor?» wiederholte Hemingway. «Das ist doch die Waffe, und hinter der sind wir ja von Anfang an her.»

«Die Waffe meine ich nicht», sagte Hannasyde und ging hinaus. Der Sergeant starrte ihm mit offenem Mund nach.

14

Der Vormittag des folgenden Tages war schon ziemlich weit vorgeschritten, als Sergeant Hemingway die Fahrt nach Marley antreten konnte. Seine beiden Interviews waren nicht sehr erfolgreich verlaufen. Miss Jenkins, hin- und hergerissen zwischen instinktiver Angst vor der Polizei und dem beglückenden Gefühl, eine wichtige Persönlichkeit zu sein, hatte ihren Schürzenzipfel zu seinem Strick gedreht, sich kichernd über das gekräuselte Haar gestrichen und nicht gewußt – «nein, wirklich nicht» –, was sie sagen sollte. Sie konnte nur hoffen, daß niemand glaubte, sie habe etwas mit dem Mord zu tun; als sie die Zeitungsmeldung las und so richtig begriff, weshalb man sie befragt hatte, da war ihr «ganz schwach» geworden. Der Sergeant, ein Fachmann auf dem Gebiet des Umgangs mit Zeugen, erreichte immerhin, daß sie allmählich von ihrer Methode abging, entweder ausweichend oder mit Oh und Ah zu antworten, und ihm bestätigte, der Herr im Smoking sei nur ein oder zwei Minuten vor dem Polizisten vorbeigekommen und habe ohne jeden Zweifel einen Chapeau claque aufgehabt – «schick sah er aus, todschick!»

Nach allem, was der Sergeant von Neville Fletcher gesehen hatte, hielt er es für höchst unwahrscheinlich, daß irgend jemand auf die Idee kommen könnte, den jungen Mann als ‹todschick› zu bezeichnen. Er verließ Miss Jenkins und machte sich auf die Suche nach Mr. Brown.

Seine Erkundungen führten ihn nach Balham, wo Brown wohnte und gerade dabei war, den beim nächtlichen Kaffeeausschenken versäumten Schlaf nachzuholen. Browns Frau, die wie Miss Jenkins angesichts der Dienstmarke in leichte Panik geriet, erbot sich, ihren Mann unverzüglich zu wecken, und nach einiger Zeit erschien mürrisch und verschlafen ein triefäugiger Mr. Brown. Er musterte Hemingway mit unverhohlenem Abscheu und begehrte zu wissen, weshalb es ihm niemals vergönnt sei, ungestört auszuschlafen. Der Sergeant, der ihm seinen Ärger nachfühlen konnte, ließ die Frage unbeantwortet und stellte dafür eine andere. Mr. Brown erwiderte gereizt, die Polizei irre sich ganz gewaltig, wenn sie sich einbilde, sie können einen schwer arbeitenden Mann ohne weiteres aus dem Schlaf reißen, damit er längst bekannte Dinge noch einmal erzähle. Er habe alles gesagt, was zu sagen sei, und damit basta. Als ihm die Angaben des Polizisten Mather vorgehalten wurden, zuckte er gähnend die Achseln und knurrte: «Na schön, soll er recht haben. Ist mir doch egal.»

«Sie haben also den Polizisten nicht gesehen», vergewisserte sich der

Sergeant.

«Nein», gab Mr. Brown zurück. «In der Straße spukt es, und was ich gesehen habe, war ein Geist.»

«Lassen Sie gefälligst Ihre faulen Witze», mahnte der Sergeant. «Was haben Sie um neun Uhr vierzig getan?»

«Sandwiches geschmiert. Was hätte ich denn sonst tun sollen?»

«Das will ich ja gerade von Ihnen wissen. Ist Ihnen mal ein Mann namens Charlie Carpenter über den Weg gelaufen?»

Mr. Brown, der den Namen wiedererkannte, wurde puterrot und schrie, der Sergeant solle sich gefälligst hinausscheren, bevor er mit einem Fußtritt nachhelfe. Als Hemingway ihn zur Ordnung rief, forderte er lautstark ganz Scotland Yard auf, ihm nachzuweisen, daß er Carpenter jemals begegnet sei oder daß er an dem betreffenden Abend seinen Ausschank auch nur für eine Minute verlassen habe.

Viel mehr war aus ihm nicht herauszubringen. Der Sergeant ging ebenso klug fort, wie er gekommen war, und trat die Fahrt nach Marley an. Auf dem Polizeirevier fand er Glass vor, der untätig dasaß und auf ihn wartete. Hemingway bemerkte bissig, er wundere sich, daß Glass nichts Besseres zu tun finde als hier herumzulungern und wie ein Popanz auszusehen.

Glass erwiderte ungerührt: «Wer üble Nachrede aussprengt, ist ein Tor. Ich habe mich bereit gehalten, die Anordnungen der über mir Stehenden zu befolgen. Worin habe ich gefehlt?»

«Schon gut, schon gut», lenkte der Sergeant ein. «Sie haben in nichts gefehlt.»

«Ich danke Ihnen. Wie ich sehe, ist Ihr Geist verstört und voller Unruhe. Sind Sie dem Ende Ihrer Arbeit an diesem Fall noch nicht näher gekommen?»

«Leider nein», antwortete Hemingway. «Das ist eine verfahrene Geschichte. Nach dem Lunch muß ich mich gleich mal um den jungen Neville kümmern. Er ist der einzige Kandidat, den wir noch für die tragende Rolle haben. Ich will ja nicht behaupten, daß wir es leicht hatten, als North unser heißer Favorit war, aber fest steht, daß alles bedeutend schwieriger ist, seit er sich von dem Verdacht reingewaschen hat. Wenn ich daran denke, wie er und seine Frau, diese dumme Pute, uns an der Nase herumgeführt haben, dann möchte ich am liebsten hingehen und ihn als Doppelmörder verhaften.»

«Die beiden haben gelogen, und es ist wahr, daß lügende Lippen dem Herrn ein Greuel sind, aber es steht auch geschrieben, daß Liebe alle Verfehlungen zudeckt.»

Der Sergeant sah ihn erstaunt an. «Was ist denn in Sie gefahren?» fragte er. «Seien Sie lieber vorsichtig; wenn Sie so weitermachen, wird am Ende noch ein menschliches Wesen aus Ihnen.»

«Auch ich bin verstört und voller Kummer. Aber wenn Sie gehen, um diesen eigensinnigen jungen Mann, Neville Fletcher, aufzusuchen, dann vergeuden Sie Ihre Zeit. Er ist ein Spötter, der nichts und niemanden liebt, weder Menschen noch irdische Güter. Weshalb also sollte er einen Mann töten?»

«Was Sie da sagen, hat viel für sich», gab Hemingway zu. «Trotzdem muß seine letzte Geschichte noch mal überprüft werden. Gehen Sie inzwischen ruhig essen; ich brauche Sie nicht in Greystones.»

Eine Stunde später klopfte er an der Hintertür von Greystones, und nach einem Austausch von Höflichkeiten mit Mrs. Simmons, einer rundlichen Frau, die ihn eifrig zum Nähertreten aufforderte, zog er sich mit dem etwas mißmutig dreinschauenden Butler in das Dienerzimmer zurück.

«Sagen Sie», begann er, «wie viele Hüte hat eigentlich der junge Herr?»

«Wie bitte?» Simmons sah ihn verständnislos an.

Der Sergeant wiederholte seine Frage.

«Leider muß ich Ihnen mitteilen, Sergeant, daß Mr. Neville nur einen einzigen Hut besitzt.»

«Tatsächlich? Und nach Ihrer Miene zu urteilen, kann er mit dem keinen Staat machen.»

«Der Hut ist so schäbig, daß es mir peinlich ist, ihn auf dem Kopf eines Gentlemans zu sehen», sagte Simmons, fügte jedoch hastig hinzu: «Der Mensch sieht, was vor Augen ist, der Herr aber sieht das Herz an.»

«He!» rief der Sergeant in drohendem Ton. «Die Zitate lassen Sie bitte weg. Damit fällt mir Ihr Freund Glass schon mehr als genug auf die Nerven. Bleiben wir lieber bei den Hüten. Ihr verstorbener Herr hatte vermutlich mehr als einen Hut, wie?»

«Mr. Fletcher war immer tadellos gekleidet.»

«Wo befinden sich seine Hüte jetzt? Sind sie eingemottet worden oder verschenkt oder sonstwas?»

«Nein.» Simmons starrte den Sergeant verwundert an. «Sie befinden sich in seinem Ankleidezimmer.»

«Hinter Schloß und Riegel?»

«Natürlich nicht. In *diesem* Haus braucht nichts weggeschlossen zu werden.»

«Gut», sagte der Sergeant. «Dann führen Sie mich bitte ins Billardzimmer.»

Der Butler war offensichtlich verblüfft, erhob jedoch keinen Einwand. In einer Fensternische des Billardzimmers stand ein Schreibtisch mit einem lederbezogenen Löscher, einem Tintenfaß aus Bleikristall und einem bronzenen Briefbeschwerer, den eine nackte Frauengestalt krönte. Der Sergeant kannte den Briefbeschwerer bereits, aber er nahm ihn jetzt in die Hand und betrachtete ihn mit weit größerem Interesse als an dem Tag, an dem Neville ihm diesen Gegenstand präsentiert hatte.

Der Butler räusperte sich. «Mr. Neville ist immer zu Scherzen aufgelegt,

Sergeant.»

«Ach, dann haben Sie also von diesem Scherz gehört?»

«Ja, Sergeant. Sehr unbedacht von Mr. Neville. Er ist leider ein bißchen leichtsinnig.»

Hemingway ließ ein Knurren hören und versuchte den Briefbeschwerer in seine Jackentasche zu stopfen. Er wurde bei diesem ziemlich schwierigen Unternehmen gestört, als eine leise, schleppende Stimme vom Fenster her sagte: «Halt, damit dürfen Sie aber nicht spielen. Jetzt wird man Ihre Fingerabdrücke auf dem Ding finden, und das könnte für Sie recht unangenehm werden.»

Der Sergeant war erschrocken herumgefahren. Draußen, vor einem der offenen Fenster, stand in lässiger Haltung Neville Fletcher und betrachtete ihn mit jenem Lächeln, das ihm so zuwider war.

«Oh», stieß Hemingway hervor, «sind Sie das, Sir?»

Neville stieg über das niedrige Fensterbrett hinweg ins Zimmer. «Haben Sie etwas dagegen, daß ich es bin? Suchen Sie hier nach belastendem Material?»

«Der Sergeant, Sir», sagte Simmons mit unbewegter Miene, «möchte gern wissen, ob die Hüte des Herrn hinter Schloß und Riegel verwahrt werden.»

«Seltsam, wofür Polizisten sich interessieren», bemerkte Neville. «Verwahren wir die Hüte hinter Schloß und Riegel, Simmons?»

«Nein, Sir, wie ich dem Sergeant bereits mitteilte.»

«Ich weiß zwar nicht, wieso, aber ich glaube, Sie haben mir da eine Schlinge um den Hals gelegt», sagte Neville. «Gehen Sie, Simmons. Ich kümmere mich schon um den Sergeant. Er ist mir sehr sympathisch.»

Hemingway fühlte sich ausgesprochen unbehaglich. Er protestierte zwar nicht dagegen, mit seinem Quälgeist allein gelassen zu werden, erklärte jedoch in abweisendem Ton: «Schmeicheleien verfangen bei mir nicht, Sir.»

«Oh, so etwas würde ich nie wagen! Maleachi hat mir nur zu deutlich gesagt, was mit Schmeichlern geschieht. Zu schade, daß Sie gestern nicht hier waren. Ich habe bei Jesaja einen herrlichen Ausdruck gefunden, der wie auf Maleachi gemünzt ist.»

«Nämlich?» Der Sergeant war wider seinen Willen interessiert.

«Verwüstende Geißel. Ich finde wirklich, Ihr Chef hätte Ihnen das erzählen müssen.»

Der Sergeant war der gleichen Meinung, erwiderte jedoch zurückhaltend, der Chefinspektor habe an Wichtigeres zu denken.

«Ach was, Wichtigeres! Er zerbrach sich nur den Kopf über meine mögliche, aber unwahrscheinliche Schuld. Vermutlich tun Sie das auch, und es betrübt mich sehr, weil ich geglaubt habe, wir wären so etwas wie Blutsbrüder. Wegen Maleachi. Warum eigentlich Hüte?» Seine schläfrigen Augen blickten Hemingway forschend an. «Sagen Sie Feuer, Wasser oder

Kohle, je nachdem. Meine unglückselige Fahrt nach London. Schwarzer Filzhut. Und Ernies Sammlung von Kopfbedeckungen. Oh, habe ich mir vielleicht einen von Ernies Hüten geliehen?»

Hemingway hielt es für das beste, Offenheit mit Offenheit zu vergelten. «Das würde ich gern von Ihnen hören, Sir.»

Neville lachte glucksend und nahm ihn an die Hand. «Kommen Sie mit. Ist das Leben eines Polizisten grau und eintönig? Dann will ich etwas Licht in das Ihre bringen.»

«He, Sir, was soll das?» protestierte der Sergeant, als er gewaltsam zur Tür gezogen wurde.

«Ich will meine Unschuld beweisen. Vielleicht gefällt Ihnen das nicht, aber dann sollten Sie es sich wenigstens nicht anmerken lassen.»

«Wie kommen Sie nur auf den törichten Gedanken, die Polizei könnte den Wunsch haben, einen Unschuldigen zu verhaften?» fragte der Sergeant streng. Inzwischen zerrte ihn Neville bereits die flachen Treppenstufen hinauf. «Ich weiß nicht, was Sie vorhaben, Sir, aber vergessen Sie bitte nicht, daß ich im Dienst bin und zu tun habe.»

Neville öffnete die Tür zu einem Raum, der mit schweren Mahagonimöbeln ausgestattet war. «Das Ankleidezimmer meines Onkels. Noch geht sein Geist hier nicht um, also haben Sie keine Angst.»

«Ich finde, Sie sagen recht unpassende Dinge», bemerkte Hemingway.

«Meistens ja», bestätigte Neville. Er öffnete einen großen Schrank, in dessen oberem Fach viele Hüte säuberlich aufgereiht waren. «Dies sind die Hüte meines Onkels. Was halten Sie eigentlich von der Theorie, daß Privateigentum verwerflich ist? Wie sah denn der Hut aus, den ich getragen habe?»

«Ihren Angaben zufolge war es ein schwarzer Filzhut, Sir.»

«Ach, wir wollen doch nicht so realistisch sein. Der Realismus ist das Verderben der Kunst. Ihr Chefinspektor, ein sehr konservativer Herr, empfand meinen Filzhut als Anachronismus, und deswegen wurde er mißtrauisch. Natürlich muß ich einen von diesen Klapphüten getragen haben, die kleine Kinder und andere einfältige Geschöpfe zu Begeisterungsausbrüchen hinreißen, die aber in meinen Augen zu sehr an Zigarettendosen mit eingebauter Spieluhr und andere vulgäre Erfindungen erinnern. So, Sergeant, glauben Sie immer noch, daß ich mir einen Hut meines Onkels ausgeliehen habe?»

Beim Anblick von Mr. Neville Fletcher mit einem mindestens drei Nummern zu kleinen Chapeau claque mußte der Sergeant äußerste Selbstbeherrschung aufbieten. Er schluckte ein paarmal und antwortete dann mühsam: «Nein, Sir. Mit so . . . so einer Kopfbedeckung zu gehen, das hätten Sie bestimmt nicht gewagt.»

«Da haben Sie recht», bestätigte Neville. «Für Komödie habe ich viel übrig, aber für Farce gar nichts, und Ihr verdrießlicher Gesichtsausdruck verrät mir, daß der Hut Sie von meiner Unschuld überzeugt hat. Ich hoffe, das Schicksal erspart es mir, je wieder in Mordverdacht zu geraten. So etwas zerrt ganz abscheulich an den Nerven.»

«Ich hoffe es auch, Sir», sagte Hemingway. «Aber wenn ich Sie wäre, würde ich mich hüten, voreilige Schlüsse zu ziehen.»

«So müssen Sie natürlich reden.» Neville legte den Hut seines Onkels in das Schrankfach zurück. «Weil Sie keine Ahnung haben, wer außer mir der Mörder sein könnte.»

«Nun, wenn Sie schon davon anfangen – wer kann es denn gewesen sein?»

«Das weiß ich nicht, und da es mir ziemlich gleichgültig ist, rege ich mich im Gegensatz zu Ihnen nicht sonderlich deswegen auf.»

«Mr. Fletcher war Ihr Onkel, Sir.»

«Allerdings, und wenn ich gefragt worden wäre, hätte ich mich gegen seinen Tod ausgesprochen. Aber man hat mich nicht gefragt, und die rührseligste Beschäftigung, die ich kenne, ist das Gejammer über verschüttete Milch. Außerdem wird einem so manches auf die Dauer zuviel. Von dieser mysteriösen Geschichte hatte ich schon nach zwei Tagen genug und übergenug. Interesse – wenn auch recht schmerzlicher Art – empfand ich erst wieder, als man mir die Rolle des Hauptverdächtigen übertrug. So, und jetzt muß ich die mir gewährte Galgenfrist nutzen. Wie fragt man eine Frau, ob sie einen heiraten will?»

«Wie fragt man was?» wiederholte der Sergeant ebenso verblüfft wie mißtrauisch.

«Wissen Sie's etwa auch nicht? Ich dachte bestimmt, daß Sie in solchen Dingen Bescheid wüßten.»

«Haben . . . haben Sie etwa die Absicht zu heiraten, Sir?» stieß der Sergeant fassungslos hervor.

«Ja, aber erzählen Sie mir jetzt nicht, daß ich einen schweren Fehler mache, denn das weiß ich bereits. Diese Heirat wird vermutlich mein ganzes Leben ruinieren.»

«Weshalb wollen Sie dann überhaupt heiraten?» erkundigte sich Hemingway mit der ihm eigenen Logik.

Neville schwenkte vage die Hand. «Wegen meiner veränderten finanziellen Lage. Alle werden hinter meinem Geld her sein. Außerdem sehe ich keine andere Möglichkeit, es loszuwerden.»

«Na, dann heiraten Sie nur», sagte der Sergeant trocken. «So schnell wie in der Ehe können Sie Ihr Geld nirgends loswerden.»

«Ach, glauben Sie wirklich? Dann will ich sofort meinen Antrag an die Frau bringen, bevor ich Zeit habe, mich eines Besseren zu besinnen. Auf Wiedersehen!»

«He, Sir», rief der Sergeant ihm nach, «bilden Sie sich aber bloß nicht ein, daß gegen Sie kein Verdacht mehr besteht, denn davon habe ich nichts gesagt!»

Neville winkte ihm ein fröhliches Lebewohl zu und lief die Treppe hinunter. Zehn Minuten später betrat er das Wohnzimmer der Norths durch die Verandatür. Helen war mit Briefeschreiben beschäftigt, während ihre Schwester auf dem Teppich saß und vier Manuskriptseiten gleichzeitig korrigierte.

«Hallo», sagte Sally und hob den Kopf. «Immer noch auf freiem Fuß?»

«Ach, praktisch stehe ich nicht mehr unter Verdacht. Hör mal, willst du mit mir nach Bulgarien fahren?»

Sally tastete nach ihrem Monokel, klemmte es ins Auge und sah Neville eine Weile stumm an. Dann legte sie ihr Manuskript aus der Hand und antwortete in sachlichem Ton: «Ja, gern. Wann?»

«So bald wie möglich, meinst du nicht auch?»

Helen drehte sich um. «Sally, was soll denn das heißen? Du kannst doch unmöglich so mir nichts, dir nichts mit Neville verreisen.»

«Warum nicht?» erkundigte sich Neville interessiert.

«Stell dich nicht dümmer, als du bist. Du weißt genau, daß es unschicklich wäre.»

«Natürlich. Darin besteht ja gerade der Reiz einer Balkanreise. Aber zum Glück ist Sally nicht prüde.»

«Also ich ...»

«Wach auf, Schwesterherz», sagte Sally. «Du hast offenbar nicht kapiert, daß ich soeben einen Heiratsantrag bekommen habe.»

«Einen ...?» Helen sprang auf. «Willst du behaupten, dies sei ein Heiratsantrag gewesen?»

«Ach», seufzte Neville, «wie ich keusche Frauen hasse! Sie haben eine so unglaublich schmutzige Phantasie.»

«Sally, hast du wirklich die Absicht, ein derart hoffnungsloses Geschöpf wie Neville zu heiraten?»

«Ja. Du mußt bedenken, daß er jetzt in Geld schwimmt. Da wäre ich doch schön dumm, wenn ich ihn abwiese.»

«Sally!»

«Außerdem ist er nicht tyrannisch, sehr im Gegensatz zu den meisten Männern.»

«Aber du liebst ihn nicht.»

Sally wurde rot. «Woher willst du das wissen?»

Helen blickte hilflos von einem zum anderen. «Du bist wahnsinnig. Das ist alles, was ich dazu sagen kann.»

«Fein!» rief Neville. «Ich fange nämlich an, mich furchtbar verlegen zu fühlen. Solltest du wirklich nichts mehr zu sagen haben, dann wäre es sehr nett, wenn du uns allein lassen würdest.»

Helen wandte sich zur Tür. «Du hättest mit deinem Antrag – falls diese ungewöhnliche Einladung tatsächlich ein Antrag sein soll – wenigstens warten können, bis ich aus dem Zimmer gegangen war», bemerkte sie.

«Aber du machtest doch keine Miene, aus dem Zimmer zu gehen, und es wäre maßlos peinlich gewesen, zu dir zu sagen: ‹Bitte, Helen, würdest du vielleicht hinausgehen, damit ich Sally einen Heiratsantrag machen kann?› »

«Ihr seid alle beide wahnsinnig», stellte Helen fest und verschwand.

Sally erhob sich vom Fußboden. «Neville, bist du auch sicher, daß du es nie bereuen wirst?» fragte sie ängstlich.

Er nahm sie in die Arme. «Nein, natürlich bin ich nicht sicher. Du etwa?»

Sie lächelte strahlend. «O ja, ganz sicher.»

«Liebling, das ist süß von dir, aber du gibst dich einer Selbsttäuschung hin. *Ich* weiß nur eines mit Sicherheit: daß ich es entsetzlich bereuen werde, wenn ich den Sprung jetzt nicht wage. Es muß an deiner Nase liegen. Sind deine Augen eigentlich blau oder grau?»

Sally sah zu ihm auf, und er küßte sie prompt. Sie fühlte, wie er sie fester umschlang, so fest, daß sie atemlos und verwirrt aus dieser Umarmung auftauchte.

«War nur eine Kriegslist», sagte Neville. «Ich wußte schon längst, daß deine Augen grau sind, mit gelben Pünktchen darin.»

Sie legte den Kopf an seine Schulter. «Mein Gott, Neville, jetzt weiß ich, daß es dir wirklich ernst ist. Hör mal, soll es eine Fußwanderung oder etwas ähnlich Anstrengendes werden?»

«O nein. Ich dachte an Fahrten auf Flüssen und Kanälen, und wir werden oft in Bauernhütten übernachten. Ißt du Ziegenfleisch?»

«Ja», antwortete Sally. «Wie schmeckt es denn?»

«Ziemlich schlecht. Hast du in dieser Woche viel vor, oder kannst du ein bißchen Zeit zum Heiraten erübrigen?»

«Das wird sich machen lassen, denke ich. Aber dann brauchen wir ja eine Sondergenehmigung, und du kannst nicht an Ernies Geld heran, bevor du offiziell zum Erben erklärt worden bist.»

«Wirklich? Na, dann muß ich mir eben etwas borgen.»

«Überlaß es lieber mir, die Formalitäten zu erledigen», sagte Sally, deren angeborene Tatkraft wieder die Oberhand gewann. «Du würdest bestimmt mit einer Genehmigung, Hunde zu halten, nach Hause kommen. Übrigens, bist du sicher, daß man dich wegen dieser lästigen Mordsachen nicht verhaften wird?»

«O ja. Ernies Hut paßt nämlich nicht auf meinen Kopf.»

«Klingt irgendwie überzeugend.»

«Ja, sogar der Sergeant fand das», meinte Neville beglückt.

Die Sache mit dem Hut leuchtete Hemingway tatsächlich ein, aber da es ihm widerstrebte, nun auch noch den letzten Verdächtigen laufenzulassen, behielt er seine Meinung für sich. Als er aus Ernest Fletchers Ankleidezimmer trat, begegnete ihm Miss Fletcher, die ihn erstaunt ansah, jedoch seine Erklärung, Neville habe ihn mit nach oben genommen, gleichmütig aufnahm. «Der liebe Junge», sagte sie. «Immer so impulsiv. Nun, die meisten Männer neigen zu Unbesonnenheiten, nicht wahr? Hoffentlich glauben Sie nicht, daß er etwas mit dieser schrecklichen Tragödie zu tun hat, denn ich bin überzeugt, er könnte niemals etwas wirklich Böses tun. So etwas spürt man doch, nicht wahr?»

Der Sergeant ließ ein unverbindliches Grunzen hören.

Miss Fletcher nickte. «Ja, genau. Aber wo kann Neville nur sein? Er hätte Sie hier oben nicht allein lassen dürfen. Das soll natürlich nicht heißen . . . nein, so ein Gedanke wäre ja völlig absurd.»

«Nun, Madam», sagte der Sergeant, «ich weiß nicht, ob ich darüber sprechen darf, aber mir scheint, Mr. Fletcher ist fortgegangen, um sich zu verloben.»

Ein strahlendes Lächeln erhellte ihr Gesicht. «Ach, wie mich das freut! Meinen Sie nicht auch, daß es Zeit für ihn wird, zu heiraten?»

«Hm, jedenfalls habe ich das Gefühl, er braucht jemanden, der auf ihn aufpaßt», erwiderte der Sergeant.

«Sie sind ein kluger Mensch», versicherte Miss Fletcher. «Und . . . Ach, du meine Güte, wie nachlässig von mir! Darf ich Ihnen vielleicht eine Tasse Tee anbieten? Nach diesem staubigen Weg . . .»

Hemingway lehnte dankend ab und schaffte es, wenn auch nur in Etappen, ihr zu entkommen. Die düstere Stimmung, in der er zum Revier zurückging, besserte sich nicht, als er dort des Polizisten Glass ansichtig wurde, der noch immer untätig dasaß und auf Befehle wartete. Der Sergeant zog sich in das kleine Privatbüro zurück, breitete seine Notizen vor sich aus und versank in tiefes Nachdenken.

Glass, der ihm gefolgt war, schloß die Tür hinter sich und betrachtete ihn mit melancholischer Miene. Nach einer Weile sagte er: «Erzürne dich nicht über die Übeltäter. Denn wie das Gras werden sie bald abgehauen, und wie das grüne Kraut werden sie verwelken.»

«Wenn ich mich *nicht* über sie erzürne, werden sie bestimmt frisch und grün bleiben», versetzte der Sergeant gereizt.

«Wir tappen wie Blinde an der Wand, wir straucheln am Mittag wie in der Dämmerung.»

«Wollen Sie wohl den Mund halten», fauchte der Sergeant erbost, denn die Wahrheit dieser Worte ließ sich nicht leugnen.

In den kalten blauen Augen blitzte es auf. «Ich bin erfüllt von dem Zorn Gottes», verkündete Glass. «Ich bin es müde, an mich zu halten.»

«Ist mir noch gar nicht aufgefallen, daß Sie irgendwann an sich gehalten hätten. Verschwinden Sie und spucken Sie Ihre Zitate woanders aus. Wenn ich Sie noch lange um mich haben muß, werde ich zu einem regelrechten Atheisten.»

«Ich will nicht fortgehen. Ich habe mich mit meiner Seele beraten. Manchmal dünkt einem Manne ein Weg als der rechte; sein Ende aber sind Wege zum Tode.»

Hemingway blätterte in seinen Aufzeichnungen. «Sie brauchen sich doch nicht aufzuregen. Wenn Sie alles so schwer nehmen, wird nie ein guter Polizist aus Ihnen. Und wenn Sie unbedingt hierbleiben wollen, dann stehen Sie um Himmels willen nicht da und glotzen mich an, sondern setzen Sie sich.»

Glass ging auf einen Stuhl zu, hielt aber seinen strengen Blick unverwandt auf Hemingway gerichtet. «Was hat Neville Fletcher gesagt?» fragte er.

«Fletcher? Der hat fast genauso blöde dahergeredet wie Sie.»

«Er ist nicht der Mann, den Sie suchen.»

«Na, wenn er's nicht ist, wird er Mühe haben, es zu beweisen, das kann ich nur sagen», erwiderte der Sergeant. «Hut hin, Hut her, er war in London, als Carpenter ermordet wurde, und er war der einzige von der ganzen Gesellschaft, der nicht nur ein Motiv, sondern auch die Gelegenheit hatte, den seligen Ernest zu töten. Ich gebe ja zu, er ist nicht gerade der Mensch, von dem man erwarten würde, daß er kaltblütig mordet, aber Sie müssen bedenken, daß er kein Dummkopf ist und uns höchstwahrscheinlich an der Nase herumführt. Ob er Carpenter umgebracht hat, weiß ich nicht; aber je länger ich mir die Zeugenaussagen ansehe, desto sicherer scheint es mir, daß er der einzige ist, der seinen Onkel hätte töten *können.*»

«Trotzdem ist er nicht festgenommen worden.»

«Stimmt, aber das wird sich ändern, wenn der Chefinspektor die ganze Geschichte noch einmal gründlich überdenkt.»

«Der Chefinspektor ist auch nur ein Mensch und handelt entsprechend seinen Fähigkeiten. Wo ist er?»

«Keine Ahnung. Wahrscheinlich wird er bald aufkreuzen.»

«Nicht länger sollen jene verfolgt werden, die ohne Schuld sind. Meine Seele wird vom Wettersturm umhergeworfen, aber es steht geschrieben, ja, in Feuerschrift steht es geschrieben: Wer Menschenblut vergießt, dess' Blut soll auch durch Menschen vergossen werden.»

«Sehr richtig», stimmte der Sergeant zu. «Aber was die Verfolgung von Unschuldigen betrifft ...»

«Verlaßt die Toren, auf daß ihr am Leben bleibt», unterbrach ihn Glass, und seine Lippen verzogen sich zu einem freudlosen, grimmigen Lächeln. «Weh denen, die sich selbst für weise halten! Den Spöttern sind Strafen bereitet und Schläge auf der Narren Rücken.»

«Schon gut», sagte der Sergeant verärgert. «Wenn Sie so klug sind, dann wissen Sie vielleicht auch, wer nun wirklich der Mörder ist, he?»

In Glass' Augen war ein seltsames Leuchten. «Ich, ich allein kenne den Mörder!»

Hemingway starrte ihn verblüfft an. Weder er noch Glass hatten bemerkt, daß die Tür geöffnet worden war. Hannasydes ruhige Stimme ließ sie beide zusammenfahren. «Nein, Glass, nicht Sie allein», sagte der Chefinspektor.

15

Der Sergeant, dessen Blick ungläubig auf Glass gerichtet war, wandte rasch den Kopf und sprang auf. «Aber das ist doch . . . Was bedeutet das alles, Chef?» stammelte er.

Glass betrachtete Hannasyde mit finsterer Miene. «Ist Ihnen also die Wahrheit bekannt?» fragte er. «Wenn ja, dann will ich zufrieden sein, denn ich bin meines Lebens überdrüssig. Ich bin wie Hiob: Mehr als ein Läufer eilen meine Tage; sie schwinden hin und schauen doch kein Glück.»

«Großer Gott, er ist wahnsinnig!» rief der Sergeant.

Glass lächelte verächtlich. «Die Torheit der Toren ist Narrheit. Ich bin nicht wahnsinnig. Mein ist die Rache und Vergeltung. Ich sage euch, zur Hölle fahren müssen die Frevler.»

«Ja, ja, schon gut.» Der Sergeant ließ ihn nicht aus den Augen. «Regen Sie sich nur nicht auf.»

«Seien Sie still, Hemingway», gebot der Chefinspektor. «Glass, Sie haben Unrecht getan. Sie wissen, daß Sie Unrecht getan haben.»

«Die Hand darauf: Der Böse bleibt nicht ungestraft.»

«Nein. Aber nicht Sie durften die Strafe verhängen.»

Glass stieß einen Seufzer aus, der wie ein Stöhnen klang. «Ich weiß nicht. Der Gerechten Sinnen geht auf das Rechte. Ich war erfüllt von dem Zorn Gottes.»

Der Sergeant griff haltsuchend nach der Schreibtischkante. «Heiliger Strohsack», keuchte er, «Sie wollen doch nicht behaupten, Chef, daß Ikabod es getan hat?»

«Ja, Glass hat sowohl Fletcher als auch Carpenter getötet», antwortete Hannasyde.

Glass blickte ihn mit einer Art unpersönlichem Interesse an. «Sie wissen also alles?»

«Nicht alles. War Angela Angel Ihre Schwester?»

Die Gesichtszüge des Polizisten verhärteten sich. «Ich hatte einst eine Schwester namens Rachel. Aber sie ist tot, ja, und für die Gottesfürchtigen starb sie schon lange, bevor ihr sündiger Geist ihren Körper verließ. Ich will nicht über sie sprechen. Aber für ihn, der sie zum Bösen verleitete, und für ihn, der sie dazu brachte, sich selbst zu töten, will ich sein wie ein blankes Schwert, welches das Fleisch vernichtet.»

«O mein Gott», murmelte der Sergeant.

Die glühenden Augen richteten sich auf ihn. «Wer bist du, daß du Gott anrufst, aber der Rechtschaffenen spottest? Nimm deinen Bleistift und schreibe auf, was ich dir sage, damit alles seine Ordnung hat. Glaubt ihr, ich fürchte euch? Nein, euch nicht und auch nicht die Macht der Menschengesetze. Ich habe den Weg der Wahrheit gewählt.»

Der Sergeant ließ sich auf seinen Stuhl fallen und griff nach dem Bleistift. «Gut», sagte er heiser, «legen Sie los.»

Glass wandte sich Hannasyde zu. «Genügt es nicht, wenn ich erkläre, daß jene beiden Männer durch meine Hand starben?»

«Nein. Sie wissen, daß es nicht genügt. Wir müssen es genau und wahrheitsgetreu wissen.» Mit einem forschenden Blick auf das Gesicht des Polizisten fügte Hannasyde hinzu: «Ich glaube, der Name Ihrer Schwester braucht in der Öffentlichkeit nicht genannt zu werden, Glass. Aber ich muß alle Einzelheiten erfahren. Sie lernte Carpenter kennen, als er auf Tournee in den Midlands war und eine Woche lang in Leicester spielte, nicht wahr?»

«So ist es. Er umgarnte sie mit schönen Worten und lügnerischer Zunge, und da sie einen lüsternen Sinn hatte, folgte sie willig dem Verführer, um sich einem Leben in Sünde zu ergeben. Von jenem Tag an war sie tot für uns, ihre Familie. Sogar ihr Name soll vergessen werden, denn es steht geschrieben, daß die Frevler in der Finsternis zugrunde gehen. Als sie aus dem Leben schied, frohlockte ich, denn das Fleisch ist schwach, und der Gedanke an sie war wie ein scharfer Dorn.»

«Ja», sagte Hannasyde sanft. «Wußten Sie, daß Fletcher der Mann war, den sie liebte?»

«Ich wußte es nicht. Der Herr sandte mich hierher, wo er wohnte. Und noch immer wußte ich nichts.» Seine Hände krallten sich in die Knie, bis die Finger weiß wurden. «Wenn ich ihm begegnete, lächelte er mit seinen falschen Lippen und wünschte mir einen guten Abend. Und ich habe seinen Gruß jedesmal höflich erwidert.»

Den Sergeant schauderte es unwillkürlich. Hannasyde fragte weiter: «Wann haben Sie die Wahrheit herausgefunden?»

«Ist Ihnen das noch immer nicht klar? An dem Abend, als ich ihn tötete. Meine Behauptung, ich hätte um zehn Uhr zwei einen Mann aus dem Garten von Greystones kommen sehen, war eine Lüge.» Er lächelte höhnisch. «Der Einfältige traut jedem Wort; der Kluge aber gibt acht auf seinen Schritt.»

«Sie waren ein Hüter des Gesetzes und als solcher über jeden Verdacht erhaben», sagte Hannasyde ernst.

«So ist es, und was das betrifft, gebe ich zu, daß ich gesündigt habe. Dennoch mußte ich die Tat vollbringen, denn wer außer mir hätte Rache an Ernest Fletcher üben können? Wenn meine Schwester auch selbst Hand an sich legte, so klebte ihr Blut doch an seinen Fingern. Hätte das Gesetz sie gerächt? Er wußte, daß er das Gesetz nicht zu fürchten brauchte, aber von mir wußte er nichts.»

«Lassen wir das einstweilen», sagte Hannasyde. «Was geschah am Abend des siebzehnten?»

«Als ich Carpenter sah, war es nicht zehn Uhr zwei, sondern ein paar Minuten früher. An der Ecke der Maple Grove stand ich ihm unversehens gegenüber, Auge in Auge.»

«Carpenter war der Mann, den Mrs. North sah?»

«Ja. Sie hat nicht gelogen, als sie von seinem Besuch bei Fletcher erzählte, denn er hat es mir genauso berichtet, während ich ihn an der Kehle gepackt hielt.»

«Was hatte ihn zu Fletcher geführt? Wollte er ihn erpressen?»

«Das war seine Absicht. Auch er hatte nichts gewußt, aber einmal, bevor er ins Gefängnis kam, war er Fletcher in jener goldglitzernden Lasterhöhle begegnet, wo meine Schwester in unzüchtigen Tänzen ihren Körper den Blicken aller Männer preisgab. Später, als er seine Strafe verbüßt hatte, war meine Schwester tot, und niemand konnte ihm sagen, wer ihr Liebhaber gewesen war. Schließlich aber traf er ein Mädchen, das ihm seine damalige Begegnung mit dem Mann ins Gedächtnis zurückrief. Er erinnerte sich, doch den Namen des Mannes erfuhr er erst, als er ein Bild von ihm in der Zeitung entdeckte. Er fand heraus, daß Ernest Fletcher mit irdischen Gütern gesegnet war, und so schmiedete er in seinem bösen Sinn den Plan, Geld von ihm zu erpressen, indem er ihm mit Bloßstellung und Skandal drohte. Zu diesem Zweck kam er nach Marley, nicht nur einmal, sondern öfter. Anfangs versuchte er durch den Vordereingang ins Haus zu gelangen. Da er sich jedoch weigerte, sein Anliegen zu nennen, schlug ihm Joseph Simmons jedesmal die Tür vor der Nase zu. Aus diesem Grund schlich er sich am Abend des siebzehnten durch den Garten in das Arbeitszimmer. Aber Fletcher lachte ihn aus, nannte ihn spöttisch einen Dummkopf, führte ihn zur Gartenpforte und wies ihn hinaus. Er ging fort, nicht in Richtung der Arden Road, sondern nach der anderen Seite. Und dort, an der Vale Avenue, traf ich ihn.»

Er hielt inne. «Erkannten Sie ihn?» fragte Hannasyde.

«Ich erkannte ihn. Aber wer *ich* war, das begriff er erst, als ich ihn an der Kehle packte und ihm meinen Namen ins Ohr zischte. In meinem gerechten Zorn war ich drauf und dran, ihn zu erwürgen, aber er röchelte, ich solle ihn loslassen, denn nicht er sei schuld am Tod meiner Schwester. Ich glaubte ihm nicht und drückte fester zu, doch da schrie er in seiner Angst mit erstickter Stimme, er könne mir den Namen des Schuldigen nennen. Diesmal hörte ich auf ihn. Ohne die Hand von seinem Hals zu nehmen, befahl ich ihm zu sprechen. In seiner Todesangst bekannte er alles, sogar seine eigenen bösen Absichten. Als er den Namen des Mannes nannte, der meine Schwester in den Tod getrieben hatte, dachte ich an Fletchers falsches Lächeln und seine freundlichen Worte, und in meinem Herzen breitete sich ein so gewaltiger Zorn aus, daß ich zu zittern begann. Ich ließ Carpenter los. Meine Hand sank herab, und er machte sich schleunigst davon. Ich wußte nicht, wohin er lief, und es kümmerte mich auch nicht, denn plötzlich war mir klar, was ich tun mußte. Weit und breit war niemand zu sehen. Der Schwindel, der mich befallen hatte, verflog, und ich wurde ruhig, ja, ruhig im Bewußtsein, daß ich Gerechtigkeit üben würde. Ich ging zu der Gartenpforte und den Weg entlang auf die offene Fenstertür zu, die in Fletchers Arbeitszimmer führte. Er saß am Tisch und schrieb. Als mein Schatten auf den Fußboden fiel, hob er den Kopf. Er hatte keine Angst, denn vor ihm stand ja ein Polizist. Natürlich war er erstaunt, doch er begrüßte mich trotzdem mit einem Lächeln. Ich sah dieses falsche Lächeln durch einen roten Nebel hindurch und schlug mit meinem Gummiknüppel auf ihn ein, so daß er starb.»

Der Sergeant blickte von seinen stenographischen Notizen auf. «Sein Gummiknüppel!» stieß er hervor. «Großer Gott!»

«Wie spät war es da?» fragte Hannasyde.

«Als ich auf die Uhr sah, zeigte sie sieben Minuten nach zehn. Ich überlegte, was ich tun sollte, und plötzlich sah ich meinen Weg deutlich vor mir. So griff ich denn nach dem Telefon auf dem Schreibtisch und meldete meinem Vorgesetzten, daß ich einen Toten gefunden hätte. Aber wer kann denn, was Gott gekrümmt, gerade machen? Ich war ein falscher Zeuge, der Lügen vorbringt, und durch mich gerieten Unschuldige in Bedrängnis. Ja, obwohl sie ihr fühlloses Herz verschließen und allzumal Sünder sind vor dem Angesicht des Herrn, war es nicht gerecht, daß sie für meine Tat büßen sollten. Ich war verwirrt und von Kummer geplagt, und mir ahnte Böses. Dennoch glaubte ich, es könne alles verborgen bleiben, denn ihr, die ihr das Rätsel zu lösen suchtet, tapptet im dunkeln und wußtet nicht aus noch ein. Als sich aber herausstellte, daß die Fingerabdrücke von Carpenters Hand stammten, erkannte ich, wie tief und unentrinnbar die Grube war, in die meine Füße geraten waren. Dann wurde dem Sergeant telefonisch mitgeteilt, wo Carpenter hauste, und ich stand neben ihm, so daß ich alles hören konnte, auch daß er in einem Kellerraum wohnte und in einem Restaurant arbeitete. Der Sergeant schickte mich nach Hause, und ich ging fort. In meiner Seele tobte ein schrecklicher Kampf. Ich hörte auf die Stimme des Versuchers, aber der Mensch soll sein Leben nicht auf böse Taten gründen. Carpenter war schlecht und verdiente den Tod; dennoch war nicht das der Grund, aus dem ich ihn tötete.»

«*Sie* waren der Polizist, den der Mann im Kaffeeausschank sah!» rief der Sergeant.

«Ja, an der Ecke war ein Ausschank, und zweifellos hat der Mann mich gesehen. Ich ging an ihm vorbei, als machte ich meine Runde; ich kam zu dem Haus, in dem Carpenter wohnte; ich bemerkte den Lichtschein, der durch das verhängte Kellerfenster fiel, und ich ging zur Hintertür, die nicht verschlossen war. Als ich das Zimmer betrat, stand Carpenter mit dem Rücken zu mir. Er drehte sich um und öffnete den Mund zu einem Schrei, den auszustoßen ihm keine Zeit mehr blieb. Meine Hände umklammerten seinen Hals, und er konnte sich nicht gegen mich wehren. Ich erschlug ihn, wie ich Fletcher erschlagen hatte, und ging fort. Fletcher zu töten war eine gerechte Tat; bei Carpenter dagegen hatte ich die Sünde des Mordes auf mich geladen, und das Herz war mir schwer. Nun wollt ihr Neville Fletcher an meiner Statt verhaften, einen Unschuldigen, und so ist es Zeit, daß die Wahrheit offenbar werde.» Er wandte sich dem Sergeant zu. «Hast du getreulich aufgezeichnet, was ich berichtete? Laß es abschreiben, und ich will meinen Namen daruntersetzen.»

«Ja, das wird geschehen», sagte Hannasyde. «Sie sind einstweilen festgenommen, Glass.» Er trat einen Schritt zurück und öffnete die Tür. «Kommen Sie, Inspektor.»

Glass stand auf. «Glaubt nicht, daß ich euch fürchte. Ihr seid Schwächlinge, alle beide, und ich könnte euch erschlagen, wie ich die anderen erschlug. Ich werde es jedoch nicht tun, denn gegen euch hege ich keinen Groll. Aber legt mir keine Handschellen an. Ich will frei sein!»

Auf Hannasydes Ruf waren zwei Polizisten hereingekommen, die Glass fest an den Armen packten. «Leisten Sie keinen Widerstand, Glass», sagte Sergeant Cross barsch. «Vorwärts jetzt.»

Sergeant Hemingway sah zu, wie Glass von den beiden Männern abgeführt wurde, hörte, wie er fanatisch psalmodierend Sprüche aus dem Alten Testament rezitierte, und tupfte sich – ausnahmsweise einmal der Sprache beraubt – den Schweiß von der Stirn.

«Er ist verrückt», erklärte Hannasyde. «Mit so etwas habe ich gerechnet.»

«Verrückt?» Der Sergeant fand die Sprache wieder. «Ein wahnsinniger Mörder, und mit dem bin ich vertrauensvoll durch die Gegend getrottet! Mein Gott, mir wurde ganz anders, als ich ihn eben seine Geschichte erzählen hörte.»

«Der arme Teufel.»

«Na ja, so können Sie's auch ansehen», meinte Hemingway. «Aber was ist mit dem seligen Ernest und Charlie Carpenter? Denen ist doch verdammt übel mitgespielt worden. Und weswegen? Nur weil so ein albernes Gänschen, das ohnehin nicht viel taugte, mit dem einen durchgebrannt ist und dämlich genug war, sich wegen des anderen umzubringen. Ich weiß gar nicht, warum Sie Ikabod bemitleiden. Dem passiert doch nichts weiter, als daß er auf Kosten des Steuerzahlers nach Broadmoor geschickt wird, wo er den anderen Irren genießerisch Tod und Vernichtung predigen kann.»

«Und Sie nennen sich einen Psychologen», sagte Hannasyde.

«Ich nenne mich einen Polizisten mit Gerechtigkeitssinn, Chef», erwiderte der Sergeant energisch. «Überlegen Sie doch mal, was für Scherereien wir gehabt haben und wie dieser Irre uns dauernd als Gotteslästerer und Ungläubige heruntergeputzt hat – also wirklich, ich traue mich gar nicht, daran zu denken, aus Angst, mir könnte ein Blutgefäß platzen. Wie sind Sie ihm eigentlich auf die Schliche gekommen?»

«Den Anstoß gab Polizist Mather, der erklärte, Browns Kaffeeausschank sei noch nicht offen gewesen, als er in die Barnsley Street einbog. Das, verbunden mit den widersprüchlichen Aussagen der beiden Liebesleutchen am anderen Ende der Straße, ließ mich plötzlich mißtrauisch werden. Die Anwesenheit eines Polizisten sowohl bei dem Mord an Fletcher als auch bei dem Mord an Carpenter war der gemeinsame Faktor, von dem ich sprach. Aber ich gebe zu, daß mir mein Verdacht im höchsten Grad unwahrscheinlich vorkam. Deswegen habe ich Ihnen gegenüber auch nichts davon erwähnt. Ich wollte mich erst noch gründlicher mit der Sache befassen. Bei näherer Überlegung tauchten dann alle möglichen kleinen Anhaltspunkte auf. Da war zum Beispiel der Brief von Angela Angel, den wir in Carpenters Zimmer fanden. Erinnern Sie sich, daß er Bibelzitate enthielt? Und erinnern Sie sich, daß Glass es ablehnte, Angelas Foto zu betrachten, als wir es in Fletchers Schreibtisch fanden, und daß er ziemlich erregt sagte, ihr Ende sei bitter wie Wermut? Je länger ich darüber nachdachte, desto sicherer war ich, daß meine Vermutung stimmte. Als ich heute morgen Carpenters früheren Agenten aufspürte und von ihm eine Liste der Städte erhielt, in denen Carpenter bei jener Tournee aufgetreten war, da brauchte ich nur noch die Polizei eines jeden Ortes anzurufen und zu fragen, ob dort eine Familie Glass lebe oder gelebt habe. In Leicester erfuhr ich, daß die Tochter von Leuten dieses Namens vor einigen Jahren mit einem Schauspieler durchgebrannt ist, und da wußte ich, woran ich war. Ich hielt es für das beste, sogleich hierher zu kommen und Glass mit dem zu konfrontieren, was ich erfahren hatte – bevor er die Gelegenheit wahrnehmen konnte, auch Sie zu ermorden», fügte er augenzwinkernd hinzu.

«Das ist aber wirklich rührend von Ihnen, Chef», sagte der Sergeant mit stark übertriebener Dankbarkeit. «Und wie wollen Sie mich für den Rausschmiß bei Brown entschädigen und dafür, daß ich danebenstehen mußte, als der liebe Neville die Hüte seines Onkels aufprobierte, was die reine Zeitverschwendung war?»

«Tut mir ehrlich leid, mein Lieber, aber Glass sollte doch nicht merken, daß ich ihm auf der Spur war. Ach, übrigens muß ich Neville Fletcher noch mitteilen, daß wir den Fall aufgeklärt haben.»

«Sie brauchen sich nicht zu bemühen», erwiderte der Sergeant. «Der Fall interessiert ihn nicht mehr.»

Hannasyde lächelte. «Trotzdem muß er erfahren, was geschehen ist.»

«Ich wette, er findet die ganze Geschichte zum Totlachen. Dieser Mensch hat überhaupt kein Anstandsgefühl, von anderen Gefühlen ganz zu schweigen. Immerhin kann ich nicht leugnen, daß er mit Ikabod besser fertig geworden ist als Sie und ich. Bestellen Sie ihm, daß ich mir ein Stück vom Hochzeitskuchen ausbitte.»

«Hochzeitskuchen?» fragte Hannasyde. «Wer heiratet denn? Etwa Neville?»

«Allerdings», bestätigte Hemingway. «Es sei denn, die Monokeldame hat mehr Verstand, als ich ihr zutraue.»

In diesem Augenblick erschien der diensthabende Polizist und meldete, Mr. Neville Fletcher wünsche den Chefinspektor zu sprechen.

«Wenn man den Teufel an die Wand malt . . .!» rief Hemingway.

«Führen Sie ihn herein», sagte Hannasyde.

«Er ist am Telefon, Sir.»

«Na schön, dann stellen Sie durch.»

Der Diensthabende verschwand. Hannasyde nahm den Hörer ab und wartete. Gleich darauf drang Nevilles Stimme an sein Ohr. «Ist dort Chefinspektor Hannasyde? Wie reizend. Wo bekomme ich die Genehmigung, ohne Aufgebot zu heiraten? Bei Ihnen?»

«Nein», antwortete Hannasyde, «damit haben wir nichts zu tun. Ich wollte gerade zu Ihnen kommen, Mr. Fletcher.»

«Was denn, schon wieder? Ich kann mich jetzt unmöglich um Mordfälle kümmern. Ich heirate nämlich.»

«Sie brauchen sich um nichts mehr zu kümmern, Mr. Fletcher. Der Fall ist aufgeklärt.»

«Ach, das ist aber fein. Wurde ja auch langsam Zeit. Wo, sagten Sie, kann ich eine Heiratsgenehmigung bekommen?»

«Ich habe nichts dergleichen gesagt. Möchten Sie nicht wissen, wer Ihren Onkel ermordet hat?»

«Nein, ich möchte wissen, bei wem es diese Sondergenehmigungen gibt.»

«Beim Erzbischof von Canterbury.»

«Tatsächlich? Mein Gott, ist das komisch! Vielen herzlichen Dank! Auf Wiederhören.»

Hannasyde legte auf, und seine Augen funkelten vergnügt.

«Nanu?» fragte der Sergeant.

«Hat kein Interesse», antwortete Hannasyde.

GEORGETTE HEYER

Die bezaubernde Arabella [357]
Die Vernunftehe [477]
Die drei Ehen der Grand Sophy [531]
Geliebte Hasardeurin [569]
Der Page und die Herzogin [643]
Die spanische Braut [698]
Venetia und der Wüstling [728]
Penelope und der Dandy [736]
Die widerspenstige Witwe [757]
Frühlingsluft [790]
April Lady [854]
Falsches Spiel [881]
Serena und das Ungeheuer [892]
Lord «Sherry» [910]
Ehevertrag [949]
Liebe unverzollt [979]
Barbara und die Schlacht von Waterloo [1003]
Der schweigsame Gentleman [1053]
Heiratsmarkt [1104]
Die galante Entführung [1170]
Verführung zur Ehe [1212]
Die Jungfernfalle [1289]
Brautjagd [1370]
Verlobung zu dritt [1416]
Damenwahl [1480]
Die Liebesschule [1515]
Skandal im Ballsaal [1618]
Mord mit stumpfer Waffe [1627]
Der schwarze Falter [1689]
Ein Mädchen ohne Mitgift [1727]
Der Mörder von nebenan [1752]
Eskapaden [1800]
Findelkind [1837]
Mord ohne Mörder [1859]
Lord Ajax [1900]
Der Tip des Toten [1919]
Herzdame [1954]
Der Tote am Pranger [1971]
Junggesellentage [4009]
Mord vor dem Dinner [4026]
Der Trumpf des Toten [4069]

«Georgette Heyer hat eine Vorliebe für jene beschwingten Zeiten, die Muße besaßen, Liebe groß zu schreiben. Und sie hat diese uns schon ferngerückte Welt mit ironischer Zärtlichkeit lebendig werden lassen. Sie versteht etwas von der Kunst, einen Gesellschaftsroman aus pointenfunkelnden Gesprächen aufzubauen.»
Kölnische Rundschau

DOROTHY EDEN

Yarrabee

Roman einer Familie. Nach kurzem Glück wird die Ehe zwischen der zarten Eugenia und einem robusten Siedler für beide zu einem Martyrium. Doch der Kampf um das bedrohte Lebenswerk ihres Mannes führt Eugenia schließlich helfend und verstehend an seine Seite zurück.

rororo 1725

Die vollen Tage des Lebens

Jung, schön und extravagant, wird die rothaarige Maud Lucie im London der Jahrhundertwende zur Favoritin des Königs. Aber ihre Suche nach dem wahren Glück wird jäh von düsteren Zeitereignissen und dem Schmerz schicksalshafter Liebeserlebnisse überschattet.

rororo 1834

Sing mir das Lied noch einmal

Roman. London um die Jahrhundertwende: Die wohlhabende Beatrice Bonnington verliebt sich in den charmanten Sohn einer vornehmen Familie. Sie weiß, daß der verarmte William Overton sie nur ihres Geldes wegen heiratet . . .

rororo 1970

860/2